飛狐外傳

前頁圖／居廉「迎春、櫻桃、望春圖」——
黃色的是迎春花，沒有香氣，不算是名貴花卉，
但在春天開得早，當時沒有其他花卉，
人們折來做瓶供，聊作點綴；
花枝柔軟，可讓園藝家任意蟠纏。
淡藍的是望春花，
也享不到春光的真正燦爛。
淡紅的是櫻桃花，美麗而迅速凋謝。
借用圖中的花卉以象徵書中馬春花與苗夫人，
花開花落匆匆，卻也有過一段淒艷的時光。

右頁圖／鑲寶石金壺——
壺上雕有龍形，是明朝皇宮中的物品。
福康安的母親用鑲寶石的金壺
裝了有毒參湯害死馬春花，
她的壺上不會有龍形花紋，
但說不定她情人乾隆皇帝送了她
一把皇宮內院的金壺。

左頁圖／郎世寧繪「乾隆帝像」——
乾隆時年二十六歲，剛登基不久。
圖上題「心寫治平」四字，
現藏美國克里夫蘭美術館。

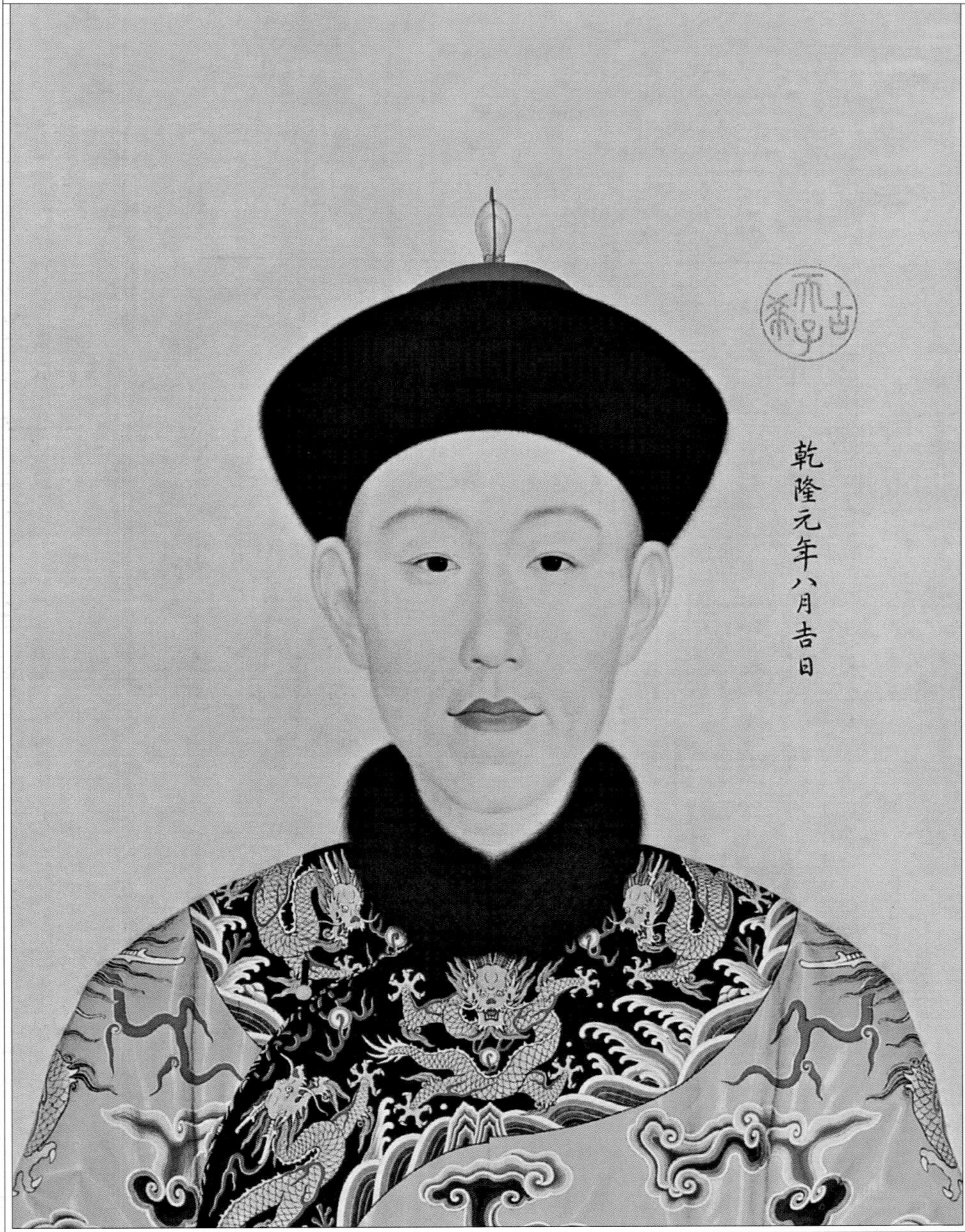
乾隆元年八月吉日

郎世寧繪「乾隆貴妃」──「心寫治平」圖中除乾隆、皇后外，另有十一名妃嬪，相貌都差不多，大概乾隆喜歡這一類容貌的女子。

郎世寧繪「乾隆帝后像」——
皇后是傅恆的親姊姊，
傅恆即福康安的父親。

乾隆閱兵圖——
乾隆所檢閱的，可能就是福康安的部隊，
那面「帥」字旗也許是福大帥的軍旗。
從圖中可見到清朝全盛時代的軍容
以及車駕儀仗的情況。

郎世寧「大宛貢馬圖」（部分）——
圖中騎馬的四人是乾隆時的官員或清宮侍衛。
原圖為鄭德坤教授所藏。

郎世寧「瑪瑺斫陣圖」——瑪瑺是乾隆時的勇將，在伊犁立功。

郎世寧「阿玉錫持矛蕩寇圖」——
阿玉錫是乾隆時的勇將，
據稱率勇士二十五名破敵兵一萬人。
由以上兩圖可見到當時清兵
一般軍官的形貌。

俞致貞「鐵幹海棠」——

俞致貞，當代畫家，

鐵幹海棠的花蕊不止七顆，

所以不是「七心海棠」。程靈素一死，

世上再也沒有「七心海棠」了。

然而由此圖可以見到海棠花的模樣。

鐵幹海棠即木桃。

《詩經》：「投我以木桃，報之以瓊瑤，

匪報也，永以為好也。」送情人

一枝鐵幹海棠，包含著綿綿情意。

飛狐外傳

（二）

金庸

《飛狐外傳》目錄

胡斐見苗人鳳臉色平和，
這一刀說甚麼也砍不下去，
大叫一聲，轉身便走。
一口氣狂奔了十來里路，這才停住。
思潮起伏，恩仇之際，
實所難處，可不知如何是好。

第十一章

恩仇之際

次日一早，三人上馬又行，來時兩人快馬，只奔馳了一日，回去時卻到次日天黑，方到苗人鳳所住的小屋外。

鍾兆文見屋外的樹上繫著七匹高頭大馬，心中一動，低聲道：「你們在這裏稍等，我先去瞧瞧。」繞到屋後，聽得屋中有好幾人在大聲說話，悄悄到窗下向內張去，見苗人鳳用布蒙住了眼，昂然而立，他身周站著五條漢子，手中各執兵刃，神色兇狠。鍾兆文環顧室內，不見兄弟兆英、兆能的影蹤，心想他二人責在保護苗大俠，不知何以竟會離去，不禁憂疑。

只聽得站近廳門口一人說道：「苗人鳳，你眼睛也瞎了，活在世上只不過是多受活罪。依我說啊，還不如早些自己尋個了斷，也免得大爺們多費手腳。」苗人鳳哼了一聲，並不說話。又有一名漢子說道：「你號稱打遍天下無敵手，在江湖上也狂了幾十年啦。今日乖乖兒爬在地下給大爺們磕幾個響頭，爺們一發善心，說不定還能讓你多吃幾年窩囊飯。」

苗人鳳低啞著嗓子道：「田歸農呢？他怎麼沒膽子親自來跟我說話？」首先說話的漢子笑道：「料理你這瞎子，用得著田大爺出馬麼？」苗人鳳澀然道：「田歸農沒來？他連殺我也沒膽麼？」

便在此時，鍾兆文忽覺得肩頭有人輕輕一拍，他吃了一驚，縱出半丈，回過頭來，見是胡斐和程靈素兩人，這才放心。胡斐走到他身前，向西首一指，低聲道：「鍾二哥和三哥在那邊給賊子圍上啦。鍾大哥，不如你快去相幫，我在這兒照料苗大俠好了。」

鍾兆文知他武功了得，又掛念著兄弟，從腰間抽出判官筆，向西疾奔。

他這麼一縱一奔，屋中已然知覺。一人喝道：「外邊是誰？」胡斐笑道：「一位是醫生，一個是屠夫。」那人怒喝：「甚麼醫生、屠夫？」胡斐笑道：「醫生給苗大俠治眼，屠夫殺豬宰狗！」那人怒罵一聲，便要搶出。另一名漢子拉住他臂膀，低聲道：「別中調虎離山之計。田大爺只叫咱們殺這姓苗的，旁的事不用管。」那人喉頭咕嚕幾聲，站定不動。胡斐原怕苗人鳳眼睛不便，想誘敵出屋對付，那知他們卻不上當。

苗人鳳道：「小兄弟，你回來了？」胡斐朗聲道：「在下已請到了毒手藥王他老人家來，苗大俠的眼準能治好。」

他說「毒手藥王」，意在虛張聲勢，恫嚇敵人，果然屋中五人盡皆變色，一齊回頭，卻見門外站著一個粗壯少年，另有一個瘦怯怯的姑娘，那裏有甚麼「毒手藥王」？

苗人鳳道：「這裏五個狗崽子不用小兄弟操心，你快去相助鍾氏三雄。賊子來的人不少，他們要倚多為勝。」胡斐還未回答，只聽得背後腳步聲響，一個清朗的聲音說道：「苗兄料事如神，我們果然是倚多為勝啦！」

胡斐回頭看去，只見高高矮矮十幾個男女，各持兵刃，慢慢走近。此外尚有十餘名莊客僮僕，高舉火把。鍾氏三雄雙手反縛，已給擒住。一個中年相公腰懸長劍，走在各人前頭。胡斐見這人長眉俊目，氣宇軒昂，正是數年前在商家堡中見過的田歸農。當年胡斐只是個黃皮精瘦的少年，眼下身形相貌俱已大變，田歸農自不認得。

苗人鳳哈哈一笑，說道：「田歸農，你不殺我，總睡不安穩。今天帶來的人不少啊！」田歸農道：「我們是安份守己的良民，怎敢說要人性命？只不過前來恭請苗大俠到舍下盤桓幾日。誰叫咱們有故人之情呢。」這幾句話說得輕描淡寫，但洋洋自得之情溢於言表，今日連威震湘鄂的鍾氏三雄都已受擒，此外更無強援，苗人鳳雙目已瞎，又怎有逃生之機？至於站在門口的胡斐和程靈素，他自沒放在眼下，便似沒這兩個人一般。

胡斐見敵衆我寡，鍾氏三雄一齊失手，對方好手該當不少，要退敵救人，料來不易。他遊目察看敵情，田歸農身後站著兩個女子，此外有個枯瘦老者手持點穴橛，另一個中年漢子拿對鐵牌，雙目精光四射，看來這兩人都是勁敵。另有七八名漢子拉著兩條極長極細的鐵鍊，不知有甚麼用途。

胡斐微一沉吟，便即省悟：「是了，他們怕苗大俠眼瞎後仍然十分厲害，這兩條鐵鍊明明是絆腳之用，欺他眼睛不便，七八人拉著鐵鍊遠遠一絆一圍，他武功再強，也非摔倒不可。」他向田歸農望了一眼，忍不住怒火上升，心想：「你誘拐人家妻子，苗大俠已饒了你，你卻一個毒計接著一個，弄瞎了人眼睛，還要置人於死地。如此惡毒，當眞禽獸不如。」

胡斐卻不知道，田歸農爲人固然陰毒，卻也實有不得已的苦衷，自與苗人鳳的妻子南蘭私奔之後，想起她是當世第一高手的夫人，每日裏食不甘味，寢不安枕，一有甚麼風吹草動，便疑心是苗人鳳前來尋仇，往往嚇得魂不附體。

南蘭初時對他是死心塌地的熱情痴戀，但見他整日提心吊膽，時時刻刻害怕自己丈夫，不免生了鄙薄之意。因爲這個丈夫苗人鳳，她實在不覺得有甚麼可怕。在她心中，只要兩心眞誠相愛，便給苗人鳳一劍殺了，又有甚麼？她看到田歸農對他自己性命的顧念，遠勝於珍重她的情愛。她是拋棄了丈夫、拋棄了女兒、拋棄了名節來跟隨他的，而他卻並不以爲這是世界上最寶貴的。她還隱隱覺得，田歸農之所以對自己痴纏，肯定還不是爲了自己的美色，更不是爲了自己的一片眞情，而是另有目的。爲了權勢？還是爲了財寶？這時她早已明白了田歸農，對於這個男人，天下最重要的，除了自己的性命之外，便是財寶和權勢。

因爲害怕和貪心，於是田歸農的風流瀟洒便減色了，對琴棋書畫便不大有興致了，便很少有時候伴著她在妝台前調脂弄粉了。他大部分時候在練劍打坐；或是仰起了頭空想，在想做大官，或是在想成爲大富翁？

這位官家小姐，卻一直是討厭人家打拳動刀的。就算武功練得跟苗人鳳一般高強，又算得甚麼？何況，她雖不會武功，卻也知田歸農永遠練不到苗人鳳的地步。

田歸農卻不能不憂心，只要苗人鳳不死，自己的一切圖謀，終歸是一場春夢，甚麼富可敵國的財寶，甚麼氣蓋江湖的權勢，終究不過是鏡中花、水中月罷了！

因此雖然是自己對不起苗人鳳，但他非殺了這人不可。現在，苗人鳳的眼睛已弄瞎了，他武功高強的三個助手都已擒住了，室內有五名好手在等待自己下手的號令，屋外有十多名好手預備截攔，此外，還有兩條苗人鳳看不見、不知道的長長鐵鍊……

程靈素靠在胡斐身邊，一直默不作聲，但一切情勢全瞧在眼裏。她緩緩伸手入懷，摸出了半截蠟燭，又取出火摺。只要蠟燭一點著，片刻之間，周圍的人全非中毒暈倒不可。她向身後眾人一眼也不望，晃亮了火摺，便往燭芯上湊去，在夜晚點一枝蠟燭，那是誰也不會在意的事。

那知背後突然颼的一聲，打來了一枚暗器。這暗器自近處發來，既快且準，程靈素猝不及防，蠟燭竟讓暗器打成兩截，跌在地下。她吃了一驚，回過頭來，只見一個十五六歲的姑娘厲聲道：「給我規規矩矩的站著，別搗鬼！」

眾人目光一時都射到了程靈素身上，都不知道她要搗甚麼鬼。

程靈素見那暗器是一枚鐵錐，淡淡的道：「搗甚麼鬼啊？」心中暗自著急：「怎麼這小姑娘居然識破了我的機關？這可有點難辦了。」

田歸農只斜晃一眼，並不在意，說道：「苗兄，跟我們走吧！」

他手下一名漢子伸手向胡斐肩頭猛力推出，喝道：「你是甚麼人？站開些。這裏沒熱鬧瞧。」他見胡程二人貌不驚人，還道是苗人鳳的鄰居。胡斐也不還手，索性裝傻，便站開一步。

苗人鳳道：「小兄弟，你快走，別再顧我！只要救出鍾氏三雄，苗某永感大德。」

胡斐和鍾氏三雄都大為感動：「苗大俠仁義過人，雖身處絕境，仍顧旁人，不顧自己。」

田歸農心中一動，向胡斐橫了一眼，心想：「難道這小子還會有甚麼門道？」大聲喝道：「請苗大俠上路。」

這喝聲一出口，屋中五人刀槍並舉，同時向苗人鳳身上五處要害殺去。

小屋的廳堂本就不大，六個人擠在裏面，眼見苗人鳳無可閃避，他雙掌一錯，硬生生的從兩人之間擠了過去。五人兵刃盡數落空，喀喇喇幾聲響，一張椅子爲兩柄刀同時劈成數塊。苗人鳳回轉身來，站在門口，他赤手空拳，眼上包布，卻堵住門不讓五個敵人逃出。胡斐本待衝入相援，但見他回身這麼一站，已知他有恃無恐，縱然不勝，也不致落敗。

那五名漢子心中均道：「我們五人聯手，今日若還對付不了一個瞎子，此後還有甚麼臉面再在江湖行走？」

苗人鳳叫道：「小兄弟，你再不走，更待何時？」胡斐道：「苗大俠放心，憑這些狗崽子，還擋不了我路！」苗人鳳說道：「好，英雄年少，後生可畏！」說了這幾個字，突然搶入人叢，鐵掌飛舞，肘撞足踢，威不可當。

室中這五人武功均非尋常，眼見苗人鳳掌力沉雄，便各退開，靠著牆壁，俟隙進擊。混亂中桌子傾倒，室中燈火熄滅。屋外兩人高舉火把，走到門口，苗人鳳雙目既瞎，有無火光全是一樣，那五人卻可大佔便宜。

猛聽得有人縱聲大吼，挺槍向苗人鳳刺去，這一槍對準他小腹，去勢狠辣。苗人鳳右腿橫跨，伸掌欲抓槍頭，那知西南角上一人悄沒聲的伏著，倏地揮刀砍出，噗的一聲，正中他右腿。這人姓錢，五人中算他武功最強，知苗人鳳全仗聽聲辨器，便屏住呼吸，靜靜蹲著，苗人鳳激鬥方酣，自不知他所在，他直候到苗人鳳的右腿伸到自己跟前，這才揮刀砍落。屋內屋外衆人見苗人鳳受傷，齊聲歡呼。
鍾兆文喝道：「小兄弟，快去救苗大俠，再待一會可來不及了。」
便在此時，苗人鳳左肩又中一鞭。他想：「今日之勢，若無兵刃，空手殺不出重圍。」胡斐也早已看清楚局面，須得將手中單刀拋給苗人鳳，他方能制勝，但門外勁敵不少，自己沒了兵刃，卻也難擋。眼見情勢緊急，不暇細思，叫道：「苗大俠接刀！」運起內力，呼的一聲，將單刀擲進門去。這一擲力道奇猛，室中五個敵人若伸手來接，手腕非斷不可，只苗人鳳一人才接得了這刀。
此時苗人鳳的左膀正伸到西南角處誘敵，待那人又揮刀砍出，手腕翻處，夾手已搶過單刀，聽著胡斐單刀擲來的風勢，刀背對刀背砸碰，噹的一響，火花四濺，竟將擲進來的單刀砸出門去，叫道：「你自己留著，且瞧我瞎子殺賊。」
他身上雖受了兩處傷，但手中有了兵刃，情勢登時大爲不同，呼呼兩刀，將五名敵人逼得又貼住了牆壁。
屋中五人素知「苗家劍」的威名，但精於劍術之人極少會使單刀，均想你縱然奪得一把鋼刀，未必比空手更強，各人齊聲吆喝，挺著兵刃又上。只見門外亮光閃耀，又擲進一把刀來，這一次卻是擲給那單刀遭奪的姓錢漢子。那人伸手接住，他適才兵刃脫手，頗覺臉上無光，非立功難以挽回顏面，舞刀搶攻，向苗人鳳迎面砍去。
苗人鳳凝立不動，聽得正面刀來，左側鞭至，卻不閃不架，待得刀鞭離身不過半尺，猛地轉身，唰的一刀，正中持鞭者右臂，手臂立斷，鋼鞭落地。那人長聲慘呼。姓錢的心驚肉跳，伏身向旁滾開。胡斐大奇：「這一招『鷂子翻身刀』明明是我胡家刀法，苗大俠如何會使？而他使得居然比我更為精妙！」

屋中其餘三人一楞，有人叫了起來：「苗瞎子也會使刀！」

田歸農猛地記起：當年胡一刀和苗人鳳曾互傳刀法、劍法，又曾交換刀劍比武，心中一凜，叫道：「他使的是胡家刀法，跟苗家劍不同。大夥兒小心！」

苗人鳳哼了一聲，說道：「不錯，今日叫鼠輩見識胡家刀法的厲害！」踏上兩步，一招「懷中抱月」，迴刀輕削，乃是虛招，跟著「閉門鐵扇」，單刀先推後橫，又有一人腰間中刀，倒在地下。

胡斐又驚又喜：「他使的果然是我胡家刀法！原來這兩招虛虛實實，竟可如此變化！」苗人鳳曾得胡一刀親口指點刀法的妙詣要旨，他武功根柢又深，比之胡斐單從刀譜上自行琢磨，所知自然更為精湛。

但見苗人鳳單刀展開，寒光閃閃，如風似電，吆喝聲中，揮刀「沙僧拜佛」，一人花槍折斷，鋼刀斜肩劈落，跟著「上步摘星刀」，又有一人斷腿跌倒。

田歸農叫道：「錢四弟，出來，出來！」他見苗人鳳大展神威，屋中只賸下了一個使單刀的「錢四弟」，即令有人衝入相援，也未必能操勝算，決意誘苗人鳳出屋用鐵鍊擒拿。但苗人鳳攔住屋門，那姓錢的如何能夠出來？

苗人鳳知此人是使陰毒手法砍傷自己右腿之人，不容他輕易脫逃，鋼刀晃動，將他逼入屋角，猛的一刀「穿手藏刀」砍將出去，嗆啷一響，那人單刀脫手。這人乘勢在地下滾動，穿過桌底，想欺苗人鳳眼不見物，便此逃出屋去。苗人鳳順手抓起一張板櫈，用力擲出。那人正好從桌底滾出，砰的一聲，板櫈撞正他胸口。這一擲力道何等剛猛，登時肋骨與櫈腳齊斷，那人立時昏死。

苗人鳳心知這些人全是受田歸農指使，因此未下殺手，每人均使其身受重傷而止。霎時之間五名好手先後倒地，屋外眾人盡皆駭然，均想：「這人號稱打遍天下無敵手，果然名不虛傳！若他眼睛不瞎，我輩今日都死無葬身之地了。」

田歸農朗聲笑道：「苗兄，你武功越來越高，小弟佩服得緊。來來來，小弟用天龍劍領教領教你的胡家刀法！」接著使個眼色，那些手握鐵鍊的漢子上前幾步，餘人卻退了開去。苗人鳳道：「好！」他也料到田歸農必有陰險後著，但形格勢禁，非得出屋動手不可。

胡斐突然插嘴：「且慢！田歸農，你要領教胡家刀法，何必苗大俠親自動手，在下指點你幾路，也就是了！」田歸農見他適才擲刀接刀的勁力手法，已知他並非尋常少年，但究也沒怎麼放在心上，向他橫了一眼，冷笑道：「你是何人？膽敢口出狂言？」

胡斐道：「我是苗大俠的朋友，適才見苗大俠施展胡家刀法，心下好生敬佩，學了他幾招，只好勞你大駕，給我餵餵招了！」

田歸農氣得臉皮焦黃，還沒開口，胡斐喝道：「看刀！」一招「穿手藏刀」，當胸猛劈過去，正是適才苗人鳳用以打落姓錢的手中兵刃這一招。田歸農舉劍封架，噹的一響，刀劍相交，田歸農身子一晃，胡斐卻退了一步。

田歸農是天龍門北宗掌門人，一手天龍劍法自幼練起，已有近四十年造詣，功力自比胡斐深厚。兩人這一較內力，胡斐便輸了一籌。但田歸農見對方小小年紀，膂力竟如此沉雄，滿以爲這一劍要將他單刀震飛，內傷嘔血，那知他只退了一步，臉上若無其事，倒也不禁暗自驚詫。

苗人鳳站在門口，聽得胡斐上前，聽得刀削的風勢，又聽得兩人刀劍相交，胡斐倒退，說道：「小兄弟，你這招『穿手藏刀』使得一點不錯。可是胡家刀法的要旨端在招數精奇，不在以力碰力。請你退開，讓我瞎子來收拾他。」

胡斐聽到「胡家刀法的要旨端在招數精奇，不在以力碰力」這兩句話，心念一動，暗道：「苗大俠這兩句話正指出了我刀法的缺陷，跟敵人硬拚，那是以己之短，攻敵之長。」又想起當年趙半山在商家堡講解武學精義，正與苗人鳳的說法不謀而合，心中一喜，大聲道：「多謝苗大俠指點。適才你所使刀法，我只試了一招，還有十幾招沒試。」轉過頭來，向田歸農道：「這一招『穿手藏刀』，你知道厲害了麼？」

田歸農喝道：「渾小子，滾開！」胡斐說道：「好，你不服氣，待我把胡家刀法一一施展，如我使得不對，打你不過，我跟你磕頭。你要是輸了，那又怎樣？」田歸農滿肚子沒好氣，喝道：「我也跟你磕頭！」

胡斐笑道：「那倒不用！你若不敵胡家刀法，那就須立時將鍾氏三雄放了。這三位鍾爺威震兩湖，武功修爲，可比你高明得太多。若說單打獨鬥，你連我也打不過，更加不是三位鍾爺敵手。單憑人多，又算甚麼英雄好漢？」他這番話一則激怒對方，二則也是爲鍾氏三雄出氣。三鍾雙手受縛，聽了這幾句話，心中大快，對胡斐更不勝感激。

田歸農行事本來瀟洒，但給胡斐這麼一激，竟大大沉不住氣，心想：「你小子輸了，想磕幾個頭就了事？有這麼便宜事！今日叫你小命難逃我劍底。」左袖一拂，左手捏個劍訣，斜走三步，他心中雖怒，卻不莽進，使的是正宗天龍門一字劍法。

衆人見首領出手，一齊退開，手執火把的高高舉起，圍成一個明晃晃火圈。

胡斐叫道：「『懷中抱月』，本是虛招，下一招『閉門鐵扇』！」口中吆喝，單刀先推後橫，正與苗人鳳適才所使一模一樣。田歸農身子閃過，橫劍便刺。胡斐叫道：「苗大俠，下一招該當怎樣？」苗人鳳聽他叫出「懷中抱月」與「閉門鐵扇」兩招的名字，也不怎麼驚異，因胡家刀法的招數外表上看去，跟武林中一般大路刀法並無多大不同，只變化奇妙，攻則去勢凌厲，守則門戶嚴謹，攻中有守，守中有攻，令人莫測高深，這時聽胡斐急叫，眉頭一皺，叫道：「沙僧拜佛。」

胡斐依言揮刀劈去。田歸農長劍斜刺，來點胡斐手腕。

苗人鳳叫道：「鷂子翻身！」他話未說完，胡斐已使「鷂子翻身」砍去。田歸農吃了一驚，急忙退開，嗤的一聲，長袍袍角已給刀鋒割去一塊。他臉上微微一紅，唰唰唰連刺三劍，迅捷無倫，心想：「難道你苗人鳳還來得及指點？」

苗人鳳一驚，暗叫要糟。卻聽胡斐笑道：「苗大俠，我已避了他三劍，怎地反擊？」

苗人鳳順口道：「關平獻印！」胡斐道：「好！」果是一刀「關平獻印」！

這一刀劈去，勢挾勁風，威力不小，但苗人鳳先已叫出，田歸農是武林中大宗派掌門，所學既精，人又機靈，早搶先避開。胡斐跟著橫刀削去，這一招是「夜叉探海」。他刀到中途，苗人鳳也已叫了出來：「夜叉探海！」

十餘招一過，田歸農竟給迫得手忙腳亂，全處下風，瞥眼見旁觀眾人均有驚異之色，劍法即變，快擊快刺。胡斐展開生平所學，以快打快。苗人鳳口中還在呼喝：「上步搶刀，亮刀勢，觀音坐蓮，浪子回頭……」眾人見胡斐刀鋒所向，竟與苗人鳳所叫若合符節，無不駭然。

其實當明末清初之時，胡苗范田四家武功均有聲於世。苗人鳳爲一代大俠，專精劍術，對天龍門劍術熟知於胸，這時田胡兩人相鬥，他眼睛雖然不見，一聽風聲即能辨知二人所使的大致是何招術。胡斐出招進刀，其實是依據自己生平所學全力施爲，如要聽到苗人鳳指點再行出刀，在這生死繫於一髮的拚鬥之際，那裏還來得及？只他和苗人鳳所學胡家刀法系出同源，全無二致。苗人鳳口中呼喝和他手上出招，配得天衣無縫，倒似是預先排演純熟、在眾人之前試演一般。

田歸農暗想：「莫非這人是苗人鳳的弟子？要不然苗人鳳眼睛未瞎，裝模作樣的包上一塊白布，實則瞧得清清楚楚？」想到此處，不禁生了怯意。胡斐的單刀卻越使越快。這時苗人鳳再也沒法聽出兩人的招數，已住口不叫，心中卻在琢磨：「這少年刀法如此精奇，不知是那一位高手門下？」

倘若他雙目得見，看到胡斐的胡家刀法如此精純，自早料到他是胡一刀的傳人了！

眾人圍著的圈子越離越開，都怕受刀鋒劍刃碰及。胡斐一個轉身，見程靈素站在圈子之內，滿臉關切的神色，登時體會到她對自己確實甚好，心下感動，不禁向她微微一笑，突然轉頭喝道：「『懷中抱月』，本是虛招！」

話聲未畢，噹的一聲，田歸農長劍落地，手臂上鮮血淋漓，踉蹌倒退，身子晃了兩晃，噴出一口血來。

原來「懷中抱月」，本是虛招，下一招是「閉門鐵扇」。這兩招一虛一實，當晚苗人鳳和胡斐各已使了一次，田歸農自瞧得明白，激鬥中猛聽得「懷中抱月，本是虛招」這八字，自然而然的防他下一招「閉門鐵扇」。那知胡家刀法妙在虛實互用，忽虛忽實，這一招「懷中抱月」卻不作虛招，突然變爲實招，胡斐單刀急迴，一刀砍在他腕上，跟著刀中夾掌，在他胸口結結實實的猛擊一掌。

胡斐笑道：「你怎地如此性急，不聽我說完？我說『懷中抱月，本是虛招，變爲實招，又有何妨？』你聽了上半截，沒聽下半截！」

田歸農胸口翻騰，似乎又要有大口鮮血噴出，知今日勢頭不對，再鬥下去，勢必大敗，又怕苗人鳳眼睛其實未瞎，強行運氣忍住，手指鍾氏三雄，打手勢命手下人解縛，隨即揮手轉身，忍不住又一口鮮血吐出。

那放錐的小姑娘是田歸農之女，是他前妻所生，名叫田青文，見父親身受重傷，忙搶上扶住，低聲道：「爹，咱們走吧？」田歸農點點頭。衆人羣龍無首，人數雖衆，已全無鬥志。苗人鳳抓起屋中受傷五人，逐一擲出。衆人伸手接住，轉身便走。

程靈素叫道：「小姑娘，暗器帶回家去！」右手揚動，鐵錐向田青文飛去。

田青文竟不回頭，左手向後一抄接住，手法甚爲伶俐。那知錐甫入手，她全身劇跳，立即將鐵錐拋落，左手連連揮動，似乎那鐵錐極其燙手一般。

胡斐哈哈一笑，說道：「赤蠍粉！」程靈素回以一笑，她果是在鐵錐上放了赤蠍粉。田青文這一下中毒，數日間疼痛不退。

片刻之間，田歸農一行人走得乾乾淨淨，小屋之前又是漆黑一團。

鍾兆文朗聲道：「苗大俠，賊子今日敗去，這幾天內不會再來。我三兄弟維護無力，甚爲慚愧，望你雙目早日痊可。」又向胡斐道：「小兄弟，我三鍾交了你這位朋友，他日若有差遣，願盡死力！」三人一抱拳，逕自快步去了。

胡斐知他三人失手被擒，臉上無光，抱拳還禮，不便再說甚麼。苗人鳳心中恩怨分明，口頭卻不喜多言，只朗聲道：「多謝了！」耳聽得田歸農一行北去，鍾氏三雄卻向南行。

程靈素道：「你兩位武功驚人，可讓我大開眼界了。苗大俠，請你回進屋去，我瞧瞧你眼睛。」三人回進屋中。胡斐搬起倒翻了的桌椅，點亮油燈。程靈素輕輕解開苗人鳳眼上的包布，手持燭台，細細察看。

胡斐不去看苗人鳳的傷目，只望著程靈素神色，要從她臉色之中，看出苗人鳳的傷目是否有救。但見程靈素的眼珠晶瑩清澈，猶似一泓清水，臉上只露出凝思之意，既無難色，亦無喜容，直教人猜度不透。

苗人鳳和胡斐都是極有膽識之人，但在這一刻間，心中的惴惴不安，尤甚於身處強敵環伺之際。

過了半晌，程靈素仍凝視不語。苗人鳳微微一笑，說道：「這毒藥藥性厲害，又隔了這許多時候，倘若難治，姑娘但說不妨。」程靈素道：「要治到與常人一般，並不為難，只苗大俠並非常人。」胡斐奇道：「怎麼？」程靈素道：「苗大俠人稱『打遍天下無敵手』，內力既深，雙目必當炯炯有神，凜然生威。若給我這庸醫治得目力雖復，卻失了神采，豈不可惜？」

苗人鳳哈哈大笑，說道：「這位姑娘吐屬不凡，手段自是極高的了。但不知跟一嗔大師怎生稱呼？」程靈素道：「原來苗大俠還是先師的故人……」苗人鳳一怔，道：「一嗔大師亡故了麼？」程靈素道：「是。」

苗人鳳霍地站起，說道：「在下有言要跟姑娘說知。」

胡斐見他神色有異，心中奇怪，又想：「程姑娘的師父毒手藥王法名叫做『無嗔』，怎麼苗大俠稱他為『一嗔』？」

苗人鳳道：「當年尊師與在下曾有小小過節，在下無禮，曾損傷過尊師。」程靈素道：「啊，先師左手少了兩根手指，是給苗大俠用劍削去的？」苗人鳳道：「不錯。雖這番過節尊師後來立即便報復了，算是扯了個直，兩不吃虧，但前晚這位兄弟要去向尊師求醫之時，在下卻知是自討沒趣，枉費心機。今日姑娘來此，在下還道是奉了尊師之命，以德報怨，實所感激。尊師既已逝世，姑娘是不知這段舊事的了？」

程靈素搖頭道：「不知。」苗人鳳轉身走進內室，捧出一隻鐵盒，交給程靈素，道：「這是尊師遺物，姑娘一看便知。」

那鐵盒約八寸見方，生滿鐵鏽，已是多年舊物。程靈素打開盒蓋，見盒中有一條小蛇的骨骼，另有一個小小磁瓶，瓶上刻著「蛇藥」兩字，她認得這般藥瓶是師父常用之物，但不知那小蛇的骨骼是何用意。

苗人鳳淡淡一笑，說道：「尊師和我言語失和，兩人動起手來。第二天尊師命人送了這隻鐵盒給我，傳言道：『若有膽子，便打開盒子瞧瞧，否則投入江河之中算了。』我自是受不了他激，打開盒蓋，裏面躍出這條小蛇，在我手背上咬了一口，小蛇劇毒無比，我半條手臂登時發黑。但尊師在鐵盒中附有蛇藥，我服用之後，性命是無礙了，這一番痛苦卻也難當之至。」說著哈哈大笑。

胡斐和程靈素相對而嘻，均想這番舉動原是毒手藥王的拿手好戲。

苗人鳳道：「咱們話已說明，姓苗的不能暗中佔人便宜。姑娘好心醫我，料想起來決非一嗔大師本意，煩勞姑娘一番跋涉，在下就此謝過。」說著一揖，站起身來走到門邊，便是送客之意。

胡斐暗暗佩服，心想苗人鳳行事大有古人遺風，豪邁慷慨，不愧「大俠」兩字。

程靈素卻不站起，說道：「苗大俠，我師父早就不叫『一嗔』了啊。」苗人鳳奇道：「甚麼？」

程靈素道：「我師父出家之前，脾氣暴躁，出家後法名『大嗔』。後來修性養心，頗有進益，於是更名『一嗔』。倘若苗大俠與先師動手之時，先師不叫一嗔，仍叫作大嗔，這鐵盒中便只有毒蛇而沒解藥了。」苗人鳳「啊」的一聲，點了點頭。

程靈素道：「他老人家收我做徒兒的時候，法名叫作『偈嗔』。三年之前，他老人家改作了『無嗔』。苗大俠，你可把我師父小看了。」苗人鳳又「啊」的一聲。程靈素道：「他老人家撒手西歸之時，早已大徹大悟，無嗔無喜，怎還把你這番小小舊怨記在心上？」苗人鳳伸手在大腿上一拍，說道：「照啊！我確是把這位故人瞧得小了。一別十餘年，人家豈能如我苗人鳳一般，全沒長進？姑娘你貴姓？」

程靈素抿嘴一笑，道：「晚輩姓程，禾木程。」從背上包袱中取出一隻木盒，打開盒蓋，拿出一柄小刀，一枚金針，說道：「苗大俠，請你放鬆全身穴道。」苗人鳳道：「是了！」

胡斐見程靈素拿了刀針走到苗人鳳身前，心中突然生念：「苗大俠和那毒手藥王有仇。江湖上人心難測，若他們安排惡計，由程姑娘借治傷為名，卻下毒手，豈不是我胡斐第二次又給人借作了殺人之刀？這時苗大俠全身穴道放鬆，只須在要穴中輕輕一針，即能制他死命。」正自躊躇，程靈素回過頭來，將小刀交了給他，道：「你給我拿著。」忽見他臉色有異，當即會意，笑道：「苗大俠放心，你卻不放心嗎？」

胡斐道：「若是給我治傷，我放一百二十個心。」程靈素道：「你說我是好人呢，還是壞人？」這句話單刀直入的問了出來，胡斐絕無思索，隨口答道：「你自然是好人，非常好的好人！」程靈素很歡喜，向他一笑。她肌膚黃瘦，本算不得美麗，但一笑之下，神采煥發，猶如春花初綻。胡斐心中更無半點疑慮，報以一笑。程靈素道：「你眞的信我了吧？」說著臉上微微一紅，轉過頭去，不再和他眼光相對。

胡斐曲起手指，在自己額角上輕輕打了個爆栗，笑道：「打你這胡塗小子！」心中忽動：「她問我：『你眞的信我了吧？』爲甚麼要臉紅？」王鐵匠所唱的那幾句情歌，斗然在心底響起：「小妹子待情郎──恩情深，你莫負了小妹子──一段情……」

程靈素提起金針，在苗人鳳眼上「陽白穴」、眼旁「睛明穴」、眼下「承泣穴」三處穴道逐一刺過，用小刀在「承泣穴」下割開少些皮肉，又換過一枚金針，刺在破孔之中，她大拇指在針尾一控一放，針尾中便流出黑血來。原來這枚金針中間是空的。但見血流不止，黑血變紫，紫血變紅。胡斐雖是外行，也知毒液已然去盡，歡呼道：「好啦！」

程靈素在七心海棠上採下四片葉子，在一隻瓦缽中搗得爛了，敷在苗人鳳眼上。苗人鳳臉上肌肉微微一動，接著身下椅子格的一響。

程靈素道：「苗大俠，我聽胡大哥說，你有位千金，挺可愛的，她在那裏啊？」苗人鳳道：「這裏不太平，送到鄰舍家玩去了。」程靈素用布條給他縛在眼上，說道：「好啦！三天之後，待得疼痛過去，麻癢難當之時，揭開布帶，便沒事了。現下請進去躺著歇歇。胡大哥，咱們做飯去。」

苗人鳳站起身來，說道：「小兄弟，我問你一句話。遼東大俠胡一刀，是你家的長輩嗎？」胡斐以胡家刀法擊敗田歸農，苗人鳳雖未親睹，但聽得出他刀法上的造詣大非尋常，若不是胡一刀的嫡傳，決不能有此功夫。他知胡一刀只生一子，而那兒子早已給人殺死，拋入河中，因此猜想胡斐必是胡一刀的後輩。

胡斐澀然一笑，道：「這位遼東大俠不是我伯父，也不是我叔父。」苗人鳳很是奇怪，心想胡家刀法素不傳外人，何況這少年確又姓胡，又問：「那位胡一刀胡大俠，你叫他作甚麼？」

胡斐心中難過，不知苗人鳳和自己父親究竟有甚關連，不願便此自承身分，說道：「胡大俠？他早逝世多年了，我那有福份來叫他甚麼？」心中在想：「我這一生若有福份叫一聲爹爹、媽媽，能得他們親口答應一聲，這世上我還希求些甚麼？」

苗人鳳心中納罕，呆立片刻，微微搖頭，走進臥室。

程靈素見胡斐臉有黯然之色，要逗他高興，說道：「胡大哥，你累了半天，坐一忽兒吧！」胡斐搖頭道：「我不累。」程靈素道：「你坐下，我有話跟你說。」胡斐依言坐下，突覺臀下一虛，喀的一聲輕響，椅子四腳全斷，碎得四分五裂。程靈素拍手笑道：「五百斤的大牯牛也沒你重。」

胡斐下盤功夫極穩，雖坐了個空，但雙腿立時拿樁，並沒摔倒，只甚覺奇怪。程靈素笑道：「那七心海棠的葉子敷在肉上，痛於刀割十倍，若是你啊，只怕叫出我的媽來啦。」胡斐一笑，這才會意，適才苗人鳳忍痛，雖不動聲色，但一股內勁，早把椅子坐得脆爛了，程靈素意在跟他開個玩笑。

兩人煮了一大鑊飯，炒了三盤菜，請苗人鳳出來同吃。苗人鳳道：「能喝酒嗎？」程靈素道：「能喝，甚麼都不用忌。」苗人鳳拿出三瓶白乾，每人面前放了一瓶，道：「大家自己倒酒喝，不用客氣。」說著在碗中倒了半碗，仰脖子一飲而盡。胡斐是個好酒之人，陪他喝了半碗。

程靈素不喝，卻把半瓶白乾倒在種七心海棠的陶盆中，見胡斐臉現詫異，便對他道：「這花得用酒澆，一澆水便死。我在種醍醐香時悟到了這道理。師兄、師姊他們不懂，直忙了十多年，始終種不活。」賸下的半瓶分給苗胡二人倒在碗中，自己吃飯相陪。

苗人鳳又喝了半碗酒，意興甚豪，問道：「胡兄弟，你的刀法是誰教的？」胡斐答道：「沒人教，是照著一本刀譜上的圖樣和解說學的。」苗人鳳「嗯」了一聲。胡斐道：「後來遇到紅花會的趙三當家，傳了我幾條太極拳的要訣。」苗人鳳一拍大腿，叫道：「是千臂如來趙半山趙三當家了？」胡斐道：「正是。」苗人鳳道：「怪不得，怪不得。」

胡斐問道：「怎麼？」苗人鳳道：「趙三當家武學修為高明之極，我早聽說過，若不是經他傳授，兄弟你焉能有如此精強武功？」喝了一口酒，又道：「久慕紅花會陳總舵主豪傑仗義，諸位當家英雄了得，只可惜豹隱回疆，苗某無緣見得，實是生平極大憾事。」胡斐聽他語意之中對趙半山極是推重，心下也感歡喜。

苗人鳳將一瓶酒倒乾，舉碗飲了，霍地站起，摸到放在茶几上的單刀，說道：「胡兄弟，昔年我遇到胡一刀大俠，他傳了我一手胡家刀法。今日我用以殺退強敵，你用以打敗田歸農，便是這路刀法了。嘿嘿，眞是好刀法啊，好刀法！」驀地裏仰天長嘯，躍出戶外，提刀一立，將那一路胡家刀法施展開來。

只見他步法凝穩，刀鋒迴轉，或閒雅舒徐，或剛猛迅捷，一招一式，俱勢挾勁風。胡斐凝神觀看，見他所使招數，果與刀譜上所記一般無異，只刀勢較爲收斂，而比自己所使也緩慢得多。胡斐只道他是爲了讓自己看得清楚，故意放慢。

苗人鳳一路刀法使完，橫刀而立，說道：「小兄弟，以你刀法上的造詣，勝那田歸農綽綽有餘，他便再強十倍，也決不是你對手。但等我眼睛好了，你要跟我打成平手，卻尚有不及。」胡斐道：「這個自然。晚輩怎是苗大俠的敵手？」

苗人鳳搖頭道：「這話錯了。當年胡大俠以這路刀法，和我整整鬥了五天，始終不分上下。他使刀之時，可比你緩慢得多，收斂得多。」胡斐一怔，道：「原來如此？」

苗人鳳道：「是啊，與其以客犯主，不如以主欺客。嫩勝於老，遲勝於急。纏、滑、絞、擦、抽、截，強於展、抹、鉤、剁、砍、劈。」

原來以主欺客，以客犯主，均是使刀的攻守之形，勞逸之勢；以刀尖開砸敵器爲「嫩」，以近柄處刀刃開砸敵器爲「老」；磕托稍慢爲「遲」，以刀先迎爲「急」，至於纏、滑、絞、擦等等，也都是使刀的諸般法門。

苗人鳳收刀還入，拿起筷子，扒了兩口飯，說道：「你慢慢悟到此理，他日必可稱雄武林，縱橫江湖。其實，就算現今，你也已少有敵手了。不過以你資質天賦，咱們求的是天下第一，不是第二。」胡斐心中歡喜，說道：「多謝指點。晚輩終身受益。」舉著筷子欲夾不夾，思量著他那幾句話，筷子停在半空。

程靈素用筷子在他筷子上輕輕一敲，笑道：「飯也不吃了嗎？」胡斐正自琢磨刀訣，全身的勁力不知不覺都貫注右臂之上。程靈素的筷子敲了過來，他筷子上自然而然的生出一股反震之力，嗒的一聲輕響，程靈素的一雙筷子竟爾震爲四截。她「啊」的一聲輕呼，笑道：「顯本事麼？」胡斐忙陪笑道：「對不起，我想著苗大俠那番話，不禁出了神。」隨手將手中筷子遞了給她。程靈素接過來便吃。

胡斐卻喃喃唸著：「嫩勝於老，遲勝於急，與其以客犯主……」一抬頭，見她正用自己使過的筷子吃飯，竟絲毫不以爲忤，不由得臉上一紅，欲待拿來代她拭抹乾淨，爲時已遲，要道歉幾句吧，卻又太著形跡，便到廚房去另行取了一雙筷子。

他扒了幾口飯，伸筷到那盤炒白菜中去夾菜，苗人鳳的筷子也剛好伸出，輕輕一撥，將他的筷子擋了開去，說道：「這是『截』字訣。」胡斐道：「不錯！」舉筷又上。但苗人鳳的一雙筷子守得嚴密異常，不論他如何高搶低撥，始終伸不進盤子。

胡斐心想：「動刀子拚鬥之時，他眼雖不能視物，但可聽風辨器，從兵刃劈風的聲音中辨明敵招來路。這時我一雙小小筷子，伸出去又無風聲，他如何能夠察覺？」

兩人進退邀擊，又拆了數招，胡斐突然領悟，原來苗人鳳這時所使招數，全是用的「後發制人」之術，要待雙方筷子相交，他才隨機應變，正是所謂「以主欺客」、「遲勝於急」等等的道理。胡斐一明此理，不再伸筷搶菜，卻將筷子高舉半空，遲遲不落，雙眼凝視著苗人鳳的筷子，自己筷子一寸一寸的慢慢移落，終於碰到了白菜。那時的手法可就快捷無倫，一挾縮回，送到了嘴裏。

苗人鳳瞧不見他筷子的起落，自不能攔截，將雙筷往桌上一擲，哈哈大笑。

胡斐自這口白菜一吃，才眞正踏入了第一流高手的境界，回想適才花了這許多力氣才勝得田歸農，霎時之間又喜歡，又慚愧。

程靈素見他終於搶到白菜，笑吟吟的望著他，由衷爲他歡喜。

苗人鳳道：「胡家刀法今日終於有了傳人，唉，胡大哥啊，胡大哥！」說到這裏，語音甚爲蒼涼。程靈素瞧出他與胡斐之間，似有甚麼難解的糾葛，不願他多提此事，問道：「苗大俠，你和先師當年爲了甚麼事情結仇，能說給我們聽聽嗎？」

苗人鳳嘆了口氣道：「這一件事我到今日還是不明白。十八年前，我誤傷了一位好朋友，只因兵刃上餵有劇毒，見血封喉，竟爾無法挽救。我想這毒藥如此厲害，多半與尊師有關，因此去向尊師詢問。尊師一口否認，說道毫不知情，想是我一來不會說話，二來心情甚惡，不免得罪了尊師，兩人這才動手。」

胡斐一言不發，聽他說完，隔了半晌，才問道：「如此說來，這位好朋友是你親手殺死的了？」苗人鳳道：「正是。」胡斐道：「那人的夫人呢？你斬草除根，一起殺了？」

程靈素見他手按刀柄，臉色鐵青，眼見一個杯酒言歡的局面，轉眼之間便要變爲一場腥風血雨。她全不知誰是誰非，但心中絕無半點疑問：「如他二人動手砍殺，我得立時助他。」這個「他」到底是誰，她心中自是清清楚楚。

苗人鳳語音甚是苦澀，緩緩的道：「他夫人當場自刎殉夫。」胡斐道：「那條命也是你害的了？」苗人鳳淒然道：「正是！」

胡斐站起身來，森然道：「這位好朋友姓甚名誰？」苗人鳳道：「你眞要知道？」胡斐道：「我要知道。」苗人鳳道：「好，你跟我來！」大踏步走進後堂。胡斐隨後跟去。程靈素緊跟在胡斐之後。

只見苗人鳳推開廂房房門，房內居中一張白木桌子，桌上放著兩塊靈牌，一塊寫著「義兄遼東大俠胡公一刀之靈位」，另一塊寫著「義嫂胡夫人之靈位」。

胡斐望著這兩塊靈牌，手足冰冷，全身發顫。他早就疑心父母之喪，必與苗人鳳有重大關連，但見他爲人慷慨豪俠，一直盼望自己是疑心錯了。但此刻他竟直認不諱，可是他既說「我誤傷了一位好朋友」，神色語氣之間，又含著無限隱痛，何況家中一直供著靈位，稱自己父母爲「義兄」、「義嫂」，一霎時間，不知該當如何才好。

苗人鳳轉過身來，雙手負在背後，說道：「你既不肯說和胡大俠有何干連，我也不必追問。小兄弟，你答應過照顧我女兒的，這話可要記得。好吧，你要爲胡大俠報仇，便可動手！」

胡斐舉起單刀，停在半空，心想：「我只要用他適才教我『遲勝於急』之訣，緩緩落刀，他眼不見物，決計躲閃不了，那便報了殺父、殺母的大仇！」大聲說道：「苗大俠，多謝你教我武功，但我跟你有血海深仇，不共戴天！此刻你目不見物，我若殺你，非大丈夫所爲，但等你眼睛好了，只怕我又不是你對手了！」

然見苗人鳳臉色平和，既無傷心之色，亦無懼怕之意，反而隱隱有歡喜之情，胡斐這一刀如何砍得下去？突然間大叫一聲，轉身便走。程靈素追了出來，捧起那盆七心海棠，取了兩人的隨身包袱，隨後趕去。

胡斐一口氣狂奔了十來里路，突然撲翻在地，放聲痛哭。程靈素落後甚遠，隔了良久，這才奔到，見到他悲傷之情，知道此時無可勸慰，默默坐在他身旁，且讓他縱聲一哭，發洩心頭悲傷。

胡斐直哭到眼淚乾了，這才止聲，說道：「程姑娘，他殺死的便是我的爹爹、媽媽，雖然中間似乎另有隱情，但父母之仇不共戴天。」程靈素呆了半晌，道：「那咱們給他治眼，這事可錯了。」胡斐道：「治他眼睛，一點也不錯。待他眼睛好了，我再去找他報仇。」頓了一頓，說道：「但他武功遠勝於我，非得先把武藝練好了不可。」程靈素道：「他既用餵毒的兵刃傷你爹爹，咱們也可一報還一報。」

胡斐聽得她全心全意的護著自己，好生感激，但想到她要以厲害毒藥去對付苗人鳳，說也奇怪，反而不自禁的凜然生懼。

心中又想：「這姑娘聰明才智，勝我十倍，武功也自不弱，但整日和毒物爲伍，總是……」他自己也不知「總是……」甚麼，心底只隱隱覺得對她未免無益，不由得生了關懷照顧之意。

盜黨中一個老者飛躍下馬，
手持雷震擋奇形兵器，
一語不發，便向徐錚臉上砸去。
馬春花見丈夫抵敵不過，
而自己兩隻手裏抱著一對雙生子，
沒法上前相助，十分焦急。

第十二章
古怪的盜黨

胡斐大哭一場之後，胸間鬱悶悲痛發洩了不少，見天已黎明，曙光初現，正可趕路，收淚剛要站起，突然叫聲：「啊喲！」原來他心神激盪，從苗人鳳家中急衝而出，竟將隨身的包袱留下了，倘再回頭去取，此時實不願再和苗人鳳會面。

程靈素解下負在背上的胡斐包袱，問道：「你要回去拿包袱嗎？我給你帶著了。」胡斐喜道：「多謝你了。」程靈素道：「你包袱裏東西太多，背著撞得我背脊疼，剛才我打開來整理了一下，放得平整服貼些，匆匆忙忙的，別丟失了東西，那隻玉鳳凰可更加丟不得。」

胡斐給她說中心事，臉上一紅，說道：「幸虧你帶來了包袱，否則連今晚吃飯住店的銀子也沒了。最要緊的是我家傳的拳經刀譜，決計丟不得。」程靈素打開包袱，取出他那本拳經刀譜，淡淡的道：「可是這本？我給你好好收著。」

胡斐道：「你眞細心，甚麼都幫我照料著了。」程靈素道：「就可惜那隻玉鳳給我在路上丟了，眞過意不去。」胡斐見她臉色鄭重，不像說笑，心中一急，道：「我回頭找找去，說不定還能找到。」說著轉頭便走。程靈素忽道：「咦，這裏亮晃晃的是甚麼東西？」伸手到青草之中，拾起一物，瑩然生光，正是那隻玉鳳。

胡斐大喜，笑道：「你是女諸葛，小張良，小可甘拜下風。」程靈素道：「見了玉鳳凰，瞧你歡喜得甚麼似的。還給你吧！」將刀譜、玉鳳和包袱都還了給他，說道：「胡大哥，咱們後會有期。」

胡斐一怔，柔聲道：「你生氣了麼？」程靈素道：「我生甚麼氣？」但眼眶一紅，珠淚欲滴，忙轉過了頭去。胡斐道：「你……你去那裏？」程靈素道：「我不知道。」

胡斐道：「怎麼不知道？」程靈素道：「我沒爹沒娘，師父又死了，又沒人送甚麼玉鳳凰、玉麒麟給我，我……我怎麼知道去那裏。」說到這裏，淚水終於流了下來。

胡斐自和她相識以來，見她心思細密，處處佔人上風，遇上任何難事，無不迎刃而解，但這時見她悄立曉風之中，殘月斜照，怯生生的背影微微聳動，不由得大生憐惜，說道：「我送你一程。」程靈素背著身子，拉衣角拭了拭眼淚，說道：「我又不去那裏，你送我做甚麼？你要我醫治苗大俠的眼睛，我已經給治好啦。」

胡斐要逗她高興，說道：「可是還有一件事沒做。」程靈素轉過身來，問道：「甚麼？」胡斐道：「我求你醫治苗大俠，你說也要叫我做一件事的。甚麼事啊，你還沒說呢。」程靈素究是個年輕姑娘，突然破涕爲笑，道：「你不提起，我倒忘了，這叫做自作孽，不可活。好，我要你幹甚麼，你都答允，是不是？」胡斐確是心甘情願的爲她無論做甚麼事，昂然道：「只要我力所能及，無不從命。」

程靈素伸出手來，道：「好，那隻玉鳳凰給了我。」胡斐一呆，大是爲難，但他終究言出必踐，當即將玉鳳遞了過去。程靈素不接，道：「我要來幹甚麼？我要你把它砸得稀爛。」

這一件事胡斐可萬萬下不了手，呆呆的怔在當地，瞧瞧程靈素，又瞧瞧手中玉鳳，不知如何是好，袁紫衣那俏麗嬌美的身形面龐，剎那間在心頭連轉了幾轉。

程靈素緩步走近，從他手裏接過玉鳳，給他放入懷中，微笑道：「從今以後，可別隨便答允人家甚麼。世上有許多事情，嘴裏雖答允了，卻是沒法辦到的呢。好吧，咱們可以走啦！」胡斐心頭悵惘，感到一股說不出的滋味，給她捧著那盆七心海棠，跟在後面。

行到午間，來到一座大鎭。胡斐道：「咱們找家飯店吃飯，然後去買兩頭牲口。」話猶未了，只見一個身穿緞子長袍、商人模樣的中年漢子走上前來，抱拳說道：「這位是胡爺麼？」胡斐從未見過此人，還禮道：「不敢，在下倒是姓胡。請問貴姓，當眞是找小可嗎？」那人微笑道：「正是！小人奉主人之命，在此恭候多時，請往這邊用此粗點。」說著恭恭敬敬的引著二人來到一座酒樓。

酒樓中店伴也不待那人吩咐，立即擺上酒饌，說是粗點，卻是十分豐盛精致的酒席。胡斐和程靈素都感奇怪。見那商人坐在下首相陪，舉止恭謹，一句不提何人相請，二人也就不再問，隨意吃了些。

酒飯已罷，那商人道：「請兩位到這邊休息。」下得酒樓，便有從人牽了三匹大馬過來。三人上了馬，那商人在前引路，出市鎭行了五六里，到了一座大莊院前。垂楊繞宅，白牆烏門，氣派不小。門前站著六七名家丁，見了那商人，一齊垂手肅立。

那商人請胡斐和程靈素到大廳用茶，桌上擺滿果品細點。胡斐心想：「我若問他何以如此接待，他不到時候，定不肯說，且讓他弄足玄虛，我只隨機應變便了。」和程靈素隨意談論沿途風物景色，沒去理睬那人。那商人只恭敬相陪，對兩人的談論竟不插口半句。

用罷點心，那商人說道：「胡爺和這位姑娘旅途勞頓，請內室洗澡更衣。」胡斐心想：「聽他口氣，似不知程姑娘的來歷，如此更妙。他如果敢向毒手藥王的弟子下毒，正好自討苦吃。」隨著家丁走進內堂。另有僕婦前來侍候程靈素往後樓洗沐。

兩人稍加休息，又到大廳，你看我，我看你，見對方身上衣履都煥然一新。程靈素低聲笑道：「胡大哥，過新年嗎？打扮得這麼齊整。」胡斐見她臉上薄施脂粉，清秀之中微增嬌艷之色，竟似越看越美，渾不似初會時那麼肌膚黃瘦，黯無光采，笑道：「你可眞像新娘子一般呢。」程靈素臉上一紅，轉過了頭不理。胡斐暗悔失言，但偷眼相瞧，她臉上卻不見有何怒色，目光中只露出又頑皮、又羞怯的光芒。

這時廳上又已豐陳酒饌，那商人向胡斐敬了三杯酒，轉身入內，回出時手捧托盤，盤中放著個紅布包袱，打開包袱，裏面是一本泥金箋訂成的簿子，封皮上寫著「恭呈胡大爺印斐哂納」九字。他雙手捧著簿子呈給胡斐，說道：「小人奉主人之命，將這份薄禮呈交胡大爺。」

胡斐不接，問道：「貴主人是誰？何以贈禮小可？只怕是認錯了人。」那商人道：「錯不了的！敝上吩咐，不得提他名字，將來胡大爺自然知曉。」胡斐好生奇怪，接過錦簿，翻開一看，只見第一頁寫道：「上等水田四百一十五畝七分」，下面詳細註明田畝的四至和坐落，又註明佃戶爲誰，每年繳租穀幾石幾斗等等。

胡斐大奇，心想：「我要這四百多畝田幹甚麼？」再翻過第二頁，見寫道：「莊子一座，五進，計樓房十二間，平房五十三間。」下面以小字詳註莊子東南西北的四至，以及每間房子的名稱，花園、廳堂、廂房，以至灶披、柴房、馬廄等等，無不書寫明白。再翻下去，則是莊子中婢僕的名字，日用金銀、糧食、牲口、車轎、家具、衣著等等。胡斐翻閱一遍，大是迷惘，將簿子交給程靈素，道：「你看。」程靈素看了，也猜不透是甚麼用意，笑道：「胡大員外，恭喜發財！」

那商人道：「敝上說倉卒之間，措備不周，實不成敬意。」頓了一頓，說道：「待會小人陪胡大爺，到房舍各處去瞧瞧。」胡斐問道：「你貴姓？」那商人道：「小人姓張。這裏的田地房產，暫時由小人爲胡大爺經管。胡大爺瞧著有甚麼不合適，只須吩咐便是。小人做得不妥，胡大爺可請隨時換人。田地房屋的契據，都在這裏，請胡大爺收管。」說著又呈上許多文據。胡斐道：「你且收著。常言道：無功不受祿。如此厚禮，我未必能受呢。」那商人道：「胡大爺太謙了。敝上只說禮數太薄，著實過意不去。」

胡斐自幼闖蕩江湖，奇詭怪異之事，見聞頗不在少，但突然收到這樣一份厚禮，而送禮之人又避不見面，這種事卻從沒聽見過。看這姓張的步履舉止，決計不會武功，談吐中也毫無武林人物的氣息，瞧來他只是奉人之囑，不見得便知內情。

酒飯已罷，胡斐和程靈素到書房休息。但見書房中四壁圖書，几列楸枰，架陳瑤琴，甚是雅致。一名書僮送上清茶後退了出去，房中只留下二人。

程靈素笑道：「胡員外，想不到你在這兒做起老爺來啦。」胡斐想想，也不禁失笑，隨即皺眉，說道：「我瞧送禮之人，只怕不安好心，但實在猜不出這人是誰？如此做法有甚用意？」程靈素道：「會不會是苗人鳳？」胡斐搖頭道：「這人雖跟我有不共戴天的深仇，但我瞧他光明磊落，慷慨豪爽，決不會幹這等鬼鬼祟祟的勾當。」程靈素道：「你助他退敵，又請我給他治好眼睛，他便送你一份厚禮，一來道謝，二來盼望化解怨仇，恐怕倒是一番美意。」胡斐道：「姓胡的豈能瞧在這金銀田產份上，忘了父母大仇？不！苗人鳳不會如此小覷了我。」程靈素伸伸舌頭，道：「倒是我小覷了你啦。」

兩人商量了半日，瞧不出端倪，決意便在此住宿一宵，好歹也要探出點線索。到了晚間，胡斐在後堂大房中安睡，程靈素的閨房卻設在花園旁的樓上。胡斐一生之中從未住過如此富麗堂皇的屋宇，而這屋宇居然歸自己所有，更加匪夷所思。

他睡到初更時分，輕輕推窗躍出，竄到屋面，伏低身子四望，見西面後院中燈火未熄，展開輕身功夫，奔了過去。足鉤屋簷，一個「倒捲珠簾」，從窗縫中向內張望，見那姓張的滴滴篤篤的打著算盤，正自算帳，另一個老家人在旁相陪。那姓張的寫幾筆帳，便跟那家人說幾句話，說的都是工薪柴米等等瑣事。

胡斐聽了半天，全無頭緒，正要回身，忽聽得東邊屋面上一聲輕響。他翻身站直，手握刀柄，見來的卻是程靈素。她做個手勢，胡斐縱身過去。程靈素悄聲道：「我前前後後都瞧過了，沒半點蹊蹺。你看到甚麼沒有？」

胡斐搖了搖頭，再在窗縫中向內張望，見那姓張的從一隻大箱中取出一堆黃金元寶，足有六七十錠。他將金錠分批包好，再坐下書寫一張張泥金大紅紙箋，分別貼在金包之上，胡斐和程靈素遙遙望去，見紅箋上分別寫的是：「節禮恭呈制軍大人」、「節禮恭呈撫臺大人」、「節禮恭呈府臺大人」等等字樣。胡斐輕聲說道：「送禮之人結交大官，來頭著實不小。咱們明天細細再看，不忙揭穿他。」程靈素道：「是啊，要問是問不出甚麼來的。」

兩人分別回房，這一晚各自提防，反覆思量，都沒睡得安穩。

次晨起身，便有僮僕送上參湯、燕窩，跟著是麵餃點心，胡斐卻另有一壺狀元紅美酒。胡斐心想：「有程姑娘爲伴，談談講講，倒也頗不寂寞。在這裏住著，說得上無憂無慮，快樂逍遙。」一見程靈素稍施脂粉，容貌雖不算美，卻也頗覺俏麗，突然心中一動：「倘若我娶了她爲妻，在這裏過些太平日子，那是一生中從未享過的福氣。袁姑娘雖比她可愛得多，但她不斷跟我作對，顯是鳳天南這大惡霸的一黨。況且第一，她未必肯嫁我。第二，就算嫁了我，整天打打殺殺、吵吵鬧鬧，而程姑娘卻對我那麼好，在一起有趣得多。只不過這裏的主人結交官府，顯非良善之輩，我胡斐難道貪圖財富安逸，竟與這等人同流合污，狼狽爲奸？」

驀地轉念：「那姓鳳的惡霸殺了鍾阿四全家，我若不爲鍾家伸此大冤，有何面目立於天地之間？」想到此處，胸間熱血沸騰，便向程靈素說道：「咱們這就動身了吧？」程靈素也不問他要到何處，答道：「好，這就動身。」

兩人回進臥室，換了舊時衣服。胡斐對那姓張的商人道：「我們走了！」說了這一句，拔步便走。那姓張的大是錯愕，道：「這……這……怎麼走得這般快？胡大……胡大爺，小人去備路上使費，您請等一會。」待他進去端了一大盤金錠銀錠出來，胡程二人早已遠去。

二人跨開大步，向北而行，中午時分到了一處市集，一打聽，才知昨晚住宿之處叫作義堂鎮。胡斐取出銀子買了兩匹馬，兩人並騎，一路談論昨日奇事。

程靈素道：「咱們白吃白喝，白住白宿，半點也沒損了甚麼。這麼說來，那主人似乎並沒安著歹心。」胡斐道：「我總覺這件事陰陽怪氣，很有點兒邪門。」程靈素笑道：「我倒盼這種邪門事兒多遇上些，一路上陰陽怪氣個不停。喂，胡大爺，你到底是去那裏啊？」胡斐道：「我要上北京。你也同去玩玩，好不好？」程靈素笑道：「好是沒甚麼不好，就只怕有些兒不便。」胡斐奇道：「甚麼不便？」程靈素笑道：「胡大爺去探訪那位贈玉鳳的姑娘，還得隨身帶個使喚丫鬟麼？」

胡斐正色說道：「不，我是去追殺一個仇人。此人武功雖不甚高，可是耳目眾多，狡獪多智，盼望程姑娘助我一臂之力。」於是將佛山鎮上鳳天南如何殺害鍾阿四全家、如何廟中避雨相遇、如何給他再度逃走等情一一說了。

程靈素聽他說到古廟邂逅、鳳天南黑夜兔脫的經過時，言語中有些不盡不實，問道：「那位贈玉鳳的姑娘也在古廟之中，是不是啊？」胡斐一怔，心想她聰明之極，反正我也沒做虧心之事，不用瞞她，於是索性連如何識得袁紫衣、她如何連奪三派掌門人之位、她如何救助鳳天南等情，也從頭至尾說了。

程靈素問道：「這位袁姑娘是個美人兒，是不是？」胡斐微微一怔，臉都紅了，說道：「算是很美吧。」程靈素道：「比我這醜丫頭好看得多，是不是？」

胡斐沒防到她竟會如此單刀直入的詢問，不由得頗是尷尬，道：「誰說你是醜丫頭了？袁姑娘比你大了幾歲，自然生得高大些。」程靈素一笑，說道：「我八歲的時候，拿媽媽的鏡子來玩。我姊姊說：『醜八怪，不用照啦！照來照去還是個醜八怪。』哼！我也不理她，你猜後來怎樣？」

胡斐心中一寒，暗想：「你可別把姊姊毒死了。」說道：「我不知道。」

程靈素聽他語音微顫，臉有異色，猜中了他心思，道：「你怕我毒死姊姊嗎？那時我還只八歲呢。嗯，不過第二天，家裏的鏡子通統不見啦。」胡斐道：「這倒奇了。」

程靈素道：「一點也不奇，都給我丟到了井裏。」頓了一頓，說道：「但我丟完了鏡子，隨即就明白了。生來是個醜丫頭，就算沒了鏡子，還是醜的。那井裏的水面，便是一面圓圓的鏡子，把我的模樣給照得清清楚楚。那時候啊，我真想跳到井裏去死了。」說到這裏，突然舉起鞭子狂抽馬臀，向前急奔。

胡斐縱馬跟隨，兩人一口氣馳出十餘里路，程靈素才勒住馬頭。胡斐見她眼圈紅紅的，顯是適才哭過來著，不敢朝她多看，心想：「你雖沒袁姑娘美貌，但決不是醜丫頭。何況一個人品德第一，才智方是第二，相貌好不好乃是天生，何必因而傷心？你事事聰明，怎麼對此便這地看不開？」瞧著她瘦削的側影，心中大起憐意，說道：「我有一事相求，不知你肯不肯答允，不知我是否高攀得上？」

程靈素身子一震，顫聲道：「你……你說甚麼？」胡斐從她側後望去，見她耳根子和半邊臉頰全都紅了，說道：「你我都沒父母親人，我想跟你結拜為兄妹，你說好麼？」

程靈素的臉頰剎時間變為蒼白，大聲笑道：「好啊，那有甚麼不好？我有這麼一位兄長，當眞是求之不得呢！」

胡斐聽她語氣中含有譏諷之意，不禁頗為狼狽，說道：「我是一片眞心。」程靈素道：「我難道是假意？」說著跳下馬來，在路旁撮土為香，雙膝一曲，便跪在地上。胡斐見她如此爽快，也跪在地上，向天拜了幾拜。兩人相對磕頭行禮。

程靈素道：「人人都說八拜之交，咱們得磕足八個頭……一、二、三、四、……七、八……嗯，我做妹妹，多磕兩個。」果然多磕了兩個頭，這才站起。

胡斐見她言語行動之中，突然微帶狂態，自己也有些不自然起來，說道：「從今而後，我叫你二妹了。」程靈素道：「對，你是大哥。咱們怎麼不立下盟誓，說甚麼有福共享、有難同當？」胡斐道：「結義貴在心盟，說不說都是一樣。」程靈素道：「啊，原來如此。」說著躍上了馬背，這日直到黃昏，始終沒再跟胡斐說話。

傍晚二人到了安陸，剛馳馬進入市口，便有一名店小二走上來牽住馬頭，說道：「這位是胡大爺吧？請來小店歇馬。」胡斐奇道：「你怎知我姓胡？」店小二笑道：「小人在這兒等了半天啦。」在前引路，讓著二人進了一家房舍高敞的客店。上房卻只留了一間，於是又開了一間，茶水酒飯也不用吩咐，便流水價送將上來。胡斐問那店小二，是誰叫他這般侍候。那店小二笑道：「義堂鎭的胡大爺，誰還能不知道麼？」次晨結帳，掌櫃的連連打躬，說道早已付過了，只肯收胡斐給店伴的幾錢銀子賞錢。一連幾日，都是如此。胡斐和程靈素雖都極有智計，但限於年紀閱歷，竟瞧不透這是那一門子江湖伎倆。

到第四日動身後，程靈素道：「大哥，我連日留心，咱們前後沒人跟隨，那必是有人在前途說了你的容貌服色，命人守候。咱們來個喬裝改扮，然後從旁察看，說不定便能得悉眞相。」胡斐喜道：「此計大妙。」

兩人在市上買了兩套衣衫鞋帽，行到郊外，在一處荒林之中改扮。程靈素用頭髮剪成假鬚，黏在胡斐唇上，將他扮成個四十來歲的中年漢子，自己穿上長衫，頭戴小帽，變成個瘦瘦小小的少年男子。兩人一看，相對大笑。到了前面市集，兩人更將坐騎換了驢子。胡斐將單刀包入包袱，再買了根旱煙管，吸了幾口，呑煙吐霧，這副神色，旁人便眼力再好，也決計認他不出。

這日傍晚到了廣水，見大道旁站著兩名店伴，伸長了脖子東張西望，胡斐知他們正在等候自己，不禁暗笑，逕去投店，掌櫃的見這二人模樣寒酸，招呼便懶洋洋地，給了他們兩間偏院房間。那兩名店伴直等到天黑，這才沒精打采的回店。胡斐叫了一人進來，跟他有一搭沒一搭的瞎扯，想從他口中探聽些消息。剛說得幾句閒話，忽然大道上馬蹄聲響，聽聲音不止一乘。那店伴喜道：「胡大爺來啦。」飛奔出店。

胡斐心道：「胡大爺早到啦，跟你說了這會子話，你還不知道。」當下走到大堂上去瞧熱鬧。只聽得人聲喧嘩，那店伴大聲道：「不是胡大爺，是鏢局子的達官爺。」跟著走進一個趟子手來，手捧鏢旗，在客店外的竹筒中一插。

胡斐看那鏢旗時，心中一愣，那鏢旗黃底黑線，繡著一匹背生雙翼的駿馬，當年在商家堡中曾見過這樣的鏢旗，認得是飛馬鏢局的旗號，心想這鏢局主人百勝神拳馬行空已在商家堡給燒死了，不知眼下何人充任鏢頭。那鏢旗殘舊褪色，已多年未換，那趟子手也年老衰邁，沒甚麼精神，看來飛馬鏢局近年來未見得怎生興旺。

跟著進來的鏢頭，卻是雄赳赳氣昂昂一條漢子，臉上無數小疤，胡斐認得他是馬行空的弟子徐錚。在他之後是個勁裝少婦，雙手各攜一個男孩，正是馬行空的女兒馬春花。胡斐和她相別數年，見她雖仍容色秀麗，卻已掩不住臉上的風霜憔悴。兩個男孩兒四歲左右，卻雪白可愛，兩人相貌一模一樣，顯是一對孿生兄弟。只聽一個男孩子道：「媽，我餓啦，要吃麵麵。」馬春花低頭道：「好，等爹洗了臉，大夥兒一起吃。」

胡斐心道：「原來他師兄妹已成了親，還生下兩個孩子。」當年他在商家堡時，少年人初識男女之事，見到馬春花容貌嬌美，身材豐滿，不由得意亂情迷，但這個姑娘也只在春夢之中偶一出現而已，其後他為商老太所擒，給商寶震用鞭子抽打，馬春花曾出力求情，他心中感恩，此事常在心頭。今日他鄉邂逅，若不是他不願給人認出真面目，早已上去相認道故了。

開客店的對鏢局子向來不敢得罪，雖見飛馬鏢局這單鏢只一輛鏢車，各人衣飾敝舊，料想沒多大油水，掌櫃的還是上前殷勤接待。

徐錚聽說沒了上房，眉頭一皺，正要發話，趟子手已從裏面打了個轉出來，說道：

「朝南那兩間上房不明明空著嗎？怎地沒了？」掌櫃的陪笑說道：「達官爺見諒。這兩間房前天就有人定下了，已付了銀子，說好今晚要用。」

徐錚近年來時運不濟，走鏢常有失閃，一肚皮的委屈，聽了此言，伸手在帳枱上用力一拍，便要發作。馬春花忙拉拉他衣袖，說道：「算啦，胡亂住這麼一宵，也就是了。」徐錚還眞聽妻子的話，向掌櫃的狠狠瞪了一眼，走進了朝西的小房。馬春花拉著兩個孩子，低聲道：「這單鏢酬金這麼微薄，若不對付著使，還得虧本。不住上房，省幾錢銀子也好。」徐錚道：「話是不錯，但我就瞧著這些狗眼看人低的傢伙生氣。」

馬行空死後，徐錚和馬春花不久成婚，兩人接掌了飛馬鏢局。徐錚的武功威名固然不及師父，而他生性魯莽直率，江湖上的場面結交更施展不開，三四年中連碰了幾次釘子，每次均虧馬春花多方設法，才賠補彌縫了過去。這麼一來，飛馬鏢局的生意便一落千丈，大買賣是永不上門的了。這一次有個鹽商要送一筆銀子上北直隸保定府去，爲數只九千兩，託大鏢局帶嫌酬金貴，這才交了給飛馬鏢局。徐錚夫婦向來一同走鏢，馬春花以家中沒可靠的親人，放心不下孩子，便帶了一同出門，諒來這區區九千兩銀子，在路上也不會有甚風險。

胡斐向鏢車望了一眼，走到程靈素房中，說道：「二妹，這對鏢頭夫婦是我的老相識。」將商家堡中如何跟他們相遇的事簡略說了。

程靈素道：「你認不認他們？」胡斐道：「待明兒上了道，到荒僻無人之處，這才上前相認。」程靈素笑道：「荒僻無人之處？啊，那可了不得！他們不當你這小鬍子是劫鏢的強人才怪。」胡斐一笑，道：「這枝鏢不值得胡大寨主動手。程二寨主，你瞧如何？」程靈素笑道：「瞧那鏢頭身上無錢，甚是寒傖。你我兄弟盜亦有道，不免拍馬上前，送他幾錠金子便了。」胡斐哈哈一笑。他確有贈金之心，只是要盤算個妥善法兒，贈金之時須得不失了敬意，才不損人家面子。

兩人用過晚膳，胡斐回房就寢，睡到中夜，忽聽得屋面上喀的一聲輕響。他雖在睡夢之中，仍立即驚覺，翻身坐起，跨步下炕，聽得屋上共有二人。那二人輕輕一擊掌，逕從屋面躍落。胡斐站到窗口，心想：「這兩個人是甚麼來頭，竟如此大膽，旁若無人？」伸手指戳破窗紙，往外張望，見兩人都身穿長衫，手中不執兵刃，推開朝南一間上房的門，便走了進去，跟著火光一閃，點起燈來。

胡斐心想：「原來這兩人識得店主東，不是歹人。」回到炕上，忽聽得踢躂踢躂拖鞋皮響，店小二走到上房門口，大聲喝道：「是誰啊？怎地三更半夜的，也不走大門，就這麼竄了下來？」他口中呼喝，走進上房，一腳剛踏進，便「啊喲」一聲大叫，跟著砰的一響，又是「我的媽啊，打死人啦」叫了起來，原來給人摔了出來，結結實實的跌入了院子。

這麼一吵鬧，滿店的人全醒了。兩個長衫客中一人站在上房門口，大聲說道：「我們奉了雞公山王大寨主之命，今晚踩盤子、劫鏢銀來著，找的是飛馬鏢局徐鏢頭。閒雜人等，事不干己，快快回房安睡，免得誤傷人命。」

徐錚和馬春花早就醒了，聽他如此叫陣，不由得又驚又怒，心想恁他多厲害的大盜，也決不能欺到客店中來，這廣水又不是小地方，這等無法無天，可就從沒見過。徐錚接口大聲道：「姓徐的便在這裏，兩位相好的留下萬兒。」

那人大笑道：「你把九千兩紋銀，一桿鏢旗，雙手奉送給大爺，也就是了，問大爺甚麼萬兒？咱們前頭見。」說著啪啪兩聲擊掌，兩人飛身上屋。

徐錚右手一揚，兩枝鋼鏢激射而上。後面那人回手一抄接住，跟著向下擲出，噹的一聲響，火星四濺，落在徐錚身前一尺之處，兩枝鏢都釘入了院子中的青石板裏，這一手勁力，徐錚就萬萬不能。只聽得兩人在屋頂哈哈大笑，跟著馬蹄聲響，向北而去。

店中店夥和住客待那兩個暴客遠去，這才七張八嘴的紛紛議論，有的說快些報官，有的勸徐錚繞道而行，有的說不如回家，不用保這趟鏢了。

徐錚默不作聲，拔起兩枝鋼鏢，回到房中。夫妻倆低聲商量，瞧這兩人武功不凡，該是武林中的成名人物，怎會瞧中這一枝小鏢？雖明知前途不吉，但一枝鏢出了門，規矩是有進無退，決不能打回頭，否則鏢局子就算是自己砸了招牌。徐錚氣憤憤的道：「黑道上朋友越來越欺侮人啦，往後去咱們這口飯還能吃麼？今日我拚著性命不要，也不能退縮。這兩個孩子……」馬春花道：「咱們跟黑道上的無冤無仇，最多不過是銀子的事，總還不致有人命干係，帶著孩子，那也無妨。」但在她心底，早已在深深後悔，實不該讓這兩個幼兒陪著自己冒此江湖風險。

胡斐和程靈素隔著窗子，一切瞧得清清楚楚，暗暗奇怪，覺得這一路而來，不可解之事甚多，喬裝改扮之後固避過了沒來由的接待，卻又遇上了飛馬鏢局這件奇事。

次日清晨，飛馬鏢局的鏢車一起行，胡斐和程靈素便不即不離的跟隨在後。徐錚見他二人跟蹤不捨，料他二人定爲盜黨，不時回頭怒目而視。胡程二人只裝作不見。中午打尖，胡程二人也和飛馬鏢局一處吃牛肉麵餅。

行到傍晚，離武勝關約有三十來里，只聽得馬蹄聲響，兩騎馬迎面飛馳而來。馬上乘客身穿灰布長袍，從鏢車旁一掠而過，直奔過胡程二人，這才靠攏並馳，縱聲長笑，聽聲音正是昨晚的兩個暴客。

胡斐道：「待得他們再從後面追上，不出幾里路，便要動手了。」話猶未畢，忽聽前面馬蹄聲響，又有兩乘馬從身旁掠過，馬上乘客身手矯健，顯是江湖人物。胡斐道：「奇怪，奇怪！」行不到十里路，又有兩乘馬迎面奔來，跟著又有兩乘馬。

徐錚見了這等大勢派，早把心橫了，不怒反笑，說道：「師妹，師父曾說，綠林中一等一的大寨，興師動衆劫那一等一的大鏢，才派到六個好手探盤子，今日居然一連派到八位高人，後面又有兩位陰魂不散的跟著，只怕咱們這路鏢保的不是紋銀九千兩，而是九百萬、九千萬兩！」

馬春花猜不透對方何以如此大張旗鼓，來對付這枝微不足道的小鏢，越是不懂，越是擔憂，對徐錚和趟子手道：「待會情勢不對，咱們帶了孩子逃命要緊。這九千兩銀子嘛，數目不大，總還能張羅著賠得起。」徐錚昂然道：「師父一世英名，便這麼送在我這個不成材的弟子手中嗎？」馬春花淒然道：「總得瞧孩子份上。今後咱兩口子耕田務農，吃一口苦飯，也不做這動刀子拚命的勾當啦。」

說到這裏，忽聽得身後蹄聲奔騰，回頭望去，塵土飛揚，那八乘馬一齊自後趕了上來。嗚的一聲長鳴，一枝響箭從頭頂飛過，跟著迎面也有八騎奔來。

胡斐道：「瞧這聲勢，這幫子人只怕是衝著咱們而來。」程靈素點頭道：「田歸農！」胡斐道：「咱們的改扮終究不成，還是給認出了。」

這時前面八乘、後面八乘一齊勒韁不動，將鏢局一行和胡程二人夾在中間。

徐錚翻身下馬，亮出單刀，抱拳道：「在下徐……」只說了三字，前面八乘中一個老者飛躍下馬，縱身而前，手持一件奇形兵刃，一語不發，便向徐錚臉上砸去。

胡斐和程靈素勒馬在旁，見那老者手中兵刃甚為奇怪，前面一個橫條，彎曲如蛇，橫條後裝著丁字形的握手，那橫條兩端尖利，便似一柄變形的鶴嘴鋤模樣。胡斐不識此物，問程靈素道：「那是甚麼？」

程靈素還未回答，身後一名大盜笑道：「老小子，教你一個乖，這叫做雷震擋。」程靈素接口道：「雷震擋不跟閃電錐同使，功夫也就平常。」

那大盜一呆，不再作聲，斜眼打量程靈素，不禁驚詫這瘦小子居然知道閃電錐。原來老者是他師兄，這大盜自己所使的便是閃電錐。他二人的師父右手使閃電錐，左手使雷震擋，一攻一守，變化極盡奇妙。兩件兵刃一長一短，雙手共使時相輔相成，威力固然甚大，但也十分不易。他師兄弟二人各得師父一隻手的技藝，始終學不會兩件兵刃同使。他二人自幼便在塞外，初來中原未久，而他的閃電錐又藏在袖中，並未取出，不意竟給程靈素一語道破來歷。他那知程靈素的師父毒手藥王無嗔大師見聞廣博，平時常和這個最鍾愛的小弟子講述各家各派武功，因此她雖從未見過雷震擋，但一聽其名，便知尙有一把閃電錐。

但見那老者將兵刃使得轟轟發發，果有雷震之威。徐錚單刀上的功夫雖也不弱，但讓雷震擋裹住了，漸漸施展不開。

只聽得前後十五名大盜你一言，我一語，出言譏嘲：「甚麼飛馬鏢局？當年馬老鏢頭走鏢，才稱得上『飛馬』二字，到了姓徐的手裏，早該改稱狗爬鏢局啦！」「這小子學了兩手三腳貓，不在家裏抱娃娃，卻到外面來丟人現世。」「喂，姓徐的，快跪下來磕三個響頭，我們大哥便饒了你狗命。」「走鏢走得這麼寒蠢，連九千兩銀子也保，不如買塊豆腐來自己撞死了罷！」「神拳無敵馬老鏢頭當年赫赫威名，武林中無人不服，這膿包小子眞對不住師父。」「我瞧他夫人比他強上十倍，眞是武林中女俠的身份，當眞是一朵鮮花插在牛糞上！好教人瞧著生氣。」

胡斐聽了各人言語，心想這羣大盜對徐錚的底細摸得甚爲清楚，不但知道他一共保了多少鏢銀，還知他師承來歷，說話之中對徐錚固極盡尖酸刻薄，對馬春花和她過世的父親卻毫無得罪之處，甚至還顯得頗爲尊敬。胡斐雖不識雷震擋，但那老者功力不弱，出手既狠且準，卻一眼便知，不禁暗自奇怪：「這老頭兒雖不能說是江湖上的一流好手，但如此武功，必是個頗有身分的成名人物。瞧各人作爲，決非衝著這區區九千兩銀子而來。若是田歸農派人來跟我爲難，又何必費這麼大的勁兒去對付徐錚？」

馬春花雙手抱著兩個兒子，在旁瞧得焦急萬分，她早知丈夫不是人家對手，然自己上前相助，只不過多引一個敵人下場，於事絲毫無補，兩個兒子沒人照料，勢必落入盜衆手裏。眼睜睜的瞧著丈夫越來越不濟，突見那老者將蛇形兵器往前疾送，快速異常的圈轉回拉，徐錚單刀脫手，飛上半天，她「啊」的一聲叫了出來。

那老者左足橫掃，徐錚急躍避過。單刀從半空落將下來，盜衆中一人舉起長劍，往上一撩，一柄鋼刀登時斷為兩截。那盜夥身手好快，長劍跟著右劈左削，又將尚未落地的兩截斷刀斬成四截。他手中所持固是極鋒利的寶劍，而出手之迅捷，更使人目為之眩。羣盜齊聲喝采。

瞧這情勢，那裏是攔路劫鏢，實是對徐錚存心戲弄！單是這手持長劍的大盜一人，打敗徐錚夫婦便綽綽有餘，何況同夥共有一十六人，看來個個都是好手，人人笑傲自若，便如十六頭靈貓圍住了一隻小鼠，要戲耍個夠，才分而吞噬。

徐錚紅了雙眼，雙臂揮舞，招招是拚命的拳式，但那老者雷震擋的鐵柄長逾四尺，徐錚如何欺得近身去？數招之間，只聽得嗤的一聲響，雷震擋的尖端劃破了徐錚褲腳，大腿上鮮血長流，接著又是一聲，徐錚左臀中擋。那老者抬起右腿，將他踢翻在地，左腳踏住，冷笑道：「我也不要你性命，只要廢了你一對招子，罰你不生眼睛，太也胡塗。」徐錚又害怕，又憤怒，胸口氣為之塞，說不出話來。

馬春花叫道：「衆位朋友，你們要鏢銀，拿去便是。我們跟各位往日無冤，近日無仇，何必趕盡殺絕？」那使劍的大盜笑道：「馬姑娘，你是好人，不必多管閒事。」

馬春花道：「甚麼多管閒事？他是我丈夫啊。」使雷震擋的老者道：「我們就是瞧著他太也不配，委屈了才貌雙全的馬姑娘，這才千里迢迢的趕來打這個抱不平。這件事非管不可！」胡斐和程靈素越聽越奇怪，均想：「這批大盜居然來管人家夫妻的家務事，還說甚麼打抱不平，當眞好笑。」兩人對望一眼，目光中均含笑意。

便在此時，那老者舉起雷震擋，擋尖對準徐錚右眼，戳了下去。馬春花大叫一聲，搶上相救，呼的一響，馬上一個盜夥手中花槍從空刺下，將她攔住。兩個小孩齊叫：「爸爸！」向徐錚身邊奔去。

突然間灰影晃動，那老者手腕酸麻，急忙翻擋迎敵，手裏驀然間輕了，原來手中兵刃竟已不知去向，驚怒中抬起頭來，只見那灰影躍上馬背，自己的獨門兵刃雷震擋卻已給他拿在手中舞弄，白光閃閃，轉成一個圓圈。

如此倏來倏去，一瞬之間下馬上馬，空手奪了他雷震擋的，正是胡斐！

衆盜相顧駭然，頃刻間寂靜無聲，竟沒一人說話，人人均爲眼前之事驚得呆了。過了半晌，各人才紛紛呼喝，舉刀挺杖，奔向胡斐。

胡斐大聲叫道：「是線上的合字兒嗎？風緊，扯呼，老窯裏來了花門的，三刀兔兒爺換著走，咱們鬍子上開洞，財神菩薩上山！」羣盜又是一怔，聽他說的黑話不像黑話，不知瞎扯些甚麼。

那雷震擋遭奪的老者怒道：「朋友，你是那一路的，來攪這淌渾水幹麼？」胡斐道：「兄弟專做沒本錢買賣，好容易跟上了飛馬鏢局的九千兩銀子，沒想到半路裏殺出來十六位程咬金。各位要分一份，這不叫人心疼麼？」那老者冷笑道：「哼，朋友別裝蒜啦，乘早留下個萬兒來是正經。」

徐錚於千鈞一髮之際逃得了性命，摟住了兩個孩子。馬春花站在他身旁，睜著一雙大眼盯住胡斐，一時之間還不明白眼前到底發生了何事。她只道胡斐和程靈素也必都是盜夥一路，那知他卻和那老者爭了起來。

只見胡斐伸手一抹上唇的小鬍子，咬著煙袋，說道：「好，我跟老兄實說了罷。神拳無敵馬行空是我師弟，師姪的事兒，老人家不能不管。」

胡斐此語一出，馬春花吃了一驚，心想：「那裏出來了這樣一個師伯？我從沒聽爹爹說過，而且這人年紀比爹爹輕得多，那能是師伯？」

程靈素在一旁見他裝腔作勢，忍不住要笑出聲來，但見他大敵當前，身在重圍，仍能漫不在意的言笑自若，卻也不禁佩服他膽色。

那老者將信將疑，哼的一聲，說道：「尊駕是馬老鏢頭的師兄？年歲不像啊，我們也沒聽說馬老鏢頭有甚麼師兄。」胡斐道：「我門中只管入門先後，不管年紀大小。馬行空是甚麼大人物了，還用得著冒充他師兄麼？」

先入師門爲尊的規矩，武林中許多門派原都是有的。那老者向馬春花望了一眼，察看她臉色，轉頭又問胡斐道：「沒請教尊駕的萬兒。」胡斐抬頭向天，說道：「我師弟叫神拳無敵馬行空，區區在下便叫歪拳有敵牛耕田。」羣盜一聽，盡皆大笑。

這一句話明顯是欺人的假話，那老者只因他空手奪了自己兵刃，才跟他對答了這一陣子話，否則早就出手了。他性子本就躁急，聽到「牛耕田」這三字，再也忍耐不住，虎吼一聲，便向胡斐撲來。胡斐勒馬閃開，雷震擋晃動，那老者手中倏地多了一物，舉手看時，卻不是雷震擋是甚麼？物歸原主，他本該歡喜，然而這兵刃並非自己奪回，卻是對方塞入自己手中，瞧也沒瞧明白，莫名其妙的便得回了兵刃。

衆盜齊聲喝采，叫道：「褚大哥好本事！」都道是他以空手入白刃的功夫搶回。這姓褚的老者卻自知滿不是那回事，當眞啞子吃黃連，說不出的苦。他微微一怔，問道：「尊駕插手管這檔子事，到底爲了甚麼？」言語中多了三分禮敬。

胡斐道：「老兄倒先說說，我這兩個師姪好好一對夫妻，各位幹麼要來打抱不平？」那老者道：「多管閒事，於尊駕無益。我好言相勸，還是各行各路罷！」衆盜均感詫異：「褚大哥平日多麼霹靂火爆的性兒，今日居然這般沉得住氣。」

胡斐笑道：「老兄這話再對也沒有了，多管閒事無益。咱們大夥兒各行各路。請啊，請啊！」那老者退後三步，喝道：「你既不聽良言，咱們雖無冤無仇，在下迫得要領教高招！」說著雷震擋一舉，護住了胸口。

胡斐道：「單打獨鬥，有甚麼味道？可是人太多了，亂糟糟的也不大方便。這樣吧，我牛耕田一人，鬥鬥你們三位。」說著提旱煙管向那使長劍的一指，又向那老者的師弟一指。

那使劍的相貌英挺，神情傲慢，仰天笑道：「老小子好狂妄！」那姓褚的老者卻知一對一跟胡斐動手，也眞沒把握，說道：「聶賢弟，上官師弟，他自己找死，咱三個便一齊陪他玩玩。」那姓聶的卻不願，說道：「這老小子怎能是褚大哥對手？要不，你師兄弟出馬，讓大夥兒瞻仰塞外『雷電交作』的絕技！」羣盜轟然叫好。

胡斐搖頭道：「年紀輕輕，便這般膽小，見不得大陣仗，可惜啊，可笑。」

那姓聶的長眉一挑，躍下馬來，低聲道：「褚大哥請讓一步，小弟獨自來教訓教訓這狂徒。」胡斐道：「你要教訓我歪拳有敵牛耕田，那也成。可是咱哥兒倆話說在先，倘若我牛耕田輸了，你要宰要殺，自然任憑處置。不過要是小兄弟你有一個失閃，那便如何？」那姓聶的冷笑道：「那是你痴心妄想。」胡斐笑道：「說不定老天爺保佑，小兄弟你竟有個三長兩短，七葷八素，那便如何？」那姓聶的喝道：「誰跟你胡說八道？如我輸了，也任憑你老小子處置便是。」

胡斐道：「任憑我老小子處置，那可不敢當。常言道得好：清官難斷家務事。便請各位寬宏大量，各人自掃門前雪，這個抱不平，咱們就都別打了吧！好不好？」那姓聶的好不耐煩，長劍一擺，閃起一道寒光，喝道：「便是這樣！」

胡斐目光橫掃衆盜，說道：「這位聶家小兄弟的話，作不作準？倘若他輸了，你們各位大爺還打不打抱不平？」

程靈素聽到這裏，再也忍耐不住，終於嗤的一聲笑了出來，心想他自己小小年紀，居然口口聲聲叫人家「小兄弟」，別人爲了「鮮花插在牛糞上」，因而興師動衆的來打抱不平，此事已十分好笑，而他橫加插手，又不許人家打抱不平，更屬匪夷所思。

盜衆素知那姓聶的劍術精奇，手中那口寶劍更削鐵如泥，出手鬥這鄉下土老兒小鬍子，定是有勝無敗。衆人此行原本嘻嘻哈哈，當作一件有趣玩鬧，途中多生事端，正求之不得，紛紛說道：「你小鬍子倘若贏了一招半式，咱們大夥兒拍屁股便走，這個抱不平是準定不打的了！」胡斐道：「就是這麼辦，這抱不平打不打得成，得瞧我小鬍子的玩藝兒行不行。看招！」猛地舉起旱煙管，往自己頸後衣領中一插，躍下馬來，一個踉蹌，險些摔倒。

衆人聽他一聲喝：「看招！」又見他舉起煙管，姿式儼然，都道他要以煙管當作兵器，打向對手，那知他呼的一聲，竟將煙管插入自己頸後領口，又見他下馬的身法如此笨拙狼狽，旁觀的十五個大盜之中，倒有十二三人笑了出來。

那姓聶的喝道：「你用甚麼兵刃，亮出來吧！」胡斐道：「黃牛耕田，得用犁耙！褚大寨主，你手裏這件傢伙倒像個犁耙，借來使使！」說著伸手出去，向那姓褚的老者借那雷震擋。

那老者見了他也眞大爲忌憚，倒退兩步，怒道：「不借！諒你也不會使！」胡斐右手手掌朝天，始終擺著個乞討的手勢，又道：「借一借何妨？」突然伸臂搭出，那老者舉擋欲架，不知怎的，手中忽空，那雷震擋竟又已到了對方手中。

那老者一驚非小，倒竄出一丈開外，臉上肌肉抽搐，如見鬼魅。

胡斐這路空手奪人兵刃的功夫，是他遠祖飛天狐狸潛心鑽研出來的絕技。當年飛天狐狸輔佐闖王李自成起兵打天下，憑著這手本領，不知奪過多少英雄好漢手中的兵器，當眞來無影，去無蹤，神出鬼沒，詭秘無比，「飛天狐狸」那四字外號，一半也是由此而來。

那姓聶壯漢見胡斐手中有了兵器，提劍便往他後心刺來。胡斐斜身閃開，回了一擋，跟著自左側搶上，雷震擋迴掠橫刺。

姓褚的老者只瞧得張大了口，合不攏來，但見胡斐所使的招數，竟是他師父親授的「六十四路轟天雷震擋法」，一模一樣，全無二致。他那姓上官的師弟更加詫異，明明聽得胡斐連雷震擋的名字也不識，使出來的擋法，卻和師哥全然相同。他二人那想得到胡斐武功根柢既好，人又聰明，瞧了那姓褚老者與徐錚打鬥，早將招數記在心中。何況他所使招數雖然形似，其中用勁和變化的諸般法門，卻絕不相干。

那姓聶的這時再也不敢輕慢，劍走輕靈，身手便捷。胡斐所使兵刃全不順手，兼之有意眩人耳目，招招依著那姓褚老者的武功法門而使，更加多了一層拘束，但見敵人長劍施展開來，寒光閃閃，劍法實非凡俗。他舞擋拆架，心下尋思：「這十六人看來都是硬手，若一擁而上，我和二妹縱能脫身，徐錚一家四口必定糟糕，只有打敗了這人，擠兌得他們不能動手，方是上策。」突見對手長劍下沉，暗叫不妙，待想如何變招，噹的一聲，雷震擋的一端已讓利劍削去。

盜眾眼見胡斐舉止邪門，本來心中均自嘀咕，忽見那姓聶的得利，齊聲歡呼。姓聶的精神一振，步步進逼。胡斐從褚姓老者那裏學得的幾招擋法，堪堪已經用完，心想再打下去馬腳便露，見雷震擋給削去一端，心念一動，迴擋斜砸，敵人長劍圈轉，噹的一聲響，另一端也削去了。

胡斐叫道：「好，你毀了褚大爺的成名兵刃，太不夠朋友啦！」

姓聶的一怔，心想這話倒也有理。突然噹的又是一響，胡斐竟將半截擋柄砸到他劍鋒上去，手中只餘下尺來長的一小截，又聽他叫道：「會使雷震擋，不使閃電錐，武功不免稀鬆平常。」說著將一小截擋柄遞出，便如破甲錐般使了出來。

姓上官的大盜先聽他說閃電錐，不由得一驚，但瞧了他幾路錐法，橫戳直刺，全不是那一回事，這才放心，大聲笑道：「這算那一門子的閃電錐？」胡斐道：「你學的不對，我的才對。」說著連刺急戳。其實他除單刀之外，甚麼兵器都不會使，這閃電錐只裝模作樣，擺個門面，所用作攻守者全在一隻左手，近身而搏，左手勾打鎖拿，當眞是「一寸短，一寸險」。

那姓聶的手中雖有利劍，竟給他攻得連連倒退，猛地裏「啊」的一聲大叫，兩人同時向後躍開。只見胡斐身前晶光閃耀，那口寶劍已到了他手裏。

胡斐左膝跪倒，從大道旁抓起一塊二十來斤的大石，右手持劍，劍尖抵地，劍身橫斜，左手高舉大石，笑道：「這口寶劍鋒利得緊，我來砸它幾下，瞧是砸得斷，砸不斷？」說著作勢便要將大石往劍身上砸去。縱是天下最鋒利的利劍，用大石砸在它平板的劍身上，也非一砸即斷不可。那姓聶的對這口寶劍愛如性命，見了這般慘狀，登時嚇得臉色蒼白，顫聲叫道：「老兄請住手……在下認輸便是了。」

胡斐道：「我瞧這口好劍，未必一砸便斷。」說著又將大石一舉。那姓聶的叫道：「尊駕倘若喜歡，拿去便是，別損傷了寶物。」

胡斐心想此人倒真是個情種，寧可劍入敵手也不願劍毀，不再嬉笑，雙手橫捧寶劍，送到他身前，躬身說道：「小弟無禮，多有得罪。這裏賠禮了！」神態謙恭。

那人大出意外，只道胡斐縱不毀劍，也必取去，要知如此利刃，當世罕見，有此寶劍，平添了一倍功夫，武林中人有誰不愛？何況他如此有禮，忙伸雙手接過，躬身道：「多謝，多謝！」惶恐之中，掩不住滿臉喜出望外之情。

胡斐知夜長夢多，不能再躭，翻身上馬，彎腰向羣盜拱手道：「承蒙各位高抬貴手，兄弟這裏謝過。」這句話說得甚是誠懇。他向徐錚和馬春花叫道：「走吧！」徐錚夫婦驚魂未定，趕著鏢車，縱馬便走。胡斐和程靈素在後押隊，沒再向後多望一眼，以免又生事端，耳聽得羣盜低聲議論，卻不縱馬來追。

四人一口氣馳出七八里，始終不見有盜夥追來。

徐錚勒住馬頭，說道：「尊駕出手相救，在下甚是感激，卻何以要冒充在下的師伯？」胡斐聽他語氣中甚有怪責之意，微笑道：「順口說說而已，兄弟不要見怪。」徐錚道：「尊駕貼上這兩撇鬍子，逢人便叫兄弟，也未免把天下人都瞧小了。」胡斐一愕，沒想到這個莽撞之人，竟會瞧得出來。程靈素低聲道：「定是他妻子瞧出了破綻。」胡斐略一點頭，凝視馬春花，心想她瞧出我鬍子是假裝，卻不知是否認出了我是誰。

徐錚見了他這副神情，只道自己妻子生得美麗，胡斐途中緊緊跟隨，早便不懷好意。他遭盜黨戲弄侮辱了個夠，已存必死之意，心神失常，放眼但覺人人是敵，大聲喝道：「閣下武藝高強，你要殺我，這便上吧！」說著一彎腰，從趟子手的腰間拔出單刀，立馬橫刀，向著胡斐凜然傲視。

胡斐不明他心意，欲待解釋，背後馬蹄聲急，一騎快馬急奔而至。這匹馬雖無袁紫衣那白馬的神駿，卻也是罕見的快馬，片刻間便從鏢隊旁掠過。胡斐一瞥之下，認得馬上乘客便是十六盜夥之一，心想這批江湖人物言明已罷手不再打抱不平，這些人武功不弱，自當言而有信，當已作罷，見徐錚神氣不善，不必跟他多有糾纏，便欲乘機離去。

程靈素道：「咱們走吧，犯不著多管閒事，打抱不平。」豈知「多管閒事，打抱不平」這八字，正觸動徐錚的忌諱，他眼中如要噴出火來，便要縱馬上前相拚。馬春花急叫：「師哥，你又犯胡塗啦！」徐錚一呆。

程靈素一提馬韁，跟著伸馬鞭在胡斐的坐騎臀上抽了一鞭，兩匹馬向北急馳而去。胡斐回頭叫道：「馬姑娘，可記得商家堡麼？」馬春花斗然間滿臉通紅，喃喃道：「商家堡，商家堡！我怎能不記得？」她心搖神馳，思念往事，但腦海中半分也沒出現胡斐的影子。她是在想著另外一個人，那個華貴溫雅的公子爺……

胡程二人縱馬奔出三四里，程靈素道：「大哥，打抱不平的又追上來啦。」胡斐也早已聽到來路上馬蹄雜沓，共有十餘騎之多，說道：「當眞動手，咱們寡不敵衆，又不知這批人是甚麼來頭。」程靈素道：「我瞧這些人未必便眞是強盜。」胡斐點頭道：「這中間古怪很多，一時可想不明白。」

這時一陣西風吹來，來路上傳來一陣金刀相交之聲。胡斐驚道：「給追上了。」程靈素道：「瞧那些人的舉動，那位馬姑娘決計無礙，他們也不會傷那徐爺的性命，不過苦頭是免不了要吃的了。」胡斐竭力思索，皺眉道：「我可眞不明白。」

忽聽得馬蹄聲響，斜刺往西北角馳去，走的卻不是大道，同時隱隱又傳來一個女子的呼喝之聲。

胡斐縱馬上了道旁一座小丘，縱目遙望，只見兩名盜夥各乘快馬，手臂中都抱著一個孩子。馬春花徒步追趕，頭髮散亂，似乎在喊：「還我孩子，還我孩子！」隔得遠了，聽不清楚。那兩個盜黨兵刃一舉，忽地分向左右馳開。馬春花登時呆了，兩個孩子一般的都是心頭之肉，不知該向那一個追趕才是。

胡斐瞧得大怒，心想：「這些人可眞無惡不作。」叫道：「二妹，快來！」明知寡不敵衆，倘若插手，此事甚爲凶險，但眼見這等不平之事，總不能置之不理，何況心中隱隱藏有當年對馬春花的一番情意，當即縱馬追上。但相隔遠了，待追到馬春花身邊，兩個大盜早已抱著孩子不知去向。見馬春花呆呆站著，卻不哭泣。

胡斐叫道：「馬姑娘別著急，我定當助你奪回孩子。」其實這時「馬姑娘」早已成了「徐夫人」，但在胡斐心中，一直便是「馬姑娘」，脫口而出，全沒想到改口。

馬春花聽了此言，精神一振，便要跪將下去。胡斐忙道：「請勿多禮，徐兄呢？」馬春花道：「我追趕孩子，他在那邊給人纏住了。」

程靈素馳馬奔到胡斐身邊，說道：「北面又有敵人。」胡斐向北望去，果見塵土飛揚，又有八九騎奔來。胡斐道：「敵人騎的都是好馬，咱們逃不遠，得找個地方躲一躲。」遊目四顧，一片空曠，並無藏身之處，只西北角上有一叢小樹林。

程靈素馬鞭一指，叫道：「去那邊。」向馬春花道：「上馬呀！」馬春花道：「多謝姑娘！」躍上馬背，坐在她身後。程靈素笑道：「你眼光眞好，危急中還瞧得出我是女扮男裝。」三人兩騎，向樹林奔去。只奔出里許，盜黨便已發覺，只聽得聲聲唿哨，南邊十餘騎，北邊八九騎，兩頭圍了上來。

胡斐一馬當先，搶入樹林，見林後共有六七間小屋，心想再向前逃，非給追上不可，只有在屋中暫避。奔到屋前，見中間是座較大的石屋，兩側的都是茅舍。他伸手推開石屋的板門，裏面一個老婦人臥病在床，見到胡斐時驚得說不出話來，只「啊，啊」低叫。

程靈素見那些茅舍一間間都柴扉緊閉，四壁又無窗孔，看來不是人居之所，踢開板門，見屋中堆滿了硬柴稻草，另一間卻堆了許多石頭。原來這些屋子是石灰窯貯積石灰石和柴草之處。程靈素取出火摺，打著了火，往兩側茅舍上一點，拉著馬春花進了石屋，關上了門，又上了門閂。

這幾間茅舍離石屋約有三四丈遠，柴草著火之後，人在石屋中雖然熾熱，但可將敵人擋得一時，同時石屋旁的茅舍盡數燒光，敵人無藏身之處，要進攻便較不易。

馬春花見她是個少女，卻能當機立斷，一見茅舍，毫不思索的便放上了火，自己卻要待進了石屋之後，想了一會，方始明白她用意，讚道：「姑娘！你好聰明！」

茅舍火頭方起，盜衆已紛紛馳入樹林，馬匹見了火光，不敢奔近，四周團團站定。

馬春花進了石屋，驚魂略定，卻懸念兒子落入盜手，不知此刻是死是活。她雖是著名拳師之女，自幼便隨父闖蕩江湖，不知經歷過多少風險，但愛兒遭擄，不由得珠淚盈眶。她伸袖拭了拭眼淚，向程靈素道：「妹子，你和我素不相識，何以犯險相救？」

這一句也眞該問，這批大盜顯然個個武藝高強，人數又衆，便是她父親神拳無敵馬行空親自遇上了，也決抵敵不住。這兩人無親無故，竟將這樁事毫沒來由的拉在自己身上，豈不是白白賠上性命？至於胡斐自稱「歪拳有敵牛耕田」，她自知是戲弄羣盜之言。她父親的武功是祖父所傳，並無同門師兄弟。

程靈素微微一笑，指著胡斐的背，說道：「你不認得他麼？他卻認得你呢。」

胡斐正從石屋窗孔中向外張望，聽得程靈素的話，回頭一笑，隨即轉身伸手，從窗孔中接了一枝鋼鏢、一枝甩手箭進來，拋在地下，說道：「咱們沒帶暗器，只好借用人家的了。一、二、三、四……五、六……這裏南邊共有六人。」轉到另一邊窗孔中張望，說道：「一、二、三……北邊七人，可惜東西兩面瞧不見。」

回頭向屋中一望，見屋角砌著一隻石灶，心念一動，拿起灶上鐵鍋，右手握住鍋耳，左手拿了鍋蓋，突然從窗孔中探身出去，向東瞧了一會，又向西瞧了一會。這麼一來，他上半身盡已露在敵人暗器的襲擊之下，但那鐵鍋和鍋蓋便似兩面盾牌，護住了左右。只聽得叮叮噹噹、的的篤篤一陣響，他縮身進窗，哈哈大笑。只見鍋蓋上釘著四五件暗器，鐵鍋中卻又抄著五六件，甚麼鐵蓮子、袖箭、飛錐、喪門釘等都有。那鍋口已缺了一大塊，卻是給一塊飛蝗石打的。

胡斐說道：「前後左右，一共是二十一人。我沒瞧見徐兄和兩個孩子，推想起來，尚有二人分身對付徐兄，有兩人抱著孩子，對方共是二十五人了。」程靈素道：「二十五人若是平庸之輩，自不足爲患，可是這一批……」胡斐道：「二妹，你可知那使雷震擋的是甚麼來頭？」

程靈素道：「我聽師父說起過有這麼一路外門兵器，說道擅使雷震擋、閃電錐的，是塞北白家堡一派。可是那使寶劍的這人，劍術明明是浙東的祁家劍。兩個塞北，一個浙東，嗯，大哥，你聽出了他們的口音麼？」馬春花接口道：「是啊，有的是廣東口音，還有湖南、湖北的，也有山東、山西的。」程靈素道：「天下決沒這麼一羣盜夥，會合了四面八方這許多好手，來搶劫區區九千兩銀子。」馬春花聽到「區區九千兩銀子」一句話，臉上微微一紅。飛馬鏢局開設以來，的確從沒承保過這樣一枝小鏢。

胡斐道：「咱們須得先查明敵人的來意，到底是衝著咱兄妹而來呢，還是衝著馬姑娘而來。」他初時見了敵人這般聲勢，只道定是田歸農一路，但盜夥的所作所爲，卻處處針對著徐錚、馬春花夫婦，顯然跟苗人鳳、田歸農一事全然無關。

馬春花道：「那自然是衝著飛馬鏢局。這位大哥貴姓？請恕小妹眼拙。」胡斐伸手撕下唇上黏著的鬍子，笑道：「馬姑娘，你不認得我了麼？」馬春花望著他那張壯健之中微帶稚氣的臉，看來年紀甚輕，卻想不起曾在那裏見過。

胡斐笑道：「商少爺，請你去放了阿斐，別再難爲他了。」馬春花一怔，櫻口微張，卻無話說。胡斐又道：「阿斐給你吊著，多可憐的，你先去放了他，好不好？」

當年胡斐在商家堡給商寶震吊打，甚爲慘酷，馬春花瞧得不忍，懇求釋放。商寶震對她鍾情，雖惱恨胡斐，卻也允其所請，但要握一握她的手爲酬，馬春花也就答允。雖其時胡斐已自脫綑縛，但馬春花爲他求情之言卻句句聽得明白，當時小小的心靈之中，便存著一份深深感激，直到此刻，這份感激仍沒消減半分。而這個姑娘，又是自己曾暗中仰慕而她並不知情的。爲了報答當年那兩句求情之言，他便送了自己性命，也所甘願。今日身處險地，心中反而高興，只因當年受苦最深之時，曾有一位姑娘出言爲他求情，到這時候，自己竟能在這位姑娘危難之際來盡心報答。

馬春花聽了那兩句話，飛霞撲面，叫道：「啊，你是阿斐，商家堡中的阿斐！」頓了一頓，又道：「你是胡大俠胡一刀的公子，胡斐胡兄弟。」

胡斐微笑著點了點頭，但聽她提到自己父親，想起了幼年之事，心中不禁一酸。

馬春花道：「胡兄弟你……你……須得救我那兩個孩子。」胡斐道：「小弟自當竭力。」略一側身，道：「這是小弟的結義妹子，程靈素姑娘。」

馬春花剛叫了一聲「程姑娘」，突然砰的一聲大響，石屋的板門給甚麼巨物力撞，屋頂泥灰撲簌簌直落。好在板門堅厚，門閂粗大，沒給撞開。

胡斐在窗孔中向外張去，見四個大盜騎在馬上，用繩索拖了一段樹幹，遠遠馳來，奔到離門丈許之處，四人同時放手一送，樹幹便砰的一聲，又撞在門上。

胡斐心想：「大門若給撞開了，盜衆一擁而入，可抵擋不住。」當下手中暗扣一枚喪門釘，一枝甩手箭，待那四名大盜縱馬遠去後回頭又來，大聲喝道：「老小子手下留情，射馬不射人。」

眼看四騎馬奔到三四丈開外，他右手連揚，兩枚暗器電射而出，呼呼兩響，分別釘入當先兩匹馬的頂門正中。兩匹馬叫也沒叫一聲，立時倒斃。馬背上的兩名大盜翻滾下鞍。後面兩乘馬給樹幹一絆，跟著摔倒。馬上乘客縱身躍起，沒給壓著。

旁觀的盜衆齊聲驚呼，奔上察看，見兩枚暗器深入馬腦，射入處只餘一孔，連箭尾也沒留在外面，這股手勁當眞罕見罕聞。羣盜都是好手，均知那小鬍子確是手下留情，這兩件暗器只要打中頭胸腹任何一處，那裏還有命在？羣盜一愕之下，唿哨連連，退到了十餘丈外，直至對方暗器決計打不到的處所，才聚在一起，低聲商議。

胡斐適才出其不意的忽發暗器，如對準了人身，羣盜中至少也得死傷三四人，局勢自可和緩，但胡斐不明對方來歷，不願貿然殺傷人命，以至結下了不可解的深仇，何況馬春花二子落入敵手，徐錚下落不明，雙方若能善罷，自是上策。羣盜一退，胡斐回過身來，見板門已給撞出了一條大裂縫，心想再撞得兩下，便無法阻敵攻入了。

馬春花道：「胡兄弟，程家妹子，你們說怎麼辦？」胡斐皺眉道：「這些盜夥你一個也不認識麼？」馬春花搖頭道：「不識。」胡斐道：「若說是令尊當年結下的仇家，他們言語之中，對令尊卻甚敬重。如有意跟你爲難，因而擄去兩個孩子，一來你一個人也不識，二來他們對你並沒半句不敬的言語。對徐大哥嘛，他們的確十分無禮，但要跟徐大哥過不去，可不用這般興師動衆啊。」

馬春花道：「不錯。盜衆之中，不論那一個，武功都遠勝我師哥。只要有一二人出馬，便足夠了。」胡斐點頭道：「事情的確古怪，但馬姑娘也不用太過躭心，瞧他們的作爲，並無傷人之意，倒似在跟徐大哥開玩笑似的。」馬春花想到「一朵鮮花插在牛糞上」、「打抱不平」這些話，臉上又是一紅。

兩人在這邊商議，程靈素已慰撫了石屋中的老婦，在鐵鍋中煮起飯來。

三人飽餐了一頓，從窗孔中望出去，見羣盜來去忙碌，不知在幹些甚麼，因讓樹木擋住了，瞧不清行動。

胡斐和程靈素低聲談論了一陣，都覺難以索解。程靈素道：「這事跟義堂鎮上的胡大財主可有干連麼？」胡斐道：「我是一點也不知。」頓了一頓，說道：「與其老是悶在葫蘆裏，我們還不如現出眞面目來，倘若兩事有甚干連，我們也好打定主意應付，免得馬姑娘的丈夫和兒子受這無妄之災。」程靈素點了點頭。

胡斐黏上了小鬍子，與程靈素兩人走到門邊，打開了大門。羣盜見有人出來，怕他們突圍，十餘乘馬四下散開，逼近屋前。

胡斐叫道：「各位倘是衝著我姓胡的而來，我胡斐和義妹程靈素便在此處，不須牽連旁人！」說著啪的一聲，把煙管一折兩段，扯下唇上的小鬍子，將臉上化裝盡數抹去。程靈素也摘下了小帽，散開青絲，露出女孩兒家的面目。

羣盜臉上均現驚異之色，萬沒想到此人武功如此了得，竟是個二十歲未滿的少年。而他的同伴，更是個年輕姑娘。羣盜你望我，我望你，一時打不定主意。

突然一人越眾而出，面白身高，三十五六歲年紀，正是那使劍的姓聶大盜。他向胡斐一抱拳，說道：「尊駕還劍之德，在下沒齒不忘。我們的事跟兩位絕無關連，兩位儘管請便，在下在這兒恭送。」說著翻身下馬，在馬臀上輕輕一拍，那馬走到胡斐跟前停住，看來這大盜是連坐騎也奉送了。

胡斐抱拳還禮，說道：「馬姑娘呢？你們答允了不打這抱不平的。」那姓聶的道：「抱不平是不敢打了。我兄弟們只邀請馬姑娘北上一行，決不敢損傷馬姑娘分毫。」

胡斐笑道：「倘若眞是好意邀客，何必如此大動干戈？」轉頭叫道：「馬姑娘，人家邀你去作客，你去是不去？」馬春花走出門來，說道：「我和各位素不相識，邀我作甚？」盜衆中有人笑道：「我兄弟們自然不識馬姑娘，可是有人識得你啊。」

馬春花叫道：「我的孩子呢！快還我孩子！」那姓聶的道：「兩位令郎安好，馬姑娘請放心。我們一定全力保護，怎敢驚嚇了兩位萬金之體的小公子？」

程靈素向胡斐瞧了一眼，心想：「這強盜說話越來越客氣了。這徐錚左右不過是個鏢頭，他生的兒子是甚麼萬金之體了？」只見馬春花突然紅暈滿臉，說道：「我不去！快還我孩子來！」也不等羣盜回答，逕自回進了石屋。

胡斐見馬春花行動奇特，疑竇更增，說道：「馬姑娘和在下交情非淺，不論爲了何事，在下決不能袖手旁觀。」那姓聶的道：「尊駕武功雖強，只恐雙拳難敵四手。我們弟兄一共有二十五人，待到晚間，另有強援到來。」

胡斐心想：「這人所說的人數，和我所猜的一點不錯，總算沒騙我。管他強援是誰，我豈能捨馬姑娘而去？二妹卻不能平白無端的在此送了命。」低聲道：「二妹，你先騎這馬突圍出去，我一人照料馬姑娘，那便容易得多。」

程靈素知他顧念自己，說道：「咱們結拜之時，說的是『有難共當』呢，還是『有難先逃』？」胡斐道：「你和馬姑娘從不相識，何必爲她犯險？至於我，那可不同。」程靈素的眼光始終沒望他一眼，道：「不錯，我何必爲她犯險？可是我和你，難道也是從不相識麼？」

胡斐心中大是感激，自忖一生之中，甘願和自己同死的，平四叔是會的，趙半山也會的，（奇怪得很，一瞬之間，心中忽地掠過一個古怪的念頭：苗人鳳也會的），今日又有一位年輕姑娘安安靜靜的站在自己身旁，一點也不躊躇，只是這麼說：「活著，咱們一起活，要死，便一起死！」

那姓聶的大盜等了片刻，又道：「弟兄們決不敢有傷馬姑娘半分，對兩位卻不存顧忌。兩位又何必沒來由的自處險地？尊駕行事光明磊落，在下佩服得緊，有意高攀，想交個朋友。咱們後會有期，今日便此別過如何？」

胡斐道：「你們放不放馬姑娘走？」那姓聶的搖了搖頭，還待相勸，羣盜中已有許多人呼喝起來：「這小子不識好歹，聶大哥不必再跟他多費唇舌！」「這叫做天堂有路你不走，地獄無門自進來。」「傻小子，憑你一人，當眞有天大的本事麼？」

突見白光一閃，一件暗器向胡斐疾射過來。那姓聶的大盜躍起身來，一把抓住，卻是柄飛刀。胡斐道：「尊駕好意，兄弟心領，兄弟交了尊駕這個朋友。從此刻起，咱們誰也不欠誰的情。」說著拉著程靈素的手，翻身進了石屋。

但聽得背後風聲呼呼，好幾件暗器射來，他用力一推大門，托托托幾聲，幾件暗器都釘上了門板。羣盜大聲唿哨，衝近門前。

胡斐搶到窗孔，拾起桌上的鋼鏢，對準攻得最近的大盜擲了出去。他仍不願就此而下殺手，這一鏢對準了那大盜肩頭。那大盜「啊」的一聲，肩頭中鏢。這人極是兇悍，竟自不退，叫道：「衆兄弟，今日連這一個小子也收拾不下，咱們還有臉回去嗎？」

羣盜連聲吆喝，四面衝上。只聽得東邊和西邊的石牆上同時發出撞擊之聲，顯然這兩面因無窗孔，盜衆不怕胡斐發射暗器，正用重物撞擊，要破壁而入。

胡斐連發暗器，南北兩面的盜夥向後退卻，東西面的撞擊聲卻絲毫不停。

程靈素取出七心海棠所製蠟燭，又將解藥分給胡斐、馬春花和病倒在床的婦人，叫他們含在嘴裏，一待敵人攻入，便點起蠟燭，薰倒敵人。但程靈素的毒藥對付少數敵人固應驗如神，敵人大舉來攻，對之不免無濟於事。安排這枝蠟燭，也只盡力而為，能多傷得一人便減弱一分敵勢，至於是否能衝出重圍，實無把握。

便在此時，禿的一響，西首的石壁已給攻破一洞，羣盜怕胡斐厲害，沒人敢孤身鑽進，但破洞勢將越鑿越大，總能一擁而入。

胡斐見情勢緊迫，暗器又已使完，在石屋中四下打量，要找些甚麼重物來投擲傷敵。程靈素叫道：「大哥，這東西再妙不過。」俯身到那病婦床邊，伸手在地下一按，雙手舉起，兩手掌上白的都是石灰。原來鄉人在此燒石灰，石屋中積有不少。

胡斐叫道：「妙極！」嗤的一聲，扯下長袍的一塊衣襟，包了一大包石灰，猛地縮身一衝，從破孔中鑽了出去，閉住眼睛，右手一揚，一包石灰撒出，立即鑽回石屋。

羣盜正自計議如何攻入石屋，如何從破孔中衝進而不致爲胡斐所傷，那料得到他反客爲主，竟從破洞中攻將出來？這一大包石灰四散飛揚，白霧茫茫，站得最近的三人眼中登時沾上，劇痛難當，一齊失聲大叫。

胡斐突擊成功，一轉身，程靈素又遞了兩個石灰包給他。胡斐道：「好！」從石灶上扳下一塊大石，伸左手高高舉起，飛身躍起，忽喇喇一聲響，屋頂撞破了一個大洞。

他二次躍起時從屋頂中鑽出，兩個石灰包揚處，人叢中又有人失聲驚呼。程靈素連包幾個石灰包，放在鐵鍋中遞上屋頂，胡斐東南西北一陣抛打，衆人又叫又罵，退入了林中。這一役對方七八人眼目受傷，一時不敢再逼近石屋。

如此相持了一個多時辰，羣盜不敢過來，胡斐等卻也不能衝殺出去，一失石屋的憑藉，便無法以少抗衆。

胡斐和程靈素有說有笑，兩人同處患難，比往日更增親密，不知不覺間竟有了同生共死的感覺，雖說是義兄妹的結拜之情，在程靈素心中，卻又不單是如此。馬春花卻有點兒神不守舍，只低頭默默沉思，臉上神色忽喜忽愁，對胡程兩人的說話也似聽而不聞。

胡斐道：「咱們守到晚間，或能乘黑逃走。今夜倘若走不脫，二妹，那要累得你送上一條小命了，至於我歪拳有敵牛耕田這老小子的老命，嘿，嘿！」說著伸手指在上唇一摸，笑道：「早知跟姓牛的無關，這撇鬍子倒有點捨不得了。」

程靈素微微一笑，低聲問道：「大哥，待會如果走不脫，你救我呢，還是救馬姑娘？」胡斐道：「兩個都救。」程靈素道：「我是問你，倘若只能救出一個，另一個非死不可，你便救誰？」胡斐微一沉吟，說道：「我救馬姑娘！我跟你同死。」

程靈素轉過頭來，滿臉深情，低低叫了聲：「大哥！」伸手握住了他手。

胡斐心中一震，忽聽得屋外腳步聲響，往窗孔中一望，叫道：「啊喲，不好！」只見羣盜紛紛從林中躍出，手上都拖著樹枝柴草，不住往石屋周圍擲來，瞧這情勢，顯是要行火攻。胡斐和程靈素手握著手，相互看了一眼，從對方的眼色之中，兩人都瞧出處境已然無望。

馬春花忽然站到窗口，叫道：「喂，你們領頭的人是誰？我有話跟他說。」

羣盜中站出一個瘦瘦小小的老者，說道：「馬姑娘有話，請吩咐小人吧！」馬春花道：「我過來跟你說，你可不得攔著我不放。」那老者道：「誰有這麼大膽，敢攔住馬姑娘了？」

馬春花臉上一紅，低聲道：「胡兄弟，程家妹子，我出去跟他們說幾句話再回來。」胡斐忙道：「使不得！強盜賊骨頭，怎講信義？馬姑娘你這可不是自投虎口？」馬春花道：「困在此處，事情總是不了。兩位高義，我終生不忘。」

胡斐心想：「她要將事情一個兒承當，好讓我兩人不受牽累。她孤身前往，自是凶多吉少，救人不救徹，豈是大丈夫所爲？」眼看馬春花甚是堅決，已伸手去拔門閂，說道：「那麼我陪你去。」馬春花臉上又微微一紅，道：「不用了。」

程靈素實在猜測不透，馬春花何以會幾次三番的臉紅？難道她對胡大哥竟也有情？想到此處，不由得自己也臉紅了。

胡斐道：「好，既是如此，我去擒一個人來，作爲人質。」馬春花道：「胡兄弟，不必……」話未說完，胡斐已右手提起單刀，左手一推大門，猛地衝出。衆人齊聲大呼。

胡斐展開輕功，往斜刺裏疾奔。衆人齊聲呼叫：「小子要逃啦！」「石屋裏還有人，四下裏兜住。」「小心，提防那小子使詭。」呼喝聲中，胡斐便如一溜灰煙般撲入了人叢之中。

兩名盜夥握刀來攔，胡斐頭一低，從兩柄大刀下鑽了過去，左手一勾，想拿左首那人手腕。豈知那人手腳甚是滑溜，單刀横掃，胡斐迫得舉刀封架，竟沒拿到。這麼稍一躭擱，又有三名大盜撲了上來，兩條鋼鞭，一條鏈子槍，將胡斐圍在垓心。

胡斐大喝一聲，提刀猛劈，噹噹噹三響過去，兩條鋼鞭落地，鏈子槍斷爲兩截，這三刀使的是極剛極猛之力，雖打落了敵人三般兵刃，但他自己的單刀也已刃口捲邊，難以再用。衆人見他如此神勇，不自禁的向兩旁讓開。

那老者喝道：「讓我來會會英雄好漢！」赤手空拳，猱身便上。胡斐一驚：「此人身手沉穩，大是勁敵。」左手一揚，叫道：「照鏢！」

那老者住足凝神，要瞧清楚他鋼鏢來勢。那知胡斐這一下卻是虛招，左足一點，身子忽地飛起，越過兩名大盜的頭頂，右臂探出，已將一名大盜揪下馬來。他抓住了這大盜的脈門，跟著翻身上馬，從人叢中硬闖出來。

那馬給胡斐一腳踢在肚腹，吃痛不過，向前急竄。衆人紛紛呼喝叫罵，有的乘馬，有的步行，隨後追趕。那馬奔出數丈，胡斐只聽得腦後風生，一低頭，兩枚鐵錐從頭頂飛過，去勢奇勁，發錐的實是高手。

胡斐在馬上轉過身來，倒騎鞍上，將那大盜舉在胸前，叫道：「請發暗器啊，越多越好！」那大盜給扣住脈門，全身酸軟，動彈不得。胡斐哈哈大笑，伸腳反踢馬腹，只踢了一腳，那馬撲地倒了，原來當他轉身之前，馬臀上先已中了一枚鐵錐，穿腹而入。胡斐縱身落地，橫持大盜，一步步的退入石屋。

衆人怕他加害同伴，不敢一擁而上。這夥人枉自有二十餘名好手，卻給他一人倏來倏去，橫衝直撞，不但沒傷到他絲毫，反給他擒去了一人。衆人相顧氣沮，心下固自惱怒，卻也不禁暗暗佩服。

馬春花喝采道：「好身手，好本事！」緩步出屋，空手向盜羣中走去，竟不持兵刃。衆人見她走近，紛紛下馬，讓出一條路來。馬春花不停步的向前，直到離石屋二十餘丈之處的樹林邊，這才立定。

胡斐和程靈素在窗中遙遙相望，見馬春花背向石屋，那老者站在她面前說話。程靈素道：「大哥，你說她爲甚麼走得這麼遠？若有不測，豈不是相救不及？」胡斐「嗯」了一聲，他知程靈素如此相問，其實她心中早已有了答案。

果然，程靈素接著就把答案說了出來：「因為她和這些人說話，不想讓咱兩個聽見！」胡斐又「嗯」的一聲。他知程靈素的猜測不錯，可是，那又為甚麼？

胡斐和程靈素聽不到馬春花和衆人的說話，但遙遙望去，各人的神情隱約可見。

程靈素道：「大哥，這盜魁對馬姑娘說話的模樣，可恭敬得很哪，沒半點飛揚囂張。」胡斐道：「不錯，這盜魁很有涵養，確是個勁敵。」程靈素說道：「我瞧不是有涵養，倒像是僕人跟主婦稟報甚麼似的。」胡斐也已看出了這一節，心中隱隱覺得不對，但想這事甚為尷尬，不願親口說出。

程靈素瞧了一會，又道：「馬姑娘在搖頭，定是不肯跟那盜魁去。可是她為甚麼……」突然側過頭來，瞧著胡斐的臉，心中若有所感，又回頭望向窗外。

胡斐道：「你要說甚麼？你說她為甚麼……怎地不說了？」程靈素道：「我不知道該不該問你。問了出來，怕你生氣。」胡斐道：「二妹，你跟我在這兒同生共死，咱們之間還有甚麼不能說的？我甚麼都不會瞞你。」程靈素道：「好！馬姑娘跟那盜魁說話，為甚麼不是發惱，卻要臉紅？這還不奇，為甚麼連你也要臉紅？」

胡斐道：「我在疑心一件事，只是尚無佐證，現下不便明言。二妹，你大哥光明磊落，決無不可對人言之事。你信得過我麼？」程靈素見他神色懇切，很是高興，微笑道：「那你是在代她臉紅了。旁人的事，我管不著。只要你很好，那就好了。我猜這件事中，牽涉到馬姑娘的甚麼私情……以致對方不肯明言，馬姑娘也不肯說。」

胡斐道：「我初識馬姑娘之時，是個十三四歲的拖鼻涕小廝。她見我可憐，這才給我求情……」說到這裏，抬頭出了會神，只見天邊晚霞如火燒般紅，輕輕道：「該不該這樣，我不知道。但我信得過她是好人……她良心是挺好的。」

這時他身後那大盜突然一聲低哼，顯是穴道受點後酸痛難當。胡斐轉身在他「章門穴」上一拍，又在他「天池穴」上推拿了幾下，解開了他穴道，說道：「事出無奈，多有得罪，請勿見怪。尊駕高姓大名？」那人濃眉巨眼，身材魁梧，對胡斐怒目而視，大聲道：「我學藝不精，給你擒來，要殺要剮，便可動手，多說些甚麼？」

胡斐見他硬氣，倒欽服他是條漢子，笑道：「我跟尊駕從沒會過，無冤無仇，豈有相害之意？只是今日之事處處透著奇怪，在下心中不明，老兄能不能略加點明？」那人厲聲道：「你當我汪鐵鶚是卑鄙小人麼？憑你花言巧語，休想套問得出我半句口供。」

程靈素伸伸舌頭，笑道：「你不肯說姓名，這不是說了麼？原來是汪鐵鶚汪爺，久仰，久仰。」汪鐵鶚呸的一聲，罵道：「黃毛小丫頭，你懂得甚麼？」

程靈素不去理他，向胡斐道：「大哥，這是個渾人。不過他鷹爪雁行門的前輩武師，跟小妹很有點交情。周鐵鷦、曾鐵鷗他們見了我都很客氣，說得上是自己人。你就別難爲他了。」說著向胡斐眨了眨眼睛。

汪鐵鶚大是奇怪，問道：「你識得我大師兄、二師兄麼？」語氣登時變了。程靈素道：「怎麼不識？我瞧你的鷹爪功和雁行刀都沒學得到家。」汪鐵鶚道：「是！」低了頭頗爲慚愧。

鷹爪雁行門是北方武學中的一個大門派。門中大弟子周鐵鷦、二弟子曾鐵鷗在江湖上成名已久。程靈素曾聽師父說起過，知道他門中這一代的弟子，取名第二字用個「鐵」字，第三字多用「鳥」旁，這時聽汪鐵鶚一報名，又見他使的是雁翎刀，自然一猜便中。至於汪鐵鶚的武功沒學到家，更不用多說，他武功倘若學得好了，又怎會給胡斐擒來？但汪鐵鶚腦筋不怎麼靈，聽程靈素說得頭頭是道，居然便深信不疑。

程靈素道：「你兩位師哥怎麼沒跟你一起來？我沒見他們啊。」其實她並不識得周鐵鷦、曾鐵鷗，只想這兩人威名不小，若在盜夥之中，必是領頭居首的人物，但那瘦老人和其餘幾個盜首都不使刀，想來周曾二人必不在內。這一下果然又猜中了。汪鐵鶚道：「周師哥和曾師哥都留在北京。幹這些小事，怎能勞動他兩位的大駕？」言下甚有得色。

程靈素心道：「他二人留在北京，難道這一夥人竟是從北京來的？我再誆他一誆。」輕描淡寫的道：「天下掌門人大會不久便要開啦。你們鷹爪雁行門定要在會裏大大露一露臉。你總要回北京趕這個熱鬧吧？」汪鐵鶚道：「那還用說？差使一辦妥，大夥全得回去。」

胡斐和程靈素都是一怔，均想：「甚麼差使？」程靈素道：「貴寨眾位當家的受了招安，給皇上出力，那是光祖耀宗的事哪。」不料這一猜測可出了岔兒，程靈素只道他們都是盜夥，卻在辦差，那不是受了招安是甚麼？那知汪鐵鶚一對細細的眼睛一翻，說道：「甚麼招安？你當我們眞是盜賊麼？」程靈素暗叫：「不好！」微微一笑，說道：「你們裝作是黑道上的朋友，大家心照不宣，又何必點穿？」

她雖掩飾得絲毫沒露痕跡，但汪鐵鶚居然也起了疑心，程靈素再以言語相逗，他便只瞪著眼睛，一言不發。胡斐忽道：「三妹，你既識得這位汪兄的眾位師哥，咱們可不便再加留難。汪兄，你這就請回吧！」汪鐵鶚愕然站起。

胡斐打開石室木門，說道：「得罪莫怪，後會有期。」汪鐵鶚不知他要使甚麼詭計，不敢跨步。程靈素拉拉胡斐的衣角，連使眼色。胡斐一笑道：「小弟胡斐，我義妹程靈素，多多拜上周曾兩位武師。」說著輕輕往汪鐵鶚身後一推，將他推出門外。

汪鐵鶚大惑不解，仍遲疑著不舉步，回頭望去，見木門已關上，這才向前走了幾步，跟著又倒退幾步，生怕胡斐在自己背後發射暗器，待退到五六丈外，見石室中始終沒有動靜，這才轉身，飛也似的奔入樹林。

程靈素道：「大哥，我是信口開河啊，誰又識得他的周鐵雞、曾鐵鷗了，你怎地信以爲眞，放了他去？」胡斐道：「我瞧這些人決不敢傷害馬姑娘。再說，汪鐵鶚是個渾人，這些盜夥未必看重他。他們眞要對馬姑娘有甚留難，也不會顧惜這渾人。」程靈素讚道：「你想得極是……」話猶未了，窗孔中望見馬春花緩步而回，眾人恭恭敬敬的送到林邊，不再前行，任她獨自回進石屋。

胡程二人眼中露出詢問之色，但都不開口。馬春花道：「他們都稱讚胡兄弟武功既高，人又仁義，實是位少年英雄。」胡斐謙遜了幾句，見她呆呆出神，沒再接說下文，也不便再問。

隔了半晌，馬春花緩緩的道：「胡兄弟，程家妹子，你們走吧。我的事……你們兩位幫不上忙。」胡斐道：「你未脫險境，我們怎能捨你而去？」馬春花道：「我在這裏沒危險，他們不敢對我怎樣。」胡斐心想：「這兩句話只怕確是實情，但讓她孤身留在這裏，怎能安心？」但見她臉上一陣紅，一陣白，忽而泫然欲泣，忽而嘴角邊露出微笑，胡斐和程靈素相顧發怔。石室內外，一片寂靜。

胡斐拉拉程靈素的衣角，兩人走到窗邊，並肩向外觀望。胡斐低聲道：「二妹，你說怎麼辦？」程靈素低聲道：「大仁大義的少年英雄說怎麼辦，黃毛丫頭便也怎麼辦。」胡斐悄聲道：「我疑心著一件事，可是無論如何不便親口問她，這般僵持下去，終也不是了局。」程靈素道：「我猜上一猜。你說有個姓商的，當年對她頗有情意，是不是？」胡斐道：「是啊，你眞聰明。我疑心這夥人是受商寶震之託而來，因此對馬姑娘很客氣，對他丈夫卻不斷的訕笑羞辱。」程靈素道：「看來馬姑娘對那姓商的還是未免有情。」胡斐道：「因此我就不知道怎麼辦了。」

兩人說話之時，沒瞧著對方，只口唇輕輕而動，馬春花坐在屋角，不會聽到。

眼見得晚霞漸淡，天色慢慢黑了下來，突然間西首連聲唿哨，有幾乘馬奔來。程靈素道：「又來了幫手。」胡斐側耳聽去，道：「怎地有一人步行？」果然過不多時，一人飛步奔近，後面四騎馬成扇形散開著追趕。但馬上四人似乎存心戲弄，並沒催馬，口中吆喝唿哨，始終離前面奔逃之人兩三丈遠。那人頭髮散亂，腳步踉蹌，顯已筋疲力盡。

胡斐看清了那人面目，叫道：「徐大哥，到這裏來！」說著打開木門，待要搶出去接應，爲時已然不及，四騎馬從旁繞上，攔住徐錚去路。林中盜衆也紛紛躍出。

胡斐倘若衝出，只怕羣盜乘機搶入屋來，程靈素和馬春花便要吃虧，只好眼睜睜瞧著徐錚給羣盜圍住。胡斐縱聲叫道：「喂，倚多爲勝，算甚麼英雄好漢？」縱馬追來的四個漢子中一人叫道：「不錯，我正要單打獨鬥，會一會神拳無敵的高徒，鬥一鬥飛馬鏢局的徐大鏢頭。」胡斐聽這聲音好熟，凝目望去，失聲叫道：「是商寶震！」

程靈素道：「這姓商的果眞來了！」但見他身形挺拔，白淨面皮，比滿臉疤痕的徐錚俊雅十倍，又見他從馬背上翻鞍而下，身法瀟洒利落，心想：「他跟馬姑娘才是一對兒，難怪那些人要打甚麼抱不平，說甚麼鮮花插在牛糞上。」她究是年輕姑娘，忍不住叫道：「馬家姊姊，那姓商的來啦！」馬春花「嗯」的一聲，似乎沒聽懂程靈素在說甚麼。

這時羣盜已圍成老大一個圈子，遮住了從石室窗中望出去的目光。程靈素道：「大哥，這裏瞧不見，咱們上屋頂去。」胡斐道：「好！」

兩人躍上屋頂，望見徐錚和商寶震怒目相向。商寶震手提一柄厚背薄刃的單刀，徐錚卻是空手。程靈素道：「這可不公平。」胡斐尙未答話，只聽得商寶震大聲道：「徐爺，商某跟你動手，用不著倚多爲勝，也不能欺你空手。你用刀，我空手，這麼著你總不吃虧了吧？」說著倒轉單刀，柄前刃後的向徐錚擲去。

徐錚伸手接住，呼呼喘氣，說道：「在商家堡中，你對我師妹那般模樣，你當我沒生眼睛麼？你今日邀著這許多人一起來，爲的是甚麼，說出來大家沒臉。商寶震，你拿刀子吧！」商寶震高聲說道：「我便憑一雙肉掌，鬥你的單刀。衆位大哥，如我傷在他的刀下，只怨我狂妄自大，任誰不得相助。」

程靈素道：「他爲甚麼這般大聲？顯是要說給馬姑娘聽了。他空手鬥人家單刀，不但在心上人面前逞能，還要打動她心。」胡斐嘆了口氣。程靈素道：「大哥，你說馬姑娘盼望誰勝？」胡斐搖頭道：「我不知道。」程靈素冷冷的道：「一個是丈夫，一個是外人，正在爲了她拚命，她卻躲在屋裏理也不理。我說馬姑娘私心之中，只怕還在盼望這位商少爺得勝呢。」胡斐心中想法也是如此，但仍搖頭道：「我不知道。」

徐錚見商寶震一定不肯使兵刃，提刀橫擺，說道：「反正姓徐的陷入重圍，今日也不想活著回去了。」唰的一刀，往商寶震頭頂砍落。商寶震武功本就高出他甚多，當年在商家堡向他討教拳腳，只是裝腔作勢，自毀家之後，消了紈袴習氣，跟著兩位師叔學藝，數年來痛下苦功，八卦刀和八卦掌功夫更加精進。徐錚奔逃半日，氣力衰竭，手中雖多一刀，但在商寶震八卦掌擊、打、劈、拿之下，不數招便落下風。

胡斐皺眉道：「這姓商的挺狡猾……」程靈素道：「你要不要出手？」胡斐道：「我是爲助馬姑娘而來，但是……但是……我可眞不知她心意到底怎樣？」程靈素對馬春花甚爲不滿，說道：「馬姑娘決沒危險，你好心相助，她未必領你這個情。咱們不如走吧！」胡斐見徐錚的單刀給商寶震掌力逼住了，砍出去時東倒西歪，已全然不成章法，瞧著甚是悽慘，說道：「二妹，你說的是，這件事咱們管不了。」

他躍下屋頂，回入石室，說道：「馬姑娘，徐大哥快支持不住了，那姓商的只怕要下毒手。」馬春花呆呆出神，「嗯」了一聲。胡斐怒火上衝，便不再說，向程靈素道：「二妹，咱們走吧！」馬春花似乎突然從夢中醒覺，問道：「你們要走？上那裏去？」胡斐昂然道：「馬姑娘，你從前為我求情，我一直感激，但你對徐大哥這般……」

他話未說完，猛聽得遠處一聲慘叫，正是徐錚的聲音，跟著商寶震縱聲長笑，笑聲中充滿了得意之情。羣盜轟然喝采：「好八卦掌！」

馬春花一驚，叫道：「師哥！」向外衝出。胡斐恨恨的道：「情人打死了丈夫，正合心意！」程靈素見他憤恨難當，柔聲安慰道：「這種事你便有天大本事，也沒法子管。」胡斐道：「她若不愛她師哥，何必跟他成親？」程靈素道：「那定是迫於父親之命了。」胡斐搖頭道：「不，她父親早燒死在商家堡中了。便算曾有婚約，也可毀了，總勝過落得這般下場。」

忽聽得人叢中又傳出徐錚的大聲號叫，胡斐喜道：「徐大哥沒死，瞧瞧去。」說著拉著程靈素的手走出石屋，急步擠入盜羣。

說也奇怪，沒多久之前，羣盜和胡斐一攻一守，列陣對壘，但這時羣盜只注視馬春花、商寶震、徐錚三人，對胡程二人奔近竟都不以為意。

胡斐低頭看徐錚時，只見他仰躺在地，胸口一大攤鮮血，氣息微弱，顯是給商寶震掌力震傷了內臟，轉眼便要斷氣。馬春花呆呆站在他身前，默不作聲。

胡斐彎下腰去，俯身在徐錚耳邊，低聲道：「徐大哥，你有甚麼未了之事，兄弟給你辦去。」徐錚望望妻子，望望商寶震，苦笑了一下，低聲道：「沒有。」胡斐道：「我去找到你的兩個孩子，撫養他們成人。」他和徐錚全沒交情，只眼見他落得這般下場，激於義憤，忍不住挺身而出。

徐錚又苦笑了一下，低聲說了一句話，氣息太微，胡斐聽不明白，把右耳湊到他口邊，只聽他道：「孩子……孩子……嫁過來之前……早……早就有了……不是我的……」一口氣呼出，不再吸進，便此氣絕。

胡斐登時恍然：「怪不得馬姑娘要和他成親，原來火燒商家堡後，這姓商的不知去向，而她有了身孕，卻不能不嫁。怪不得兩個孩子玉雪可愛，跟徐大哥的相貌半分也不像。」他伸腰站起，無話可說，耳聽得馬蹄聲響，又有兩乘馬馳近。每匹馬上坐著一個漢子，每人懷裏安安穩穩的各抱一個馬春花的孩子。

馬春花望了望孩子，瞧瞧徐錚，又瞧瞧商寶震，說道：「商少爺，我當家的是你打死的？」商寶震道：「刀子還在他手裏，我可沒佔他便宜。」馬春花點點頭，從徐錚右手中取下單刀，說道：「這是你家傳的八卦刀，我在商家堡中見過的。」商寶震微微笑道：「你好記心，多虧你還記得。」馬春花微微苦笑，說道：「我怎不記得？商家堡的事，好像便都在眼前一般。」

程靈素側目瞧著胡斐，見他滿臉通紅，胸口不住起伏，強忍怒氣，卻不發作。

馬春花提著八卦刀，含笑讚道：「好刀！」慢慢走向商寶震。商寶震嘴邊含笑，目光中蘊著情意，伸手來接。馬春花臉露微笑，倒過刀鋒，便似要將刀柄遞給他，突然間白光閃動，刀頭猛地轉過，波的一聲輕響，刺入了商寶震腰間。

商寶震一聲大叫，揮掌拍出，將馬春花擊得倒退數步，慘然道：「你……你……你……為甚麼……」一句話沒說完，向前撲倒，便已斃命。

這一下人人大感驚愕，本來商寶震擊死徐錚，馬春花為夫報仇，誰都該料想得到，但馬春花對徐錚之死沒顯示半分傷心，和商寶震一問一答，又似是歡然敘舊，突然間刀光一閃，已白刃斃仇。

羣盜一愕之間，尚未叫出聲來，胡斐在程靈素背後輕輕一推，拉著馬春花手臂，急速退入石屋。羣盜一陣喧嘩，待欲攔阻，已慢了一步。適才之事實在太過突兀，羣盜顯然要計議一番，並不立時便向石屋進攻，反一齊退了開去。

胡斐向馬春花嘆道：「先前我錯怪你了，你原不是這樣的人。」馬春花不答，獨自呆坐屋角。程靈素對她也全然改觀，柔聲安慰。馬春花向前直視，不作一聲。

胡斐向程靈素使個眼色，兩人又並肩站在窗前。胡斐道：「馬姑娘為夫報仇，殺了仇人個措手不及，可是這麼一來，我更加不懂了。」程靈素也大惑不解，本來商寶震一到，一切都已眞相大白，但現下許多事情立時又變得甚為古怪。馬春花竟會親手將商寶震殺死，是不是她眼見丈夫慘死，突然天良發現？如果羣盜確是商寶震邀來，那麼他一死之後，盜眾定要羣相憤激，叫囂攻來，但羣盜除了驚奇之外，何以並無異動？

胡斐凝神思索了一會，說道：「二妹，這中間有很多疑難之處，咱兩人貿然插手，說不定反害了好人。馬姑娘是一定不肯說的了，我去問那盜魁去。」程靈素道：「他怎肯說？」胡斐道：「我去試試！」程靈素道：「千萬得小心了！」胡斐道：「理會得。」開了屋門，緩步而出，向盜眾走去。

羣盜見他孤身出來，手中不攜兵刃，臉上均有驚異之色。

胡斐走到離羣盜六七丈遠處，站定說道：「在下有一句機密之言，要和貴首領說。」說著在身上拍了拍，示意不帶利器。羣盜中一條粗壯漢子喝道：「大夥兒都是好兄弟，有話儘說不妨，何必鬼鬼祟祟？」胡斐笑道：「各位都是英雄好漢，領頭的自然更是一位了不起的人物，難道跟在下說句話也大有顧忌麼？」

那瘦削老人右手擺了擺，說道：「『了不起的人物』這六個字，可不敢當。我瞧你小兄弟倒是位少年英雄，後生可畏，後生可畏！」他話中稱讚胡斐，但滿臉是老氣橫秋的神色。胡斐拱手道：「老爺子，請借一步說話。」說著向林中空曠之處走去。

那瘦老人斜眼微睨，適才馬春花手刃商寶震，太也令人震驚，他心神兀自未寧，生怕胡斐也暗藏毒計，不敢便此跟隨過去，但若不去，又未免過於示弱，當下全神戒備，一步步的走近。

胡斐抱拳道：「晚輩姓胡名斐，老爺子你尊姓大名？」那老者不答，道：「尊駕有何說話？」胡斐笑道：「沒甚麼。我要跟老爺子討教幾路拳腳。」

那老者沒想到他竟會說出這句話來，勃然變色，道：「好小子，你騙我過來，便要說這一句話嗎？」胡斐笑道：「老爺子且勿動怒，我是想跟你賭一個玩意兒。」

那老者哼的一聲，轉身便走。胡斐道：「我早料你不敢！我便站在原地不動，你也打我不過。」那老者怒道：「你說甚麼？」胡斐道：「我雙腳釘在地下，半寸不得移動，你卻可任意走動，咱們這般比比拳腳，你說誰贏誰輸？」

那老者見他迭獻身手，奪雷震擋、擒汪鐵鶚、搶劍還劍、接發暗器，事事眩人耳目，若說單打獨鬥，還當眞有點膽怯，但聽他竟敢大言不慚，說雙足不動而和自己相鬥，這樣的事江湖上可從沒聽見過。他是河南開封府八極拳的掌門人，既是前輩，武功又高，因此這次同來的三十餘人之中以他爲首，心想對方答允雙足不動，自己已立於不敗之地，這份便宜穩穩佔了，當下並不惱怒，反而高興，笑道：「小兄弟出了這個新花樣來考較老頭子啦，好，這幾根老骨頭便跟著你熬熬。咱們許不許用暗器哪？」

胡斐微笑道：「好朋友試試拳腳，輸贏毫不相干，用甚麼暗器？」那老者心想：「我便當眞打你不過，只須退開三步，你腳步不能移動，諒你手臂能有多長？最不濟也是個平手。」說了聲：「好！」

胡斐道：「晚輩與老爺子素不相識，這次插手多管閒事，實是胡鬧。晚輩只要輸了一招半式，我和義妹兩人立刻便走。」那老者心想：「他若一味護著馬姑娘，此事終是不了。我們倘若恃衆強攻，勢必多傷人命，如傷著馬姑娘，更大大不妥，還是善罷爲妙。」說道：「是啊！這事原本跟旁人絕不相干。馬姑娘此後富貴榮華，直上青雲，你既跟她有交情，只有代她歡喜。」

胡斐搔了搔後腦，道：「我便是不明白。老爺子倘肯任讓一招，晚輩要請老爺子說明其中的原委。」

那老者微一沉吟，說道：「好，便是這樣。」見胡斐雙足一站，相距一尺八寸，嶽峙淵停，沉穩無比，不禁心中一動：「說不定還眞輸與他了。」說道：「咱們話說明在先，我若輸了，只好對你說，但你決不能跟第二人說起。」胡斐道：「我義妹可須跟她明言。」那老者心想：「乾柴烈火好煮飯，乾兄乾妹好做親。你們乾兄乾妹，何等親熱？就算口中答應了不說，也豈有不說之理？」便道：「第三人可決計不能說了。」胡斐道：「好！便是這樣。我又怎知準能贏得你老人家？」

那老者身形一起，微笑道：「有僭了！」左手揮掌劈出，右拳成鉤，正是八極拳的「推山式」。胡斐順手帶開，覺他這一掌力道甚厚，說道：「老爺子好掌力！」

羣盜見兩人拉開架子動手，紛紛趕了過來，但見兩人臉上各帶微笑，當下站定了觀鬥。那八極拳的八極乃是「翻手、揲腕、寸懇、抖展」，共分「摟、打、騰、封、踢、蹬、掃、掛」八式，講究的是狠捷敏活。那老者施展開來，但見他翻手之靈、揲腕之巧、寸懇之精、抖展之速，的是名家高手風範。眾人看得暗暗佩服，心想他以八極拳揚威大河南北，成名三十餘載，果有眞才實學，絕非浪得虛聲。

只見那老者一步三環、三步九轉、十二連環、大式變小式、小式變中盤，「騎馬式」、「魚鱗式」、「弓步式」、「磨膝式」，在胡斐身旁騰挪跳躍，拳腳越來越快。

胡斐卻只一味穩守，見式化式，果然雙足沒移動分毫。鬥到分際，那老者只感拳掌出去之時漸趨滯澀，似有一股黏力阻在他拳掌之間，暗叫：「不好！」待要後躍退開，對方不能追擊，便算沒輸贏，那知他左掌回抽，胡斐右手已抓住他的右掌，同時左手成拳，在他右肘底一下輕揉。

那老者大驚，運勁一掙沒能掙脫，便知自己右臂非斷不可，心中正自冰涼，胡斐突然鬆手躍開，腳步一個踉蹌，說道：「老爺子掌力沉雄，佩服，佩服。」

那老者心中雪亮，好生感激，對方非但饒他一臂不斷，還故意腳步踉蹌，裝得打成平手，使自己不致在眾伙伴前失了面子，保全自己一生令名，實是恩德非淺，過去攜了胡斐之手，笑道：「小兄弟英雄了得，咱們到那邊說話。」

隔房一羣武官在大賭牌九，聽聲音都是熟人。

汪鐵鶚笑道：「胡大哥，咱們過去瞧瞧。」

引著胡斐和程靈素走向隔房。

第十三章

北京眾武官

兩人走到樹林深處，胡斐見四下無人，只道他要說了，那知那老者躍上一株大樹，向他招手。胡斐跟著上去，坐在枝幹之上。那老者道：「在這裏說清靜些。」胡斐應道：「是。」

那老者臉露微笑，說道：「先前聽得閣下自報尊姓大名，姓胡名斐。不知這個斐字，是斐然成章之『斐』，一飛衝天之『飛』，還是是非分明之『非』呢？」胡斐聽他吐屬斯文，道：「草字之斐，是『文』字上面加一個『非』字。」那老者道：「在下姓秦，草字耐之，一生寄跡江湖，大英雄、大豪傑會過不少，但如閣下這般年紀輕輕，武功造詣便到這等地步，實爲生平未見。」頓了一頓，又道：「閣下宅心忠厚，識見不凡，更是武林中極爲希有。小兄弟，老漢眞正服了你啦！」

胡斐道：「秦爺，晚輩有一事請教。」秦耐之道：「你不用太謙啦，這麼著，我叨長你幾歲，稱你一聲兄弟，你便叫我一聲秦大哥。你手下容情，顧全了我這老面子，那你問甚麼，我答甚麼便是。」胡斐忙道：「不敢，不敢。兄弟見秦大哥有一招是身子向後微仰，上盤故示不穩，左臂置於右臂上交叉輪打，翻成陽掌，然後兩手成陰拳打出。這一招變化極爲精妙，兄弟險些便招架不住，心下甚是仰慕。」

秦耐之心中一喜，他拳腳上輸了，依約便得將此行眞情和盤托出，只道胡斐自然便要詰問此事，那知他竟來請教自己的得意武功，對方所問，正是他賴以成名的八極拳中八大絕招之一，微微一笑，說道：「那是敝派武功中比較有用的一招，叫作『雙打奇門』。」跟著解釋這一招中的精微奧妙。胡斐本性好武，聽得津津有味，接著又請教了幾個不明的疑點。

武林中不論那一門那一派，既能授徒傳技，卓然成家，總有其獨到成就，那八極拳當有清雍乾年間，武林中名頭甚響，聲勢也只稍遜於太極、八卦諸門。胡斐和秦耐之過招之時，留心他的拳招掌法，這時所問的全是八極拳中的高妙之作。秦耐之起初還恐本門秘奧洩露於人，解釋時十分中只說七分，然聽對方所問，每一句都搔著癢處，神態又極恭謹，教他忍不住要傾囊吐露；又想，反正你武功強勝於我，學了我的拳法，也仍不過是強勝於我，又有甚麼大不了？而胡斐有時稍抒己見，又對八極拳的長處更有錦上添花之妙，問中帶讚，更讓他聽得心癢難搔。

兩人這麼一講論，竟說了足足半個時辰，羣盜遠遠望著，但見秦耐之雙手比劃，使著他得意的拳招，胡斐有時也出手進招，兩人有說有笑，甚是親熱，顯是在鑽研拳術武功。眾人瞧了半天，聽不到兩人說話，雖微覺詫異，卻也不再瞧了。

又說了一陣，秦耐之道：「胡兄弟，八極拳的拳招，本來是很了不起的，只可惜我沒學得到家，折在你手下。」胡斐道：「秦大哥說那裏話來？咱們當眞再鬥下去，也不知誰勝誰敗。兄弟對貴派武功佩服得緊。今日天色已晚，一時之間也請教不了許多，日後兄弟到北京來，定當專誠拜訪，長談幾日。此刻暫且別過。」說著雙手一拱，便要下樹。

秦耐之一怔，心道：「咱們有約在先，我須得說明此行的原委，但他只和我講論一番武功，即便告辭，天下寧有是理？是了，這少年給我面子，不加催逼，以免顯得是我比武輸了。他既講交情，我豈可說過的話不算？江湖之上，做人不可不光棍。」當即道：「且慢。咱哥兒倆不打不成相識，這會子的事，乘這時說個明白，也好有個了斷。」

胡斐道：「不錯，兄弟和那商寶震大哥原也相識，想不到馬姑娘竟會突然出手，給丈夫報仇。」一把在商家堡如何結識馬春花和商寶震之事，詳細說了。

秦耐之心道：「好啊，我還沒說，你倒先說了。這少年行事，處處教人心服。」說道：「古人一飯之恩，千金以報。馬姑娘於胡兄弟有代爲求情之德，你不忘舊恩，正是大丈夫本色。你不明白馬姑娘何以毫不留情的殺了商寶震，難道那兩個孩子，是商寶震生的麼？」胡斐搔頭道：「我聽徐錚臨死之時，說這兩個孩兒不是他親生兒子。」

秦耐之一拍膝頭，道：「原來他倒也不是傻子。」胡斐一時更如墮入五里霧中。

秦耐之道：「小兄弟，你在商家堡之時，可曾見到有一位貴公子麼？」

胡斐一聽，登時如夢初醒。只因那日晚間，他親眼見到商寶震和馬春花在樹下手拉手的說話，一心以爲兩人互有情意，而馬春花和那貴公子一見鍾情，互纏痴戀這一場孽緣，他卻全然不知。那日火燒商家堡後，他曾見到馬春花和那貴公子在郊外偎倚說話，眉梢眼角之間互蘊深情，他雖瞧在眼裏，當時年紀幼小，卻不明其中含意，因此始終沒想到那貴公子身上，這時經秦耐之一點明，這才恍然，說道：「那麼八卦門的王家兄弟……」秦耐之道：「不錯，那次是八卦門王氏兄弟跟隨福公子去商家堡的。」

在胡斐心坎兒中，福公子是何等樣人，早已甚爲淡漠，但王氏兄弟的八卦刀和八卦掌，一招一式，卻記得清清楚楚，說道：「福公子，福公子……嗯，這位福公子相貌清雅，倒跟那兩個小孩兒有點相像。」秦耐之嘆了一口氣，道：「福公子榮華富貴，說權勢，除了皇上便是他；說錢財，天下的金銀田地，他要甚麼，皇上便給甚麼。可是他人到中年，卻有一件事大大不足，便是膝下無兒。」胡斐想起那日在湘妃廟中跟袁紫衣的對話，說道：「那福公子，便是福康安了？」

秦耐之道：「不是他是誰？那正是平金川大帥，做過正白旗滿洲都統，盛京將軍，雲貴總督，四川總督，現任太子太保，兵部尚書，總管內務府大臣的福公子，福大帥！」

胡斐道：「嗯，那兩個小孩兒，便是這位福公子的親生骨肉。他是差你們來接回去的了？」秦耐之道：「福大帥此時還不知他有了這兩個孩子。便是我們，也是適才聽馬姑娘說了才知。」

胡斐點了點頭，心想：「原來馬姑娘跟他說話之時臉紅，便是為此，她所以吐露眞情，是要他們不得傷了孩子。她為了愛惜兒子，這件事雖不光采，卻也不得不說。」只聽秦耐之又道：「福大帥只差我們來瞧瞧馬姑娘的情形，但我們揣摩大帥之意，最好是迎接馬姑娘赴京。馬姑娘這時丈夫已經故世，無依無靠，何不就赴京去跟福大帥相聚？她兩個兒子父子相逢，從此青雲直上，大富大貴，豈不強於在鏢局子中廝混？胡兄弟，你勸勸馬姑娘吧！這件事辦得皆大歡喜，多半皇上知道了也龍顏大悅。」

胡斐心中混亂，他的說話也非無理，只其中總覺有甚不妥，至於甚麼不妥，卻又說不上來，沉吟半晌，問道：「那商寶震呢？怎麼跟你們在一起？」秦耐之道：「商寶震得他師叔王氏兄弟的舉薦，也在福大帥府裏當差。因他識得馬姑娘，是以一同南下。」

胡斐臉色一沉，道：「那麼他打死徐錚徐大哥，是出於福大帥的授意？」

秦耐之忙道：「那倒不是，福大帥貴人事忙，怎知馬姑娘已跟那姓徐的成婚？他只是心血來潮，想起了舊情，派幾個當差的南來打探一下消息。此刻已有兩個兄弟飛馬赴京趕報喜訊，福大帥得知他竟有兩位公子，這番高興自不用說了。」

這麼一說，胡斐心頭許多疑團，一時盡解。只覺此事怨不得馬春花，也怨不得福康安，商寶震殺徐錚固然不該，可是他已一命相償，也已無話可說，只是徐錚一生忠厚老實，明知二子非己親生，始終隱忍，到最後落得如此下場，深爲惻然，長長歎了口氣，說道：「秦大哥，此事已分剖明白，原是小弟多管閒事。」輕輕一縱，落在地下。

秦耐之見他落樹之時，自己絲毫不覺樹幹搖動，竟全沒在樹上借力，略一尋思，只覺得這門輕功委實深邃難測，自己再練十年，也決不能達此境界，不知他小小年紀，何以竟能有此功夫？他既覺驚異，又感沮喪，待得躍落地下，見胡斐早回進石屋去了。

程靈素在窗前久候胡斐不歸，早已心焦萬分，好容易盼得他歸來，見他神色黯然，似乎心中難過，也不相詢，只和他說些閒話。

過不多時，汪鐵鶚提了一大鍋飯、一大鍋紅燒肉送來石屋，還有三瓶燒酒。胡斐將酒倒在碗裏便喝。程靈素取出銀針，要試酒菜中是否有毒。胡斐道：「有馬姑娘在此，他們怎敢下毒？」馬春花臉上一紅，竟不過來吃飯。胡斐也不相勸，悶聲不響的將三瓶燒酒喝了個點滴不剩，吃了一大碗肉，卻不吃飯，醉醺醺的伏在桌上，納頭便睡。

胡斐次晨轉醒，見自己背上披了一件長袍，想是程靈素在晚間所蓋。她站在窗口，秀髮為晨風一吹，微微飛揚。胡斐望著她苗條背影，心中混和著感激和憐惜之意，叫了聲：「二妹！」程靈素「嗯」的一聲，轉過身來。

胡斐見她睡眼惺忪，大有倦色，道：「你一晚沒睡嗎？啊，我忘了跟你說，有馬姑娘在此，他們不敢對咱們怎樣。」程靈素道：「馬姑娘半夜裏悄悄出屋，至今未回。她出去時輕手輕腳，怕驚醒了你，我也就假裝睡著。」胡斐微微一驚，轉過身來，果見馬春花所坐之處只剩下一張空櫈。

兩人打開屋門，走了出去，樹林中竟寂然無人，數十乘人馬，在黑夜裏已退得乾乾淨淨。樹上縛著兩匹坐騎，自是留給他們二人的。

再走出數丈，見林中堆著兩座新墳，墳前並無標誌，也不知那一座是徐錚的，那一座是商寶震的。胡斐心想：「雖一個是丈夫，一個是殺丈夫的仇人，但在馬姑娘心中，恐怕兩人也無多大差別，都是愛著她而她並不愛的人，都是為了她而送命的不幸之人。」想到此處，不由得喟然長歎，於是將秦耐之的說話向程靈素轉述了。

程靈素聽了，也黯然歎息，說道：「原來那瘦老頭兒是八極拳的掌門人秦耐之。他有個外號，叫作八臂哪吒。這種人在權貴門下作走狗，品格兒很低，咱們今後不用多理他。」胡斐道：「是啊。」

程靈素道：「馬姑娘心中喜歡福公子，徐錚就是活著，也只徒增苦惱。他小小一個倒霉的鏢師，怎能跟人家兵部尚書、統兵大元帥相爭？」胡斐道：「不錯，倒還是死了乾淨。」在兩座墳前拜了幾拜，說道：「徐大哥、商公子，你們生前不論和我有恩有怨，死後一筆勾銷。馬姑娘從此富貴不盡，你們兩位死而有知，也不用再記著她了。」

二人牽了馬匹，緩步出林。程靈素道：「大哥，咱們上那兒去？」胡斐道：「先找到客店，讓你安睡半日，再說別的，可別累壞了我的好妹子！」程靈素聽他說「我的好妹子」，心中說不出的歡喜，轉頭向他甜甜一笑。

在前途鎮上客店之中，程靈素酣睡半日，醒轉時已午後未時。她獨自出店，說要去買些物事，回來時手上捧了兩個大紙包，笑道：「大哥，你猜我買了些甚麼？」胡斐見紙上印著「老九福衣莊」的店號，道：「咱們又來黏鬍子喬裝改扮麼？」

程靈素打開紙包，每一包中都是一件嶄新衣衫，一男一女，男裝淡青，女裝嫩黃，均甚雅致。晚飯後程靈素叫胡斐試穿，衣袖長了兩寸，腋底也顯得太肥，取出剪刀針線，在燈下給他縫剪修改。

胡斐道：「二妹，我說咱們得上北京瞧瞧。」程靈素抿嘴一笑，道：「我早知道你要上北京啊，因此買兩件好一點兒的衣衫，否則鄉下大姑娘進京，不給人笑話麼？」胡斐笑道：「你眞想得週到。咱兩個鄉下人便要進京去會會天子腳底下的人物，福大帥這個掌門人大會，說是在中秋節開，咱們去瞧瞧，看看到底有些甚麼英雄豪傑。」這兩句話說得輕描淡寫，語意中卻自有一股豪氣。

程靈素手中做著針線，說道：「你想福大帥開這個掌門人大會，安著甚麼心眼兒？」胡斐道：「那自是想網羅人才了，他要天下英雄都投到他麾下。可是眞正的大英雄大豪傑，卻未必會去。」程靈素微笑道：「似你這等少年英雄，便不會去了。」胡斐道：「我算是那一門子的英雄？我說的是苗人鳳這一流的成名人物。」忽地歎了口氣，道：「倘若我爹爹在世，到這掌門人大會中去攪他個天翻地覆，那才叫人痛快呢。」

程靈素道：「你去跟這福大帥搗搗蛋，不也好嗎？我瞧還有一個人是必定要去的。」胡斐道：「誰啊？」程靈素微笑道：「這叫作明知故問了。你還是給我爽爽快快的說出來的好。」胡斐早已明白她心意，也不再假裝，說道：「她也未必一定去。」頓了一頓，又道：「這位袁姑娘是友是敵，我還弄不明白呢。」程靈素道：「如果每個敵人都送我一隻玉鳳兒，我倒盼望遍天下都是敵人才好……」

忽聽得窗外一個女子聲音說道：「好，我也送你一隻！」聲音甫畢，嗤的一響，一物射穿窗紙，向程靈素飛來。胡斐拿起桌上程靈素裁衣的竹尺，向那物一敲，擊落在桌，左掌揮出，燭火應風而滅。接著聽得窗外那人說道：「挑燈夜談，美得緊哪！」

胡斐聽話聲依稀便是袁紫衣的口音，胸口一熱，衝口而出：「是袁姑娘麼？」卻聽步聲細碎，頃刻間已然遠去。

胡斐打火重點蠟燭，只見程靈素臉色蒼白，默不作聲。胡斐道：「咱們出去瞧瞧。」程靈素道：「你去瞧吧！」胡斐「嗯」了一聲，卻不出去，拿起桌上那物看時，卻是一粒小小石子，心想：「此人行事神出鬼沒，不知何時躡上了我們，我竟毫不知覺。」明知程靈素要心中不快，但忍不住推開窗子，躍出窗外一看，四下裏自早無人影。

他回進房來，搭訕著想說甚麼話。程靈素道：「已很晚了，大哥，你回房安睡吧！」

胡斐道：「我倒不倦。」程靈素道：「我可倦了，明日一早便得趕路呢。」胡斐道：「是。」自行回房。

這一晚他翻來覆去，總睡不安枕，一時想到袁紫衣，一時想到程靈素，一時卻又想到馬春花、徐錚和商寶震。直到四更時分，這才矇矇矓矓的睡去。

第二天還未起床，程靈素敲門進來，手中拿著那件新袍子，笑嘻嘻的道：「快起來，外面有好東西等著你。」將袍子放在桌上，翩然出房。

胡斐翻身坐起，披上身子一試，大小長短，無不合式，心想昨晚我回房之時，她一隻袖子也沒縫好，看來等我走後，她又縫了多時，於是穿了新衫，走出房來，向程靈素一揖，說道：「多謝二妹。」程靈素道：「多謝甚麼？人家還給你送了駿馬來呢。」

胡斐一愣，道：「甚麼駿馬？」走到院子中，只見一匹遍身光潔如雪的白馬繫在馬椿之上，正是昔年在商家堡見到趙半山所騎、後來袁紫衣乘坐的那匹白馬。

程靈素道：「今兒一早我剛起身，店小二便大呼小叫，說大門給小偷兒半夜裏打開了，不知給偷了甚麼東西。但前後一查，非但一物不少，院子裏反而多了一匹馬。這是縛在馬鞍子上的。」說著遞過一個小小絹包，上面寫著：「胡相公程姑娘同拆。」字跡娟秀。

胡斐打開絹包，不由得呆了，原來包裏又是一隻玉鳳，竟和先前留贈自己的一模一樣，心中立想：「難道我那隻竟失落了，還是給她盜了去？」伸手到懷中一摸，觸手生溫，那玉鳳好端端的便在懷中，取出來一看，兩隻玉鳳果然雕琢得全然相同，只是一隻鳳頭向左，一隻向右，顯是一對兒。

絹包中另有一張小小白紙，紙上寫道：「馬歸正主，鳳贈俠女。」胡斐又是一呆：「這馬又不是我的，怎說得上『馬歸正主』？難道要我轉還給趙三哥麼？」將簡帖和玉鳳遞給程靈素道：「袁姑娘也送了一隻玉鳳給你。」

程靈素一看簡帖上的八字，說道：「我又是甚麼俠女了？不是給我的。」胡斐道：「包上不明明寫著『程姑娘』？她昨晚又說：『好，我也送你一隻！』」程靈素淡然道：「既是如此，我便收下了。這位袁姑娘如此厚愛，我可無以為報了。」

兩人一路北行，途中再沒遇上何等異事，袁紫衣也沒再現身，但在胡斐和程靈素心中，時時刻刻均有個袁紫衣在。窗下閒談，窗外便似有袁紫衣在竊聽；山道馳騎，山背後便似有袁紫衣尾隨。兩人都絕口不提她名字，但嘴裏越迴避，心中越不自禁的要想到她。

兩人均想：「到了北京，總要遇著她了。」有時，盼望快些和她相見；有時，卻又盼望跟她越遲相見越好。

到北京的路程本來很遠，兩人千里並騎，雖只說些沿途風物，日常瑣事，但朝夕共處，互相照顧，良夜清談，共飲茶酒，未免情深，均覺倘若身邊真有這個哥哥妹妹，實是人生之幸。長途跋涉，風霜交侵，程靈素卻顯得更加憔悴了。

但是，北京終於到了，胡斐和程靈素並騎進了都門。

進城門時胡斐向程靈素望了一眼，隱隱約約間似乎看到一滴淚珠落在地下塵土之中，只是她將頭偏著，沒能見到她容色。

胡斐心頭一震：「這次到北京來，可來對了嗎？」

其時正當乾隆中葉，昇平盛世。京都積儲殷富，天下精華，盡匯於斯。

胡斐和程靈素自正陽門入城，在南城一家客店之中要了兩間客房，午間用過麵點，相偕到各處閒逛，但見熙熙攘攘，瞧不盡的滿眼繁華。兩人不認得道路，只在街上隨意亂走。逛了個把時辰，胡斐買了兩個削了皮的黃瓜，與程靈素各自拿在手中，邊走邊吃。忽聽得路邊小鑼噹噹聲響，有人大聲吆喝，卻是空地上有一夥人在演武賣藝。胡斐喜道：「二妹，瞧瞧去。」

兩人擠入人叢，只見一名粗壯漢子手持單刀，抱拳說道：「兄弟使一路四門刀法，要請各位大爺指教。有一首『刀訣』言道：『禦侮摧鋒決勝強，淺開深入敵人傷。膽欲大兮心欲細，筋須舒兮臂須長。彼高我矮堪常用，敵偶低時我即揚。敵鋒未見休先進，虛刺偽扎引誘誆。引彼不來須賣破，眼明手快始為良。淺深老嫩皆磕打，進退飛騰即躲藏。功夫久練方云熟，熟能生巧大名揚。』」

胡斐聽了，心想：「這幾句刀訣倒不錯，想來功夫也必強的。」只見那個漢子擺個門戶，單刀一起，展抹鉤剁，劈打磕扎，使了起來，自「大鵬展翅」、「金雞獨立」，以至「獨劈華山」、「分花拂柳」，一招一式，使得倒有條不紊，但腳步虛浮，刀勢斜晃，功夫實不足一哂。

胡斐暗暗好笑，心道：「早便聽人說，京師之人大言浮誇的居多，這漢子吹得嘴響，使出來可全不是那會子事。」正要和程靈素離去，人羣中一人哈哈大笑，喝道：「兀那漢子，你使的是甚麼狗屁刀法？」

使刀漢子大怒，說道：「我這路是正宗四門刀，難道不對了麼？倒要請教。」

人羣中走出一條大漢，笑道：「好，我來教你。」這人身穿武官服色，體高聲宏，甚是威武。他走上前去，接過那賣武漢子手中單刀，瞥眼突然見到胡斐，呆了一呆，喜道：「胡大哥，你也到了北京？哈哈，你是使刀高手，就請你來露一露，讓這小子開開眼界，教他知道甚麼才是刀法。」當他從人圈中出來之時，胡斐和程靈素早已認出，此人正是鷹爪雁行門的汪鐵鶚。他在圍困馬春花時假扮盜夥，原來卻是現任有功名的武官。

胡斐知他心直口快，倒非奸滑之輩，微微一笑，道：「小弟的玩意兒算得甚麼？汪大哥，還是你顯一手。」汪鐵鶚心知自己的武功跟胡斐可差得太遠，有他在這裏，那裏還有自己賣弄的份兒？將單刀往地下一擲，笑道：「來來來，胡大哥，這位姑娘是姓……姓……姓程，對了，程姑娘，咱們同去痛飲三杯。兩位到京師來，在下這個東道是非做不可的了。」說著拉了胡斐的手，便闖出人叢。

那賣武的漢子怎敢和做官的頂撞？訕訕的拾起單刀，待三人走遠，又吹了起來。

汪鐵鶚一面走，一面大聲道：「胡大哥，咱們這叫做不打不成相識，你老哥的武功，在下實在佩服得緊。趕明兒我給你去跟福大帥說說，他老人家一見了你這等人才，必定歡喜重用，那時候啊，兄弟還得仰仗你照顧呢……」說到這裏，忽然放低聲音，道：「那位馬姑娘啊，我們接了她母子三人進京之後，現今住在福大帥府中，當眞是享不盡的榮華富貴。福大帥甚麼都有了，就是沒兒子，這一下，那馬姑娘說不定便扶正做了大帥夫人，哈哈！你老哥早知今日，跟我們那場架也不會打了吧？」他越說越響，在大街上旁若無人的哈哈大笑。

胡斐聽著心中卻滿不是味兒，暗想馬春花在婚前和福康安早有私情，那兩個孩子也確是福康安的親骨肉，眼下她丈夫已故，再去跟福康安的相聚，也沒甚麼不對，但一想到徐錚在樹林中慘死的情狀，不禁難過。

說話之間，三人來到一座大酒樓前。酒樓上懸著一塊金字招牌，寫著「聚英樓」三個大字。

酒保見到汪鐵鶚，忙含笑上來招呼，說道：「汪大人，今兒可來得早，先在雅座喝幾杯吧？」汪鐵鶚道：「好！今兒我請兩位體面朋友，酒菜可得特別豐盛。」酒保笑道：「那還用吩咐？」引著三人在雅座中安了個座兒，斟酒送菜，十分殷勤，顯然汪鐵鶚是這裏常客。

胡斐瞧酒樓中的客人，十之六七都穿武官服色，便不是軍官打扮，也大都是雄赳赳的武林豪客模樣，看來這酒樓是以做武人生意爲大宗。

京師烹調，果然大勝別處，酒保送上來的酒菜精美可口，卻不肥膩。胡斐連聲稱好。汪鐵鶚要爭面子，竟叫了滿桌菜肴。

兩人對飲了十幾杯，忽聽得隔房擁進一批人來，過不多時，便呼盧喝雉，大賭起來。一人大聲喝道：「九點天槓！通吃！」胡斐聽那口音甚熟，微微一怔，汪鐵鶚笑道：「是熟朋友！」大聲道：「秦大哥，你猜是誰來了？」胡斐立時想起，那人正是八極拳的掌門人秦耐之，只聽他隔著板壁叫道：「誰知你帶的是甚麼豬朋狗友？一塊兒滾過來賭幾手吧？」汪鐵鶚笑道：「你罵我不打緊，得罪了好朋友，可叫你吃不了兜著走呢！」站起身來，拉著胡斐的手說道：「胡大哥，咱們過去瞧瞧。」

兩人走到隔房，一掀門帘，只聽秦耐之吆喝道：「三點，梅花一對，吃天，賠上門！」他一抬頭，猛然見到胡斐，一呆之下，喜道：「啊，是你，想不到，想不到！」將牌一推，站起身來，伸手在自己額角上打了幾個爆栗，笑道：「該死，該死！我胡說八道，怎知是胡大哥駕到，來來來，你來推莊。」胡斐見房中聚著十來個武官，圍了一桌在賭牌九，秦耐之正在做莊。這十來個人，倒有一大半是扮過攔劫飛馬鏢局的大盜而和自己交過手的，使雷震擋姓褚的，使閃電錐姓上官的，使劍姓聶的，都在其內。

衆人見他突然到來，嘈成一片的房中刹時間寂靜無聲。

胡斐抱拳作個四方揖，笑道：「多謝各位相贈坐騎。」衆人謙遜幾句。那姓聶的便道：「胡大哥，你來推莊，你有沒帶銀子來？小弟今兒手氣好，你先使著。」說著將三封銀子推到他面前。

胡斐生性極愛結交朋友，對做官的雖無好感，但見這一干人對自己甚爲尊重，而他本來又喜賭錢，笑道：「還是秦大哥推莊，小弟來下注碰碰運氣。聶大哥，你先收著，待會輸乾了再問你借。」將銀子推還給那姓聶武官。轉頭問程靈素道：「二妹，你賭不賭？」程靈素抿嘴笑道：「我不會，我幫你捧銀子。」

秦耐之坐回莊家，洗牌擲骰。胡斐和汪鐵鶚便跟著下注。衆武官初時見到胡斐，均不免略覺尷尬，但幾副牌九一推，見他談笑風生，意態豪邁，宛然同道中人，絕口不提舊事，大夥也便各自凝神賭錢，不再介意。

胡斐有輸有贏，進出不大，心下盤算：「今日八月初九，再過六天就是中秋，那天下掌門人大會是福大帥所召集，定於中秋節大宴。鳳天南身爲五虎門掌門人，他便不來，在會中總也可探聽到些這奸賊的訊息端倪。眼前這班人都是福大帥的得力下屬，不妨跟他們打打交道。我不是甚麼掌門人，但只要他們帶攜，在會上陪那些掌門人喝一杯總行。」當下不計輸贏，隨意下注，牌風竟然甚順，沒多久已贏了三四百兩銀子。

賭了一個多時辰，天色已晚，各人下注也漸漸大了起來。忽聽得靴聲橐橐，門帘掀開，走進三個人來。汪鐵鶚一見，立時站直身子，恭恭敬敬的道：「大師哥，二師哥，您兩位都來啦。」圍在桌前賭博的人也都紛紛招呼，有的叫「周大爺，曾二爺」，有的叫「周大人，曾大人」，神色間都頗恭謹。

胡斐和程靈素一聽，心道：「原來是鷹爪雁行門的周鐵鷦、曾鐵鷗到了，這兩人威風不小啊。」見那周鐵鷦短小精悍，身長不過五尺，五十來歲年紀，卻已滿頭白髮。曾鐵鷗年近五十，身裁高瘦，手裏拿著個鼻煙壺，馬褂上懸著條金鍊，頗有些旗人貴族氣派。胡斐看那第三人時，微微一怔，卻是當年在商家堡中會過面的天龍門殷仲翔，見他兩鬢斑白，已老了不少。殷仲翔的眼光在胡斐臉上掠過，見他只是個外來的少年，毫沒在意。當年兩人相見時，胡斐是個十三四歲的孩子，這時身量一高，相貌也變了，那裏還認得出來？

秦耐之站起身來，說道：「周大哥，曾二哥，我給你引見一位朋友，這位是胡大哥，挺俊的身手，爲人又極夠朋友，今兒剛上北京來。你們三位多親近親近。」

周鐵鷦向胡斐點了點頭，曾鐵鷗笑了笑，說聲：「久仰！」兩人武功卓絕，在京師享盛名已久，自不將這樣一個外地少年瞧在眼裏。

汪鐵鶚瞧著程靈素，大是奇怪：「你說跟我大師哥、二師哥相熟，怎地不招呼啊？」他那想到程靈素當日乃信口胡吹。程靈素猜到他心思，微微一笑，點了點頭，眨眨眼睛。汪鐵鶚只道其中必有緣故，也就不便多問。

秦耐之又推了兩副莊，便將莊讓給了周鐵鷦。這時曾鐵鷗、殷仲翔等一下場，落注更大了。胡斐手氣極旺，連買連中，不到半個時辰，已贏了近千兩銀子。周鐵鷦這莊卻是極霉，將帶來的銀子和莊票輸了十之七八，這時一把骰子擲下來，拿到四張牌竟是二三關，賠了副通莊，將牌一推，說道：「我不成，二弟，你來推。」

曾鐵鷗的莊輸輸贏贏，不旺也不霉，胡斐卻又多贏了七八百兩，只見他面前堆了好大一堆銀子。曾鐵鷗笑道：「鄉下老弟，賭神菩薩跟你接風，你來做莊。」

胡斐道：「好！」洗了洗牌，擲過骰子，拿起牌來一配，頭道八點，二道一對板櫈，竟吃了兩家。

周鐵鷦輸得不動聲色，曾鐵鷗更瀟洒自若，抽空便說幾句俏皮話。殷仲翔發起毛來，不住的喃喃咒罵，後來輸得急了，將剩下的一百來兩銀子孤注一擲，押在下門，一開牌出來，三點吃三點，九點吃九點，竟又輸了。殷仲翔臉色鐵青，伸掌在桌上一拍，砰的一聲，滿桌的骨牌、銀兩、骰子都跳了起來，破口罵道：「這鄉下小子骰子裏有鬼，那裏就有這等巧法，三點吃三點，九點吃九點？便是牌旺，也不能旺得這樣！」

秦耐之忙道：「殷大哥，你別胡言亂語，這位胡大哥是好朋友！骰子是咱們原來的，誰也沒動過換過。」衆人望望殷仲翔，瞧瞧胡斐的臉色，見過胡斐身手之人都想：殷仲翔說他賭牌欺詐弄鬼，他決不肯干休，這場架一打，殷仲翔準要倒大霉。

不料胡斐只笑了笑，道：「賭錢總有輸贏，殷大哥推莊罷。」殷仲翔霍地站起，從腰間解下佩劍，衆人只道他要動手，卻不勸阻。武官們賭錢打架，那是家常便飯，稀鬆平常之至。

那知殷仲翔將佩劍往桌上一放，說道：「我這口劍少說也值七八百兩銀子，便跟你賭五百兩！」那劍的劍鞘金鑲玉嵌，甚是華麗，單是瞧這劍鞘，便已價值不菲。

胡斐笑道：「好！該賭八百兩才公道。」殷仲翔拿過骨牌骰子，道：「我只跟你這鄉下小子賭，不受旁人落注，咱們一副牌決輸贏！」胡斐從面前的銀子堆中取過八百兩，推了出去，說道：「這裏八百兩銀子，你擲骰吧！」

殷仲翔雙掌合住兩粒骰子，搖了幾搖，吹一口氣，擲了出來，一粒五，一粒四，共是九點。他拿起第一手的四張牌，一看之下，臉有喜色，喝道：「鄉下小子，這一次你弄不了鬼吧！」左手一翻，是副九點，右手砰的一翻，竟是一對天牌。

胡斐卻不翻牌，用手指摸了摸牌底，配好了前後道，合撲排在桌上。殷仲翔喝道：「鄉下小子，翻牌！」他只道已經贏定，伸臂便將八百兩銀子攞到了身前。汪鐵鶚叫道：「別性急，瞧過牌再說。」胡斐伸出三根手指，在自己前兩張牌上輕輕一拍，又在後兩張牌上一拍，手掌一掃，便將四張合著的骨牌推入了亂牌，笑道：「殷大哥贏啦！」殷仲翔大是得意，正要誇口，突然「咦」的一聲叫，望著桌子，登時呆住。

眾人順著他目光瞧去，只見朱紅漆的桌面之上，清清楚楚的印著四張牌的陽紋，前兩張是一對長三，後兩張一張三點，一張六點，合起來竟是一對「至尊寶」，四張牌紋路分明，留在桌上點子一粒粒的凸起，顯是胡斐三根指頭這麼一拍，便以內力在紅木桌上印了下來。聚賭之人個個都是會家，一見如此內力，不約而同的齊聲喝采。

殷仲翔滿臉通紅，連銀子帶劍，一齊推到胡斐身前，站起身來，轉頭便走。胡斐拿起佩劍，說道：「殷大哥，我又不會使劍，要你的劍何用？」雙手遞了過去。

殷仲翔卻不接劍，說道：「請教尊駕的萬兒。」胡斐還未回答，汪鐵鶚搶著道：「這位朋友大號胡斐。」殷仲翔喃喃的道：「胡斐，胡斐？」突然一驚，說道：「啊，在山東商家堡……」胡斐笑道：「不錯，在下曾和殷爺有過一面之緣，殷爺別來安健？」殷仲翔臉如死灰，接過佩劍往桌上一擲，說道：「怪不得，怪不得！」掀開門簾，大踏步走了出去。

房中眾武官紛紛議論，都讚胡斐內力了得，又說殷仲翔輸得寒蠢，牌品太也差勁。

周鐵鷦緩緩站起，指著胡斐身前那一大堆銀子道：「胡兄弟，你這裏一共有多少銀子？」胡斐道：「四五千兩吧！」周鐵鷦搓著骨牌，在桌上慢慢推動，慢慢砌成四條，然後從懷中摸出一個大封袋來，放在身前，道：「來，我跟你賭一副牌。要是我贏，贏了你這四五千兩銀子和佩劍。倘若是你牌好，把這個拿去。」

衆人見那封袋上甚麼字也沒寫，不知裏面放著些甚麼，都想，他好容易贏了這許多銀子，怎肯一副牌便輸給你？又不知你這封袋裏是甚麼東西，要是只有一張白紙，豈不白白的做了冤大頭？那知胡斐想也不想，將面前大堆銀子盡數推了出去，也不問他封袋中放著甚麼，說道：「賭了！」

周鐵鷦和曾鐵鷗對望一眼，各有嘉許之色，似乎說這少年瀟洒豪爽，氣派不凡。

周鐵鷦拿起骰子，隨手一擲，擲了個七點，讓胡斐拿第一手牌，自己拿了第三手，輕描淡寫的一看，翻過骨牌，啪啪兩聲，在桌上連擊兩下。衆人一呆，跟著歡呼叫好，原來四張牌分成一前一後的兩道，平平整整的嵌在桌中，牌面與桌面相齊，便是請木匠來在桌面上挖了洞，將骨牌鑲嵌進去，也未必有這般平滑。但這一手牌點子卻是平平，前五後六。

胡斐站起身來，笑道：「周大爺，對不起，我可贏了你啦！」右手一揮，啪的一聲響，四張牌同時擲下，這四張牌竟也是分成前後兩道，平平整整的嵌入桌中，牌面與桌面相齊。周鐵鷦分了牌以手勁先後直擊，使的是他本門絕技鷹爪力，那是他數十年苦練的外門硬功，原已著實了得，豈知胡斐舉牌凌空一擲，也能嵌牌入桌，而且四張牌自行分成兩道，這一手功夫可就遠勝了，何況周鐵鷦連擊兩下，胡斐卻只憑一擲。

眾人驚得呆了，連喝采也都忘記。周鐵鷦神色自若，將封袋推到胡斐面前，說道：「你今兒牌風眞旺。」眾人這時才瞧清楚了胡斐這一手牌，原來是八八關，前一道八點，後一道也是八點。

胡斐笑道：「一時鬧玩，豈能當眞！」將封袋推了回去。周鐵鷦皺眉道：「胡兄弟，你倘若不收，那是損我姓周的賭錢沒品啦！這一手牌如是我贏，我豈能跟你客氣？這是我今兒在宣武門內買的一所宅子，也不算大，不過四畝來地。」說著從封袋中抽出一張黃澄澄的紙來，原來是一張屋契。旁觀眾人都吃了一驚，心想這一場賭博當眞豪闊得可以，宣武門內一所大宅子，少說也值得六七千兩銀子。

周鐵鷦將屋契推到胡斐身前，說道：「今兒賭神菩薩跟定了你，沒得說的。牌局不如散了吧。這座宅子你要推辭，便是瞧我姓周的不起！」胡斐笑道：「既是如此，做兄弟的卻之不恭。待收拾好了，請各位大哥過去大賭一場，兄弟福氣薄，準定住不起這等好宅子，這大宅子多半轉眼間又得換個主兒。」眾人轟然答應。

周鐵鷦拱了拱手，逕自與曾鐵鷗走了。汪鐵鶚見大師哥片刻之間將一座大宅輸去，竟面不改色，他一顆心反而撲通撲通的跳個不住。

當下胡斐向秦耐之、汪鐵鶚等人作別，和程靈素回到客店。秦耐之吩咐酒樓伙計，捧了銀子跟著送去。胡斐每名伙計賞了五十兩銀子。

待眾伙計道謝出店，程靈素笑道：「胡大爺命中註定要作大財主，便推也推不掉，在義堂鎮有人奉送莊園田地，那知道第一天到北京，又贏了一所大宅子。」胡斐道：「這姓周的倒也豪氣，瞧他瘦瘦小小，貌不驚人，那一手鷹爪力可著實不含糊，想不到官場之中還有這等人物。」程靈素道：「你贏的這所宅子拿來幹麼呀？自己住呢，還是賣了它？」胡斐道：「說不定明天一場大賭，又輸了出去，難道賭神菩薩當眞隨身帶嗎？」

次晨兩人起身，剛用完早點，店夥帶了一個中年漢子過來，道：「胡大爺，這位大爺有事找你。」胡斐見這人帶了一副墨鏡，長袍馬褂，衣服光鮮，指甲留得長長的，卻不相識。

這人右腿半曲，請了個安，道：「胡大爺，周大人吩咐，問胡大爺甚麼時候有空，請過宣武門內瞧瞧那座宅子。小人姓全，是那宅子的管家。」胡斐好奇心起，向程靈素道：「二妹，咱們這就瞧瞧去。」

那姓全的恭恭敬敬引著二人來到宣武門內。胡斐和程靈素見那宅子朱漆大門，黃銅大門釘，石庫門牆，青石踏階，著實齊整。一進大門，是座好考究的四合院，自前廳、後廳、偏廳，以至廂房、花園，無不陳設精致，用具畢備。那姓全的道：「胡大爺倘若合意，便請搬過來。曾大人叫了一桌筵席，說今晚來向胡大爺恭賀喬遷。周大人、汪大人他們都要來討一杯酒喝。」

胡斐哈哈大笑，道：「他們倒想得周到，那便一齊請吧！請周大人、曾大人、汪大人多帶幾位朋友，一桌如坐不下，你多叫一桌酒席，酒菜定要上等！」全管家道：「小人理會得。」躬身退了出去。

程靈素待他走遠，道：「大哥，這座大宅子只怕值二萬兩銀子也不止。這件事大不尋常。」胡斐點頭道：「不錯，你瞧這中間有甚麼蹊蹺？」程靈素微笑道：「我想總是有個人在暗暗喜歡你，因此故意接二連三，一份一份的送你大禮。」

胡斐知她在說袁紫衣，臉上一紅，搖了搖頭。程靈素笑道：「我是跟你說笑呢。我大哥慷慨豪俠，也不會把這些田地房產放在心上。這送禮之人，決不是你的知己，否則的話，還不如送一隻玉鳳凰。這送禮的若非怕你，便是想籠絡你。嗯，誰能有這麼大手筆啊？」胡斐凜然道：「是福大帥？」程靈素道：「我瞧有點兒像。他手下用了這許多人，有哪一個及得上你？再說，馬姑娘既得他寵幸，也總得送你一份厚禮。他們知你性情耿直，不能輕易收受豪門財物，於是派人在賭台上送給你。」

胡斐覺她推測有幾分像，說道：「嗯。他們消息也真靈。我們第一天到北京，就立刻讓我大贏一場。」程靈素道：「我們又沒喬裝改扮，多半一切早安排好了，只等我們到來。跟汪鐵鶚相遇是碰巧，在聚英樓中一賭，訊息報了出去，周鐵鷦拿了屋契就來了。」胡斐點頭道：「你猜得有理。昨晚周鐵鷦既有意要輸，那一注便算是我輸了，他再賭下去，總有法子教我贏了這座宅子。」

程靈素道：「那你怎生處置？」胡斐道：「今晚我再跟他們賭一場，想法子把宅子輸出去，瞧我有沒這個手段。」程靈素笑道：「兩家都要故意賭輸，這一場交手，卻也熱鬧得緊。」

當日午後申牌時分，曾鐵鷗著人送了一席極豐盛的魚翅燕窩席來。那姓全的管家率領僕役，在大廳上佈置得燈燭輝煌，喜氣洋洋。

汪鐵鶚第一個到來。他在宅子前後左右走了一遭，不住口的稱讚這宅子堂皇華美，又大讚胡斐昨晚賭運亨通，手氣奇佳。胡斐心道：「這汪鐵鶚性直，瞧來不明其中過節，待會我如將這宅子輸了給他，他兩個師兄不知要如何處置，倒有一場好戲瞧呢。」

不久周鐵鷦、曾鐵鷗師兄弟倆到了，姓褚、姓上官、姓聶的三人到了。過不多時，秦耐之哈哈大笑的進來，說道：「胡兄弟，我給你帶了兩位老朋友來，你猜猜是誰？」

他身後走進三個人來。最後一人是昨天見過的殷仲翔，經了昨晚之事，他居然仍來，倒頗出胡斐意料之外。其餘兩人容貌相似，都是精神矍鑠的老者，看來甚是面善，胡斐微微一怔，待看到兩人腳步落地時腳尖稍斜向裏，正是八卦門功夫極其深厚之象，當即省悟，搶上恭恭敬敬的行禮，說道：「王大爺、王二爺兩位前輩駕到，晚輩今日眞夠光采了。多年不見，兩位精神更健旺了。」這兩人正是八卦門王劍英、王劍傑兄弟。

十二人歡呼暢飲，席上說的都是江湖上英雄豪傑之事。王劍傑提到當年在商家堡中，衆人如何遭困鐵廳，身遭火灼之危，如何虧得小胡斐智勇雙全，奮身解圍。秦耐之、周鐵鷦等聽了，更大讚不已。

程靈素目澄如水，脈脈的望著胡斐，心想這些英雄事蹟，你一路上從來不說。

筵席散後，眼見一輪明月湧將上來，這天是八月初十，雖已立秋，仍頗炎熱，那叫作「桂花蒸」。全管家在花園亭中擺設瓜果，請衆人乘涼消暑。胡斐道：「各位先喝杯清茶，咱們再來大賭一場。」眾人轟然叫好，來到花園的涼亭中坐下。

沒講論得幾句，忽聽得廊上傳來一陣喧嘩，卻是有人與全管家大聲吵嚷，接著全管家「啊喲」一聲大叫，砰的一響，似給人踢了個觔斗。

只見一條鐵塔似的大漢飛步闖進亭來，伸手在桌上一拍，嗆啷啷一陣響處，茶杯果盤等物，摔得一地。那大漢指著周鐵鷦，粗聲道：「周大哥，這卻是你的不是了。這座宅子我賣給你一萬五千兩銀子，那可是半賣半送，衝著你周大哥的面子，做兄弟的還能計較麼？不料一轉眼間，你卻拿去轉送了別人，我這個虧可吃不起！請大家來評評這個理，我姓德的能做這冤大頭麼？」

周鐵鷦冷冷的道：「你錢不夠使，好好的說便了。這是好朋友家裏，你來胡鬧甚麼？」那黑大漢一張臉脹得黑中泛紅，伸手又往桌上拍去。周鐵鷦左手翻轉勾帶，將他右腕牢牢抓住，別瞧周鐵鷦身材矮小，站起來不過剛及那大漢的肩膀，但那大漢右手讓他一抓，猶似給一個鐵箍箍住了，竟掙扎不脫。

周鐵鷦拉著他走到亭外，低聲跟他說了幾句話。那大漢兀自不肯依從，呶呶不休。周鐵鷦惱了起來，雙臂一推。那大漢站立不定，跌出幾步，撞在一株梅樹之上，喀喇一聲，撞斷了老大兩根椏枝。周鐵鷦喝道：「姓德的莽夫，給我在外邊侍候著，不怕死的便來囉唆！」那大漢撫著背上的痛處，低頭趨出。

曾鐵鷗哈哈大笑，說道：「這莽夫慣常掃人清興，大師哥早就該好好揍他一頓。」周鐵鷦微笑道：「我就瞧著他心眼兒還好，也不跟他一般見識。胡大哥，倒教你見笑了。」胡斐道：「好說，好說。既然這宅子他賣得便宜了，兄弟再補他幾千兩銀子便是。」周鐵鷦忙道：「胡大哥說那裏話來？這件事兄弟自會料理，不用你操心。倒是那個莽撞之徒，無意中得罪了胡大哥，他原不知胡大哥如此英雄了得，既做下了事來，此刻委實後悔莫及。兄弟便叫他來向胡大哥敬酒賠禮，衝著兄弟和這裏各位的面子，胡大哥便不計較這一遭如何？」

胡斐笑道：「賠禮兩字，休要提起。既是周大哥的朋友，請他一同來喝一杯吧！」周鐵鷦站起身來，說道：「胡大哥是少年英雄，我們全都誠心結交你這位朋友。那莽夫做錯了事，我們大夥兒全派他的不是。胡大哥大人大量，務請不要介懷。」胡斐道：「此些小事何必掛齒？周大哥說得太客氣了。」周鐵鷦一躬到地，說道：「兄弟先行謝過。」曾鐵鷗和秦耐之也同時起身作揖，說道：「我們一齊多謝了。」胡斐忙站起還禮。周鐵鷦道：「我去叫那莽夫來，跟胡大哥賠罪。」說著轉身出外。

胡斐和程靈素對望了一眼，均想：「這莽夫雖然鹵莽粗魯了些，但周鐵鷦這番賠禮的言語，卻未免過於鄭重。不知這黑大漢是甚麼門道？」

過了片刻，只聽得腳步聲響，園中走進兩個人來。周鐵鷦攜著一人之手，笑道：「莽夫啊莽夫，快敬胡大哥三杯！你們這叫不打不成相識，胡大哥答允原諒你啦。他大丈夫一言既出，駟馬難追。今日便宜了你這莽夫！」

胡斐霍地站起，飄身出亭，左足一點，先搶過去擋住了那人的退路，鐵青著臉，厲聲說道：「周大人，你鬧甚麼玄虛？我若不殺此人，我胡斐枉稱頂天立地的男子漢！」

進園來這人，正是廣東佛山鎭上殺害鍾阿四全家的五虎門掌門人鳳天南！

胡斐此時已然心中雪亮，原來周鐵鷦安排下圈套，命一個莽夫來胡鬧一番，然後套得他的言語，要自己答允原諒一個莽夫。他想起鍾阿四全家慘死的情狀，熱血上湧，目光中似要迸出火來。

周鐵鷦道：「胡大哥，我跟你直說了罷。義堂鎭上的田地房產，全是這莽夫送的。這一座宅子和傢伙，也全是這莽夫買的。他跟你賠不是之心，說得上誠懇之極了。大丈夫拿得起放得下，過去的小小怨仇，何必放在心上？鳳老大，快給胡大哥賠禮吧！」

胡斐見鳳天南雙手抱拳，意欲行禮，雙臂一張，說道：「且慢！」向程靈素道：「三妹，你過來！」程靈素快步走到他身邊，並肩站著。

胡斐朗聲說道：「各位請了！姓胡的結交朋友，憑的是意氣相投，是非分明。咱們吃喝賭博，那算不了甚麼，便是市井小人，也豈不相聚喝酒賭錢？大丈夫義氣爲先，以金銀來討好胡某，可把胡某人的人品瞧得一錢不値了！」曾鐵鷗笑道：「胡大哥可誤會了。鳳老大贈送一點薄禮，也只是略表敬意，那裏敢看輕老兄了？」

胡斐右手一擺，說道：「這姓鳳的在廣東作威作福，爲了謀取鄰舍一塊地皮，將人家一家老小害得個個死於非命。我胡斐和鍾家非親非故，既伸手管上了這件事，便跟這姓鳳的惡棍誓不並存於天地之間。倘若要得罪好朋友，那也勢非得已，要請各位見諒。周大哥，這張屋契請收下了。」從懷中摸出套著屋契的信封，輕輕一揮，信封直飄到周鐵鷂面前。

周鐵鷂只得接住，待要交還給他，卻想憑著自己手指上的功夫，難以這般平平穩穩的將信封送到他面前。

只聽胡斐朗聲道：「這裏是京師重地，天子腳底下的地方，這姓鳳的又不知有多少好朋好友，但我胡斐今晚豁出了性命，定要動一動他。是姓胡的好朋友便不要攔阻，是姓鳳的好朋友，大夥兒一齊上吧！」說罷雙手叉腰一站。

他明知北京城中高手如雲，這鳳天南既敢露面，自是有備而來，別說另有幫手，單就王氏兄弟、周曾二人，便極不好鬥，何況周鐵鷂等用心良苦，對自己給足了面子，對這些江湖朋友的好意全然不顧，人情上確也覺說不過去，但他想大丈夫不能只顧一時情面，將是非天良全然不理，想起鍾阿四一家慘死，心中憤慨已極，早將生死置之度外。

周鐵鷂哈哈一笑，說道：「胡大哥既不給面子，我們這和事老是做不成啦。鳳老大你這便請罷，咱們還要喝酒賭錢呢。」

胡斐好容易見到鳳天南，那裏還容他脫身？雙掌一錯，便向鳳天南撲去。

周鐵鷂眉頭一皺，道：「這也未免太過份了吧！」左臂橫伸攔阻，右手卻翻成陰掌，暗伏了一招「倒曳九牛尾」的擒拿手，意欲抓住胡斐手腕，就勢迴拖。

胡斐既然出手，早把旁人的助拳打算在內，但心想：「你們面子上對我禮貌周到，我對你們也就決不先行出手。」一見周鐵鷂伸手抓來，更不還手，讓他一把抓住腕骨，扣住了自己脈門。

周鐵鷦大喜，暗想：「秦耐之、鳳老大他們把這小子的本事誇上了天去，早知不過如此，何必跟他這般低聲下氣？」口中仍說：「不要動手！」運勁急拖，斗然間只覺胡斐的腕骨堅硬如鐵，跟著湧到一股反拖之力，以硬對硬，周鐵鷦立足不定，立即鬆手，一個踉蹌，身不由主的向前跌出三步。

這擒拿手拖打，本是鷹爪雁行門拿手絕技，周鐵鷦於此下了幾十年功夫，在本門固是第一，在當世武林也算得首屈一指，不料胡斐偏偏就在這功夫上，挫敗了這一門的掌門大師兄。

兩人交換這一招，只瞬息間的事。鳳天南已扭過身軀，向外便奔。胡斐撲過去疾劈一掌，鳳天南迴手抵住。曾鐵鷗道：「好好兒的喝酒賭錢，何必傷了和氣？」右手五根手指成鷹爪之勢，抓向胡斐背心。他似是好意勸架，其實卻施了殺手。但見胡斐一意向鳳天南進攻，對身後的襲擊竟似不知，那姓聶的忍不住叫道：「胡大哥，小心！」嚓的一響，曾鐵鷗五指已落在胡斐背上，但著指之處，似是抓到了一塊又韌又厚的牛筋。胡斐背上肌肉一彈，便將他五根手指彈開。

眼見周曾兩人攔阻不住，殷仲翔從斜刺裏竄到，他今日到來，本意便是要和胡斐動手，找回昨天的臉面，更不假作勸架，揮拳向胡斐面門打去。胡斐頭一低，左掌搭上了他背心，吐氣揚聲，「嘿」的一聲，殷仲翔直飛出去，勢道猛烈，撞向鳳天南。這一下胡斐原沒想能撞倒鳳天南，但他只要閃身避開，殷仲翔的腦袋便撞上一座假山，勢在非伸手擋救不可，只這麼一緩，便逃不脫了。豈知鳳天南自顧逃命要緊，雖見殷仲翔出力救援自己，卻不顧他死活，反而左足在他背心一撐，借力躍向圍牆。殷仲翔爲兩股力道夾擊，砰的一響，撞上了假山，滿頭鮮血，立時暈去。

旁觀衆人個個都是好手，鳳天南這一下太過欠了義氣，如何瞧不出來？王氏兄弟本欲出手，只忌憚胡斐了得，未必討得了好，正自遲疑，見鳳天南只顧逃命，反害朋友，兄弟倆對望一眼，臉上各現鄙夷之色，便不肯出手了。

胡斐心想：「讓這奸賊逃出圍牆，不免多費手腳。何況圍牆外他說不定尚有援兵。」見他雙足剛要站上牆頭，立即縱身躍起，搶上攔截。

鳳天南剛在牆頭立定，突見身前多了一人，月光下看得明白，正是死對頭胡斐，這一驚當眞非同小可，右腕翻處，一柄明晃晃的匕首自下撩上，向他小腹疾刺過去。

胡斐急起左腿，足尖踢中他手腕，匕首直飛起來，落到了牆外。當此生死關頭，鳳天南出手也臻狠辣極致，在這圍牆頂上尺許之地近身肉搏，招數更加迅捷凌厲，一匕首沒刺中，左拳跟著擊出。胡斐更不回手，前胸挺出，運起內勁，硬擋了他這一拳，砰的一聲，鳳天南給自己的拳力震了回來，立足不定，摔下圍牆。

胡斐跟著躍下，舉足踏落。鳳天南打滾避過，雙足使勁，再度躍向牆頭。胡斐不容他再在牆頭立足，雙手一揮，「一鶴沖天」，跟著竄高，卻比鳳天南高了數尺，落下時正好騎正他肩頭，雙腿夾住他頭頸。鳳天南呼吸閉塞，自知無倖，閉目待死。

胡斐心道：「奸賊！今日教你惡貫滿盈！」提起手掌，運勁便往他天靈蓋拍落。

三人默默無言，各懷心事，但聽得窗外雨點打在殘荷竹葉之上，淅瀝有聲，燭淚緩緩垂下。程靈素拿起燭台旁的小銀筷，挾下燭心。室中一片寂靜。

第十四章

紫羅衫動紅燭移

突覺背後金刃掠風，一人嬌聲喝道：「手下留人！」喝聲未歇，刀鋒已及後頸。這一下來得好快，胡斐手掌不及拍下，急忙側頭，避開了背後刺來的一刀，迴臂反手，去勾身後敵人的手腕。那人身手矯捷，一刺不中，立時變招，唰唰兩匕首，分刺胡斐雙脅。胡斐轉不過身來，只得縱身離了鳳天南肩頭，向前一撲。那人如影隨形，著著進逼。

胡斐從那人身法招數之中，已然料到是誰，心中一陣喜悅，一陣惱怒，低聲道：「袁姑娘，幹麼老是跟我爲難？」回過頭來，見手持匕首那人紫衫雪膚，頭包青巾，正是袁紫衣。

月光下但見她似嗔似笑，說道：「我要領教胡大哥空手入白刃的功夫！」胡斐道：「來日方長，不忙在此刻。」縱身又撲向鳳天南，袁紫衣猱身而上，匕首直指他咽喉。這一招攻其不得不救，胡斐只得沉肘反打，斜掌劈她肩頭。霎那之間，兩人以快打快，交換了十來招，刀光閃動，掌影飛舞，匕掌相距對方不逾咫尺，旁觀衆人均感驚心動魄。

周鐵鷦、曾鐵鷗、王氏兄弟等都不識得袁紫衣，突然見她在鳳天南命在頃刻之際現身相救，武功又如此了得，無不驚詫。但見這兩人出手奇快，衆人瞧得眼都花了，猛聽得胡斐一聲呼叱，兩人同時翻上圍牆，跟著又同時躍到了牆外。

袁紫衣的匕首翻飛擊刺，招招不離胡斐要害，出手狠辣凌厲，直如性命相搏一般。胡斐那敢怠慢，凝神接戰，耳聽得鳳天南縱聲長笑，叫道：「胡家小兄弟，老哥哥失陪了，咱們後會有期。」笑聲愈去愈遠，黑夜中遙遙聽來，便似梟鳴。

胡斐大怒，急欲搶步去追，卻給袁紫衣纏住了，脫身不得。他越發恚怒，喝道：「袁姑娘，在下跟你無怨無仇……」一言未畢，白光閃動，匕首已然及身。

高手過招，生死決於俄頃，萬萬急躁不得，胡斐的武功只比袁紫衣稍勝半籌，但一個空手，一個有刀，形勢已然扯平，他眼睜睜的見仇人再次逃走，一分心，竟給刺中了左肩。嗤的一聲，匕首劃破肩衣，這時袁紫衣右手只須乘勢一沉，胡斐肩頭勢須重傷筋骨，那知她手腕斜翻，反向上挑。胡斐肩上只感微微一涼，絲毫未損，心中一怔：「你又何必手下容情？」

袁紫衣格格嬌笑，倒轉匕首，向他擲了過去，跟著自腰間撤出軟鞭，笑道：「胡大哥，別生氣！咱們公公平平的較量一場。」

胡斐正要伸手去接匕首，忽聽牆頭程靈素叫道：「用刀吧！」將他單刀擲下。原來程靈素見他赤手空拳，生怕失利，已奔進房去將他的兵刃拿了出來。

袁紫衣叫道：「好體貼的妹子！」突然軟鞭揮起，掠向高牆。程靈素縱身躍入。袁紫衣的軟鞭在牆頭搭住，一借力，便如一隻大鳥般飛了進去，月光下衣袂飄飄，宛若仙子凌空。她身子尚未落地，呼的一鞭，向程靈素背心擊去，叫道：「程家妹子，接我三招。」

程靈素側身低頭，讓過了一鞭，但袁紫衣變招奇快，左迴右旋，登時將她裹在鞭影之中。胡斐知程靈素決不是她敵手，此刻若去追殺鳳天南，生怕袁紫衣竟下殺手，縱然失去機緣，也只索罷了，躍進園中，挺刀叫道：「你要較量，找我好了！」

袁紫衣道：「好體貼的大哥！」迴過軟鞭，來捲胡斐刀頭。

兩人各使稱手兵刃，這一搭上手，情勢與適才又自不同。胡斐使的是家傳胡家刀法，剛中有柔，柔中有剛，迅捷時似閃電奔雷，沉穩處如淵停嶽峙。袁紫衣的鞭法也縱橫靈動，大是名手風範。頃刻之間，兩人已拆了三十餘招，當真是鞭揮去如靈蛇矯夭，刀砍來若猛虎翻撲。

秦耐之、周鐵鷦、王氏兄弟等無不駭然：「這兩人小小年紀，武功上竟有這等造詣！」其實兩人這時比拚兵刃，都還只使出六七成功夫，胡斐見袁紫衣每每在要緊關頭不下殺著，自己刀下也就容讓幾分，一面打，一面思量：「她如此對我，到底是甚麼用意？」兩人手下既然容讓，在要緊關頭顧念到對手安危，心中自不免柔情暗生。

適才周鐵鷦、曾鐵鷗、殷仲翔三人出手對付胡斐，均沒討得了好去，衆武官心知單打獨鬥不是他對手，眼見袁紫衣纏住了他，正是下手良機，各人使個眼色，裝作凝目觀戰，卻散在兩人身周，慢慢逼近，俟機合擊胡斐。

凡武學高手，出手時無不眼觀六路，耳聽八方，周鐵鷦等這般神態，胡斐自都瞧在眼裏，不禁暗暗焦急：「這批人就要一擁而上，我要脫身雖然不難，卻分不出手來照顧二妹了。」一瞥間，見程靈素站在一旁，神色自若，心想：「只有先將袁姑娘打退，再來對付旁人。」言念及此，唰唰唰連砍三刀，均是胡家刀法中的厲害家數。

袁紫衣一避一擋，喝采道：「好刀法！」突然迴過長鞭，竟不抵擋胡斐刺向自己腰間的刀尖，一招「凰鳳三點頭」，向曾鐵鷗、周鐵鷦、秦耐之三人的面門各點一鞭。

這一招來得好不突兀，三人急忙後躍，曾鐵鷗終於慢了一步，鞭端在額頭擦過，帶出了一條血痕。便在此時，胡斐的刀尖距她腰間也已不過尺許，見她忽然出鞭為自己退敵，當即右臂穩凝，單刀不進不退，停住不動。在如此急遽之間，正使出勁招之際，將兵刃穩得猶似在半空中釘住一般，可比逕刺敵人難上十倍。

袁紫衣一雙妙目望定胡斐，說道：「你怎不刺？」忽聽得曾鐵鷗叫道：「好體貼的哥哥、妹妹啊！」學的是旗人惡少的貧嘴聲調。

袁紫衣俏臉一沉，收鞭圍腰，向胡斐道：「胡大哥，這幾位英雄好漢，請你給我引見引見。」胡斐道：「好！這位是八極拳的掌門人秦耐之秦大爺，這位是鷹爪雁行門的掌門人周鐵鷦周大爺……」跟著將王劍英、王劍傑兄弟、曾鐵鷗、汪鐵鶚等一一引見了。這時王劍傑已將殷仲翔救醒，只聽他不住口的斥罵鳳天南，說甚麼「如此無恥卑鄙之徒，咱哥兒倆不能算完。」胡斐最後道：「這位是袁姑娘。」心念一動，又道：「袁姑娘是少林韋陀門、廣西八仙劍、湖南易家灣九龍鞭三派的總掌門。」

眾人一聽，都聳然動容，雖想胡斐不會打誑，但臉上均有不信之色。

袁紫衣微笑道：「你還沒說得周全。邯鄲府崑崙刀、彰德府天罡劍、保定府哪吒拳這三門，也請區區做了掌門人。」胡斐道：「哦，原來姑娘又榮任了三家掌門，恭喜，恭喜。」袁紫衣笑道：「多謝！這一次我上北京來，原想做十家總掌門，但湖北武當山的無青子道長我打他不過，河南少林寺的大智禪師我不敢去招惹。剛好這裏有三位掌門人在此。喂，褚老師，你塞北雷電門的掌門老師麻老夫子到了北京麼？」

使雷震擋的姓褚武師單名一個轟字，聽她問到師父，說道：「家師向來不來內地走動，有甚麼事，都交給弟子們辦。」袁紫衣道：「好，你是大師兄，可算得上是半個掌門人。這麼著，今晚我就奪三個半掌門人。十家總掌門做不成，九家半也將就著對付了。」

此言一出，周鐵鷦等無不變色。秦耐之哈哈大笑，說道：「少林韋陀門的掌門萬鶴聲萬大哥，跟在下有數十年的交情，卻不知如何將掌門之位傳給姑娘了？」袁紫衣道：「萬大爺去世啦，他師兄劉鶴眞打我不過，三個徒弟更加膿包。咱們拳腳刀槍上分高下，這掌門之位不讓也得讓。秦老師，我先領教你的八極拳功夫，再跟周老師、王老師、褚老師他們三位過過招。我當上了九家半總掌門，也好到那天下掌門人大會中去風光、風光。」

這幾句話，竟絲毫沒將周、秦、王、褚衆高手瞧在眼裏。她這麼一叫陣，周鐵鷦、王劍英、秦耐之等都是天下聞名的高手武師，縱然命喪當場，也決不能退縮。

周鐵鷦道：「我們鷹爪雁行門自先師謝世，徒弟們個個不成器，先師的功夫十成中學不到一成。姑娘肯賜教誨，敝派上下那一個不感光寵？不過師兄弟們都是蠢材，只練了些先師傳下的功夫，別派的功夫卻不會練。」袁紫衣笑道：「這個自然。我若不會鷹爪雁行門的功夫，怎能當得鷹爪雁行門的掌門？周老師大可放心。」

周鐵鷦和曾鐵鷗都氣黃了臉，師兄弟對望一眼，均想：「便再強的高手，也從沒人敢輕視鷹爪雁行門！你仗著誰的勢頭，到北京城來撒野？」他們收了鳳天南的重禮，為他出頭排解，沒能辦成，也不過掃興而已，畢竟事不干己，並不怎麼放在心上。可是這年輕女子竟揚言要硬搶掌門之位，如此欺上頭來，豈可不認真對付？

秦耐之心知今晚已非動手不可，適才見袁紫衣的武功和胡斐在伯仲之間，自己卻曾敗在胡斐手下，要想討一個巧，讓她先鬥周王諸人，耗盡了力氣，自己再來撿便宜，說道：「周老師、王老師的功夫比兄弟深得多，兄弟躲在後面吧！」

袁紫衣笑道：「你不說我也知道，你的功夫不如他們，我要挑弱的先打，好留下力氣，對付強的。外邊草地上滑腳，咱們到亭中過招。上來吧！」身形一晃，進了亭子，雙足並立，沉肩塌胯，五指併攏，手心向上，在小腹前虛虛托住，正是「八極拳」的起手式「懷中抱月」。

秦耐之吃了一驚：「本派武功向來流傳不廣，但這一招『懷中抱月』，左肩低，右肩高，左手斜，右手正，顯然已得本派心傳，她卻從何學來？」向胡斐斜睨一眼，又想：「那日我跟他動手，當然不使起手式，後來和他講論本門拳法，這一招也沒提到。自不是他傳給這女子了。」心中驚疑，臉上不動聲色，說道：「既然如此，待小老兒搬開桌子椅子，免得礙手礙腳。」

袁紫衣道：「秦老師這話恐怕不對了。本門拳法『翻手、揲腕、寸懇、抖展』八極，『摟、打、騰、封、踢、蹬、掃、卦』八式，變化為『閃、長、躍、躲、拗、切、閉、撥』八法，四十九路八極拳，講究的是小巧騰挪，倘若嫌這桌子椅子礙事，當真與敵人性命相搏之時，難道也叫敵人先搬開桌椅麼？」她這番話宛然是掌門人教訓本門小輩的口吻，而八極拳的諸種法訣，卻又說得一字不錯。

秦耐之臉上一紅，更不答話，彎腰躍進亭中，一招「推山式」，左掌推了出去。

袁紫衣搖了搖頭，說道：「這招不好！」更不招架，只向左踏了一步，秦耐之身前便有桌子擋住，這一掌推不到她身上。他變招卻也迅速，「抽步翻面錘」、「鷂子翻身」、「劈卦掌」，連使三記絕招。袁紫衣右足微提，左臂置於右臂上交叉輪打，翻成陽拳，跟著快如電閃般以陰拳打出，正是八極拳中的第四十四式「雙打奇門」，這原是秦耐之的得意招數，可是袁紫衣這一招出得快極，秦耐之猝不及防，忙斜身閃避，砰的一下，撞到了桌上，桌上茶碗登時打翻了三隻。袁紫衣笑道：「小心！」左纏身、右纏身、左雙撞、右雙撞、一步三環、三步九轉，八極拳的招數如雨點般打了過去。

秦耐之奮力招架，眼看她使的招數固是本門拳法，但忽快忽慢、偏左偏右，卻又與本門功夫大不相同。袁紫衣道：「你怎地只招架，不還手？你使的是八極拳，可不是挨揍拳！」秦耐之罵道：「小賤人！」一招「青龍出水」，左拳成鉤，右拳呼的一聲打了出去。袁紫衣應以一招「鎖手攢拳」，她本想不為已甚，但秦耐之出口便罵「小賤人」，十分無禮，突然右肘一擺，翻手抓住了他右腕，向他背上扭轉，左手同時上前，四指前、拇指後，已拿住了他的「肩貞穴」，順勢向前一送，將他按到了桌上，正好將他嘴巴按到了茶碗上，喝道：「吃茶！」

她這手「分筋錯骨手」本來平平無奇，幾乎不論那一門那一派都會練到，但出手奇速，秦耐之手腕剛碰到她手指，全身已遭制住，不禁驚怒交集，又罵：「小賤人！」只這句罵來已有點氣喘吁吁。

袁紫衣聽得他又再罵人，雙手使個冷勁，喀喇一聲，秦耐之右肩關節脫臼。袁紫衣放開他手腕，坐在櫈上微微冷笑，問道：「掌門人的位子讓是不讓？」秦耐之只疼得滿額都是冷汗，一言不發，快步出亭。

胡斐上前左手托住他右臂，右手抓住他頭頸，一推一送，將他肩頭關節還入臼窩。秦耐之低聲道：「多謝！」垂頭站在一旁。

王劍英上前三步，說道：「袁姑娘的八極拳功夫果然神妙，我領教領教你的八卦掌！」說著踏步進亭。

袁紫衣見他步履凝穩，知是勁敵。本來凡練「遊身八卦掌」之人，必然步法飄逸，行路猶如足不點地一般，但他腳步落地極重，塵土飛揚，那是「自重至輕、至輕返重」，根基堅實無比，他數十年的功力，決非自己能望其項背。

胡斐快步走到亭中，拿起茶杯喝了一口，低聲道：「此人厲害，不可輕敵。」袁紫衣眼皮低垂，細聲道：「我多次壞你大事，你不怪我麼？」這一句話胡斐卻答不上來，說是不怪，可是她接連三次將鳳天南從自己手底下救出；說是怪她罷，瞧著她若有情、若無情的眼波，卻又怎能怪得？

袁紫衣見胡斐走入亭來教自己提防，芳心大慰，她本來心下擔憂，生怕鬥不過這八卦門高手，這時精神一振，低聲道：「我心裏好對你不起！我如不行，請你幫我照看著！」依她原來好勝的性子，這句話明顯服軟，無論如何是不肯說的，但今晚又壞了他的大事，心下甚歉，說這句話，是有意跟他說和修好。

她足尖一登，躍上一張圓櫈，說道：「王老師，八卦門的功夫，講究足踏八卦方位，乾、坤、巽、坎、震、兌、離、艮，咱們便在這些櫈上過過招。」王劍英道：「好！」慢慢踏上圓櫈，雙手互圈，一掌領前，一掌居後。胡斐又向袁紫衣瞧了一眼，退出亭子。

袁紫衣道：「素聞八卦門中，王氏兄弟英傑齊名，待會王老師敗了之後，令弟還打不打呢？」王劍英生性凝重，聽了這話卻也忍不住氣往上衝，依她說來，似乎還沒動手，自己已經敗定。他本就不善言辭，盛怒之下，更結結巴巴的說不出話。

王劍傑怒道：「小丫頭胡說八道，你只須在我大哥手下接得一百招，咱兄弟倆從此不使八卦掌。」王氏兄弟望重武林，尋常武師連他們的十招八招也接不住。王劍傑出口竟說到一百招，只因見到她打敗秦耐之，已絲毫沒小覷了她。

袁紫衣斜眼相睨，冷冷的道：「我打敗令兄之後，算不算八卦門的掌門人？你還打不打？」王劍傑道：「你先吹甚麼？打得贏我哥哥再說不遲。」袁紫衣道：「我便是要先問個明白。」

王劍傑尚未答話，王劍英問道：「尊師是誰？」袁紫衣道：「你問我師承幹麼？」她烏溜溜的眼珠骨碌一轉，已明其意，說道：「嗯，王老師動了眞怒，要下殺手，因此先問一問我師父。我師父名頭太響，說出來嚇壞了你。我不抬師父出來。你儘管使你八卦門的絕招。常言道不知者不罪，你便打死了我，我師父也不能怪你。」

這幾句話正說中了王劍英心事，他見袁紫衣先和胡斐相鬥，跟著制住秦耐之，出手著實不俗，定然大有來頭，如下重手傷了她，她師父日後找場，多半極難應付，聽她這般說，便道：「這裏各位都是見證。」呼的一掌，迎面擊出，掌力未施，身隨掌起，踏坤奔離，足下方位已移。別瞧他身軀肥大，八卦門輕功一使出，竟如飛燕掠波。

袁紫衣斜掌卸力，自艮追震，手上使的固是八卦掌，腳下踏的也全是八卦方位。王劍英連劈數掌，都為她一一卸開。兩人繞著圓桌，在十二隻石櫈上奔馳旋轉，倒似小兒捉迷藏一般，但越轉越快，衣襟生風。

王劍英心想：「這丫頭心思靈巧，誘得我在石櫈上跟她隔桌換掌。她掌力原本不能跟我相比，但中間擋著一張圓桌，有了間距，便不怕我沉猛的掌力了。」又想：「這丫頭武功甚雜，居然將我門中的八卦掌使得頭頭是道，我何必用尋常掌法跟她糾纏？」猛地裏一聲長嘯，腳步錯亂，手掌歪斜，竟使出了他父親威震河朔王維揚的家傳絕技「八陣八卦掌」來。

這一路掌法王維揚只傳兩個兒子，不傳外姓弟子，那是在八卦掌中夾了八陣圖之法：天陣居乾為天門，地陣居坤為地門，風陣居巽為風門，雲陣居震為雲門，飛龍居坎為飛龍門，武翼居兌為武翼門，鳥翔居離為鳥翔門，蜿盤居艮為蜿盤門；天地風雲為四正門，龍虎鳥蜿為四奇門：乾坤艮巽為闔門，坎離震兌為開門。這四正四奇，四開四闔，用到武學之上，霎時之間變化奇幻，雖在小小涼亭之中，隱隱有佈陣而戰之意。

這八陣八卦掌袁紫衣別說沒學過，連聽也沒聽過，只因這是王維揚的不傳之秘，以她師父武學之博，卻也有所未知。袁紫衣只接得數掌，登時眼花繚亂，暗暗叫苦。

胡斐站在亭外掠陣，隨即看出情勢不妙，但袁紫衣大言在先，說要奪八卦門掌門，自己決不能插手相助，眼見王劍英越打越佔上風，正沒做理會處，忽見袁紫衣左足一登，躍上桌面，說道：「櫈子上施展不開，咱們在桌上鬥鬥。王老師，可不許踏碎了茶碗果碟。」

王劍英一言不發，跟著上了桌面，這時兩人相距近了，袁紫衣無可取巧，對方攻過來的拳掌，勢須硬接硬架，但腳下卻佔了便宜。桌上放著十二隻茶碗，四盤果子，全是散落亂置，這可不同梅花樁、青竹陣每一處落足點均有規律，王劍英的八陣八卦掌在平地上施展威力最強，一上梅花樁，變化既受限制，威力便已相應減弱。這時在這桌面之上，更生怕不小心踏碎了茶碗果盤，為這刁鑽的丫頭所笑，便儘量不移腳步，一味催動掌力，自忖不憑步法之妙，單靠深厚內功，就能將她毀在一雙肉掌之下。

但聽得掌風呼呼，亭畔的花朵為他掌力所激，片片落英，飛舞而下。

當袁紫衣躍上桌面之時，早已計及利害，見對方一掌掌如疾風驟雨般擊到，她足不停步的前竄後躍，並不和他對掌拆解，情知只消和對方雄渾的掌力一黏住，便脫不了身，見王劍英右掌虛晃，左掌斜引，右掌正要劈出，她左足尖輕輕一挑，一隻茶碗向他撲面飛去。王劍英吃了一驚，閃身避開，袁紫衣料到他趨避的方位，雙足連挑，七八隻茶碗接二連三的飛將過去。王劍英避開了三隻，終於避不開第四、五隻，啪啪兩聲，打中了他肩頭。他出掌劈開第七、八隻，碗中的茶水茶葉卻淋了他滿頭滿臉，跟著第九、十隻茶碗又擊中胸口。

王劍英、王劍傑齊聲怒吼，旁觀的汪鐵鶚、褚轟、殷仲翔等也忍不住驚呼，只見最後兩隻茶碗直奔王劍英雙眼。他憤怒已極，猛力發掌擊出。袁紫衣腳踢茶碗，其志不在以茶碗擊敵，早就一直在等他這一掌，這良機如何肯錯過？身軀一閃，已伸手抓住他右腕，左手在他臂彎裏「曲池穴」上一拿，一扭一推，喀的一響，王劍傑大叫「啊喲」聲中，王劍英臂骱已脫。

這一手仍只尋常「分筋錯骨手」，說不上是甚麼奇妙家數，只她在茶碗紛飛中出手如電，鑽了巧妙空子，王劍英竟不及留神，閃避不了，致貽終身之羞。

王劍傑雙手一拍，和身向袁紫衣背後撲去。胡斐推出右掌，將他震退三步，說道：「前輩且慢！說好是一個鬥一個。」

王劍英面色慘白，僵在桌上。袁紫衣心想：「如輕易放了他，他兄弟回頭找場，我可鬥他們不過！」竟下手不容情，乘著他無力抗禦之時，喀喇一聲，將他左臂的關節也卸脫了，一指點在他太陽穴上，喝道：「八卦門的掌門讓是不讓？」

王劍英閉目待死，更不說話。王劍傑見兄長命懸敵手，喝道：「快放開我大哥，你要做掌門，做你的便是。」袁紫衣道：「說話可要算數？」王劍傑道：「算數，算數。」

袁紫衣這才微微一笑，躍下桌子。王劍傑負起兄長，頭也不回的快步走出。

周鐵鷦道：「姑娘連奪兩家掌門，果然聰明伶俐，卻不知留下甚麼妙計，要施在我姓周的身上？」這話明明說她不過是使詭計取勝，說不上是眞實本領。袁紫衣道：「對付你鷹爪雁行門，還用得著智計？你師兄弟三個人是一齊上呢，還是周老師一個人跟我過招？」周鐵鷦淡淡一笑，說道：「袁姑娘此言，當眞是門縫裏看人，把北京城裏的武師們全瞧得扁了。周某打從十一歲上起，從來便單打獨鬥。」

袁紫衣道：「嗯，那你十一歲前，便不是英雄好漢，專愛兩個打一個。」周鐵鷦道：「嘿，我自十一歲起始學藝。」袁紫衣道：「是英雄好漢，生來便是英雄好漢，有的人武藝再高，始終不過是窩囊廢。周老師，我可不是說你。」她對王劍英、王劍傑兄弟，心中還存著三分佩服，不知怎的，見了周鐵鷦大剌剌地自視極高的神氣，卻說不出的討厭。

周鐵鷦幾時受過旁人這等羞辱？心中狂怒，嘴裏卻只哼了一聲。汪鐵鶚叫道：「小丫頭，跟我大師哥說話，可得客氣些。」

袁紫衣知他是個渾人，也不理睬，對周鐵鷦道：「拿出來，放在桌上。」周鐵鷦愕然道：「甚麼？」袁紫衣道：「銅鷹鐵雁牌。」

一聽到「銅鷹鐵雁牌」五字，周鐵鷦涵養功夫再高，也已不能裝作神色自若，大聲道：「啊哈！我門中的事，你倒眞知道得不少。」伸手從腰帶上解下一個錦囊，放在桌上，喝道：「銅鷹鐵雁牌便在這裏，你今日先取我姓周的性命，再取此牌。」袁紫衣道：「拿出來瞧瞧，誰知道是眞是假。」

周鐵鷦雙手微微發顫，解開錦囊，取出一塊四寸長、兩寸寬的金牌來，牌上鑲著一隻探爪銅鷹，一隻斜飛鐵雁，正是鷹爪雁行門中世代相傳的掌門信牌，凡本門弟子，見此牌如見掌門人。鷹爪雁行門在明末天啓、崇禎年間，原是武林中一大門派，幾代掌門人都武功卓絕，門規也極嚴謹。但傳到周鐵鷦、曾鐵鷗等人手裏時，諸弟子爲滿清權貴所用，染上了京中豪奢習氣，武功品格，均已遠不如前人。後來直到嘉慶年間，鷹爪雁行門中出了幾個了不起的人物，方始中興。

袁紫衣道：「看來像是眞的，不過也說不定。」她適才和王劍英一番劇鬥，雖僥倖反敗爲勝，內力卻已大耗，這時故意扯淡，一來要激怒對手，二來也是歇力養氣。

周鐵鷦見多識廣，如何不知她心意？當下更不多言，雙手一振一壓，躍上涼亭之頂，說道：「咱們越打越高，我便在這亭子頂上領教高招。」他的門派以鷹爪雁行爲名，自是一擅鷹爪擒拿，二擅雁行輕功。他躍上亭頂，存心故居險地，便於施展輕功，跟對手作一番生死搏擊，同時令她無法取巧行詭，更有一著是要胡斐不能在危急中出手相助。在周鐵鷦心中，袁紫衣武功雖高，終不過是女流之輩，眞正的勁敵卻是胡斐。

他那知擒拿和輕功這兩門，也正是袁紫衣的專長絕技，他若是見過她和易吉在高桅頂上鬥鞭時那門輕功，也不會躍上這涼亭之頂了。胡斐見他這一縱一躍雖然輕捷，卻決不能和袁紫衣的身手相比，登時便寬了心，轉過頭來，兩人相視一笑。

袁紫衣故意並不炫示，老老實實的躍上亭頂，說道：「看招！」雙手十指拿成鷹爪之式，斜身撲擊。

拳術的爪法，大路分為龍爪、虎爪、鷹爪三種。龍爪是四指併攏，拇指伸展，腕節屈向手心；虎爪是五指各自分開，第二、第三指骨向手心彎曲；鷹爪是四指併攏，拇指張開，四指向手心彎曲。三種爪法各有所長，以龍爪功最為深奧難練。

周鐵鷦見她所使果然是本門家數，心想：「你若用古怪武功，我尚有所忌，你真的使鷹爪雁行功，那可是自尋死路了。」當下雙手也成鷹爪，反手鉤打。

眾人仰首而觀，只見兩人輕身縱躍，接近時擒拿拆打數招，立即退開。這一晚四場激鬥，以這一場最為好看，但也以這一場最為凶險。月光之下，亭簷亭角，兩人眞如一雙大鳥一般，翻飛搏擊，身影照映地下，迅速移動。

驀地裏兩人欺近身處，喀喀數響，袁紫衣一聲呼叱，周鐵鷦長聲大叫，跌下亭來。

周鐵鷦如何跌下，只因兩人手腳太快，旁觀眾人之中，只胡斐和曾鐵鷗看清楚了。周鐵鷦激鬥中使出絕招「四雁南飛」，以連環腿連踢對手四腳，踢到第三腿時讓袁紫衣搶過去，以「分筋錯骨手」卸脫了左腿關節。他這一招雙腿此起彼落，中途無法收勢，左腿雖已受傷，右腿仍然踢出，袁紫衣對準他膝蓋踹了一腳，右腿受傷更重。旁人卻只見他摔下時肩背著地，落下後竟不再站起。這涼亭並不甚高，以周鐵鷦的輕身功夫，縱然失手，躍下後決不致便不能起身，難道竟已受致命重傷？

汪鐵鶚素來敬愛大師兄，大叫：「師哥！」奔近前去，語聲中已帶著哭音。他俯身扶起周鐵鷦，讓他站穩。但周鐵鷦兩腿脫臼，那裏還能站立？汪鐵鶚扶起他後雙手放開。周鐵鷦呻吟一聲，又要摔倒。曾鐵鷗低聲罵道：「蠢材！」搶前扶起。他武功在鷹爪雁行門中也算是頂尖兒的好手，只是不會推拿接骨之術，抱起周鐵鷦，便要奔出。

周鐵鷦喝道：「取了鷹雁牌。」曾鐵鷗登時省悟，搶進涼亭，伸手往圓桌上去取金牌，突然頭頂風聲颯然，掌力已然及首。曾鐵鷗右手抱著師兄，左手不及取牌，只得反掌上迎，這一架卻架了個空。眼前黑影一晃，一人從涼亭頂上翻身而下，已將桌上金牌抓在手中，喝道：「打輸了想賴麼？」正是袁紫衣。

曾鐵鷗又驚又怒，抱著周鐵鷦，僵在亭中，不知該當和袁紫衣拚命，還是先請人去治大師兄再說？

胡斐上前一步，說道：「周兄雙腿脫了臼，若不立刻推上，只怕傷了筋骨。」也不等周曾兩人答話，伸手拉住周鐵鷦的左腿，一推一送，喀的一聲，接上了臼，跟著又接上了右腿關節，再在他腰側穴道中推拿數下。周鐵鷦登時疼痛大減。

胡斐向袁紫衣伸出手掌，笑道：「這銅鷹鐵雁牌也沒甚麼好玩，還了給周大哥吧！」袁紫衣聽他說到「也沒甚麼好玩」六字，嫣然一笑，將金牌放在他掌心。

胡斐雙手捧牌，恭恭敬敬的遞到周鐵鷦面前。周鐵鷦伸手抓起，說道：「兩位的好處，姓周的但教有一口氣在，終有報答之時。」說著向袁紫衣和胡斐各望一眼，扶著曾鐵鷗轉身便走。向袁紫衣所望的那一眼，目光中充滿了怨毒，瞧向胡斐的那一眼，卻顯示了感激之情。

袁紫衣毫沒在意，小嘴一扁，秀眉微揚，向著使雷震擋的褚轟說道：「褚大爺，你這半個掌門人，咱們還比不比劃？」到了此時，褚轟再笨也該有三分自知之明，領會得憑著自己這幾手功夫，決不能是她敵手，抱拳說道：「敝派雷電門由家師執掌，區區何敢自居掌門？姑娘但肯賜教，便請駕臨塞北白家堡，家師定然歡迎得緊。」他這幾句話不亢不卑，卻把擔子都推到了師父肩上。

袁紫衣「嘿嘿」一笑，左手擺了幾擺，道：「還有那一位要賜教？」殷仲翔等一齊抱拳，說道：「胡大爺，再見了。」轉身出外，各存滿腹疑團，不知這武功如此高強的少女到底是甚麼路道。

胡斐親自送到大門口，回到花園來時，忽聽得半空中打了個霹靂，抬頭一看，只見烏雲滿天，早將明月掩沒。袁紫衣道：「當眞是天有不測風雲，人有旦夕禍福。想不到胡大哥遊俠風塵，一到京師，卻面團團做起富家翁來。」

聽她一提起此事，胡斐不由得氣往上衝，說道：「袁姑娘，這所宅第是那姓鳳奸人的產業，我便是在這屋中多待得一刻，也是玷辱了。告辭！」回頭向程靈素道：「二妹，咱們走！」袁紫衣道：「這三更半夜，你們卻到那裏去？你不見變了天，轉眼便是一場大雨麼？」她剛說了這句話，黃豆般的雨點便已洒將下來。

胡斐怒道：「便露宿街頭，也勝於在奸賊的屋簷下躲雨。」說著頭也不回的往外便走。程靈素跟著走了出去。忽聽袁紫衣在背後恨恨的道：「鳳天南這奸人，原本死有餘辜。我恨不得親手斬他幾刀！」

胡斐站定身子，回頭怒道：「你這時卻又來說風涼話？」袁紫衣道：「我心中對這鳳天南的怨毒，勝你百倍！」頓了一頓，咬牙切齒的道：「你只不過恨了他幾個月，我卻已恨了他一輩子！」說到最後這幾個字時，語音竟已有些哽咽。

胡斐聽她說得悲切，絲毫不似作僞，不禁大奇，問道：「既然如此，我幾回要殺他，何以你又三番四次的相救？」袁紫衣道：「是三次！決不能有第四次。」胡斐道：「不錯，是三次，那又怎地？」

兩人說話之際，大雨已傾盆而下，將三人身上衣服都淋得濕了。

袁紫衣道：「你難道要我在大雨中細細解釋？你便不怕雨，你妹子嬌怯怯的身子，難道也不怕麼？」胡斐道：「好，二妹，咱們進去說話。」

當下三人走入書房，書僮點了蠟燭，送上香茗細點，退了出去。這書房陳設精雅，東壁兩列書架，放滿了圖書。西邊一排長窗，茜紗窗間綠竹掩映，隱隱送來桂花香氣。南邊牆上掛著一幅董其昌的仕女圖，一幅對聯，是祝枝山的行書，寫著白樂天的兩句詩：「紅蠟燭移桃葉起，紫羅衫動柘枝來。」

胡斐心中琢磨著袁紫衣那幾句奇怪的言語，那裏去留心甚麼書畫？何況他此時讀書尚少，就算看了也是不懂。直到數年之後，有人教到白樂天這兩句詩，他才回憶起此刻情景。

程靈素卻在心中默默唸了兩遍，瞧了一眼桌上紅燭，又望了一眼袁紫衣身上的紫羅衫，暗想：「對聯上這兩句話，倒似爲此情此景而設。我混在這中間，卻又算甚麼？」

三人默默無言，各懷心事，但聽得窗外雨點打在殘荷竹葉之上，淅瀝有聲，燭淚緩緩垂下。程靈素拿起燭台旁的小銀筷，挾下燭心。室中一片寂靜。

胡斐自幼飄泊江湖，如此伴著兩個紅妝嬌女，靜坐書齋，卻是生平第一次。

過了良久，袁紫衣望著窗外雨點，緩緩說道：

「十七年前，也是這麼一個下雨天的晚上，在廣東省佛山鎮，一個少婦抱著個女娃娃，冒雨在路上奔跑。她不知道要到甚麼地方去，她給人逼得走投無路。她的親人都給人害死了，她自己又受了難當羞辱。如不是爲了懷中這小女兒，她早跳在河裏自盡了。這少婦姓袁，名叫銀姑。她是我親生的娘，我便是她抱著的這個小女兒……」

雨聲淅瀝之中，袁紫衣忍著眼淚，輕輕述說她母親的往事，說到悲苦之處，不免聲帶嗚咽。胡斐瞧著她嬌怯怯的模樣，心生憐惜，就是這個俏麗少女，剛才接連挫敗秦耐之、王劍英、周鐵鷦三大京城高手之時，英風颯然，而此刻燭前細語，宛然是個楚楚可憐的弱女子，不自禁便想低頭好生軟語慰撫。

她說，她母親銀姑是佛山的鄉下姑娘，長得挺好看，雖然有一點兒黑，但眉清目秀，佛山鎮上的青年子弟給她取了個外號，叫作『黑牡丹』。她家裏是打魚人家，每天清早，她便挑了魚從鄉下送到佛山的魚行裏來。一天，佛山鎮的大財主鳳天南擺酒請客，銀姑那時十八九歲，挑了一擔魚送去鳳府。這眞叫作人有旦夕禍福，這個鮮花一般的大姑娘偏生給鳳天南瞧見了。

姓鳳的妻妾滿堂，但心猶未足，強逼著玷污了她。銀姑心慌意亂，魚錢也沒收，便逃回了家裏。誰知便這麼一回孽緣，她就此懷了孕，她父親問明情由，趕到鳳府去理論。鳳老爺反叫人打了他一頓，說他胡言亂語，撒賴訛詐。銀姑的爹憋了一肚子氣回得家來，一病不起，拖了幾個月，終於死了。銀姑肚子大了起來，她的伯伯叔叔說她害死了父親，不許她戴孝，不許她向棺材磕頭，還說要將她裝在豬籠裏，浸在河裏淹死。

銀姑連夜逃到了佛山鎮上，挨了幾個月，生下了個小女孩。母女倆過不了日子，只好在鎮上乞討。鎮上的人可憐她，有的就施捨些銀米周濟，背後自不免說鳳老爺的閒話，說他作孽害人。只是他財雄勢大，誰也不敢當著他面提起此事。

鎮上魚行中有個夥計向來和銀姑很說得來，心中一直偷偷的喜歡她，他托人去跟銀姑說要娶她為妻，還願意認她女兒當作自己女兒。銀姑自然很高興，兩人便拜堂成親。那知有人討好鳳老爺，去稟告了他。鳳老爺大怒，說道：「甚麼魚行的夥計那麼大膽，連我要過的女人他也敢要？」派了十多個徒弟到那魚行夥計家裏，將正在喝喜酒的客人趕個清光，把枱椅床灶搗得稀爛，還把那魚行夥計趕出佛山鎮，說從此不許他回來，若是回來定要打死。

銀姑自父親死後，無依無靠，今後生計全依賴著這個新丈夫，好容易盼到能做新嫁娘，拜堂成親，卻給一羣如狼似虎的兇惡大漢闖進家來，亂打一場，還將她丈夫趕出家去。銀姑換下了新娘衣服，抱了女兒，當即追出佛山鎮去，盼望追上丈夫，從此伴他一世。那晚天下大雨，把母女倆全身都打濕了。她在雨中又跌又奔的走出十來里地，忽見大路上有一個人俯伏在地。她只道是個醉漢，好心要扶他起來，那知低頭一看，這人滿臉血污，早已死了，竟便是那個跟她拜了堂的魚行夥計。原來鳳老爺命人候在鎮外，下手害死了他。

銀姑傷心苦楚，眞的不想再活了。她用手挖了個坑，埋了丈夫，便想往河裏跳去，但懷中的女娃子卻一聲聲哭得可憐。帶著她一起跳吧，怎忍得下心害死親生女兒？撇下她吧，這樣一個嬰兒留在大雨之中，也必死路一條。她思前想後，咬了咬牙，終於抱了女兒向前走去，說甚麼也得把女兒養大。

程靈素聽袁紫衣說到這裏，淚水一滴滴的流了下來，聽袁紫衣住口不說了，問道：「袁姊姊，後來怎樣了？」袁紫衣取手帕抹了抹眼角，微微一笑，道：「你叫我姊姊，該把解藥給我服了吧？」程靈素蒼白的臉一紅，低聲道：「原來你早知道了。」斟過一杯清茶，隨手從指甲中彈了一些淡黃色的粉末在茶裏。

袁紫衣道：「妹子的心地倒好，早便在指甲中預備了解藥，想神不知鬼不覺的便給我服下。」說著端過茶來，一飲而盡。程靈素道：「你所中的也並不是甚麼厲害毒藥，只不過要大病一場，委頓幾個月，好讓胡大哥去殺那鳳天南時，你不能再出手相救。」袁紫衣淡淡一笑，道：「我早知著了你道兒，只是你如何下的毒，我始終想不起來。進這屋子之後，我可沒喝過一口茶，吃過半片點心。」

胡斐心道：「原來袁姑娘雖極意提防，終究還是著了二妹的道兒。」他自見鍾兆文在程靈素家中酒水不沾，還是中毒而沉沉大醉，早知他二妹若要下毒，對方絕難躲閃。

程靈素道：「你和胡大哥在牆外相鬥，我擲刀給大哥。那口刀的刀刃上有一層薄薄毒粉，你的軟鞭上便沾著了，你手上也沾著了。待會得把單刀軟鞭用清水沖洗乾淨。」

袁紫衣和胡斐對望一眼，心想：「如此下毒，眞教人防不勝防。」

程靈素站起身來，斂衽行禮，說道：「袁姊姊，妹子跟你賠不是啦。我實不知中間有這許多原委曲折。」袁紫衣起身還禮，說道：「不用客氣，多蒙你手下留情，下的不是致命毒藥。」程靈素道：「姊姊這般美麗可愛，任誰見了，都捨不得當眞害你。」袁紫衣微笑道：「你這才可愛呢！」兩人相對一笑。

胡斐道：「如此說來，那鳳天南便是你……你的……」

袁紫衣道：「不錯，鳳天南便是我的親生爹爹。他雖害得我娘兒倆如此慘法，但我師父言道：『人無父母，何有此身？』我拜別師父、東來中原之時，師父吩咐我說：『你父親作惡多端，此生必遭橫禍。他如遭難，你可救他三次，以了父女之情。自此之後，你是你，他是他，不再相干。』

「我媽一生遭到如此慘禍，全是爲這鳳老爺所害。我來到中原，第一件事便是去廣東佛山鎭，要殺了這鳳天南爲我媽報仇。早一晚夜裏，我到鳳家去踏勘，見到鳳老爺吩咐手下人，將大批金銀去分送京城以及湖南、廣東各處的大官大府，說是中秋節的節敬。又派人到各省各州府去送禮，受禮的都是江湖上著名的武林大豪，料想都是跟他一鼻孔出氣之人，不是魚肉鄉里的土豪，便是欺壓良善的惡霸。他跟著又與京裏來的兩名武官會晤，說兵部尚書福康安請他去參預甚麼天下掌門人大會，他兒子鳳一鳴也在一旁。這鳳一鳴是我哥哥，我見到他眉目鼻子生得和我有三分相像，再回頭瞧了鳳天南一眼，唉，老天爺待我不好，我的相貌，跟這大惡霸竟也有些兒相像。

「我心裏一酸，本來按著刀柄的手就鬆了開來。這人雖無惡不作，畢竟是我爹爹，我就想不認他，終究違背不了天意。第二天，我見到你大鬧英雄酒樓、英雄當鋪，再叫人抬了銀子去賭場大賭，我跟在閒人後面瞧熱鬧，心裏暗暗好笑，趙三……趙半山的這個把弟，果然英雄了得，可也當眞胡鬧得緊……」說著抿嘴嫣然一笑。

卻見胡斐眼中射出怒色，胸口起伏，呼吸沉重，便說道：「胡大哥，你見義勇爲，不畏強暴，小妹心裏眞的很是佩服。鳳天南這般欺侮鍾家一家人，小妹本也十分憤怒，就算不是爲了我媽的怨仇，我這番撞上了，也要出手管一管。後來見你和鳳家父子在北帝廟中相鬥，我想讓你殺了鳳天南最好，但鳳一鳴是我哥哥，這次也沒作惡，我卻想求你饒他一命。鳳天南給你逼得要揮棍自盡，我想也不想，便擲出指環，救了他一命。你給兩個小流氓騙得追了出去，我那時眞蠢，竟也跟著去瞧熱鬧，待得想到其中有詐，趕回北帝廟時，鍾家三人都已給鳳天南殺了。胡大哥，眞對不起，我要是能早回來得片刻，便能救了鍾家三人。這件事我懊悔了很久，心下好生過意不去，一路跟著你，想追上了你，向你好好的賠個不是。胡大哥，我要向你賠罪，早想好久啦，請你大人大量，原諒小女子自幼沒了父母，少了家教，多有胡作非爲！」言語誠摯，臉上盡是溫柔神色，站起身來，曲膝爲禮。胡斐也即站起，作揖還禮，說道：「胡斐生性莽撞，過去也多有得罪。」

袁紫衣繼續說道：「可是一路之上，我偷你的包袱，跟你打打鬧鬧，將你推入河裏，全無賠罪之意，只因趙半山把你說得太好，誇上了天去，說當今十幾歲的少年人中，沒一個及得上你，我也是十幾歲的人，心裏可不服氣了。你武功是強的，爲人仁義，果然了不起，可是……可是……」胡斐接口道：「可是這小胡斐做事顧前不顧後，腦筋太過胡塗。兩個小流氓三言兩語，就把他引開了。鍾家三口人，還不是死在他胡塗的手下？他一心要做好事，卻幫助壞人送信去給苗人鳳苗大俠，弄瞎了他一雙眼睛。福公子派人來接他的老相好、私生子，他卻又沒來由的打甚麼抱不平。人家擺個圈套要爲鳳天南說合，他想也不想，一頭就鑽了進去。這小胡斐是個魯莽匹夫，就算武功，也勝不了一個十幾歲的小姑娘，那晚在湘妃廟中，那小姑娘如當眞要殺了他，還不是早已要了他性命？」

袁紫衣道：「那倒不是，那晚相鬥，你曾多次手下留情，你……你好乖！」那晚湘妃廟中放鬥，胡斐曾以左臂環抱她腰，袁紫衣脫口而說：「放開我！」胡斐便即鬆臂放開，她讚了他一聲：「好乖！」此刻重提，程靈素不知當時情景，胡斐聽了，不由得心中感到一陣極大甜意，見袁紫衣臉頰微露紅暈，更有靈犀相通之美，緩緩問道：「下次再撞到鳳天南，你還救他不救？」袁紫衣道：「我已救過他三次，父女之情已了。我每次救他，都是情不自禁，都知道自己錯了，後來必定偷偷的痛哭一場。我對得起爹爹，卻對不起我過世的苦命媽媽。不！就算我下不了手親自殺他，無論如何，再也不救他了！」說著神色凜然。

程靈素問道：「令堂過世了麼？」袁紫衣道：「我媽媽逃出佛山鎭後，一路乞食向北。她只想離開佛山越遠越好，永不要再見鳳老爺的面，永不再聽到他名字。在道上流落了幾個月，後來到了江西省南昌府，投入了一家姓湯的府中去做女傭……」胡斐「哦」了一聲，道：「江西南昌府湯家，不知跟那甘霖惠七省湯大俠有干係沒有？」

袁紫衣聽到「甘霖惠七省湯大俠」八字，嘴邊肌肉微微一動，說道：「我媽就是死在湯……湯大俠府上的。我媽死後第三天，我師父便帶了我去，帶我到回疆，隔了一十七年，這才回來中原。」胡斐道：「不知尊師的上下怎生稱呼？袁姑娘各家各派的武功無所不會，無所不精，尊師必是一位曠世難逢的奇人。那苗大俠號稱『打遍天下無敵手』，也不見得有這等本事！」

袁紫衣道：「家師的名諱因未得她老人家允可，暫且不能告知，還請原諒。再說，我自己的名字也不是眞的，不久胡大哥和程家妹子自會知道。至於那位苗大俠，我們在回疆也曾聽到過他的名頭。當時紅花會的無塵道長很不服氣，定要到中原來跟他較量較量，但趙半山趙三叔……」她說到「趙三叔」三字時，向胡斐抿嘴一笑，意思說：「又給你討了便宜去啦！」續道：「趙半山知道其中原委，說苗大俠所以用這外號，並非狂妄自大，卻是另有苦衷，聽說他是爲報父仇，故意激使遼東的一位高手前來找他。後來江湖上紛紛傳言，他父仇已報，曾數次當衆宣稱，決不敢再用這個名號，說道：『甚麼打遍天下無敵手，這外號兒狗屁不通。大俠胡一刀的武功，就比我強得多了！』」

胡斐心頭一凜，問道：「苗人鳳當眞說過這句話？」

袁紫衣道：「我自然沒親耳聽到，那是趙……趙半山說的。無塵道長聽了這話，雄心大起，卻又要來跟那位胡一刀比劃比劃。後來打聽不到這位胡大俠身在何方，只得罷了。那一年趙半山來到中原，遇見了你，回去回疆後，好生稱讚你英雄了得。這次小妹東來，文四嬸便要我騎了她的白馬來，她說倘若遇到『那位姓胡的少年豪傑，便把我這匹坐騎贈了給他。』」

胡斐奇道：「這位文四嬸是誰？她跟我素不相識，何以贈我這等重禮？」

袁紫衣道：「說起文四嬸來，當年江湖上大大有名。她是奔雷手文泰來文四叔的娘子，姓駱名冰，人稱『鴛鴦刀』。她聽趙半山說及你在商家堡大破鐵廳之事，又聽說你很喜歡這匹白馬，當時便埋怨他：『三哥，既有這等人物，你何不便將這匹馬贈了與他？難道你趙三爺結交得少年英雄，我文四娘子便結交不得？』」

胡斐聽了，這才明白袁紫衣那日在客店中留下柬帖，說甚麼「馬歸正主」，原來乃是為此，心中對駱冰好生感激，暗想：「如此寶馬，萬金難求。這位文四娘子和我相隔萬里，只憑他人片言稱許，便即割愛相贈，這番隆情高義，我胡斐當眞難以為報。」又問：「趙三哥想必安好。此間事了之後，我便想赴回疆一行，一來探訪趙三哥，二來前去拜見眾位前輩英雄。」袁紫衣道：「那倒不用。他們都要來啦。」

胡斐一聽大喜，伸手在桌上一拍，站起身來，說不出的心癢難搔。程靈素知他心意，道：「我給你取酒去。」出房吩咐書僮，送了七八瓶酒來。胡斐連盡兩瓶，想到不久便可和衆位英雄相見，豪氣橫生，連問：「趙三哥他們何時到來？」

袁紫衣臉色鄭重，說道：「再隔四天，便是中秋，那是天下掌門人大會的正日。這個大會是福康安召集的。他官居兵部尚書、總管內務府大臣，執掌天下兵馬大權，皇親國戚個個歸他該管，卻何以要來和江湖上的豪客打交道？」

胡斐道：「我也一直在琢磨此事，想來他是要網羅普天下英雄好漢，供朝廷驅使，便像是皇帝以考狀元、考進士的法子來籠絡讀書人一般。」袁紫衣道：「不錯，當年唐太宗見應試舉子從考場中魚貫而出，喜道：『天下英雄，入我彀中矣。』福康安開這個大會，自也想以功名利祿來引誘天下英雄。可是他另有一件切膚之痛，卻是外人所不知的。福康安曾經給趙半山、文四叔、無塵道長他們逮去過，這件事你可知道麼？」

胡斐又驚又喜，仰脖子喝了一大碗酒，說道：「痛快，痛快！趙三哥在商家堡外只約略提過，但來不及細說，無塵道長、文四爺他們如此英雄了得，當眞令人傾倒。」

袁紫衣抿嘴笑道：「古人以漢書下酒，你卻以英雄豪傑大快人心之事下酒。若是說起文四叔他們的作爲，你便千杯不醉，也要叫你醉臥三日。」胡斐倒了一碗酒，說道：「那便請說。」

袁紫衣道：「這些事兒說來話長，一時之間也說不了。大略而言，文四叔他們知道福康安很得當今皇帝乾隆的寵愛，因此上將他捉了去，脅迫皇帝重建給朝廷毀了的福建少林寺，又答允決不加害紅花會散在各省的好漢朋友，這才放了他出來。」

胡斐一拍大腿，說道：「福康安自然引以爲奇恥大辱。他招集天下武林各家各派的掌門人，想是要和文四爺他們再決雌雄？」袁紫衣道：「對了！此事你猜中了一大半。今年秋冬之交，福康安料得文四叔他們要上北京來，是以先行招集各地武林好手。他自在十年前吃了那個大苦頭之後，才知他手下兵馬雖多，卻不足以與武林豪傑對抗。」胡斐鼓掌笑道：「你奪了這九家半掌門，原來是要先殺他一個下馬威。」

袁紫衣道：「我師父和文四叔他們交情很深。但小妹這次回到中原，卻是爲了自己的私事。我先到廣東佛山，想爲我苦命的媽媽報仇，也是機緣巧合，不但救了鳳天南的性命，還探聽到了天下掌門人大會的訊息。但我既有事未了，不能去回疆報訊，於是也不怕胡大哥見笑，一路從南到北，胡鬧到了北京，也好讓福康安知曉，他的甚麼勞什子掌門人大會，未必能管甚麼事。」

胡斐心念一動：「想是趙三哥在人前把我誇得太過了，這位姑娘不服氣，以致一路上儘伸量我。」向袁紫衣瞪了一眼，說道：「還有，也好讓趙半山他們知道，那姓胡的少年，也未必眞有甚麼本事。」袁紫衣格格而笑，說道：「咱們從廣東較量到北京，我也沒能佔了你上風。胡大哥，日後我見到趙半山時，你猜我要跟他說甚麼話？」胡斐搖頭道：「我不知道。」

袁紫衣正色道：「我說：『趙三叔，你小義弟仁義任俠，慷慨豪邁，不但武功了得，而且人品高尙，果然是一位了不起的英雄好漢！』」

胡斐萬萬料想不到，這個一直跟自己作對爲難的姑娘，竟會當面稱讚自己，不由得滿臉通紅，大爲發窘，心中卻甚感甜美舒暢。從廣東直到北京，風塵行旅，間關千里，他心間意下，無日不有袁紫衣的影子在，只是每想到這位美麗動人、卻又刁鑽古怪的姑娘，七分歡喜之中，不免帶著兩分困惑，一分著惱。今夜一夕長談，嫌隙盡去，原來中間竟有這許多原委，怎不令他在三分酒醉之中，再加上了三分心醉？

這時窗外雨聲已細，一枝蠟燭也漸漸點到了盡頭。胡斐又喝了一大碗酒，說道：「袁姑娘，你說有事未了，不知有用得著我的地方嗎？」袁紫衣搖頭道：「多謝了，我想不用請你幫忙。」她見胡斐臉上微有失望之色，又道：「要是我料理不了，自當再向你和程家妹子求助。胡大哥，再過四天，便是掌門人大會之期，咱三個到會中去攪他一個落花流水，演一齣『三英大鬧北京城』，你說好是不好？」

胡斐豪氣勃發，叫道：「妙極，妙極！若不挑了這掌門人大會，趙三哥、文四爺、文四奶奶他們結交我這小子又有甚麼用？」

程靈素在旁聽著，一直默不作聲，這時終於插口道：「『雙英鬧北京』，也已夠了，怎地拉扯上我這不中用的傢伙？」袁紫衣摟著她嬌怯怯的肩頭，說道：「程家妹子，快別這麼說。你本事勝我十倍。我只想討好你，不敢得罪你。」

程靈素從懷中取出那隻玉鳳，說道：「袁姊姊，你跟我大哥之間的誤會也說明白啦，這隻玉鳳還是你拿著。要不然，兩隻鳳凰都給了我大哥。」

袁紫衣一怔，低聲道：「要不然，兩隻鳳凰都給了我大哥！」

程靈素說這兩句話時原無別意，但覺袁紫衣品貌武功，都是頭挑人才，一路上聽胡斐言下之意，早已情不自禁的對她十分傾心，只為了她三次相救鳳天南，這才心存芥蒂，今日不但前嫌盡釋，而且雙方說來更大有淵源，那還有甚麼阻礙？但聽袁紫衣將自己這句話重說一遍，倒似自己語帶雙關，有「二女共事一夫」之意，不由得紅暈雙頰，忙道：「不，不，我不是這個意思。」袁紫衣問道：「不是甚麼意思？」程靈素如何能夠解釋，窘得幾乎要掉下淚來。

袁紫衣道：「程家妹子，你在那單刀之上，幹麼不下致命毒藥？」程靈素目中含淚，憤然道：「我雖是毒手藥王的弟子，但生平從沒殺過一個人。難道我就能隨隨便便的害你麼？何況……何況你是他的心上人，從湖南到北京，千里迢迢，他整天除了吃飯睡覺，念念不忘，便是在想著你。我怎會當眞害你？」說到這裏，淚珠兒終於奪眶而出。

袁紫衣一愣，站起身來，飛快的向胡斐掠了一眼，只見他臉上顯得甚是忸怩尷尬。程靈素這一番話，突然吐露了胡斐的心事，實大出他意料之外，不免甚是狼狽，但目光之中，卻滿含款款柔情。

袁紫衣上排牙齒一咬下唇，說道：「我是個苦命人，世上的好事，全跟我無緣。我有時情不自禁，羨慕人家的好事，可是老天注定了的，我一生下來便命苦，比不上別人！人家對我的好意，我只好心裏感激，卻難以報答，否則師父不容、菩薩不容、上天不容……胡大哥，我天生命苦，自己作不了主，請你原諒……」說到這裏，聲音哽咽了，淚水撲簌簌的掉在胸前，驀地裏纖手一揚，噗的一聲，搧滅了燭火，穿窗而出，登高越房而去。

胡斐和程靈素都是一驚，忙奔到窗邊，但見宿雨初晴，銀光瀉地，早不見了袁紫衣的人影，回過頭來，月光下只見桌上兀自留著她的點點淚水。

福康安萬料不到屏風後竟藏得有個男人，大吃一驚。馬春花笑道：

「這位兄弟姓胡，單名一個斐字。他年紀雖輕，卻武功了得，你手下那些武士，沒一個及得上他。」

第十五章 華拳四十八

兩人並肩站在黑暗之中，默然良久，忽聽得屋瓦上喀的一聲響。胡斐大喜，只道袁紫衣去而復回，情不自禁的叫道：「你……你回來了！」卻聽得屋上一個男子的聲音說道：「胡大爺，請你借一步說話。」聽聲音是那個愛劍如命的聶姓武官。

胡斐道：「此間除我義妹外並無旁人，聶兄請進來喝杯酒。」

這姓聶的武官單名一個鉞字，那日胡斐不毀他寶劍，一直好生感激，當袁紫衣和秦耐之、王劍英、周鐵鷦三人相鬥之時，見胡斐頗有偏袒袁紫衣之意，便始終默不作聲，這時聽胡斐這般說，當即躍下，說道：「胡大哥，你的一位舊友命小弟前來，請胡大哥大駕過去一會。」

胡斐奇道：「我的舊友？那是誰啊？」聶鉞道：「小弟奉命不得洩露，還請原諒。胡大哥見面自知。這位朋友心中對胡大哥好生感激，決無半分歹意。」胡斐向程靈素望了一眼，道：「二妹，你在此稍待，我天明之前必回。」程靈素轉身取過他的單刀，道：「帶兵刃麼？」胡斐見聶鉞腰間未繫寶劍，道：「既是舊友見招，不用帶了。」

兩人從大門出去，門外停著一輛兩匹馬拉的馬車，車身金漆紗圍，甚是華貴。胡斐尋思：「難道又是鳳天南這廝施甚麼鬼計？這次再教我撞上，縱是空手，也一掌將他斃了。」

兩人進車坐好，車夫鞭子一揚，兩匹駿馬發足便行。馬蹄擊在北京城大街的青石板上，響聲得得，靜夜聽來，分外清晰。京城之中，宵間本來不許行車馳馬，但巡夜兵丁見到馬車前的紅色無字燈籠，側身讓在街邊，便讓車子過去了。

約莫行了半個時辰，馬車在一堵大白粉牆前停住。聶鉞先跳下車，引著胡斐走進一道小門，沿著一排鵝卵石鋪的花徑，走進一座花園。這園子好大，花木繁茂，亭閣、迴廊、假山、池沼，一處處似乎無窮無盡，亭閣之間往往點著紗燈。

胡斐暗暗稱奇：「鳳天南這廝也眞神通廣大，這園子若非一二百萬兩銀子，休想買得到手。他在佛山積聚的造孽錢，當眞不少。」但轉念又想：「只怕未必便是姓鳳的好賊。他再強也不過是廣東一個土豪惡霸，怎能差得動聶鉞這等有功名的武官？」尋思之際，聶鉞引著他轉過一座假山堆成的石障，過了一道木橋，走進一座水閣。閣中點著兩枝紅燭，桌上擺列著茶碗細點。聶鉞道：「貴友這便就來，小弟在門外相候。」說罷轉身出門。

胡斐看這閣中陳設，但見精致雅潔，滿眼富貴之氣，宣武門外的那所宅第本也算得十分華麗，但和這小閣相比，卻又相差不可以道里計了。西首牆上懸了一個條幅，正楷書著一篇莊子的〈說劍〉，下面署名的是當今乾隆皇帝之子成親王。胡斐自也不知這篇文字乃後人僞作，並非眞是莊子所撰。坐了一會覺得無聊，便默默誦讀，好在文句淺顯，倒能明白：「昔趙文王喜劍，劍士夾門而客三千餘人，日夜相擊於前，死傷者歲百餘人，好之不厭……」心想：「福大帥召集天下掌門人大會，不知是否在學這趙文王的榜樣？」

待讀到：「……臣之劍，十步殺一人，千里不留行。王大說之曰：天下無敵矣。莊子曰：夫爲劍者示之以虛，開之以利，後之以發，先之以至……」他心道：「莊子所說此人能十步殺一人，千里不留行，那自是天下無敵了，看來這莊子是在吹牛。至於『示虛開利，後發先至』那幾句話，確是武學中的精義，不但劍術是這樣，刀法拳法又何嘗不是？」

忽聽得背後腳步之聲細碎，隱隱香風撲鼻，他回過身來，見是個美貌少婦，身穿淡綠紗衫，含笑而立，正是馬春花。

胡斐立時明白：「原來這裏是福康安的府第，我怎會想不到？」

馬春花上前道個萬福，笑道：「胡兄弟，想不到又在京中相見，請坐，請坐。」說著親手捧茶，從果盒中拿了幾件細點，放在他身前，又道：「我聽說胡兄弟到了北京，好生想念，急著要見見你，要多謝你那一番相護的恩德。」

胡斐見她鬢邊插著一朵小小白絨花，算是給徐錚戴孝，但衣飾華貴，神色間喜溢眉梢，那裏是新喪丈夫的寡婦模樣？淡淡的道：「其實都是小弟多事，早知是福大帥派人來相迎徐大嫂，也用不著在石屋中這麼擔驚受怕了。」

馬春花聽他口稱「徐大嫂」，臉上微微一紅，道：「不管怎麼，胡兄弟義氣深重，我總是十分感激的。奶媽，奶媽，帶公子爺出來。」東首門中應聲進來兩個僕婦，攜著兩個孩兒。兩孩向馬春花叫了聲「媽！」靠在她身旁。兩個孩兒面貌一模一樣，本就玉雪可愛，這一衣錦著緞，掛珠戴玉，更顯得珍重嬌貴。

馬春花笑道：「你們還認得胡叔叔麼？胡叔叔在道上一直幫著咱們，大恩大義，你們要永遠記在心裏！快向胡叔叔磕頭啊。」二孩上前拜倒，叫了聲：「胡叔叔！」

胡斐伸手扶起，心想：「今日你們還叫我一聲叔叔，過不多時，你們便是威風赫赫的皇親國戚，那裏還認得我這草莽之士？」

馬春花道：「胡兄弟，我有一事相求，不知你能答允麼？」胡斐道：「大嫂，當日在商家堡中，小弟為商寶震吊打，蒙你出力相救，此恩小弟深記心中，終不敢忘。日前在石屋中小弟助你抗拒羣盜，雖是多管閒事，瞎起忙頭，不免教人好笑，但在小弟心中，總算是為了報答你昔日的一番恩德。今日若知是你見招，小弟原也不會到來。從今而後，咱們貴賤有別，再也沒甚麼相干了。」這番話侃侃而言，顯是對她略感不滿。

馬春花嘆道：「這兩個孩兒，是我在跟徐師哥成親之前，就跟他們爹爹有了的。雖然說來羞人，然而這是實情，胡兄弟是自己人，我要親口向你告知，決不是我貪圖富貴，跟這兩個孩兒的爹爹串通了，謀殺親夫……我對徐師哥雖然一向生不出情來，但他一直待我很好，他不幸喪命，我是很傷心的……」說著眼淚成串落在胸前。兩個孩兒過去拉住她手，輕叫「媽媽，媽媽！」雖不知母親為何傷心，卻示意安慰。

馬春花又道：「胡兄弟，我雖然不好，卻也不是趨炎附勢之人。所謂『一見鍾情』，總是前生的孽緣……」她越說聲音越低，慢慢低下了頭去。

胡斐聽她說到「一見鍾情」四字，觸動了自己心事，登時對她不滿之情大減，說道：「你要我做甚麼事？其實，福大帥還有甚麼事不能辦到，你卻來求我？」馬春花道：「我住在這裏，面子上榮華富貴，但我自己明明白白的知道，府裏勾心鬥角，凶險之極。我是為這兩個孩兒求你，請你收了他們為徒，傳他們一點武藝。」胡斐哈哈一笑，道：「兩位公子尊榮富貴，又何必學甚麼武藝？」馬春花道：「強身健體，那也是好的……」

正說到此處，忽聽得閣外一個男人聲音說道：「春妹，這當兒還沒睡麼？」馬春花臉色微變，向門邊的一座屏風指了指，胡斐當即隱身在屏風之後。只聽得靴聲橐橐，一人走了進來。

馬春花道：「怎麼你自己還不睡？不去陪伴夫人，卻到這裏作甚麼？」那人伸手握住了她手，笑道：「皇上召見商議軍務，到這時方退。你怪我今晚來得太遲了麼？」胡斐一聽，便知這是福康安了。

那兩個孩兒見過父親，福康安摟著他們親熱一會，馬春花就命僕婦帶了他們去睡。胡斐心想自己躲在這裏，好不尷尬，他二人的情話勢必傳進耳中，欲不聽而不可得，何況眼前情勢，似乎自己是來和馬春花私相幽會，倘若給他發覺，於馬春花和自己都大大不妥，察看周圍情勢，欲謀脫身之計。

忽聽得馬春花道：「康哥，我給你引見一個人。這人你也曾見過的，但想來早已忘了。」跟著提高聲音叫道：「胡兄弟，你來見過福大帥。」

胡斐只得轉了出來，向福康安一揖。福康安萬料不到屏風之後竟藏得有個男人，大吃一驚，道：「這……這……」

馬春花笑道：「這位兄弟姓胡，單名一個斐字，他年紀雖輕，卻武功了得，你手下那些武士，沒一個及得上他。這次你派人接我來京時，這位胡兄弟幫了我不少忙，因此我請了他來。你怎生重重酬謝他啊？」

福康安臉上變色，聽她說完，這才寧定，道：「嗯，那是該謝的，那是該謝的。」左手向胡斐一揮道：「你先出去，過幾日我再傳見。」語氣之間，頗現不悅，若不是礙著馬春花的面子，早已直斥他擅闖府第、見面不跪的無禮了。馬春花道：「胡兄弟……」

胡斐憋了一肚子氣，轉身便出，心想：「好沒來由，半夜三更來受這番羞辱。」聶鉞在閣門外相候，伸了伸舌頭，低聲道：「福大帥剛才進去，見著了麼？」胡斐道：「馬姑娘給我引見了，說要福大帥酬謝我甚麼。」聶鉞喜道：「只須得馬姑娘一言，福大帥豈有不另眼相看的？日後小弟追隨胡大哥之後，那眞再好不過。」他佩服胡斐的武功和爲人，這幾句話確是發自衷心。

兩人從原路出去，來到一座荷花池之旁，離大門已近，忽聽得腳步聲響，有幾人快步追了上來，叫道：「胡大爺請留步。」

胡斐愕然停步，見是四名武官，當先一人手中捧著一隻錦盒。那人道：「馬姑娘有幾件禮物贈給胡大爺，請你賜收。」胡斐正沒好氣，說道：「小人無功不受祿，不敢拜領。」那人道：「馬姑娘一番盛意，胡大爺不必客氣。」胡斐道：「請你轉告馬姑娘，便說她的隆情厚意，姓胡的心領了。」說著轉身便走。

那武官趕上前來，神色甚是焦急，說道：「胡大爺，你若必不肯受，馬姑娘定要怪罪小人。聶大哥，你……你便勸勸胡大爺。我實是奉命差遣……」胡斐心道：「瞧你步履矯捷，身法穩凝，也是一把好手，何苦爲了功名利祿，卻去做人家低三下四的奴才。」

聶鉞接過錦盒，只覺盒子甚是沉重，想來所盛禮品必是貴重物事。那武官陪笑道：「請胡大爺打開瞧瞧，就算只收一件，小人也感恩不淺。」聶鉞道：「胡大哥，這位兄弟所言也是實情，倘若馬姑娘因此怪責，這位兄弟的前程就此毀了。你就胡亂收受一件，也好讓他有個交代。」

胡斐心道：「衝著你面子，我便收一件，拿去周濟窮人也是好的。」伸手揭開錦盒之蓋，只見盒裏一張紅緞包著四四方方的一塊東西，緞子的四角摺攏來打了兩個結。胡斐皺眉問道：「那是甚麼？」那武官道：「小人不知。」胡斐心想：「這禮物不知是否整塊的？」伸手便去解那緞子的結。

剛解開了一個結，突然間盒蓋一彈，啪的一響，盒蓋猛地合攏，將他雙手牢牢夾住，霎時間但覺劇痛徹骨，腕骨幾乎折斷。原來這盒子竟是精鋼所鑄，中間藏著極精巧、極強力的機括，盒外包以錦緞，瞧不出來。

盒蓋一合上，登時越收越緊，胡斐急忙氣運雙腕與抗，如他內力稍差，只怕雙腕已斷，饒是如此，一口氣也絲毫鬆懈不得。四個武官見他中計，立時拔出匕首，二前二後，抵在他前胸後背。

聶鉞驚得呆了，忙道：「幹……幹甚麼？」那領頭的武官道：「福大帥有令，捕拿刁徒胡斐。」聶鉞道：「胡大爺是馬姑娘請來的貴客，怎能如此相待？」那武官冷笑道：「聶大哥，你問福大帥去。咱們當差的怎知道這許多？」

聶鉞一怔，忙道：「胡大哥你放心，其中必有誤會。我便去報知馬姑娘，她定能設法救你。」那武官喝道：「站住！福大帥密令，決不能洩漏風聲。若讓馬姑娘知道了，你有幾顆腦袋？」聶鉞滿頭都是黃豆大的汗珠，心想：「胡大哥是我親自去請來的，他見了我，才不起疑心，便即過來。這盒子是我親手遞給他的，他中計受逮，必有三長兩短，性命難保，我豈不是成了奸詐小人？但福大帥既有密令，又怎能抗命？」

那武官將匕首輕輕往前一送，刀尖割破胡斐衣服，刺到肌膚，喝道：「快走！」

那鋼盒是西洋巧手匠人所製，彈簧機括極是霸道，上下盒邊的錦緞一破，便露出鋒利的刃口，盒蓋的兩邊，竟便是兩把利刃。

聶鉞見胡斐手腕上鮮血迸流，即將傷到筋骨，心想：「胡大哥便犯了瀰天大罪，也不能以此卑鄙手段對付。」他對胡斐一直敬仰，這時見此慘狀，又自愧禍出於己，突然伸手抓住鋼盒，手指插入盒縫，用力分扳，盒蓋張開，胡斐雙手登得自由。

便在此時，那爲首武官挺匕首向他刺去。聶鉞的武功本在此人之上，但雙手尚在鋼盒之中，竟無法閃避，「啊」的一聲慘呼，匕首入胸，立時斃命。

在這電光石火般的一瞬之間，胡斐吐一口氣，胸背間登時縮入數寸，立即縱身而起，三柄匕首直劃下來，兩柄落空，另一柄卻在他右腿上劃了一道血痕。胡斐雙足齊飛，此時性命在呼吸之間，那裏還能容情？右足足尖前踢，左足足跟後撞，人在半空之中，已將兩名武官踢斃。

刺死聶鉞的那武官不等胡斐落地，一招「荊軻獻圖」，逕向胡斐小腹上刺來，這一下勢挾勁風，甚是凌厲。胡斐左足自後翻上，騰的一下，踹在他胸口。那武官撲通一聲，跌入了荷池，十餘根肋骨齊斷，自然不活了。

另一名武官見勢頭不好，「啊喲」一聲，轉頭便走。胡斐縱身過去，夾頸提起，揮掌便要往他天靈蓋擊落，月光下只見他眼中滿是哀求之色，心腸一軟：「他跟我無冤無仇，不過是受福康安的差遣，何必傷他性命？」

提著他走到假山之後，低聲喝問：「福康安何以要拿我？」那武官道：「實……實在不知。」胡斐道：「這時他在那裏？」那武官道：「福大帥……福大帥從馬姑娘的閣子中出來，囑咐了我們，又……又回進去了。」胡斐伸手點了他啞穴，說道：「命便饒你，明日有人問起，你須說這姓聶的也是我殺的。你如走漏消息，他家小有甚風吹草動，我將你全家殺得乾乾淨淨，老小不留。」那武官說不出話，不住點頭。胡斐順手一拳，將他打得昏暈過去。

胡斐抱過聶鉞屍身，藏在假山窟裏，跪下拜了四拜，再將其餘兩具屍身踢入草叢，然後撕下衣襟，裹了兩腕的傷口，腿上刀傷雖不厲害，口子卻長，忍不住怒火塡膺，拾起一把匕首，便往水閣而來。

胡斐料想福康安府中衛士必衆，不敢稍有輕忽，在大樹、假山、花叢之後瞧清楚前面無人，這才閃身而前。將近水閣橋邊，只見兩盞燈籠前導，八名衛士引著福康安過來。幸好花園中極富丘壑之勝，到處都可藏身，胡斐縮身隱在一株石筍之後，只聽福康安道：「你去審問那姓胡的刁徒，仔細問他跟馬姑娘怎生相識，是甚麼交情，半夜裏到我府中，爲了甚麼。這件事不許洩漏半點風聲。審問明白之後，速來回報。至於那刁徒呢，嗯，乘著今晚便斃了他，此事以後不可再提。」

他身後一人連聲答應，道：「小人理會得。」福康安又道：「倘若馬姑娘問起，便說他不肯在我府裏當差，我送了他五千兩銀子，遣他出京回家去了。」那人答應：「是，是！」胡斐越聽越怒，心想福康安只不過疑心我和馬姑娘有甚私情，竟然便下毒手，終於害了聶鉞的性命。

這時胡斐縱將出去，立時便可將福康安斃於匕首之下，但他心中雖怒，行事卻不莽撞，自忖初到京師，諸事未明，福康安手掌天下兵馬大權，深得皇帝寵信，倘若此時將他殺了，不知會不會阻撓了紅花會的大計，於是伏在石筍之後，待福康安一行走遠。

那受命去拷問胡斐之人口中輕輕哼著小曲，施施然的過來。胡斐探身長臂，陡地在他脅下一點。那人也沒瞧清敵人是誰，身子一軟，撲地倒了。胡斐再在他兩處膝彎裏點了穴道，然後快步向福康安跟去，遠遠聽得他說道：「這深更半夜的，老太太叫我有甚麼事？是誰跟她老人家在一起？」一名侍從道：「公主今日進宮，回府後一直和老太太在一起。」福康安「嗯」了一聲，不再言語。

胡斐跟著他穿庭繞廊，見他進了一間青松環繞的屋子。眾侍從遠遠的守在屋外。胡斐繞到屋後，鑽過樹叢，見北邊窗中透出燈光。他悄悄走到窗下，見窗子是綠色細紗所糊，心念一動，悄沒聲的折了一條松枝，擋在面前，隔著松針從窗紗中向屋內望去。

只見屋內居中坐著兩個三十來歲的貴婦，下首是個半老婦人，老婦左側又坐著兩個婦人。五個女子都滿身紗羅綢緞，珠光寶氣。福康安先屈膝向中間兩個貴婦請安，再向老婦請安，叫了聲：「娘！」另外兩個婦人見他進來，早便站起。

福康安的父親傅恆，是當今乾隆之后孝賢皇后的親弟。傅恆的妻子是滿洲出名的美人，入宮朝見之時給乾隆看中了，兩人有了私情，生下的孩子便是福康安。傅恆由於姊姊、妻子、兒子三重關係，成為乾隆的親信，出將入相，一共做了二十三年的太平宰相，此時已經逝世。

傅恆共有四子。長子福靈安，封多羅額駙，曾隨兆惠出征回疆有功，升為正白旗滿洲副都統，已死。次子福隆安，封和碩額駙，做過兵部尚書和工部尚書，封公爵。第三子便是福康安。他兩個哥哥都做駙馬，他最得乾隆恩遇，反而不尚公主，不知內情的人便引以為奇，其實他是乾隆的親生骨肉，怎能再做皇帝的女婿？這時他身任兵部尚書，總管內務府大臣，加太子太保銜。傅恆第四子福長安任戶部尚書，後來封到侯爵。當時滿門富貴極品，舉朝莫及。

屋內居中而坐的貴婦是福康安的兩個公主嫂嫂。二嫂和嘉公主能說會道，善伺人意，是乾隆的第四女，自幼便甚得乾隆寵愛，沒隔數日，乾隆便要召她進宮，說話解悶。她和福康安實雖兄妹，名屬君臣，因此福康安見了她也須請安行禮。那老婦年紀不小，容貌仍頗秀麗，是傅恆之妻，福康安的母親。其餘兩個婦人一個是福康安的妻子海蘭氏，一個是福長安的妻子。

福康安在西首的椅上坐下，說道：「兩位公主和娘這麼夜深了，怎地還不安息？」

老夫人道：「兩位公主聽說你有了孩兒，歡喜得了不得，急著要見見。」福康安向海蘭氏望了一眼，微微一笑，說道：「那女子是漢人，還沒學會禮儀，沒敢讓她來叩見公主和娘。」和嘉公主笑道：「康老三看中的，還差得了麼？我們也不要見那女子，你快叫人領那兩個孩兒來瞧瞧。父皇說，過幾日叫嫂子帶了進宮朝見呢。」

福康安暗自得意，心想這兩個粉裝玉琢般的孩兒，皇上見了定然喜愛，命丫鬟出去吩咐侍從，立即抱兩位小公子來見。

和嘉公主又道：「今兒早我進宮去，母后說康老三做事鬼鬼祟祟，在外邊生下了孩兒，幾年也不去找回來，把大家瞞得好緊，小心父皇剝你的皮。」福康安笑道：「這兩個孩兒的事，也是直到上個月才知道的。」

說了一會子話，兩名奶媽抱了那對雙生孩兒進來。福康安命兒弟倆向公主、老太太、太太、嬸嬸磕頭。兩個孩兒很聽話，雖睡眼惺忪，還是依言行禮。

衆人見這對孩子的模樣兒長得竟沒半點分別，一般的圓圓臉蛋，眉目清秀，和嘉公主拍手笑道：「康老三，這對孩兒跟你是一個印模子裏出來的。你便想賴了不認帳，可也賴不掉。」海蘭氏對這事本來甚爲惱怒，但這對雙生孩兒當眞可愛，忍不住摟在懷裏，著實親熱。老夫人和公主們各有見面禮品。兩個奶媽扶著孩兒，不住磕頭謝賞。

兩位公主和海蘭氏等說了一會子話，一齊退出。老夫人和福康安帶領雙生孩兒送公主出門，回來又自坐下。

老夫人叫過身後丫鬟，說道：「你去跟馬姑娘說，老太太很喜歡這對孩兒，今晚便留他們伴老太太睡，叫馬姑娘不用等他兩兄弟啦。」那丫鬟答應了。老夫人拉開桌邊抽屜，取出一把鑲滿了寶石的金壺，放在桌上，說道：「拿這壺參湯去賞給馬姑娘，說老太太一定好好照看她孩子，叫她放心！」福康安手中正捧了一碗茶，一聽此言，臉色大變，雙手一顫，一大片茶水潑了出來，濺在袍上，怔怔的拿著茶碗，良久不語。那丫鬟捧了金壺，放在一隻金漆提盒之中，提著去了。福康安伸起右手，似欲阻攔，但見母親神色嚴峻，垂下手便即不動。

這時兩個孩兒倦得要睡，不住口的叫：「媽媽，媽媽，要媽媽。」老夫人道：「好孩子別吵，乖乖的跟著奶奶。奶奶給糖糖、糕糕吃。」兩個孩兒哭叫：「不要糖糖、糕糕！不要奶奶！要媽媽！」老夫人臉一沉，揮手命奶媽將孩子帶了下去，又使個眼色，衆丫鬟也都退出，屋內只賸下福康安母子二人。

隔了好一會，母子倆始終沒交談半句，老夫人凝望兒子。福康安卻望著別處，不敢和母親的目光相接。

過了良久，福康安嘆了口長氣，說道：「娘，你爲甚麼容不得她？」老夫人道：「那還用問麼？這女子是漢人，居心便就叵測。何況又是鏢局子出身，使刀掄槍，一身武功。咱們府中有兩位公主，怎能和這樣的人共居？那一年皇上身歷大險，也便是爲了個異族的美女，難道你便忘了？讓這等毒蛇般的女子處在肘腋之間，咱們都要寢食不安。」

福康安道：「娘的話自然不錯。孩兒初時也沒想要接她進府，只是派人去瞧瞧，送她些銀兩。那知她竟生下了兩個兒子，這是孩兒的親骨血，那就不同了。」

老夫人點頭道：「你年近四旬，尚無所出，有這兩個孩子自然很好。咱們好好撫養兩個孩兒長大，日後他們封侯襲爵，一生榮華富貴，他們的母親也可安心了。」

福康安沉吟半晌，低聲道：「孩兒之意，將那女子送往邊郡遠地，從此不再見面，那也是了，想不到母親……」老夫人臉色一沉，說道：「枉爲你身居高官，連這中間的利害也想不到。她的親生孩兒在咱們府中，她豈有不生事端的？這種江湖女子把心一橫，甚麼事也做得出來。」福康安點了點頭。老夫人道：「你命人將她豐殮厚葬，也算盡了番心意……」福康安又點了點頭，應道：「是！」

胡斐在窗外越聽越心驚，初時尚不明他母子二人話中之意，待聽到「豐殮厚葬」四字，一驚非同小可，心道：「原來他母子恁地歹毒，定下陰謀毒計，奪了孩子，竟還要謀死馬姑娘。此事緊急異常，片刻延挨不得，乘著他二人毒計尚未發動，須得立即去告知馬姑娘，連夜救她出府。」悄悄走出，循原路回向水閣，幸喜夜靜人定，園中無人行走，殺死點倒的衛士也尚未爲人發覺。

胡斐走得極快，心中卻自躊躇：「馬姑娘對這福康安一見鍾情，他二人久別重逢，正自情熱，怎肯只聽了我這番話，便此逃出府去？要怎生說得她相信才好？」

計較未定，已到水閣之前，見門外已多了四名衛士，心想：「哼，他們已先伏下了人，防她逃走！」當下不敢驚動，繞到閣後，輕身一縱，躍過水閣外的一片池水，見閣中燈火兀自未熄，湊眼過去往窗縫中一瞧，不由得呆了。

只見馬春花倒在地下，抱著肚子不住呻吟，頭髮散亂，臉色慘白帶青，服侍她的丫鬟僕婦一個也不在身邊。胡斐登時醒悟：「啊喲，不好！終究來遲了一步！」忙推窗而入，俯身看時，見她氣喘甚急，眼睛通紅，如要滴出血來。

馬春花見胡斐過來，斷斷續續的道：「我……我……肚子痛……胡兄弟……你……」說到一個「你」字，再也無力說下去。胡斐在她耳邊低聲問道：「剛才你吃了甚麼東西？」馬春花眼望茶几上的一把鑲滿了紅藍寶石的金壺，卻說不出話。

胡斐認得這把金壺，正是福康安的母親裝了參湯、命丫鬟送給她喝的，心道：「這老婦人心計好毒，她要害死馬姑娘，卻要留下那兩個孩子，是以先將孩子叫去，這才送參湯來。否則馬姑娘拿到參湯，知是滋補物品，定會給兒子喝上幾口。」又想：「嗯，福康安一見送出參湯，臉色立變，茶水潑在衣襟之上，他當時顯然已知參湯之中下了毒，居然並不設法阻止，事後又不來救。他雖非親手下毒，卻也和親手下毒一般無異。」不禁喃喃道：「好毒辣的心腸！」

馬春花掙扎著道：「你……你……快去報知……福大帥，請大夫，請大夫瞧瞧……」

胡斐心道：「要福大帥請大夫，只有再請你多吃些毒藥。眼下只有要二妹設法解救。」揭起一塊椅披，將那盛過參湯的金壺包了，揣在懷中，聽水閣外並無動靜，抱起馬春花，輕輕從窗中跳出。馬春花一驚，叫道：「胡……」胡斐忙伸手按住她嘴，低聲道：「別作聲，我帶你去看醫生。」馬春花道：「我的孩子……」

胡斐不及細說，抱著她躍過池塘，正要覓路奔出，忽聽得身後衣襟帶風，兩個人奔了過來，喝道：「甚麼人？」胡斐向前疾奔，那兩人也提氣急追。

胡斐跑得甚快，斗然間收住腳步。那兩人沒料到他會忽地停步，一衝便過了他的身前。胡斐竄起半空，雙腿齊飛，兩隻腳足尖同時分別踢中兩人背心「神堂穴」。兩人哼都沒哼一聲，撲地便倒。看這兩人身上的服色，正是守在水閣外的府中衛士。

胡斐心想這麼一來，形跡已露，顧不到再行掩飾行藏，向府門外直衝出去。但聽得府中傳呼之聲此伏彼起，衆衛士大叫：「有刺客，有刺客！」

他進來之時沿路留心，認明途徑，當下仍從鵝卵石的花徑奔向小門，翻過粉牆，那輛馬車倒仍候在門外。他將馬春花放入車中，喝道：「回去。」那車夫已聽到府中吵嚷，見胡斐神色有異，待要問個明白，胡斐砰的一掌，將他從座位上擊落。

便在此時，府中已有四五名衛士追到，胡斐提起韁繩，得兒一聲，趕車便跑，幾名衛士追了十餘丈沒追上，紛叫：「帶馬，帶馬。」

胡斐驅車疾馳，奔出幾條街道，聽得蹄聲急促，二十餘騎先後追來。追兵騎的都是好馬，越追越近。胡斐暗暗焦急：「這是天子腳下的京城，可不比尋常，再一鬧，便有巡城兵馬出動圍捕，就算我能脫身，馬姑娘卻又如何能救？」

黑暗中，見追來的人都手拿火把，車中馬春花初時尚有呻吟之聲，這時卻已沒了聲息，胡斐好生記掛，問道：「馬姑娘，肚痛好些了麼？」連問數聲，馬春花都沒回答。一回頭，火炬照耀，追兵又近了些。忽聽得颼的一聲響，有人擲了一枚飛蝗石過來，打向他後心。胡斐左手一抄接住，回手擲去，但聽得一人「啊喲」一聲呼叫，摔下馬來。

這一下倒將胡斐提醒了，最好是發暗器以退追兵，可是身邊沒攜帶暗器，追來的福府衛士又學了乖，不再發射暗器。他好生焦急：「回到宣武門外路程尚遠，半夜裏一干人大呼小叫，怎不驚動官兵？」情急智生，忽然想起了懷中的金壺，伸手隔著椅披使勁連捏數下，金壺上鑲嵌的寶石登時跌落了八九塊，他將寶石取在手中，火把照耀下瞧得分明，右手連揚，寶石一顆顆飛出，八顆寶石打中了五名衛士，寶石雖小，胡斐的手勁卻大，打中頭臉眼目，疼痛非常。這麼一來，衆衛士便不敢太過逼近。

胡斐透了口長氣，伸手車中一探馬春花的鼻息，幸喜尚有呼吸，只聽得她低聲呻吟一聲，臉頰上卻甚冰冷，眼見離住所已不在遠，揮鞭連催，馳到一條岔路。住所在東，他卻將馬車趕著向西，轉過一個彎，回身抱起馬春花，揮馬鞭連抽數下，身子離車縱起，伏在一間屋子頂上。馬車向西直馳，衆衛士追了下去。

胡斐待衆人走遠，這才從屋頂回宅，剛越過圍牆，只聽程靈素道：「大哥，你回來了！有人追你麼？」胡斐道：「馬姑娘中了劇毒，快給瞧瞧。」他抱著馬春花，搶先進廳。

程靈素點起蠟燭，見馬春花臉上灰撲撲的全無血色，再捏了捏她手指，見陷下之後不再彈起，輕輕搖了搖頭，問道：「中的甚麼毒？」胡斐從懷中取出金壺，道：「參湯裏下的毒。這是盛參湯的壺。」程靈素揭開壺蓋，嗅了幾下，說道：「好厲害，是鶴頂紅。」胡斐道：「能不能救？」程靈素不答，探了探馬春花心跳，說道：「若不是大富大貴人家，也不能有這般珍貴金壺。」胡斐恨恨的道：「正是。下毒的是宰相夫人，兵部尚書的母親。」程靈素道：「了不起！我們這一行中，竟出了如此富貴人物。」

胡斐見她不動聲色，似乎馬春花中毒雖深，尚有可救，心下稍寬。程靈素翻開馬春花的眼皮瞧了瞧，突然低聲「啊」的一聲。胡斐忙問：「怎麼？」程靈素道：「參湯中除了鶴頂紅，還有番木鱉。」胡斐不敢問「還有救沒有？」卻問：「怎生救法？」

程靈素皺眉道：「兩樣毒藥夾攻，便得大費手腳。」返身入室，從藥箱中取出兩顆白色藥丸，給馬春花服下，說道：「須得找個清靜密室，用金針刺她十三處穴道，解藥從穴道中送入，若能馬上施針，定可解救。只十二個時辰內，不得移動她身子。」

胡斐道：「不少人知道這所宅子，福康安的衛士轉眼便會尋來，不能在這裏用針，得出城去找個荒僻所在。」程靈素道：「那便須趕快動身，那兩粒藥丸只能延得她一個時辰的命。」說著嘆了口氣，又道：「我這位貴同行心腸雖毒，下毒手段卻低。這兩樣毒藥混用，又和在參湯之中，毒性發作便慢了，若單用一樣，馬姑娘這時那裏還有命在？」胡斐匆匆忙忙的收拾物件，說道：「當今之世，還有誰能勝得過咱們藥王姑娘的神技？」

程靈素微微一笑，正要回答，忽聽得馬蹄聲自遠而近，奔到了宅外。胡斐抽出單刀，說道：「說不得，只好廝殺一場。」心中卻暗自焦急：「敵人定然愈殺愈多，危急中我只能顧了二妹，可救不得馬姑娘。」轉頭向程靈素瞧去，眼色中表示：「我必能救你！」程靈素這時也正向他瞧去，二人雙目交投，似乎立時會意。

程靈素道：「京師之中，只怕動不得蠻。大哥，你把桌子椅子堆得高高的，搭個高台。」胡斐不明其意，但想她智計多端，這時情勢急迫，不及細問，依言將桌子、椅子疊了起來。

程靈素指著窗外那株大樹道：「你帶馬姑娘上樹。」胡斐道：「待會你也過來。」還刀入鞘，抱著馬春花，走到窗樹下，縱身躍上樹幹，將馬春花藏在枝葉掩映暗處。

但聽得腳步聲響，數名衛士越牆而入，漸漸走近，又聽得那姓全的管家出去查問，衆衛士厲聲呼叱。程靈素吹熄燭火，另行取出一枚蠟燭，點燃了插上燭台，關上窗子，這才帶上門走出，在地下拾了一塊石塊，躍上樹幹，坐在胡斐身旁。胡斐低聲道：「共有十七人！」程靈素道：「藥力夠用！」

只聽得衆衛士四下搜查，其中有一人的口音正是殷仲翔。衆衛士忌憚胡斐了得，又道袁紫衣仍在宅中，不敢到處亂闖，也不敢落單，三個一羣、四個一隊的搜來。

程靈素將石塊遞給胡斐，低聲道：「將桌椅打下來！」胡斐笑道：「妙計！」石塊穿窗飛入，擊在中間的一張桌子上。那桌椅堆成的高台登時倒塌，砰蓬之聲，響成一片。衆衛士叫道：「在這裏，在這裏！」大夥倚仗人多，爭先恐後的一擁入廳，只見桌椅亂成一團，似有人曾在此激烈鬥毆，但不見半個人影。衆人正錯愕間，突然頭腦暈眩，立足不定，一齊摔倒。胡斐道：「七心海棠，又奏奇功！」

程靈素悄步入廳，吹滅燭火，將蠟燭收入懷中，向胡斐招手道：「快走吧！」胡斐負起馬春花，越牆而出，剛轉出胡同，不由得叫一聲苦，但見前面街頭燈籠火把照耀如同白晝，一隊官兵正在巡查。

胡斐忙折向南行，走不到半里，一隊官兵迎面巡來。他心想：「福大帥府有刺客之事，想已傳遍九城，這時到處巡查嚴密，要混到郊外荒僻的處所，可著實不易。」背後人聲喧嘩，又有一隊官兵巡來。胡斐見前後有敵，向程靈素打個手勢，縱身越牆，翻進身旁的一所大宅子。程靈素跟著跳進。

落腳處甚是柔軟，是一片草地，眼前燈火明亮，人頭洶湧。兩人都吃了一驚：「料不到這裏也有官兵。」聽得牆外腳步聲響，兩隊官兵聚在一起，勢已不能再躍出牆去，見左首有座假山，假山前花叢遮掩，胡斐負著馬春花搶了過去，往假山後一躲。

突然間假山後一人長身站起，白光閃動，一柄匕首當胸扎到。

胡斐萬料不到這假山後面竟有敵人埋伏，如此悄沒聲的猛施襲擊，倉卒之間只得摔下背上的馬春花，伸左手往敵人肘底一托，右手便即遞拳。這人手腳竟十分了得，迴肘斜避，匕首橫扎，左手施出擒拿手法，反勾胡斐手腕，化解了他這一拳。他臉上蒙了一塊黃巾，始終默不作聲。胡斐心想：「你不出聲，那就最妙不過。」耳聽得官兵便在牆外，他只須張口呼叫，便即大事不妙。

兩個人近身肉搏，各施殺手。胡斐瞧出他的武功是長拳一路，出招既狠且猛，武功造詣竟不在秦耐之、周鐵鷦等人之下，何況手中多了兵刃，更佔便宜。直拆到第九招上，胡斐才欺進他懷中，伸指點了他胸口「鳩尾穴」。那人極為悍勇，穴道遭點，仍飛右足踢來，胡斐又伸指點了他足脛「中都穴」，這才摔倒在地，動彈不得。

程靈素碰了碰胡斐的肩頭，向燈光處一指，低聲道：「像是在做戲。」胡斐抬頭看去，見空曠處搭了老大一座戲台，台下一排排的坐滿了人，燈光輝煌，台上戲子卻尚未出場。其時正當乾隆鼎盛之世，北京城中官宦人家有甚喜慶宴會，往往接連唱戲數日，通宵達旦，亦非異事。

胡斐吁了口氣，拉下那漢子臉上蒙著的黃巾，隱約見他面目粗豪，四十來歲年紀，低聲道：「這漢子想是乘著人家有喜事，抽空子偷雞摸狗來著，因此一聲也不敢出。」程靈素悄聲道：「只怕不是小賊。」胡斐點了點頭，尋思：「瞧這人身手，決非尋常鼠竊狗盜，也算他合該倒霉，卻給我無意擒住。」程靈素低聲道：「咱們便在這大戶人家尋處柴房或閣樓，躲他十二個時辰。」胡斐道：「我看也只好如此。外邊查得這般緊，怎能出去？」

便在此時，戲台上門帘一掀，走出一個人來。那人穿著尋常的葛紗大褂，也沒勾臉，走到台口一站，抱拳施禮，朗聲說道：「各位師伯師叔、師兄弟姊妹請了！」胡斐聽他說話聲音洪亮，瞧這神情，似乎不是唱戲。又聽他道：「此刻天將黎明，轉眼又是一日，再過三天，便是天下掌門人大會的會期。可是咱們西嶽華拳門，直到此刻，還是沒推出掌門人來。這件事當眞不能再拖。現下請藝字派的支長蔡師伯給大夥兒說說。」

台下人叢中站起一個身穿黑色馬褂的老者，咳嗽了幾聲，躍上戲台，面向大衆說道：「華拳四十八，藝成行天涯。咱們西嶽華拳門三百年來，一直分爲藝字、成字、行字、天字、涯字五個支派，已有三百年沒總掌門了。雖說五派都好生興旺，但師兄弟們各存門戶之見，人人都說：『我是藝字派的，我是成字派的。』從不說我是西嶽華拳門的。沒想到別派的武師們，卻從不理會你是藝字派還是成字派，總當咱們是西嶽華拳門的門下。咱們這一門人數衆多，老祖宗手上傳下來的玩藝兒也眞不含糊，可是幹麼遠遠不及少林、武當、太極、八卦這些門派名聲響亮呢？只因爲咱們分成了五個支派，力分則弱，那有甚麼說的。」

那老者滿口陝西土腔，有幾個字胡斐便聽不大懂，他說到這裏，咳嗽幾聲，嘆了口長氣，又道：「打從三個月前，咱們在西京便接到福大帥從北京傳來的通知，要咱們華拳門在八月中秋趕到京城，參預天下掌門人大會。送信的參將大人還特別吩咐了，在大會之中，天下各門各派的掌門人都得露一手本門的高招絕藝，請福大帥評定高下。這一來，各家各派誰高誰下，從此再不是憑著自個兒信口吹得天花亂墜，而是要憑本事一拳一腳的顯示出來。咱們得到通知之後，華拳門五個支派的支長，便都聚在一起商議，連天字派的姬三爺，也帶病來到西京。五派說好，這一次要憑眞功夫顯身手，要在五個支派中挑一個手腳上玩藝兒最強的，暫且掛一個『掌門人』的名頭。

「不過五個支派分派已久，各派不但各有門人弟子，而且各有產業家當，要併在一起是不容易的。咱們五個人口講手劃，各出絕招，一個多月下來，藝、成、行、涯四個支派的支長，都服了姬三爺在五個支長中功夫第一，可是他老人家五年前中了風，至今手腳動彈不靈，要他到天下掌門人大會中說說拳腳，原是少有人比他得上……」他說到這裏，台下有人站起身來，粗聲道：「蔡師伯，這個掌門人大會，只怕不是空口說白話就能服人，須得眞刀眞槍，要動個眞章的場所。姬師叔憑他說得天花亂墜，旁人不服，那也沒用。」

那姓蔡老者接口道：「李師姪的話很是。於是我們從五個支派中挑了十名好手，在西京較量拳腳兵器，鬥了這一個多月，仍是比不出一個衆望所歸、技勝各派的人來。雖有人勝了，輸的人卻又不服。現下咱們在這兒光明正大的當衆決一勝敗，人人都親眼得見，玩藝兒誰高誰低，大家衆目所睹，沒人能夠偏私。那一位本門功夫最高的，就算是西嶽華拳門的掌門人，到掌門人大會中去顯顯身手，倘若眞能爲本門掙得個大大彩頭，大家便當眞奉他爲掌門人。今後各支派的事務，仍由各支長自行料理，倘若涉及華拳門的門戶大事，便請掌門人處分。他既爲本派立下大功，有這個名分，也是該的。各位以爲如何？」台下衆人齊聲喝采，更有許多人噼噼啪啪的鼓掌。

胡斐心想：「原來是西嶽華拳門在這裏聚會。」他張目四望，想要找個隱僻所在，抱著馬春花溜出去，但各處通道均在燈火照耀之下，園中聚著的總有二百來人，只要一出去，定會給人發見，低聲道：「只盼他們快些舉了掌門人出來，越早散場越好。」

只聽得最先上台那人說道：「蔡師伯的話，句句是金玉良言。晚輩這些年來一直在藝字派勾當事務，膽敢代本派的全體師兄弟們說一句，待會推舉了掌門人出來，我們藝字派全心全意聽從掌門人吩咐。他老人家說甚麼便是甚麼，藝字派決沒一句異言。」

台下一人高聲叫道：「好！」聲音拖得長長的，便如台上的人唱了一句好戲，台下看客叫好一般，其中譏嘲之意，卻也甚是明顯。

台上那人微微一笑，說道：「其餘各派怎麼說？」只見台下一個個人站起，說道：「我們成字派決不敢違背掌門人的話。」「他老人家吩咐甚麼，我們行字派一定照辦。」「天字派遵從號令，不敢有違。」「涯字派是小弟弟，大哥哥們帶頭幹，小弟弟自然決不能有第二句話。」

台上那人道：「好！各支派齊心一致，那再好也沒有了。眼下各支派的支長，各位前輩師伯師叔，都已到齊，只天字派姬師伯沒來。他老人家捎了信來，說派他令郎姬師兄赴會。但等到此刻，姬師兄還沒到。這位師兄行事素來神出鬼沒，說不定這當兒早已到了，也不知躲在甚麼地方……」說到這裏，台上台下一齊笑了起來。

胡斐俯到那漢子耳邊，低聲道：「你姓姬，是不是？」那漢子點了點頭，眼中充滿了迷惘之色，實不知這一男二女是甚路道。

台上那人說道：「姬師兄一人沒到，咱們已足足等了他一天半夜，總也對得住了，日後姬師伯也不能怪責咱們。現下要請各位前輩師伯師叔們指點，本門這位掌門人是如何推法。」衆人等了一晚，爲的便是要瞧這一齣推舉掌門人的好戲，聽到這裏，全都興高采烈，台下各人也不依次序，紛紛叫嚷：「憑功夫比試啊！」「誰也不服誰，不憑拳腳器械，那憑甚麼？」「眞刀眞槍，打得人人心服，自然是掌門人了。」

那姓蔡的老者咳嗽一聲，朗聲道：「本來嘛，掌門人憑德不憑力，後生小子玩藝兒再高明，也不能越過德高望重的前輩去。」頓了一頓，眼光向衆人一掃，又道：「可是這一次情形不同啦。在天下掌門人大會之中，既是英雄聚會，自然要各顯神通。咱們西嶽華拳門倘若舉了個糟老頭兒出去，人家能不能喝一句采，讚一句：『好，華拳門的糟老頭兒德高望重，夠糟夠老，老而不死』？」眾人聽得哈哈大笑。

程靈素也禁不住抿住了嘴，心道：「這糟老頭兒倒會說笑話。」

那姓蔡的老者大聲道：「華拳四十八，藝成行天涯。可是幾百年來，華拳門這四十八路拳腳器械，沒一個人能說得上路路精通。今日嘛，那一位玩藝兒最高，那一位便執掌本門。」眾人剛喝得一聲采，忽然後門上擂鼓般的敲了起來。

眾人一愕，有人道：「是姬師兄到了！」有人便去開門。燈籠火把照耀，擁進來一隊官兵。

胡斐左手握住了程靈素的手，兩人相視一笑，危機當前，更加心意相通。

但當相互再望一眼時，程靈素卻黯然低下了頭去，她忽然想到了袁紫衣：「我和大哥一同死在這裏，不知袁姑娘會怎樣？」她心知胡斐這時也一定想到了袁紫衣：「我和二妹一同死在這裏，不知袁姑娘會怎樣？」

領隊的武官走入人叢，查問了幾句，聽說是西嶽華拳門在此推舉掌門人，那武官的神態登時十分客氣，但還是提起燈籠到各人臉上照看，又在園子前後左右巡查。

胡斐和程靈素縮在假山之中，見燈籠漸漸照近，心想：「不知這武官的運氣如何？倘若他將燈籠到假山中來一照，只好請他當頭吃上一刀。」

忽聽得台上那人說道：「那一位武功最高，那一位便執掌本門。這句話誰都聽見了。眾位師伯師叔、師兄姊妹，便請一一上台來顯顯絕藝。」他這句話剛說完，眾人眼前一亮，一個身穿淡紅衫子的少婦跳到台上，說道：「行字派弟子高雲，向各位前輩師伯師兄們討教。」眾人見她露的這一手輕功姿式美妙，兼之衣衫翩翩，相貌又好，都喝了一聲采。那武官轉頭瞧得呆了，那裏還想到去搜查刺客？

台下跟著便有一個少年跳上，說道：「藝字派弟子張復龍，請高師姊指教。」高雲道：「張師兄不必客氣。」右腿半蹲，左腿前伸，右手橫掌，左手反鉤，正是華拳中出手第一招「出勢跨虎西嶽傳」。張復龍提膝回環亮掌，應以一招「商羊登枝腳獨懸」。兩人各出本門拳招，鬥了起來。二十餘合後，高雲使招「回頭望月鳳展翅」，揲步亮掌，一掌將張復龍擊下台去。

那武官大聲叫好，連說：「了不起，了不起！」台下又有一名壯漢躍上，說了幾句客氣話，便跟高雲動手。這一次卻是高雲一個失足，給那壯漢推得摔個觔斗。那武官說道：「可惜，可惜！」沒興致再瞧，率領眾官兵出門又搜查去了。

程靈素見官兵出門，鬆了口氣，但見戲台上一個上，一個下，鬥之不已，不知要鬧到甚麼時候，才選得掌門人出來。看胡斐時，卻見他全神貫注的凝望台上兩人相鬥，程靈素心想：「這兩人的拳腳打得雖狠，也不見得有多高明，大哥為甚麼瞧得這麼出神？」低聲道：「大哥，過了大半個時辰啦，得趕快想個法兒才好。再不施針用藥，便要躭誤了。」胡斐「嗯」了一聲，仍目不轉瞬的望著台上。

不久一人敗退下台，另一人上去和勝者比試。說是同門較藝，然而相鬥的兩人定是不同支派的門徒，雖非性命相搏，但勝負關係支派的榮辱，各人都全力以赴。這時門中高手尚未上場，眼前這些人也不是眞的想能當上掌門人，只華拳門五個支派向來明爭暗鬥，乘此機會，以往相互有過節的便在台上好好打上一架，拳來腳去，著實熱鬧。

程靈素見胡斐似乎看得呆了，心想：「大哥天性愛武，一見別人比試便甚麼都忘了。」伸手在他背上輕輕一推，低聲道：「眼下情勢緊迫，咱們闖出去再說。這些人都是武林好漢，動以江湖義氣，他們未必便會去稟報官府。」胡斐搖了搖頭，低聲道：「別的事也還罷了，福大帥的事，他們怎能不說？那正是立功的良機。」

程靈素道：「要不，咱們冒上一個險，便在這兒給馬姑娘用藥。只是天光白日的，躭在這兒，非給人瞧見不可。」說到後來，語音已十分焦急。她向來安詳鎭定，這時若非當眞緊迫，決不致這般不住口的催促。

胡斐「嗯」了一聲，仍目不轉睛的瞧著台上兩人比武。程靈素輕輕嘆了口氣，低聲道：「待會救不了馬姑娘，可別怪我。」胡斐忽道：「好，雖然瞧不全，也只得冒險一試。」程靈素一怔，問道：「甚麼？」胡斐道：「我去奪那西嶽華拳的掌門人。老天爺保佑，若能成功，他們便須聽我號令。」程靈素大喜，連連搖晃他手臂，說道：「大哥，這些人如何能是你對手？一定成功，一定成功！」

胡斐道：「難在我須得使他們的拳法，一時三刻之間，又怎記得了這許多？對付庸手也還罷了，少時高手上台，這幾下拳法定不管使，非露出馬腳不可。他們若知我不是本門弟子，縱然得勝，也不肯推我做掌門人。」說到這裏，不禁又想起了袁紫衣。她各家各派的武功似乎無一不精，倘若她在此處，由她出馬，定比自己有把握得多。

其實，他心中若不是念茲在茲的有個袁紫衣，又怎想得到要去奪華拳門的掌門？

但聽得「啊喲」一聲大叫，一人摔下台來。台下有人罵道：「他媽的，下手這麼重！」另一人反唇相稽：「動上了手，還管甚麼輕重？你有本事，上去找場子啊。」那人粗聲道：「好，咱哥兒倆便比劃比劃。」另一人卻只管出言陰損：「我不是你十八代候補掌門人的對手，不敢跟您老人家過招。您老慢慢兒的候補著吧。」

胡斐站起身來，說道：「倘若到了時辰，我還沒能奪得掌門人，你便在這兒給馬姑娘施針用藥，咱們走一步瞧一步。」拿起那姓姬漢子蒙臉的黃巾，蒙在自己臉上。

程靈素「嗯」了一聲，微笑道：「人家是九家半總掌門，難道你便連一家也當不上？」她這句話一出口，立即好生後悔：「爲甚麼總念念不忘的想著袁姑娘，又不斷提醒大哥，叫他也念念不忘？」見胡斐昂然走出假山，瞧著他的背影，又想：「我便不提醒，他難道便有一刻忘了？」見他大踏步走向戲台，不禁又甜蜜，又心酸。

胡斐剛走到台邊，卻見一人搶先跳了上去，正是剛才跟人吵嘴的那個大漢。胡斐心想：「待這兩人分出勝敗，又得耗上許多功夫，多躭擱一刻，馬姑娘便多一刻危險。」跟著縱起，半空中抓住那漢子背心，說道：「師兄且慢，讓我先來。」

胡斐這一抓施展了家傳大擒拿手，大拇指扣住那大漢背心第九椎節下的「筋縮穴」，小指扣住了他第五椎節下的「神道穴」。這大漢雖身軀粗壯，那裏還能動彈？胡斐乘著那一縱之勢，站到台口，順手揮出，將那大漢擲下，剛好令他安安穩穩的坐入一張空椅。

他這一下突如其來的顯示了一手上乘武功，台下衆人無不驚奇，倒有一半人站起身來。但見他臉上蒙了一塊黃巾，面目看不清楚，腦後拖著條油光烏亮的大辮子，顯然年紀不大。這般年紀而有如此功力，台下所有見多識廣之人盡皆詫異。

胡斐向台上那人一抱拳，說道：「天字派弟子程靈胡，請師兄指教。」程靈素在假山背後聽得清楚，聽他自稱「程靈胡」，不禁微笑，心中隨即一酸：「倘若他當眞是我的親兄長，倒免卻了不少煩惱。」

台上那人見胡斐這等聲勢，心下先自怯了，恭恭敬敬的還禮道：「小弟學藝不精，還請程師兄手下留情。」胡斐道：「好說，好說！」當下更不客套，右腿半蹲，左腿前伸，右手横掌，左手反鉤，正是華拳中出手第一招「出勢跨虎西嶽傳」。那人轉身提膝伸掌，應以一招「白猿偷桃拜天庭」，這一招守多於攻，全是自保之意。胡斐撲步劈掌，出一招「吳王試劍劈玉磚」。那人仍不敢硬接，使一招「撤身倒步一溜煙」。胡斐不願跟他多耗，便使「斜身攔門插鐵閂」，這是一招拗勢弓步沖拳，左掌變拳，伸直了猛擊，右拳跟著沖擊而出。那人見他拳勢沉猛，奮力擋架。胡斐手臂上內力一收一放，將他輕輕推下台去。

只聽得台下一聲大吼，先前讓胡斐擲下的那名大漢又跳了上來，喝道：「奶奶的，你算甚麼東西……」胡斐搶上一步，使招「金鵬展翅庭中站」，雙臂横開伸展。那大漢竟沒法在台口站立，給胡斐的臂力逼退，又摔了下去。這一次胡斐惱他出言無禮，使了三分勁力，喀喇一響，那大漢壓爛了台前兩張椅子。

他連敗二人後，台下衆人紛紛交頭接耳，都向天字派的弟子探詢這人是誰的門下，但天字派的衆弟子卻無人得知。藝字派的一個前輩道：「這人本門的武功不純，顯是帶藝投師的，十之八九，是姬老三新收的門徒。」成字派的一個老者道：「那便是姬老三的不是了，他派帶藝投師的門徒來爭奪掌門人之位，豈不是反把本門武功比了下去？」

這姬老三，便是天字派的支長。他武功在西嶽華拳門中算得第一，只是五年前中風後兩腿癱了，現下雖不良於行，威名仍是極大，同門師兄弟對他都忌憚三分。衆人見這「天字派的程靈胡」武功了得，而姬老三派來的兒子姬曉峯始終沒露面，都道他便是姬老三的門徒，卻那知姬曉峯早給胡斐點中了穴道，躺在假山後面動彈不得。那姬老三武功一強，為人不免驕傲，雙腿癱瘓後閉門謝客，將一身武功都傳給了兒子。華拳門五位支長高手比試功夫一月有餘，無人藝能服衆，議定各出本派好手羣聚北京，憑武功以定掌門，姬曉峯對這掌門之位志在必得。他武功已趕得上父親的九成，性格卻不及父親光明磊落。他悄悄躲在假山之後，要瞧明白了對手各人的虛實，然後出來一擊而中，不料陰錯陽差，卻給胡斐制住。

他只道是別個支派的陰謀，伏下別派高手來對付自己。適才他和對手只拆得數招，即遭點中穴道，一身武功全沒機會施展，父親和自己的全盤計較，霎時間付於流水，心下恚怒之極，只盼能上台去再和胡斐拚個你死我活。但聽得胡斐將各支派好手一個個打下台來，看來再也無人制服得他，於是加緊運氣急衝穴道，要手足速得自由。但胡斐的點穴功夫是祖傳絕技，姬曉峯所學與之截然不同。他平心靜氣的潛運內力，也決不能自解給閉住的穴道，何況這般狂怒憂急，蠻衝急攻？一輪強運內力之後，突然間氣入岔道，登時暈去。

程靈素全神貫注瞧著胡斐在戲台上跟人比拳，但見他一招一式，果然全是新學來的「西嶽華拳」，心道：「大哥於武學一門，似乎天生便會的。這西嶽華拳招式繁複，他只在片刻之間瞧人拆解過招，便都學會了。」

便在此時，忽聽得身旁那大漢低哼一聲，聲音異樣。程靈素轉頭看時，見他雙目緊閉，舌頭伸在嘴外，已給牙齒咬得鮮血直流，全身不住顫抖，猶似發瘧一般。程靈素知他是急引內力強衝穴道，以致走火岔氣，此時若不救治，重則心神錯亂，瘋顛發狂，輕則肢體殘廢，武功全失，心想：「我們和他無冤無仇，何必為了救一人而反害一人？」取出金針，在他陰維脈的廉泉、天突、期門、大橫四處穴道中各施針刺。

過了一會，姬曉峯悠悠醒轉，見程靈素正在為自已施針，低聲道：「多謝姑娘。」程靈素做個手勢，叫他不可作聲。

只聽得胡斐在台上朗聲說道：「掌門之位，務須早定，這般鬥將下去，何時方是了局？各位師伯師叔、師兄師弟，願意指教的可請三四位同時上台。弟子倘若輸了，決無怨言。」一衆人一聽，都想這小子好狂，本來一個人不敢上台的，這時紛紛聯手上台邀鬥。其實胡斐新學的招數究屬有限，再鬥下去勢必露出破綻，羣毆合鬥卻可取巧，混亂中旁人不易看出，再則如此車輪戰的鬥將下去，自己縱然內力充沛，終須力盡，而施救馬春花卻刻不容緩，非速戰速決不可。

他催動掌力，轉眼又擊了幾人下台。西嶽華拳門的五派弟子之中，天字派弟子都道他是奉了姬支長之命而來，因此無人上台與他交手，其餘四個支派中的少壯強手，盡已敗在他拳腳之下。至於四支派的名宿高手，自忖實無取勝把握，一來在西京已出過手，二來顧全數十年的令名，誰也不肯上去挑戰。後來藝字派、成字派、行字派三派中各出一名拳術最精的壯年好手，聯手上台，十餘合後還是敗了下來。

這一來，四派前輩名宿、青年弟子，盡皆面面相覷，誰也不敢挺身上台。

那身穿黑馬褂的姓蔡老者坐在台下觀鬥已久，這時站了起來，說道：「程師兄，你武功高強，果然令人好生佩服。但老朽瞧你的拳招，與本門所傳卻有點兒似是而非，嗯，嗯，可說是形似而神非，這個……這個味道大大不同。」

胡斐心中一凜，暗想：「這老兒的眼光果然厲害，我所用拳招雖是西嶽華拳，但震人下台、摔人倒地的內勁，自然跟他們華拳全不相干。」西嶽華拳是天下著名的外門武功，其中精微奧妙之處，豈是胡斐頃刻間瞧幾個人對拆過招便能領會？何況他所見到的又不是該門高手，自不免學得形似而神非。這時實逼處此，只得硬了頭皮說道：「華拳四十八，藝成行天涯。若不是各人所悟不同，本門何以會分成五個支派？武學之道，原無定法。我天字派悟到的拳理略略與眾不同，也是有的。」他想倘能將天字派拉得來支持自己，便不至孤立無援。

果然天字派眾弟子聽他言語中抬高本派，心中都很舒服，便有人在台下大聲附和。

那姓蔡老者搖頭道：「程師兄，你是姬老三門下不是？是帶藝投師的不是？老朽眼睛沒花，瞧你的功夫，十成之中倒有九成不是本門的。」

胡斐道：「蔡師伯，你這話弟子可不敢苟同了。本門若要在天下掌門人大會之中，與少林、武當、太極、八卦那些大派爭雄，一顯西嶽華拳門的威風，便須融會貫通，推陳出新，弟子所學的內勁，一大半是我師父這十幾年來閉門苦思、別出心裁所創，的確頗有獨到之處。蔡師伯倘若認為弟子不成，便請上台來指點一招。」

那姓蔡的老者有些猶豫，說道：「本門有你老弟這般傑出人材，原是大夥兒的光采，老朽歡喜也還來不及，還能有甚麼話說？只是老朽心中存著一個疑團，不能不說。這樣罷，請程老弟在台上練一套一路華拳，這是本門的基本功夫，這裏十幾位老兄弟個個目光如炬，是便是，不是便不是，誰也不能胡說。你老弟只要真的精熟本門武功，老朽第一個便歡天喜地的擁你為掌門。」

果然薑是老的辣，胡斐跟人動手過招，尚能借著似是而非的華拳施展本身武功，但要他空手練一路拳法，抬手踢腿之際，眞僞立判，再也無所假借。何況他偷學來的拳招只一鱗半爪，並非成套，如何能從頭至尾的使一路拳法？

胡斐雖饒有智計，聽了他這番話，竟然做聲不得，正想出言推辭，忽聽假山後一人叫道：「蔡師伯，你何以總是跟我們天字派為難？這位程師兄是我爹爹的得意弟子，他進我門已有一十二年，難道連這套一路華拳也不會練？」只見一人邁步走到台前，正是天字派中的頭挑腳色姬曉峯。近年來凡天字派有事，他總代父親出面處理接頭，雖非該派支長，華拳門中卻沒一個不認得。

姬曉峯躍上台去，抱拳說道：「家父閉門隱居，將一身本事都傳給了這位程師兄，一十二年來爲的便是今日。這位程師哥武功勝我十倍，各位有目共睹，還有甚麼話說？」衆人一聽，再無懷疑，人人均知姬老三怪僻好勝，悄悄調教了一個好徒弟，待得藝成之後，突然顯示於衆人之前，原和他脾氣相合。再說姬曉峯素來驃悍雄強，連他也對胡斐心服，那裏還有甚麼假的？

那姓蔡的老者還待再問，姬曉峯朗聲道：「蔡師伯既要考較我天字派功夫，弟子便代程師哥練一套，請蔡師伯指點。」也不待蔡老者回答，雙腿一並，使出「曉星當頭即走拳」，跟著「出勢跨虎西嶽傳」、「金鵬展翅庭中站」、「韋陀獻抱在胸前」、「把臂攔門橫鐵閂」、「魁鬼仰斗撩綠欄」，一招招的練了起來。但見他上肢是拳、掌、鉤、爪迴旋變化，沖、推、栽、切、劈、挑、頂、架、撑、撩、穿、搖十二般手法伸屈回環，下肢自弓箭步、馬步、仆步、虛步、丁步五項步根變出行步、倒步、邁步、偷步、踏步、擊步、躍步七般步法，沉穩處似象止虎踞，迅捷時如鷹搏兔脫。台下人人是本門弟子，無不熟習這路拳法，但見他造詣如此深厚，盡皆歎服。連各支派的名宿前輩，也不住價的點頭。只見他一直練到「鳳凰旋窩回身轉」、「腿蹬九天沖鐵拳」、「英雄打虎收招勢」，最後是「拳罷庭前五更天」，招招法度嚴密，的是好拳！

他雙手一收，台下震天價喝起一聲大采。

自姬曉峯一上台，胡斐便自詫異，不知程靈素用了甚麼法子，逼得他來跟自己解圍，待見他練了這路拳法，心中也讚：「西嶽華拳非同小可，此人只要能輔以內勁，便成名家。」然而見他拳法一練完，登時氣息粗重，全身微微發顫，竟似大病未愈，或身受重傷一般。台下衆人未覺，胡斐便站在他身後，卻看得清清楚楚，又見他背上汗透衣衫，實非武功高強之人所應爲，心中更增一層奇怪。

姬曉峯定了定神，說道：「還有那一位師伯師叔、師兄師弟，願和程師哥比試的，便請上台。」他連問三聲，沒人應聲。天字派的一羣弟子都大聲叫了起來：「恭喜程師哥榮任西嶽華拳門的掌門人！」衆人跟著歡呼。胡斐執掌華拳門一事便成定局。

姬曉峯向胡斐一抱拳，說道：「恭喜，恭喜！」胡斐抱拳還禮，見他眼中充滿了怨毒之意，記掛著馬春花的病情，也沒心緒理會，說道：「姬師弟，請你快找間靜室，領咱們兩位師妹去休息。」姬曉峯點點頭，躍下台來，但雙足著地時，一個踉蹌，險些摔倒。

胡斐走到台口，說道：「各位辛苦了一晚，請各自回去休息。明日晚間，咱們再商大計，總須在天下掌門人大會之中，讓華拳門揚眉吐氣。」他這句話倒非虛言，心中對華拳門實是存了幾分感激。在衆官兵圍捕之下，若不是機緣湊巧，越牆而入時他們正在推舉掌門，多半馬春花便免不了毒發身死，倒斃長街之上。如有機緣能爲華拳門爭些光采，他也眞願意出力。

衆人聞言，紛紛站起，口中都在議論胡斐的功夫。有的更說姬老三深謀遠慮，一鳴驚人；有的讚揚姬曉峯這一路拳使得實是高明。天字派的衆弟子更興高采烈，得意非凡。有幾個前輩名宿想過來跟胡斐攀談，胡斐卻雙手一拱，跟著姬曉峯直入內堂。程靈素扶了馬春花混入人叢，跟了進去。

這座大宅子是華拳門中一位居官的旗人所有。胡斐既為掌門，本宅主人自對他招待得十分殷勤。胡斐始終不揭開蒙在臉上的黃巾，與程靈素、馬春花、姬曉峯三人進了內室，說道：「姬大哥，多謝你啦！這掌門人之位，我定會讓給你。如有虛言，我豬狗不如。」姬曉峯哼了一聲，卻不答話。胡斐去看馬春花時，見她黑氣滿臉，早已人事不知，鼻孔中出氣多進氣少，當眞是命若懸絲。

程靈素抱著馬春花平臥床上，取出金針，隔著衣服替她在十三處穴道中都扎上了，每枝金針尾上都圍上了一團棉花。她手腳極快，卻毫不忙亂。胡斐見她神色沉靜平和，這才放了一半心。

過了一盞茶功夫，金針尾上緩緩流出黑血，沾在棉花之上，原來金針中空，以此拔出毒質。程靈素舒了口氣，微微一笑，從藥瓶中取出一粒碧綠的丸藥遞給姬曉峯，說道：「姬大哥，眞正對不住了，請你到自己房裏休息吧。這藥丸連服十粒，你身上的毒質便會去盡，半分不留。」姬曉峯接過了藥丸，一聲不響的出房而去。

胡斐這才明白，原來程靈素又以她看家本領，逼得姬曉峯不得不聽號令，笑道：「藥王姑娘無往而不利。你用毒藥做好事，尊師當年只怕也有所不及。」

程靈素微笑不答，其實這一次她倒不是用藥硬逼，那是先助姬曉峯通解穴道，去了走火入魔的危難，再在他身上施一點藥物。這藥物一上身後麻癢難當，於身子卻無多大損害，吩咐連服十粒的解藥，也只是治金創外傷的止血生肌丸，姬曉峯並無外傷，服了等如不服。但姬曉峯那裏知道？聽她說得毒性厲害無比，自不敢不俯首聽令，即令有所疑心，也不能以自己的性命來一試眞假。於是便出來證明胡斐是他父親暗中所收的得意弟子，又演打一套西嶽華拳，令衆人盡皆敬服，無人敢再懷疑。

程靈素拿了一柄鑷子，換過沾了毒血的棉花，低聲道：「大哥，你累了一夜，便在這榻上歇歇，養一會兒神。有我照料著馬姑娘，你放心便是。」胡斐也眞倦了，除下黃巾，斜身倚在榻上。程靈素道：「你這位掌門程老師傅有件事可得小心在意。十二個時辰之中，不能有人進來滋擾馬姑娘，也不許她開口說話，否則她內氣一岔，毒質不能拔淨，只要留下少許，便前功盡棄。」

胡斐笑道：「西嶽華拳掌門人程靈胡，謹奉太上掌門人程靈素號令，一切凜遵，不敢有違。」程靈素笑道：「我能是你的太上掌門人嗎？那位……」說到這裏，斗然住口，俯身去看馬春花的傷勢。

過了半晌，她回過頭來，見胡斐並未閉目入睡，呆呆的望著窗外出神，問道：「你在想甚麼？」胡斐道：「我想他們明日見了我的眞面目，一看年紀不對，不知會有甚麼話說？好在只須挨過十二個時辰，咱們拍手便去，雖對不起他們，心中不安，但事出無奈，那也只好……只好……」程靈素笑道：「也只好狗急跳牆了。」胡斐笑道：「是啊！跳牆而入，想不到竟碰上了這麼回奇事。」

程靈素凝目向胡斐望了一會，說道：「好！便是這樣。」胡斐問：「甚麼便是這樣？」程靈素道：「咱們在路上扮過小鬍子，這一次你便扮個大鬍子。再給你鬍子上染上一點顏色，包管你大上二十歲年紀。你要當姬曉峯的師兄，總得年近四十才行啊。」

胡斐拍掌大喜，說道：「我正發愁，跟福康安這麼正面一鬧，再也不能去瞧瞧那個天下掌門人大會。你若能給我裝上一部天衣無縫的大鬍子，我程靈胡便堂堂正正，以西嶽華拳掌門人的身分，到會中去見識見識。」程靈素嘆道：「掌門人大會是不用去了，混得過明天，讓馬姑娘太平無事，也就是啦。到會中涉險，可犯不著。」

胡斐豪氣勃發，說道：「二妹，我只問你：這部鬍子能不能裝得像？」

程靈素微微一笑，道：「要扮壯年之人，裝部鬍子有何難處？難是難在舉手投足，說話神情，無一不是中年而非少年。縱是精神矍鑠、身負武功的老英雄，卻也和年輕力壯的少年人不同。」胡斐道：「你大哥盡力而爲。只須瞞得過一時，也就是了。」程靈素道：「好，咱們便試一試。這一次我便扮個老婆婆，跟著你到掌門人大會之中瞧瞧熱鬧。」

胡斐哈哈大笑，逸興遄飛，說道：「二妹，咱老兄妹倆活了這一大把年紀，行將就木，這場熱鬧可不能不趕。」程靈素低聲喝道：「聲音輕些！」但見馬春花在床上動了一下，幸好沒驚醒。胡斐伸了伸舌頭，彎起食指，在自己額上輕擊一下，說道：「該死！」

程靈素取出針線包來，拿出一把小剪刀，剪下自己鬢邊幾縷秀髮，再從藥箱中取出些藥料，在茶碗中用清水調勻，將頭髮浸在藥裏，說道：「你歇一會兒，待軟頭髮變成硬鬍子，我便叫你。」

胡斐便在榻上合眼，心中對這位義妹的聰明機智，說不出的歡喜讚嘆。睡夢之中，一會兒見馬春花毒發身死，形狀可怖；一會兒自己抓住福康安，狠狠的責備他心腸毒辣；又一會兒自己給眾衛士擒住了，拚命掙扎，卻不能脫身。

忽聽得一個聲音在耳邊柔聲道：「大哥，你作甚麼夢了？」胡斐躍起身來，揉了揉眼睛，微一凝神，說道：「我來照料馬姑娘，該當由你睡一忽兒了。」程靈素道：「先給你裝上鬍子，這才放心。」拿起漿硬了的一條條頭髮，用膠水給他黏在頰下和腮邊。這一番功夫好不費時，黏了將近一個時辰，眼見紅日當窗，方才黏完。

胡斐攬鏡一照，不由得啞然失笑，只見自己臉上一部絡腮鬍子，虬髯戟張，不但面目全非，且大增威武。胡斐很是高興，笑道：「二妹，我這模樣兒挺美啊，日後我眞的便留上這麼一部大鬍子。」

程靈素想說：「只怕你心上人未必應許。」話到口邊，終於忍住。她忙了一晚，到這時心力交困，眼見馬春花睡得安穩，再也支持不住，伏在桌上便睡著了。

十年之後，胡斐念著此日之情，果眞留了一部絡腮大鬍子，那自不是程靈素這時所能料到了。

胡斐從榻上取過一張薄被，裹住程靈素身子，輕輕抱著她橫臥榻上，拉薄被給她蓋好，再將黃巾蒙住了臉，走到姬曉峯房外，叫道：「姬兄，在屋裏麼？」

姬曉峯哼了一聲，問道：「是那一位？有甚麼事？」胡斐推門進去。姬曉峯一見是他，「啊」的一聲低呼，從椅中躍起身來。胡斐躬身行禮，說道：「姬兄，我跟你賠不是來啦。」姬曉峯木然不答，眼光中顯然敵意極深。

胡斐道：「有一件事我得跟姬兄說個明白，小弟決計無意做貴派的掌門人，只是機緣湊合，小弟又迫於無奈，這才壞了姬兄大事。」將馬春花如何中毒、如何受官兵圍捕、如何越牆入來躲避、如何為了救治人命這才上台出手等情一一說了，只馬春花為何人所害、追捕他的乃是福康安一節，卻略過了不說。

姬曉峯靜靜聽著，臉色稍見和緩，等胡斐說完，仍只「嗯」的一聲，並不接口說話。胡斐又道：「大丈夫言出如山，倘若十天之內，我不將掌門人之位讓你，教我喪生刀劍之下，千載之後仍受江湖好漢唾罵。」武林中人死於刀劍之下，原屬尋常，但若為天下英雄所不齒，卻是最感羞恥之事。

姬曉峯聽他發下這個重誓，說道：「這掌門人之位，我也不用你讓。你武功勝我十倍，這我是知道的。但你實非本門中人，卻來執掌門戶，自令人心中不服。」胡斐道：「是了。待這次掌門人大會一過，我將前後眞相鄭重宣布，在貴門各位前輩面前謝罪。然後讓貴門各位弟子再憑武功以定掌門，這麼辦好不好？」

姬曉峯心想：「本門之中，無人能勝得了我。這般自行爭來，自比他拱手相讓光采得多。」點頭道：「這倒可行。可是程大哥……」胡斐笑道：「我姓胡，我義妹才姓程。」說著揭去蒙在臉上的黃巾。

姬曉峯見他滿頰虬髯，根根見肉，貌相甚是威武，不禁暗自讚嘆，說道：「胡大哥，本門的幾位前輩很難說話，日後你揭示眞相，只怕定有一場風波。雖你武功高強，原也不怕，但好漢敵不過人多。咱們西嶽華拳門遇上了門戶大事，那是有名的陰魂不散，死纏爛打。」胡斐笑道：「這事我也想到了。後日掌門人大會之中，我當盡力為西嶽華拳門掙個大大的采頭，將功贖罪，想來各位前輩也可見諒了。」

姬曉峯點點頭，歎了口氣，說道：「可惜我身中劇毒，不敢多耗力氣，否則倒可把本門拳法，演幾套給胡兄瞧瞧。胡兄記在心裏，事到臨頭，便不易露出馬腳。」

胡斐呵呵而笑，站起來向姬曉峯深深一揖，說道：「姬兄，我代義妹向你賠罪了。」姬曉峯還了一禮，心中卻大為不懌：「我給她下了毒，有甚麼可笑的？」心下這般想，臉上便頗有悻悻之色。胡斐道：「姬兄，我義妹在你身上下毒，傷口在那裏？」

姬曉峯捲起左手袖子，只見他上臂腫起了雞蛋大的一塊，肌肉發黑，傷口有小指頭大小，隱隱滲出黑血，果如是中了劇毒一般。

胡斐心想：「二妹用藥，當眞是神乎其技。不知用了甚麼藥物，弄得他手臂變成這般模樣。倘若我身上有了這樣一個傷口，自也會寢食不安。」問道：「姬兄覺得怎樣？」姬曉峯道：「這一塊肉麻木不仁，全無知覺。」胡斐心道：「原來是下了極重的麻藥。」一伸手抓住他手臂，俯口便往他創口上吮吸。姬曉峯大驚，叫道：「使不得，使不得！你不要命了嗎？」只是給他雙手抓住了，竟自動彈不得，心中驚疑不定：「如此劇毒，中在手臂已是這樣厲害，他一吮入口，豈不立斃？我和他無親無故，他何必捨命相救？」

胡斐吮了幾口，將黑血吐在地下，哈哈笑道：「姬兄不必驚疑，這毒藥是假的。」姬曉峯不明其意，問道：「甚麼？」胡斐道：「我義妹和你素不相識，豈能隨便下毒手害你？她只是跟你開個玩笑，給你放上些無害的麻藥而已。你瞧我吮在口中，總可放心了吧？」

姬曉峯雖服了程靈素所給的解藥，心下一直惴惴，不知這解藥是否當眞有效，毒性即使能解，是否會留下後患，傷及筋骨，這時聽胡斐一說，不由得驚喜交集，顫聲道：「胡兄，你……你對我明言，難道便不怕我不聽指使麼？」胡斐道：「丈夫相交，貴在誠信。我見姬兄大有義氣，何必令你多躭幾日心事？」姬曉峯大喜，拍案道：「好，我交了你這位朋友。胡兄便是得罪了當今天子，犯下瀰天大罪，小弟也要跟你出力，決不敢皺一皺眉頭。」

胡斐道：「多謝姬兄厚意，我所得罪的那人，雖不是當今天子，但和天子的權勢也差不了多少。姬兄，昨晚我見你所練的一路華拳，其中一招返身提膝穿掌，趕步、擊步之後，那一下躍步，何以在半空中方向略變？」胡斐所說的那一招，名叫「野馬回鄉攢蹄行」，一招之中動作甚是繁複。

姬曉峯聽他一說，暗道：「好厲害的眼光！昨晚我練這一路華拳，從頭至尾精神貫注，只在這一招『野馬回鄉攢蹄行』上，躍起時忽然想到臂上所中劇毒，不免心神渙散。倘若跟他對敵動手，這破綻立時便給他抓住了。」說道：「胡兄眼光當眞高明，小弟佩服得緊，那一招確是練得不大妥當。」於是重行使了一遍。

胡斐點頭道：「這才對了。否則照昨晚姬兄所使，只怕敵人可以乘虛而入。」

姬曉峯既知並未中毒，精神一振，將一十二路西嶽華拳，從頭至尾的演了出來。胡斐依招學式，雖不能在一時之間盡數記全，但也即領會到了每一路拳法的精義所在，說道：「貴派的拳法博大精深，好好鑽研下去，確是威力無窮。我瞧這一十二路華拳，只須精通一路，便足以揚名立萬。」

姬曉峯聽他稱讚本派武功，很是高興，說道：「是啊。本門中相傳兩句話，說道：『華拳四十八，藝成行天涯』。四十八路功夫，分爲一十八路登堂拳，一十二路入室拳，還有一十八路刀槍劍棍的器械功夫。本門弟子別說『藝成』兩字，便能將四十八路功夫盡數學全了的，也寥寥無幾。」

兩人說到武藝，談論極是投契，演招試式，不知不覺間已到午後。主人派來服侍胡斐的侍僕數次要請他吃飯，見二人練得起勁，站在一旁，不敢開口。待得姬曉峯使一招旋風腳，躍起半空橫踢而出，門外突然有人喝采道：「好一招『風捲霹靂上九天』！」

胡斐一看，卻是那姓蔡的老者，當下含笑抱拳，上前招呼。

注：一、清朝相國夫人下毒，確有其事，但不是傅恆的夫人，而是明珠的夫人。袁枚《隨園詩話》卷一有記：「余長姑嫁慈溪姚氏。姚母能詩，出外爲女傅。康熙間，某相國以千金聘往教女公子。到府住花園中，極珠簾玉屏之麗，出拜兩

姝，容態絕世，與之語，皆吳音，年十六七，學琴學詩頗聰穎。夜伴女傅眠，方知待年之女，尚未侍寢於相公也。忽一夕二女從內出，面微紅。問之，曰：堂上夫人賜飲。隨解衣寢。未二鼓，從帳內躍出，搶地呼天，語呶呶不可辨。顛仆片時，七竅流血而死。蓋夫人賜酒時，業已酖之矣。姚母踉蹌棄資裝即夜逃歸。常告人云，二女年長者尤可惜，有自嘲一聯云：量淺酒痕先上面，興高琴曲不和絃。」批本云：「某相國者，明珠也。」

二、福康安為人淫惡。伍拉納（乾隆時任閩浙總督）之子批註《隨園詩話》，有云：「福康安至淫極惡，作孽太重，流毒子孫，可以戒矣。」按該批註當作於嘉慶年間，可知其人品行惡劣，清時即已眾所周知。

胡斐一手各抱一個孩子，
從胡同中搶到橫街，
只見一輛騾車停在街心，
車夫位上並肩坐著兩人，
車上裝滿了糞桶。

第十六章

龍潭虎穴

這姓蔡的老者單名一個威字，在華拳門中輩份甚高，是藝字派的支長。他見胡斐去了臉上所蒙黃巾，竟是滿腮虬髯，神態粗豪，英氣勃勃，細細向他打量了幾眼，抱拳道：「啓稟掌門，福大帥有文書到來。」

胡斐心中一凜：「這件事終於瞞不過了，且瞧他怎麼說？」臉上不動聲色，只「嗯」了一聲。蔡威道：「這文書是給小老兒的，查問本門的掌門人推舉出了沒有？其中附了四份請帖，請掌門人於中秋正日，帶同本門三名弟子，前赴天下掌門人大會……」

胡斐聽到這裏，鬆了一口氣，心道：「原來如此，倒嚇了我一跳。別的也沒甚麼，只是這一日一晚之中，馬姑娘不能移動，福康安這文書若是下令抓人，馬姑娘的性命終於還是送在他手上了。」

他生怕福康安玩甚花樣，還是將文書接過，細細瞧了一遍，說道：「蔡師伯，姬師弟，便請你們兩位相陪，再加上我義妹，咱們四個赴掌門人大會去。」蔡威和姬曉峯大喜，連聲稱謝。侍僕上前稟道：「請程爺、蔡爺、姬爺三位出去用飯。」

胡斐點點頭，正要去叫醒程靈素，忽聽得她在房中叫道：「大哥，請過來。」胡斐道：「兩位先請，我隨後便來。」聽她叫聲頗為焦急，快步走向廂房，一掀門簾，便聽得馬春花低聲叫喚：「我孩子呢？叫他哥兒倆過來啊……我要瞧瞧孩子……他哥兒倆呢？」

程靈素秀眉緊蹙，低聲道：「她一定要瞧孩子，這事可不妙了。」胡斐道：「兩個孩子落在那如此狠毒的老婦手中，咱們終須設法去救出來。」程靈素道：「馬姑娘很焦躁，哭喊叫喚，立時要見孩子，這於她病勢大大不妥。」胡斐沉吟道：「我去勸勸。」程靈素搖頭道：「她神智不清，勸不了的。除非馬上能將孩子抱來，否則她心頭鬱積，毒血不能盡除，藥力也沒法達到臟腑。」

胡斐繞室徬徨，一時苦無妙策，說道：「便冒險再入福大帥府去搶孩子，最快也得等到今晚。」程靈素嚇了一跳，說道：「再進福府去，那不是送死麼？」胡斐搖頭苦笑。他何嘗不知，昨晚鬧出了這麼驚天動地的一件大事，今日福康安府中自必戒備森嚴，便要踏進一步，也必千難萬難，如何能再搶得兩個孩子出來？若有數十個武藝高強之人同時下手，或能成事，只憑他單槍匹馬，再加上程靈素，最多加上姬曉峯，三個人難道眞有通天本事？

過了良久，只聽得馬春花不住叫喚：「孩子，快過來，媽心裏不舒服。你們那兒去了？去那兒了？」胡斐皺眉道：「二妹，你說怎麼辦？」程靈素搖頭道：「她這般牽肚掛腸，不住叫喚，不出三日，不免毒氣攻心。咱們只有盡力而爲，當眞救不了，那也是天數使然。」胡斐道：「先吃飯去，一會再來商量。」

飯後程靈素又給馬春花用了一次藥，只聽她卻叫起福康安來：「康哥，康哥，怎地你不睬我啊？你把咱們的兩個乖兒子抱過來，我要親親他哥兒倆。」只把胡斐聽得又憤怒，又焦急。

程靈素拉了拉他衣袖，走入房外的小室，臉色鄭重，說道：「大哥，我跟你說過的話，有不算的沒有？」胡斐好生奇怪：「幹麼問起這句話來？」搖頭道：「沒有啊。」

程靈素道：「好。我有一句話，你好好聽著。倘若你再進福康安府去搶馬姑娘的兒子，你另請名醫來治她的毒罷。我馬上便回湖南去。」

胡斐一愕，尚未答話，程靈素已翩然進房。胡斐知她這番話全是爲了顧念著他，料他眼看如此情勢，定會冒險再入福府，此舉除了賠上一條性命之外，決沒半分好處。他自己原也想到，可是此事觸動了他俠義心腸，憶起昔年在商家堡遭擒吊打，馬春花不住出言求情，有恩不報，非丈夫也。他本已決意一試，但程靈素忽然斬釘截鐵的說了這幾句話，倘若自己拚死救了兩個孩子出來，程靈素卻一怒而去，那可糟了。此時二妹在他心中的份量，已遠在馬春花之上，無論如何不能爲彼而捨此。

一時躊躇無計，信步走上大街，不知不覺間便來到福康安府附近，但見每隔五步十步，便有兩名衛士，人人提著兵刃，守衛嚴密之極，別說闖進府去，只要再走近幾步，多半便有衛士過來盤查。

胡斐不敢多耽，悶悶不樂，轉過兩條橫街，見有一座酒樓，便上樓去獨自小酌。剛喝得兩杯，忽聽隔房中一人道：「汪大哥，今兒咱們喝到這兒爲止，待會就要當值，喝得臉上酒糟一般的，可不成話。」另人哈哈大笑道：「好，咱們再乾三杯便吃飯。」

胡斐聽此人聲音正是汪鐵鶚，心想：「天下事眞有這般巧，竟又在這裏撞上了他。」轉念一想，卻也不足爲奇。他們說待會便要當值，自是去福康安府輪班守衛。這是福府附近最像樣的一家酒樓，他們在守衛之前，先來喝上三杯，那也平常得緊。倘若汪鐵鶚這種人當値之前不先舒舒服服的喝上幾杯，那才奇了。

只聽另一人道：「汪大哥，你說你識得胡斐。他到底是怎麼樣一個人？」胡斐聽他提到自已名字，更凝神靜聽。只聽汪鐵鶚長長嘆了口氣，道：「說到胡斐此人，小小年紀，不但武藝高強，而且愛交朋友，眞是一條好漢子。可惜他總是要和大帥作對，昨晚更闖到府裏去行刺大帥，眞不知從何說起？」

那人笑道：「汪大哥，你雖識得胡斐，可是偏沒生就一個升官發財的命兒，否則的話，咱們喝完了酒，出得街去，湊巧撞見了他，咱哥兒倆將他手到擒來，豈不是大大一件功勞？」汪鐵鶚笑道：「哈哈，你倒說得輕鬆寫意！憑你張九的本領哪，便有二十個，也未必能拿得住他。」那張九一聽此言，心中惱了，說道：「那你呢，要幾個汪鐵鶚才拿得住他？」汪鐵鶚道：「我是更加不成啦，便有四十個我這等膿包，也不管用。」張九冷笑道：「他當眞便有三頭六臂，說得這般厲害？」

胡斐聽他二人話不投機，心念一動，眼見時機稍縱即逝，當下更不再思，揭過門帘，踏步走進鄰房，說道：「汪大哥，你在這兒喝酒啊！喂，這位是張大哥。小二，小二，把我的座兒搬到這裏來。」

汪鐵鶚和張九一見胡斐，都是一怔，心想：「你是誰？咱們可不相識啊？」汪鐵鶚雖聽著他話聲有些熟稔，但見他虬髯滿臉，那想得到是他？胡斐又道：「先前我遇見周鐵鷦周大哥，曾鐵鷗曾二哥，在聚英樓喝了幾杯，還說起你汪大哥呢。」汪鐵鶚含糊答應，竭力思索此人是誰，聽他說來，和周師哥、曾師哥他們都是熟識，該不是外人，怎地一時竟想不起來？不住暗罵自己胡塗。

店伴擺好座頭。胡斐道：「今兒小弟作東，很久沒跟汪大哥、張大哥喝一杯了。」掏出十兩銀子向店伴一拋，道：「給存在櫃上，有拿手精致的酒菜，只管作來。」那店伴見他手面豪闊，登時十分恭謹，一疊連聲的吩咐了下去。

酒菜陸續送上。胡斐談笑風生，說起來秦耐之、殷仲翔、王劍英、王劍傑兄弟這干人都很熟絡，一會兒說武藝，一會兒說賭博，似乎個個都是他的知交好友。汪鐵鶚老大納悶，人家這般親熱，倘若開口問他姓名，那可大大失禮，但此人到底是誰，苦苦思索，卻想不到半點因頭。張九只道胡斐是汪鐵鶚的老朋友，見他出手爽快，來頭顯又不小，自也樂得叨擾他一頓。

喝了一會酒，菜肴都已上齊，汪鐵鶚實在忍耐不住了，說道：「你這位大哥恕我無禮，我越活越胡塗啦。」說著伸手在自己的額頭上重重一擊，又道：「一時之間我竟想不起你老哥的尊姓大名，眞該死之極了。」

胡斐笑道：「汪大哥眞是貴人多忘事。昨兒晚上，你不是還在舍下吃飯嗎？只可惜一場牌九沒推成，倒弄得周大哥跟人家動手過招，傷了和氣。」汪鐵鶚一怔，道：「你……你……」胡斐笑道：「小弟便是胡斐！」

此言一出，汪鐵鶚和張九猛地一齊站起，驚得話也說不出來。

胡斐笑道：「怎麼？小弟裝了一部鬍子，汪大哥便不認得了麼？」汪鐵鶚低聲道：「悄聲！胡大哥，城中到處都在找你，你敢如此大膽，還到這裏來喝酒？」胡斐笑道：

「怕甚麼？連你汪大哥也不認得我，旁人怎認得出來？」汪鐵鶚道：「北京城裏不能再躭了，你快快出城去吧？盤纏夠不夠？」說著從懷中掏了兩大錠銀子出來。

胡斐道：「多謝汪大哥古道熱腸，小弟銀子足用了。」心想：「此人性子粗魯，倒是個厚道之人。」那張九卻臉上變色，低下了頭，一言不發。

汪鐵鶚又道：「今日城門口盤查得緊，你出城時別要露出破綻，還是我和張大哥送你出城爲妙。那位程姑娘呢？」胡斐搖頭道：「我暫且不出城。我還有一筆帳，要跟福大帥算上一算。」張九聽到這裏，臉上神色更顯異樣。

汪鐵鶚言辭懇切，說道：「胡大哥，我本領遠不及你，但有一句良言相勸。福大帥權勢熏天，你便當真跟他有仇，又怎鬥得過他？我吃他的飯，在他門下辦事，也不能一味護著你。今日冒個險送你出城，你快快走吧。」胡斐道：「汪大哥，你可知我爲甚麼得罪了福大帥？」汪鐵鶚道：「我不知道，正想問你。」

胡斐當下將福康安如何在商家堡結識馬春花，如何和她生下兩個孩子，昨晚馬春花如何中毒等情一一低聲說了，又說到自己如何相救，馬春花如何思念兒子，命在垂危，自己雖干冒萬險，也要將那兩個孩子救了出來去給她。

汪鐵鶚越聽越怒，拍桌說道：「原來這人心腸如此歹毒！胡大哥，你英雄俠義，令人好生欽佩。可是福大帥府中戒備嚴密，不知有多少高手四下守衛，要救那兩孩子，這會兒可想也休想。只好待這件事鬆了下來，慢慢再想法子。」胡斐道：「我卻有個計較在此，咱們借用了張大哥的服色，讓我扮成衛士，黑夜之中，由你領著到府裏去動手。」

張九臉色大變，霍地站起，手按刀柄。胡斐左手持著酒杯喝了口酒，右手正伸出筷子去挾菜，斗然間左手一揚，半杯酒潑向張九眼中。張九「啊」的一聲驚呼，伸手去揉。胡斐筷子探出，在他胸口「神藏」和「中庭」兩穴上各戳了一下。張九身子一軟，登時倒在椅上。

店小二聽得聲音，過來察看。胡斐道：「這位總爺喝醉了，得找個店房歇歇。」店小二道：「過去五家門面，便是安遠老店。小人扶這位總爺過去吧！」胡斐道：「好！」又賞了他五錢銀子。那店小二歡天喜地，扶著張九到那客店之中。胡斐要了一間上房，閂上了門，伸指又點了張九身上三處穴道，令他十二個時辰之中，動彈不得。

汪鐵鶚心中猶似十五個吊桶打水，七上八落，眼見胡斐行俠仗義，做事爽快果決，不禁甚是佩服，但想到幹的是這麼一樁要掉腦袋的勾當，又惴惴不安。胡斐除下身上衣服，給張九換上，自己穿上了他的一身武官服色，好在兩人都是中等身材，穿著倒也合身。

汪鐵鶚顫聲道：「我是戌正當值，天稍黑便該去了。」胡斐道：「你給張九告個假，說他生了病，不能當差。我在這兒等你，快天黑時你來接我。」汪鐵鶚呆了半晌，心想只要這一句話兒答允下來，一生便變了模樣，要做個鐵錚錚的漢子，甚麼榮華富貴，就一筆勾銷；但若一心一意爲福大帥出力，不免是非不分，於心不安。

胡斐見他遲疑，說道：「汪大哥，這件事不是一時可決，你也不用此刻便回我話。」

汪鐵鶚點了點頭，逕自出店。胡斐躺在炕上，放頭便睡，他知道眼前實是一場豪賭，不過下的賭注卻是自己的性命。

到天黑時，汪鐵鶚或者果真獨個兒悄悄來領了自己，混進福康安府中。但這麼一來，汪鐵鶚的性命便十成中去了九成。他跟自己說不上有甚麼交情，跟馬春花更全無淵源，為了兩個不相干之人而甘冒生死大險，依著汪鐵鶚的性兒，他怎麼肯幹？他自來便聽從周鐵鷦的吩咐，對這位大師兄奉若神明，何況又在福康安手下居官多年，這「功名利祿」四字，於他可不是小事。

若是一位意氣相投的江湖好漢，胡斐決無懷疑。但汪鐵鶚卻是個本事平庸、渾渾噩噩的武官。如果他決定升官發財，那麼天沒入黑，這客店前後左右，便會有上百名好手包圍上來，自己縱然奮力死戰，但好漢敵不過人多，最後終究不免。

這其間沒折衷的路可走。汪鐵鶚不能兩不相幫，此事他若不告發，張九日後怎會不去告他？

胡斐手中已拿了一副牌九，這時候還沒翻出來。如僥倖贏了，或能救得馬春花的性命；但如輸了，那便輸了自己的性命。這副牌是好是壞，全憑汪鐵鶚一念之差。他知汪鐵鶚不是壞人，但要他冒的險實在太大，求他的實在太多，而自己可沒半點好處能報答於他……

汪鐵鶚這樣的人可善可惡，誰也不能逆料。將性命押在他身上，原是險著，但除此之外，實無別法。福康安府中如此戒備，若無人指引相助，決計混不進去。

他一著枕便呼呼大睡，這一次竟連夢也沒做。他根本不去猜測這場豪賭結果會如何。牌還沒翻，誰也不知道是甚麼牌。瞎猜有甚麼用？

他睡了幾個時辰，矇矓中聽得店堂有人大聲說話，立時醒覺坐起。只聽那人道：「不錯，我正要見『玄』字號那位總爺。喝醉了麼？有公事找他。你去給我瞧瞧。」

胡斐一聽不是汪鐵鶚說話的聲音，心下涼了半截，暗道：「嘿嘿，這一場大賭終究輸了。」提起單刀，輕輕推窗向外張望，四下裏黑沉沉的並無動靜，當下翻身上屋，伏在瓦面，凝神傾聽。

汪鐵鶚一去，胡斐知他只有兩條路可走：若以俠義為重，這時便會單身來引自己偷入福府；如惜身求祿，必是引了福府的武士前來圍捕。他既不來，此事自是糟了。但客店四周，竟沒人埋伏，倒也頗出胡斐意料之外。前來圍捕的武士不來則已，來則必定人數眾多，一二個高手尚可隱身潛伏，不令自己發現蹤跡，人數一多，便透氣之聲也聽見了。

他見敵人非眾，稍覺寬心。窗外燭光晃動，店小二拿著一隻燭台，在門外說道：「這裏有位總爺要見您老人家。」胡斐翻身從窗中進房，落地無聲，說道：「請進來吧！」店小二推開房門，將燭台放在桌上，陪笑道：「那一位總爺酒醒了吧？要是還沒妥貼，要不給做一碗醒酒湯喝？」

胡斐隨口道：「不用！」眼光盯在店小二身後那名衛士臉上。

只見他約莫四十來歲年紀，灰撲撲一張臉蛋，絲毫不動聲色，胡斐心道：「好厲害的腳色！孤身進我房來，居然不露半點戒懼之意。難道你當眞有過人的本領，全沒將我胡斐放在心上嗎？」那衛士道：「這位是張大哥嗎？咱們沒見過面，小弟姓任，任通武，在左營當差。」胡斐道：「原來是任大哥，幸會幸會。大夥兒人多，平日少跟任大哥親近。」任通武道：「是啊。上頭轉下來一件公事，叫小弟送給張大哥。」說著從身邊抽出一件公文來。

胡斐接過一看，見公文左角上赫然印著「兵部正堂」四個紅字，封皮上寫道：「急件。即交安遠客店，巡捕右營張九收拆，速速不誤。」胡斐上次在福府上了個大當，雙手爲鋼盒所傷，這一回學了乖，不即開拆公文，先小心捏了捏封套，見其中並無古怪，又想到苗人鳳爲拆信而毒藥傷目，當下將公文垂到小腹之前，這才拆開封套，抽出一張白紙，就燭光一看，不由得大爲詫異。

紙上並無一字，畫著一幅筆致粗陋的圖畫。圖中一個吊死鬼打著手勢，正在竭力勸一人懸樑上吊。當時民間普遍相信，有人懸樑自盡，死後變鬼，必須千方百計引誘另一人變鬼，他自己方得轉世投胎，後來的死者便是所謂「替死鬼」了。說法雖荒誕不經，當時卻人人皆知。

胡斐凝神一想，稍明究裏，問道：「任大哥今晚在大帥府中輪値？」任通武道：「正是！小弟這便要去。」說著轉身欲行。胡斐道：「且慢！請問這公事是誰差任大哥送來？」任通武道：「是我們林參將差小弟送來。」

胡斐這時已心中雪亮：原來汪鐵鶚自己拿不定主意，終究還是去和大師兄周鐵鷦商量。周鐵鷦念著胡斐昨晚續腿還牌之德，想出了這計較，他不讓汪鐵鶚犯險，卻輾轉的差了個替死鬼來。由這人領胡斐進福府，不論成敗，均與他師兄弟無涉，因此信上非但不署姓名，連字跡也不留一個，以防萬一事機不密，牽連於他。這一件公文上寫「急件」，夾在交給左營林參將的一疊文件之中，轉了幾個手，誰也不知這公文自何而來。林參將一見是「兵部正堂」的緊急公事，不敢躭擱，立即差人送來。周鐵鷦早知左營的衛士今晚全體在福府中當值守衛，那林參將不管派誰送信，胡斐均可隨他進府。

這中間的原委曲折胡斐雖不能盡知，卻也猜了個八不離九，暗笑周鐵鷦老奸巨猾，在京師混了數十年的人，行事果然與眾不同，但對他相助的一番好意，卻也暗暗感激，說道：「上頭有令，命兄弟隨任大哥進府守衛。」跟著又道：「他媽的，今兒本輪到我休假，半夜三更的，又把人叫了去。」

任通武笑道：「大帥府中鬧刺客，大夥兒誰都得辛苦些。好在一份優賞總短不了。」胡斐笑道：「回頭領到了錢，小弟作東，咱哥兒倆到聚英樓去好好樂他一場。任大哥，你是好酒、好賭、還是好色？」任通武哈哈大笑，說道：「這酒色財氣四門，做兄弟的全都打從心眼兒裏歡喜出來。」胡斐在他肩上一拍，顯得極爲親熱，笑道：「咱倆意氣相投，當眞相見恨晚。小二，小二，快取酒來！」

任通武躊躇道：「今晚要當差，倘若參將知道咱們喝酒，只怕要怪罪。」胡斐低聲道：「喝三杯，參將知道個屁！」說話間，店小二已取過酒來，夜裏沒甚麼下酒之物，只切了一盆滷牛肉。

胡斐和任通武連乾了三杯，擲了一兩銀子在桌上，說道：「餘下的是賞錢！」店小二大喜，連忙道謝。任通武一把將銀子搶過，笑道：「張大哥這手面也未免闊得過份，咱們在福大帥府中當差的，喝幾杯酒還用給錢？走吧！時候差不多啦。」左手拉著胡斐，向外搶出，右手將銀子塞入懷裏。

店小二瞧在眼裏，敢怒而不敢言。福大帥府裏的衛士在北京城裏橫行慣了，看白戲、吃白食，渾是閒事，便順手牽羊拿些店鋪裏的物事，小百姓又怎敢作聲？等任通武走遠，店小二才拍手拍腿的大罵他十八代祖宗。

胡斐一笑，心想此人貪圖小利，倒容易對付，與他攜手出店。將出店門時，忽聽得屋頂上喀的一聲輕響，聲音雖極細微，但胡斐聽在耳裏，便知有異，低聲道：「任大哥，我忘了一件物事，請你稍待。」一轉身，便回進自己房中，黑暗中只見一個瘦削的身形越窗而出，身法快捷，依稀便是周鐵鷦。

胡斐大奇：「他又到我房中來幹麼？」微一沉吟，揭開床帳，探手到張九鼻孔邊一試，果然呼吸已止，竟已爲周鐵鷦使重手點死了。胡斐心中一寒：「此人當眞心思周密，下手毒辣。本來若不除去張九，定會洩漏他師兄弟倆的機關，只是沒料到我前腳才出門，他後腳便進來下手，連片刻喘息的餘裕也沒有。」既是如此，他反而放心，知道周鐵鷦對己確是一片眞心，不致於誘引自己進了福府，再令人圍上動手。

於是將張九身子一翻，讓他臉孔朝裏，拉過被子窩好了，轉身出房，說道：「任大哥，勞你等候，咱們走吧。」任通武道：「自己弟兄，客氣甚麼？」兩人並肩而行，大搖大擺的走向福康安府。

只見福府門前站著二十來名衛士，果是戒備不同往日。胡斐跟著任通武走到門口，一名千總低聲喝道：「威震——」任通武接口道：「——四海！」那千總點了點頭，說道：「今兒大夥得多留點兒神。」任通武道：「喳！遵命！」胡斐問道：「老總，你說今晚會不會有刺客再進府來？」那千總笑道：「除非他吃了豹子膽，老虎心。」胡斐哈哈一笑，進了大門。

到達中門時，又是一小隊衛士守著。一名千總低喝口令：「威震——」任通武答道：「——絕域！」那千總道：「任通武，這人面生得很，是誰啊？」任通武道：「是右營的張大哥，你沒見過麼？」那千總「嗯」了一聲，道：「這部鬍子長得倒挺威風。」

兩人折而向左，穿過兩道邊門，到了花園之中。園門口又是一小隊衛士，那口令卻變成了「威震——千秋」。胡斐心想：「倘若我不隨任通武進來，便算過得了大門，也不能過二門。即使我探聽到了『威震四海』的口令，也想不到每一道門的口令各有變化。」

進了花園，胡斐已識得路徑，心想夜長夢多，早些下手，也好讓馬春花早一刻安心，又想：「二妹見我這麼久不回去，必已料到我進了福府，定也憂心。」加快腳步，向福康安之母的住所走去。任通武很是詫異，問道：「張大哥，你去那裏？」胡斐道：「上頭派我保護太夫人，說道決計不可令太夫人受到驚嚇。你不知道麼？」任通武道：

「原來如此！」

便在此時，前面兩名衞士巡了過來。左首一人低喝道：「報名！」任通武道：「左營任通武！」胡斐道：「右營張九！」那人「啊」的一聲，手按刀柄，喝道：「甚麼？你是誰？」

胡斐一凜，知道此人和張九熟識，事已敗露，湊到他耳邊，低聲道：「我是胡斐！」那人驚得呆了，一時手足無措。胡斐伸指一戳，點中了他穴道，左手手肘順勢一撞，又打中了另一名衞士穴道。任通武驚惶失措，道：「你……你……幹甚麼？」胡斐冷冷的道：「任大哥，我是胡斐！」一面說，一面將兩名穴道受點的衞士擲入了花叢。

任通武吸一口氣，唰的一聲，拔出了腰刀。胡斐笑道：「人人都瞧見了，是你引我進府來的。你叫嚷起來，有甚麼好處？還不如乖乖的別作聲。」任通武又驚又怕，那裏還說得出話來。

胡斐道：「你要命，便跟著我來。」任通武六神無主，只得跟在他身後，眼見他一伸手一回肘，便打倒了兩名武功比自己高得多的衞士，倘若與他動手，徒然送了性命，只盼他別鬧出甚麼事來，連累了自己。但胡斐既然進得府來，豈有不鬧事之理？

胡斐快步來到相國夫人屋外，只見七八名衞士站在門口，若向前硬闖，未必能迅速過得這一關，心念一動，繞著走到屋側，提聲喝道：「任通武，你幹甚麼？闖到太夫人屋裏來，想造反麼？」任通武更加摸不著半點頭腦，結結巴巴的道：「我……我……」

胡斐喝道：「快停步，你圖謀不軌麼？」衆衞士聽他吆喝，吃了一驚，紛紛奔來。

胡斐伸掌托在任通武背上，掌力揮送，他那龐大的身軀飛了出去，砰的一聲，撞上了窗格，登時木屑紛飛。胡斐叫道：「拿住他，拿住他！快，快！」

眾衛士一擁而上，都去捉拿任通武。胡斐大叫：「莫驚嚇了太夫人！」叫嚷著衝進房去。只見太夫人雙手各拉著一個孩子，驚問：「甚麼事？」那兩個孩子兀在啼哭，叫著：「要媽媽，要媽媽。」胡斐道：「有刺客！小人保護太夫人出去。」太夫人多見事故，一凜之下，心中起疑，喝道：「你是誰？刺客在那裏？」胡斐不敢多躭，又惱恨她心腸毒辣，搶上一步，反手便是一掌。

這太夫人貴為相國夫人，當今皇帝是她情郎，三個兒子都做尚書，兩個媳婦是金枝玉葉的公主，出世以來，那裏受過這般毆辱？胡斐雖知她心腸之毒，不下於大奸巨惡，但終究念她是年老婦人，不欲便此傷她性命，這一掌只使了一分力氣。饒是如此，她右頰已高高腫起，滿口鮮血，跌落了兩枚牙齒，驚怒之下，幾乎暈去。

胡斐俯身對兩個孩子道：「我帶你們去見媽媽。」兩個孩兒登時笑逐顏開，伸出四條小手臂，要胡斐抱了去見母親。胡斐左臂伸出，一臂抱起兩個孩子，便在此時，已有兩名衛士奔進屋來。

胡斐心想，若不借重太夫人，實難脫身，伸右手抓住太夫人衣領，喝道：「太夫人在我掌握之中，你們上來，大家一齊都死！」說著搶步便往外闖。

這時幾名衛士已將任通武擒住，眼睜睜的見胡斐一手抱了兩個孩子，一手拉著太夫人直往外奔。眾衛士投鼠忌器，那敢上前動手？連聲呼哨，緊跟在他身後四五步之處，手中刀劍距他背心不過數尺，雖見他無法分手抵禦，終究不敢遞上前去。胡斐心中也暗暗叫苦，眼見園中眾衛士四面八方的聚集，自己帶著一老二少，拖拖拉拉，那裏能出府門？敵人縱心存顧忌，但只要有人大膽上前，自己總不能當真便將太夫人打死，而且打死了又有何用？

無法可施之下，只有急步向前。這一來雙方成了僵持之局，眾衛士固不敢上前動手，胡斐卻也不能脫出險地，時刻一長，衛士越集越多，處境便越危險。一時苦無善策，只有豁出了性命不要，走一步算一步。聽得叫嚷傳令之聲四下呼應，他一手抱著孩子，一手拖著老夫人，行走不快，只往黑暗處闖去。

便在此時，忽見左首火光一閃，有人大聲叫道：「刺客行刺公主！要燒死公主啦，要燒死公主啦！」胡斐一怔，聽叫嚷之聲正是周鐵鷦。但見濃煙火燄，從左邊的一排屋中沖天而起。只聽周鐵鷦又叫：「大家快去救火，莫傷了公主，我來救太夫人！」

那和嘉公主是當今皇帝的親生愛女。若有失閃，福康安府中合府衛士都有重罪。周鐵鷦在福康安手下素有威信，眾衛士又在驚惶失措之下，聽他叫聲威嚴，自有一股懾人之勢，於是一窩蜂的向公主的住處奔去。

胡斐已知這是他調虎離山之計，好讓自己脫困，心下好生感激。只見周鐵鷦疾奔而至，揮刀虛張聲勢的摟頭砍到。胡斐向旁閃開，喝道：「好厲害！」將太夫人向他一推。周鐵鷦扶住太夫人，負在背上。胡斐一手抱了一個孩子，腳下登時快了，只聽周鐵鷦又提氣叫道：「刺客來得不少，各人緊守原地，保護大帥和兩位公主，千萬不可中了刺客的調虎離山之計。」眾衛士聽到「調虎離山」四字，均各凜然，不敢再追。

胡斐疾趨花園後門，翻牆而出，卻只叫得一聲苦，但見東面西面，都是黑壓壓的一片，站滿了衛士。他抱了兩個孩子，越過一大片空地，搶進了一條胡同。眾衛士大呼：「拿刺客，拿刺客！」自後追來。

胡斐奔完胡同，轉到一條橫街，見前面一輛騾車停在街心。胡斐急躍上車，叫道：「快趕，快趕！重重賞你銀子！」車夫位上並肩坐著兩人。右邊一個身材瘦削的漢子一提韁繩，鞭子啪的一響，騾子拉著車子便跑。

胡斐喘息稍定，只覺奇臭沖鼻，定睛看時，見車上裝滿了糞桶，原來是挨門沿戶為人家倒糞桶的一輛糞車，心想：「怪不得半夜三更的，竟有一輛騾車在這兒？」回頭望時，見眾衛士大聲吶喊，隨後趕來。

他提起一隻糞桶，向後擲了過去。這一擲力道極猛，兩名奔在最先的衛士登時給糞桶撞倒，淋漓滿身，一時竟爬不起來。其餘眾衛士見狀，一齊住足。這些人都是精選的悍勇武士，刀山槍林嚇他們不到，但大糞桶當頭擲來，卻誰也不敢嘗一嘗這股滋味。

騾子足不停步的向前直跑，過不多時，後面人聲隱隱，眾衛士又趕了上來。福康安是當朝兵部尚書，執掌天下兵馬大權，府中衛士個個均非庸手，給胡斐接連兩晚鬧了個天翻地覆，眾衛士怎敢不捨命狂追？眼見糞車跑遠，糞桶已投擲不到，各人踏過滿地糞水，鍥而不捨的繼續追趕。

胡斐心下煩惱：「倘若我便這麼回去，豈不是自行洩露了住處？馬姑娘未脫險境，怎能引鬼上門？但如不回住處，卻又躲到那裏去？」便這麼尋思之際，衆衛士又迫得近了些，只害怕糞桶，不敢十分逼近，各人均想：「咱們便是這麼遠遠跟著，難道在這北京城中，你還能插翅飛去？」

轉眼之間，騾車馳到一個十字路口，只見街心又停著一輛糞車。胡斐所乘的車子馳著靠近，趕騾子的車夫伸臂向胡斐一招，喝道：「過去！」縱身一躍，坐上了另一輛糞車。胡斐抱著兩個孩子跟著躍過。先前車上的另一個漢子接過韁繩，竟毫不停留，向西邊岔道上奔了下去。胡斐所乘的騾車卻向東行。

待得衆衛士追到，只見兩輛一模一樣的糞車，一輛向東，一輛向西，卻不知刺客是在那一輛車中。衆人略一商議，兵分兩路，分頭追趕。

胡斐聽了那身材瘦削的漢子那聲呼喝，又見了這一躍的身法，已知是程靈素前來接應，喜道：「二妹，原來是你！」程靈素「哼」的一聲，並不答話。胡斐又問：「馬姑娘怎樣？病勢沒轉吧？」程靈素道：「不知道。」胡斐知她生氣了，柔聲道：「二妹，我沒聽你話，是我的不是，請你原諒這一次。」程靈素道：「我說過不治病，便不治。難道我說的不是人話麼？」

說話之間，又到了一處岔道，但見街中心仍停著一輛糞車。這一次程靈素卻不換車，只唿哨一聲，做個手勢，兩輛糞車分向南北，同時奔行。衆衛士追到時面面相覷，大呼：「邪門！邪門！」只得又分一半人北趕，一半人南追。

北京城中街道有如棋盤，一道道縱通南北，橫貫東西，行不到數箭之地，便出現一條岔道，每處十字路口，必有一輛糞車停著。程靈素見衆衛士追得近了，便不換車，以免縱起躍落時給他們發覺，倘若相距甚遠，便和胡斐攜同兩孩換一輛車，讓騾子力新，奔馳更快。這樣每到一處岔道，衆衛士的人數便少了一半，到得後來，稀稀落落的只五六人追在後面。這五六人也已奔得氣喘吁吁，腳步慢了很多。

胡斐又道：「二妹，你這條計策眞再妙不過，倘若不是雇用深夜倒糞的糞車，尋常大車一輛輛停在街心，給巡夜官兵瞧見了，定會起疑。」程靈素冷笑道：「起疑又怎麼樣？反正你不愛惜自己，便死在官兵手中，也是活該。」胡斐笑道：「我死是活該，只是累得姑娘傷心，那便過意不去。」程靈素冷笑道：「你不聽我話，自己愛送命，才沒人爲你傷心呢。除非是你那個多情多義的袁姑娘……她又怎麼不來助你一臂之力？」

胡斐道：「她只有不斷跟我爲難，幾時幫過我？天下只一位姑娘，才知我會這般蠻幹胡來，也只有她，才能在緊急關頭救我性命。」這幾句話說得程靈素心中舒服慰貼無比，哼了一聲，道：「當年救你性命的是馬姑娘，因此你這般念念不忘，要報她大恩。」胡斐道：「在我心中，馬姑娘又怎能跟我的二妹相比？」

程靈素在黑暗中微微一笑，道：「你求我救治馬姑娘，甚麼好聽的話都會說。待得不求人家了，便又把我的說話當作耳邊風。」胡斐道：「倘若我說的是假話，教我不得好死。」程靈素道：「眞便眞，假便假，誰要你賭咒發誓了？」她這句話口氣鬆動不少，顯是胸中的氣惱已消了大半。

再過一個十字路口，跟在車後的衛士只賸下兩人。胡斐笑道：「二妹，你拉一拉轡，我變個戲法你瞧。」程靈素左手一勒，騾子倏地停步。在後追趕的兩名衛士奔得幾步，與騾車已相距不遠。胡斐提起一隻空糞桶，猛地擲出，噗的一響，正好套在一名衛士頭上。另一名衛士吃了一驚，「啊」的一聲大叫，轉身便逃。

程靈素見了這滑稽情狀，忍不住噗哧一聲，笑了出來。便在這一笑之中，滿腔怒火終於化爲烏有。

胡斐和她並肩坐在車上，接過轡繩，這時距昨晚居住之處已經不遠，後面也再無衛士追來。兩人再馳一程，便即下車，將車子交給原來的車夫，又加賞了他一兩銀子，命他回去。兩人各抱一個小孩，步行而歸，越牆回進居處，當眞神不知，鬼不覺，卻有誰知道這兩人適才正是從福大帥府中大鬧而回？

馬春花見到兩個孩子，精神大振，緊緊摟住了，眼淚便如珍珠斷線般流下。兩個孩子也心花怒放，只叫：「媽媽！」

程靈素瞧著這般情景，眼眶微濕，低聲道：「大哥，我不怪你啦。咱們原該把孩子奪回來，讓他們母子團聚。你這麼好本事，眞叫人佩服！」胡斐歉然道：「我沒聽你的吩咐，眞正對不住！」

程靈素嫣然一笑，道：「咱們第一天見面，你便沒聽我吩咐。我叫你不可離我身邊，叫你不可出手，你聽話了麼？」胡斐道：「我以後定要多聽你話。」程靈素幽幽的道：「還有以後嗎？」胡斐一本正經的道：「有，有！自然有！」程靈素一笑，笑容中頗含苦澀，心中卻也歡喜。

馬春花見到孩子後，心下一寬，痊可得便快了，再加程靈素細心施針下藥，體內毒氣漸除。只是她問起如何到了這裏，福康安何以不見？胡斐和程靈素卻不明言。兩個孩子年紀尚小，自也說不出一個所以然來。

胡斐將假鬍子染成了黃色，
臉皮也塗得淡黃，
倒似生了黃膽病一般，
打扮得又豪闊又俗氣。
程靈素扮成個弓腰曲背的中年婦人，
來到福康安府前。

第十七章

天下掌門人大會

轉眼過了數天，已是中秋。這日午後，胡斐帶同程靈素、蔡威、姬曉峯三人，逕去福康安府中，參與天下武林掌門人大會。

胡斐這一次的化裝，與日前虬髯滿腮又自不同。他修短了鬍子，又用藥染成黃色，臉皮也塗成了淡黃，倒似生了黃膽病一般，滿身錦衣燦爛，翡翠鼻煙壺、碧玉斑指、泥金大花摺扇，打扮得又豪闊又俗氣。程靈素卻扮成個中年婦人，弓背彎腰，滿臉皺紋，手裏拿枝短桿煙袋，抽一口煙，咳嗽幾聲，誰又瞧得出她是個十七八歲的大姑娘？胡斐對蔡威說是奉了師父之命，不得在掌門人大會中露了眞面目。蔡威唯唯而應，也不多問。

到得福康安府大門口，只見衛士盡撤，只有八名知客站在門邊迎賓。胡斐遞上邀請赴會的文書。那知客恭而敬之的迎了進去，請他四人在東首一席上就座。

同席的尙有四人，互相一請問，原來是猴拳大聖門的。程靈素見那掌門老者高頂尖嘴，紅腮長臂，確是帶著三分猴兒相，不由得暗暗好笑。

這時廳中賓客已到了一大半，門外尙陸續進來。廳中迎賓的知客都是福康安手下武官，有的竟是三四品大員，只消出了福府，那一個不是聲威煊赫的高官大將，但在大帥府中，卻不過是清客隨員一般，比之僮僕廝養也高不了多少。

胡斐一瞥之間，只見周鐵鷦和汪鐵鶚並肩走來。兩人喜氣洋洋，服色頂戴都已換過，顯已升了官。周汪二人走過胡斐和程靈素身前，自沒認出他們。

只聽另外兩個武官向周汪二人笑嘻嘻的道：「恭喜周大哥、汪大哥，那晚這場功勞實在不小。」汪鐵鶚高興得裂開了大嘴，笑道：「那也只是碰巧罷啦，算得甚麼本事？」

又有一個武官走了過來，說道：「一位是記名總兵，一位是實授副將，嘿嘿，了不起，了不起。福大帥手下的紅人，要算你兩位升官最快了。」周鐵鷦淡淡一笑，說道：「平大人取笑了。咱兄弟無功受祿，怎比得上平大人在疆場上掙來的功名？」那武官正色道：「周大哥勇救相國夫人，汪大哥力護公主。萬歲爺親口御封，小弟如何比得？」

但見周汪二人所到之處，衆武官都要恭賀奉承幾句。各家掌門人聽到了，有的好奇心起，問起二人如何立功護主。衆武官便加油添醬、有聲有色的說了起來。胡斐隔得遠了，只隱約聽到個大概：原來那一晚胡斐夜闖福府，硬劫雙童，周鐵鷦老謀深算，不但將一場禍事消弭於無形，反因先得訊息，裝腔作勢，從胡斐手中奪回相國夫人，又叫汪鐵鶚搶先去保護公主。相國夫人是乾隆皇帝的情人，和嘉公主是皇帝愛女，事後論功行賞，他二人這場大功勞立得輕易之極。

但在皇帝眼中，卻比戰陣中的衝鋒陷陣勝過百倍，因此偏殿召見，溫勉有加，將他二人連升數級。相國夫人、和嘉公主、福康安又賞了不少珠寶金銀。一晚之間，周汪二人大紅而特紅。人人都說數百名刺客夜襲福大帥府，若非周汪二人力戰，相國夫人和公主性命不保。衆衛士爲了掩飾自己無能，將刺客的人數越說越多，倒似衆衛士以寡敵衆，捨命抵擋，才保得福康安無恙。結果人人無過有功。福康安雖失了兩個兒子，大爲煩惱，但想起十年前自己落入紅花會手中的危難，這一晚有驚無險，刺客全數殺退，反而大賞衛士。官場慣例原是如此，瞞上不瞞下，皆大歡喜。

胡斐和程靈素對望幾眼，都不禁暗暗好笑。他二人都算饒有智計，但決想不到周鐵鷂竟會出此一著，平白無端得了一場富貴。胡斐心想：「此人計謀深遠，手段毒辣，將來飛黃騰達，在官場中前程無限。我可得小心，不能落入他手裏。」

紛擾間，數十席已漸漸坐滿。胡斐暗中一點數，共是六十二桌，每桌兩派八人，前來赴會的共是一百二十四家掌門人，尋思：「天下武功門派，竟如此繁多，而拒邀不來赴會的，恐怕也必不少。」又見有數席只坐著四人，又有數席一人也無，不自禁的想到了袁紫衣：「不知她今日來是不來？」

程靈素見他若有所思，目光中露出溫柔神色，早猜到他是想起了袁紫衣，心中微微一酸，忽見他頰邊肌肉牽動，臉色大變，雙眼中充滿了怒火，順著他目光瞧去時，只見西首第四席上坐著一個身材魁梧的老者，手中握著兩枚鐵膽，晶光閃亮，滴溜溜地轉動，正是五虎門掌門人鳳天南。

程靈素忙伸手拉了拉他衣袖。胡斐登時省悟，回過頭來，心道：「你既來此處，終須逃不出我手心。嘿，鳳天南你這惡賊，你道我大鬧大帥府後，決不敢到這掌門人大會中來，豈知我偏偏來了。」

午時已屆，各席上均已坐齊。胡斐遊目四顧，見大廳正中懸著一個錦幛，釘著八個大金字：「以武會友，羣英畢至。」錦幛下並列四席，每席都只設一張桌椅，上鋪虎皮，卻尚無人入座，想來是爲王公貴人所設。

程靈素道：「她還沒來。」胡斐明知她說的是袁紫衣，卻順口道：「誰沒來？」程靈素不答，自言自語：「既當了九家半總掌門，總不能不來。」

又過片時，只見一位一品頂戴的將軍站起身來，聲若洪鐘的說道：「請四大掌門人入席。」眾衛士一路傳呼出去：「請四大掌門人入席！」「請四大掌門人入席！」「請四大掌門人入席！」

廳中羣豪心中均各不解：「這裏與會的，除了隨伴弟子，主方迎賓知客的人員之外，個個都是掌門人，怎地還分甚麼四大四小？」

大廳中一片肅靜，只見兩名三品武官引著四個人走進廳來，一直走到錦幃下的虎皮椅旁，分請四人入座。

當先一人是個白眉老僧，手撐一根黃楊木禪杖，面目慈祥，看來沒一百歲，也有九十歲。第二人是個年近古稀的道人，臉上黑黝黝地，雙目似開似閉，形容頗爲猥葸。這一僧一道，貌相判若雲泥，老和尚高大威嚴，一望而知是個有道高僧。那道人卻似個尋常施法化緣、畫符騙人的茅山道士，不知何以竟也算是「四大掌門人」之一？

第三人是個精神矍鑠的老者，六十餘歲年紀，雙目炯炯閃光，兩邊太陽穴高高鼓起，顯是內功深厚。他一進廳來，便含笑抱拳，和這一個、那一個點頭招呼，一百多個掌門人中，看來倒有八九十人跟他相識，眞算得交遊遍天下。各人不是叫「湯大爺」，便是稱「湯大俠」，只有幾位年歲頗高的武林名宿，才叫他一聲「甘霖兄」！

胡斐心想：「這一位便是號稱『甘霖惠七省』的湯沛了。袁姑娘的媽媽便曾蒙他收容過。此人俠名四播，武林中都說他仁義過人，不想今日也受了福康安的籠絡。」

但見他不即就坐，走到每一席上，與相識之人寒暄幾句，拉手拍肩，透著極是親熱；待走到胡斐這一桌時，一把拉住猴拳大聖門的掌門人，笑道：「老猴兒，你也來啦？怎麼席上不給預備一盆蟠桃兒？」那掌門人對他甚是恭敬，笑道：「湯大俠，有七八年沒見您老人家啦。一直沒來跟您老人家請安問好，實在該打。您越老越健旺，可眞難得。」湯沛在他肩頭一拍，笑道：「你花果山水簾洞的猴子猴孫、猴婆猴女，大小都平安？」那掌門人道：「託湯大俠的福，大夥兒都安健。」

湯沛哈哈一笑，向姬曉峯道：「姬老三沒來嗎？」姬曉峯俯身請了個安，說道：「家嚴行走不便。家嚴每日裏記掛湯大俠，常說服了湯大俠賞賜的人參養榮丸後，精神好得多了。」湯沛道：「你是住在雲侍郎府上嗎？明兒我再給你送些來。」姬曉峯哈腰相謝。湯沛向胡斐、程靈素、蔡威三人點點頭，走到別桌去了。

那猴拳大聖門的掌門人道：「湯大俠的外號叫做『甘霖惠七省』，其實呢，豈只是七省而已？那一年俺保的一枝十八萬兩銀子的絲綢鏢在甘涼道上失落了，一家子急得全要跳井，若不是湯大俠挺身而出，又軟又硬，既挨面子，又動刀子，『酒泉三虎』怎肯交還這一枝鏢呢？」跟著便口沫橫飛，說起了當年之事。他受了湯沛的大恩，沒齒不忘，一有機會，便宣揚他的好處。

這湯沛一走進大廳，眞便似大將軍八面威風，人人的眼光都望著他。那「四大掌門人」的其餘三人登時黯然無光。

第四人作武官打扮，穿著四品頂戴，在這大廳之中，官爵高於他的武官有的是，但他步履沉穩，氣度威嚴，隱然是一派大宗師身分。只見他約莫五十歲年紀，方面大耳，雙眉飛揚有稜，不聲不響的走到第四席上一坐，如淵之停，如嶽之峙，凝神守中，對身周的擾攘宛似不聞不見。胡斐心道：「這也是一位非同小可的人物。」

他初來掌門人大會之時，滿腔雄心，沒將誰放在眼中，待得一見這四大掌門人，便大增戒懼：「湯大俠和那武官任誰一人，我都未必抵敵得過。那和尚和道人排名尚在他二人之上，自然也非庸手。今日我的身分萬萬洩漏不得，別說一百多個掌門人個個都是頂尖兒的高手，只消這『僧、道、俠、官』四人齊上，制服我便綽綽有餘。」他懼意一生，當下只抓瓜子慢慢嗑著，不敢再東張西望，生怕給福康安手下的衛士們察覺了。

過了好一會，湯沛才和眾人招呼完畢，回到自己座上。卻又有許多後生晚輩，一個個過去跟他磕頭請安。湯沛家資豪富，隨來的門人弟子帶著大批紅封包，凡是從未見過的晚輩向他通了名磕個頭，便給四兩銀子作見面禮。又亂了一陣，才見禮已畢。

只聽得一位二品武官叫道：「斟酒！」在各席伺候的僕役提壺給各人斟滿了酒。那武官舉起杯來，朗聲說道：「各派掌門的前輩武師，遠道來到京城，福大帥極為歡迎。現下兄弟先敬各位一杯，待會福大帥親自來向各位敬酒。」說著舉杯一飲而盡。眾人也均乾杯。

那武官又道：「今日到來的，全是武林中的英雄豪傑。自古以來，從未有過如此盛事。福大帥最高興的，是居然請到了四大掌門人一齊光臨，現下給各位引見。」他指著第一席的白眉老僧道：「這位是河南嵩山少林寺方丈大智禪師。千餘年來，少林派一直是天下武學之源。今日的天下掌門人大會，自當推大智禪師坐個首席。」羣豪一齊鼓掌。少林派分支龐大，此日與會各門派中，幾有三分之一源出少林，衆人見那武官尊崇少林寺的高僧，盡皆歡喜。

那武官指著第二席的道人說道：「除了少林派，自該推武當爲尊了。這一位是武當山太和宮觀主無青子道長。」武當派威名甚盛，爲內家拳劍之祖。羣豪見這道人委靡不振，形貌庸俗，都暗暗奇怪。有些見聞廣博的名宿更想：「自從十年前武當派掌門人馬眞逝世，武當高手火手判官張召重又死在回疆，沒聽說武當派立了誰做掌門人啊。這太和宮觀主無青子的名頭，可沒聽見過。」

第三位湯沛湯大俠的名頭人人皆知，用不著他來介紹，但那武官還是說道：「這位甘霖惠七省湯大俠，是『三才劍』的掌門人。湯大俠俠名震動天下，仁義蓋世，無人不知，不用小弟多饒舌了。」他說了這幾句話，衆人齊聲起轟，都給湯沛捧場。這情景比之引見無青子時衆人默不作聲固大大不同，便少林寺方丈大智禪師，也似有所不及。

胡斐聽得鄰桌上的一個老者說道：「武林之中，有的是門派抬高了人，有的是人抬高了門派。那位青甚麼道長，只因是武當山太和宮的觀主，便算是天下四大掌門人之一，我看未必便有甚麼眞才實學吧？至於『三才劍』一門呢，若不是出了湯大俠這樣一位百世難逢的人物，在武林中又能佔到甚麼席位呢？」一個壯漢接口道：「師叔說得是。」胡斐聽了也暗暗點頭。

衆人亂了一陣，目光都移到了那端坐第四席的武官身上。唱名引見的那武官說道：

「這一位是我們滿洲的英雄。這位海蘭弼海大人，是御林軍鑲黃旗驍騎營的佐領，遼東黑龍門的掌門人。」海蘭弼的官職比他低，當那二品武官說這番話時，他避席肅立，狀甚恭謹。

胡斐鄰桌那老者又和同桌的人竊竊私議起來：「這一位哪，卻是官職抬高門派了。遼東黑龍門，嘿嘿，在武林中名不見經傳，算那一回子的四大掌門？只不過四大掌門人倘若個個都是漢人，沒安插一個滿人，福大帥的臉上須不好看。這一位海大人最多不過有幾百斤蠻力，怎能跟中原各大門派的名家高手較量？」那壯漢又道：「師叔說得是。」這一次胡斐心中卻頗不以爲然，暗想：「你莫小覷了這位滿洲好漢，此人英華內歛，穩凝端重，比你這糟老頭兒可強得太多了。」

那四大掌門人逐一站起來向羣豪敬酒，各自說了幾句謙遜的話。大智禪師氣度雍然，確有領袖羣倫之風。湯沛妙語如珠，只說了短短一小段話，便引起三次鬨堂大笑。無青子和海蘭弼都不善辭令。無青子一口湖北鄉下土話，尖聲尖氣，倒有一大半人不懂他說些甚麼。胡斐暗自奇怪：「這位道長說話中氣不足，怎能爲武當派這等大派的掌門，多半他武藝雖低，輩份卻高，又有人望，爲門下衆弟子所推重。」

僕役送菜上來，福大帥府宴客，端的非比尋常，單是那一罈罈二十年的狀元紅陳紹，便是極難嘗到的美酒。胡斐酒到杯乾，一口氣喝了二十餘杯。程靈素見他酒興甚豪，只抿嘴微笑，自己在煙袋中抽一兩口旱煙，偶爾回頭，便望鳳天南一眼，生怕他走得沒了影蹤。

吃了七八道菜，忽聽得衆侍衛高聲傳呼：「福大帥到！」猛聽得呼呼數聲，大廳上衆武官一齊離席肅立，霎時之間，這些武官都似變成了一尊尊石像，一動也不動了。各門派的與會之人都是武林豪士，沒見過這等軍紀肅穆的神態，都不由得吃了一驚，三三兩兩的站起身來。

只聽得靴聲橐橐，幾個人走進廳來。衆武官齊聲喝道：「參見大帥！」一齊俯身，半膝跪了下去。福康安將手一擺，說道：「罷了！請起！」衆武官道：「謝大帥！」啪啪數聲，各自站起。

胡斐心道：「福康安治軍嚴整，確非平庸之輩。無怪他數次出征，每一次都打勝仗。」但見他滿臉春風，神色甚喜，又想：「這人全無心肝，害死了心上人，兩個兒子給人搶了去，竟漫不在乎。」隨即轉念：「這人當眞厲害之極，家裏出了這等大事，臉上卻半點不露。」

福康安命人斟了一杯酒，說道：「各位武師來京，本部給各位接風，乾杯！」說著舉杯而盡。羣豪一齊乾杯。

這一次胡斐只將酒杯在唇邊碰了一碰，並不飲酒。他惱恨福康安心腸毒辣，明知母親對馬春花下毒，卻不相救，不願跟他乾杯。

福康安說道：「咱們這個天下掌門人大會，萬歲爺也知道了。剛才皇上召見，賜了二十四隻杯子，命本部轉賜給二十四位掌門人。」他手一揮，從人捧上三隻錦盒，在桌上鋪了錦緞，從盒中取出杯來。

只見第一隻盒中盛的是八隻玉杯，第二隻盒中是八隻金杯，第三隻盒中取出的是八隻銀杯，分成三列放在桌上。玉氣晶瑩、金色燦爛、銀光輝煌。杯上凹凹凸凸的刻滿了花紋，遠遠瞧去，只覺甚是考究精細，大內高手匠人的手藝，果是了得。

福康安道：「這玉杯上刻的是蟠龍之形，叫做玉龍杯，最是珍貴。金杯上刻的是飛鳳之形，叫作金鳳杯。銀杯上刻的是躍鯉之形，叫作銀鯉杯。」

衆人望著二十四隻御杯，均想：「這裏與會的掌門人共有一百餘人，御杯卻只二十四隻，卻賜給誰好？難道是拈鬮抽簽不成？再說，那玉龍杯自比銀鯉貴重得多，卻又是誰得玉的，誰得銀的？」

福康安指著玉杯，說道：「四位掌門是武林首領，待會每位領玉龍杯一隻。」大智禪師等躬身道謝。福康安又道：「此外尚餘下二十隻御杯，本部想請諸位各獻絕藝，武功最強的四位分得四隻玉杯，可與少林、武當、三才劍、黑龍門四門合稱『玉龍八門』，是天下第一等大門派。其次八位掌門分得八隻金杯，那是『金鳳八門』。再其次八位分得八隻銀杯，那是『銀鯉八門』。從此各門各派分了等級次第，武林中便可少了許多紛爭。至於大智禪師、無青子道長、湯大俠、海佐領四位，則是品定武功高下的公證，各位可有異議沒有？」

許多有見識的掌門人均想：「這那裏是少了許多紛爭？各門各派一分等級次第，武林中立時便惹出無窮禍患。這二十四隻御杯勢必你爭我奪。天下武人從此爲名位而爭鬥，自相殘殺，刀光血影，再也沒寧日了。」

可是福大帥既如此說，又有誰敢異議？早有人隨聲附和，紛紛喝采。

福康安又道：「得了這二十四隻御杯的，自然須得好好的看管著。倘若給別門別派搶了去、偷了去，那玉龍八門、金鳳八門、銀鯉八門，跟今日會中所定，卻又不同了哇！」這番話說得又明白了一層，卻仍有不少武人附和鬨笑。

胡斐聽了福康安的一番說話，又想起袁紫衣日前所述他召開這天下掌門人大會的用意，心道：「初時我還道他只是延攬天下英雄豪傑，收為己用，那知他的用意更要毒辣得多。他存心挑起武林中各門派的紛爭，要天下武學之士，只為了一點兒虛名，便自相殘殺，再也沒餘力來反抗滿清。」正想到這裏，只見程靈素伸出食指，沾了一點茶水，在桌上寫了個「二」，又寫了個「桃」字，寫後隨即用手指抹去。

胡斐點了點頭，這「二桃殺三士」的故事，他曾聽人說過的，心道：「據說古時晏嬰使『二桃殺三士』的奇計，只用兩枚桃子，便使三個桀傲不馴的勇士自殺而死。其實晏子乃是大賢，豈有這等毒辣心腸？今日福康安便擺明要學一學矮相國晏嬰，只不過為顯得他氣魄更大得多，要以二十四隻杯子，害盡天下武人。」他環顧四周，只見少壯的武人大都興高采烈，急欲一顯身手，但也有少數中年和老年的掌門人露出不以為然的神色，料來也想到了爭杯之事，後患非小。

大廳上各人紛紛議論，一時聲音極為嘈雜，只聽鄰桌有人說道：「王老爺子，你神拳門武功出類拔萃，天下少有人比，定可奪得一隻玉龍杯了。」那人謙道：「玉龍杯是不敢想的，倘若能捧得一隻金鳳杯回家，也可以向孩子們交差啦！」又有人低聲冷笑道：「就怕連銀鯉杯也摸不著一點邊兒，那可就丟人啦。」那姓王的老者怒目而視，說風涼話的人卻泰然自若，不予理會。一時之間，數百人交頭接耳，談論的都是那二十四隻御杯。

忽聽得福康安身旁隨從擊了三下掌，說道：「各位請靜一靜，福大帥尚有話說。」大廳上嘈雜之聲，漸漸止歇，只因羣豪素來不受約束，不似軍伍之中令出即從，隔了好一陣，才寂靜無聲。

福康安道：「各位再喝幾杯，待會酒醉飯飽，各獻絕藝。至於比試武藝的方法，大家聽安提督說一說。」站在他身旁的安提督腰粗膀寬，貌相威武，說道：「請各位寬量多用酒飯，筵席過後，兄弟再向各位解說。請，請，兄弟敬各位一杯。」說著在大杯中斟了一滿杯，一飲而盡。

與會的羣雄本來大都豪於酒量，但這時想到飯後便有一場劇鬥，人人都不敢多喝，除了一些決意不出手奪杯的高手耆宿之外，都是舉杯沾唇，作個意思，便放下了酒杯。

酒筵豐盛無比，可是人人心有掛懷，誰也沒心緒來細嘗滿桌山珍海味，只是想到待會便要動手，飯卻非吃飽不可，因此一干武師，十之八九都是酒不醉而飯飽。

待得筵席撤去，安提督擊掌三下。府中僕役在大廳正中並排放了八張太師椅，東廳和西廳也各擺八張。大廳的八張太師椅上鋪了金絲繡的乳白色緞墊，東廳椅上鋪了金色緞墊，西廳椅上鋪了銀色緞墊。三名衛士捧了玉龍杯、金鳳杯、銀鯉杯，分別放在大廳、東廳和西廳的三張茶几上。

安提督見安排已畢，朗聲道：「咱們今日以武會友，講究點到為止，最好是別傷人流血。不過動手過招的當中，刀槍沒眼，也保不定有甚麼失手。福大帥吩咐了，那一位受輕傷的，送五十兩湯藥費，重傷的送三百兩，不幸喪命的，福大帥恩典，撫卹家屬紋銀一千兩。在會上失手傷人的，不負罪責。」

眾人一聽，心下都是一涼：「這不是明著讓咱們拚命麼？」

安提督頓了一頓，又道：「現下比武開始，請四大掌門人入座。」

四名衛士走到大智禪師、無青子、湯沛、海蘭弼跟前，引著四人在大廳的太師椅上居中坐下。八張椅上坐了四人，左右兩邊各空出兩個座位。

安提督微微一笑，說道：「現下請天下各家各派的掌門高手，在福大帥面前各顯絕藝。那一位自忖有能耐領得銀鯉杯的，請到西廳就坐；能領得金鳳杯的，請到東廳就坐。若是自信確能藝壓當場，可和四大掌門人並列的，請到大廳正中就坐。二十位掌門人入坐之後，餘下的掌門人那一位不服，可向就座的挑戰，敗者告退，勝者就位，直到沒人出來挑戰為止。各位看這法兒合適麼？」

眾人心想：「這不是擺下了二十座擂台嗎？」雖覺大混戰之下死傷必多，但力強者勝，倒也公平。許多武師便大聲說好，沒人異議。

這時福康安坐在左上首一張大椅中。兩邊分站著十六名高手衛士，周鐵鷦和王劍英都在其內，嚴密衛護，生怕眾武師龍蛇混雜，其中隱藏了刺客。

程靈素伸手肘在胡斐臂上輕輕一敲，嘴角向上一努，胡斐順著她眼光向上看去，只見屋頂上一排排的站滿了衛士，都手握兵刃。看來今日福康安府中戒備之嚴，只怕還勝過了皇宮內院，府第周圍，自也是布滿了精兵銳士。胡斐心想：「今日能找到鳳天南那惡賊的蹤跡，心願已了，無論如何不可洩漏了形跡，否則多半性命難保。待會若能為華拳門奪到一隻銀鯉杯，也算對得起這位姬兄了。不過我越遲出手越好，免得多引人注目。」

那知他這麼打算，旁人竟也都是這個主意。只不過胡斐怕的是為人識破喬裝，其餘武師卻均盼望旁人鬥個筋疲力盡，自己最後出手，便坐收漁人之利，是以安提督連說幾遍：「請各位就座！」那二十張空椅始終空蕩蕩地，竟沒一個武師出來坐入。

俗語說得好：「文無第一，武無第二。」凡是文人，從沒一個自以為文章詩詞天下第一，但學武之士，除了修養特深的高手之外，決不肯甘居人後。何況此日與會之人都是一派之長，平素均自尊自大慣了的，就說自己名心淡泊，不喜和人爭競，但所執掌的這門派的威望卻決不能墮了。只要這晚在會中失手，本門中成千成百的弟子今後在江湖上都要抬不起頭來，自己回到本門之中，又怎有面目見人？只怕這掌門人也當不下去了。當真是人同此心，心同此意：「我若不出手，將來尚可推託交代。倘若出手，非奪得玉龍杯不可。要一隻金鳳杯、銀鯉杯，又有何用？」因此眾武師的眼光，個個都注視著大廳上那四張鋪了乳白緞墊的空太師椅，至於東廳和西廳的金鳳杯和銀鯉杯，誰都不在意下。

僵持了片刻，安提督乾笑道：「各位竟都這麼謙虛？還是想讓別個兒累垮了，再來撿個現成便宜？那可不合武學大師的身分啊。」這幾句話似是說笑，其實卻道破了各人心事，以言相激。

果然他這句話剛說完，人叢中同時走出兩個人來，分別在大廳上一左一右兩張椅中坐落。一個大漢身如鐵塔，一言不發，卻把一張紫檀木的太師椅坐得格格直響。另一個中等身材，頦上長著一部黃鬍子，笑道：「老兄，咱哥兒倆那是拋磚引玉。衝著眼前這許多老師父、大高手，咱哥兒難道還眞能把兩隻玉龍杯捧回家去嗎？你可別把椅子坐爛了，須得留給旁人來坐呢。」那黑大漢「嘿」的一聲，臉色難看，顯然對他的玩笑頗不以爲然。

一個穿著四品頂戴的武官走上前來，指著那大漢朗聲道：「這位是『二郎拳』掌門人黃希節黃老師。」指著黃鬚子道：「這位是『燕青拳』掌門人歐陽公政歐陽老師。」

胡斐聽得鄰桌那老者低聲道：「好哇，連『千里獨行俠』歐陽公政，居然也想來取玉龍杯。」胡斐心中微微一震。那歐陽公政自己安上個外號叫作「千里獨行俠」，其實「獨行」倒也不錯，跟這「俠」字可沾不上邊了，空有俠盜之名，並無其實，名頭雖響，聲譽卻極不佳，胡斐也曾聽到過他的名字。

這兩人一坐下，跟著一個道人上去坐落，那是「崑崙刀」掌門人西靈道人。他臉含微笑，身上不帶兵刃，似乎成竹在胸，極有把握，衆人都有些奇怪：「這道士是『崑崙刀』的掌門人，怎地不帶單刀？」

廳上各人眼睜睜的望著那餘下的一張空椅，不知還有誰挺身而出。

安提督說道：「還有一隻玉杯，沒誰要了麼？」

人叢中一人叫道：「好吧！留下給我酒鬼裝酒喝！」一個身材高瘦的漢子踉踉蹌蹌而出，一手拿酒壺，一手拿酒杯，走到廳心，暈頭轉向的繞了兩個圈子，突然倒轉身子，向後摔入了那張空椅，身法輕靈，顯得是高明武功。大廳中不乏識貨之人，有人叫了起來：「好一招『張果老倒騎驢，摔在高橋上』！」這人是「醉八仙」掌門人千杯居士文醉翁，他衣衫襤褸，滿臉酒氣，模樣令人莫測高深。

安提督道：「四位老師膽識過人，可敬可佩。還有那一位老師，自信武功勝得過這四位中任何一位的，便請出來挑戰。如沒人挑戰，那麼二郎拳、燕青拳、崑崙刀、醉八仙四門，便得歸於『玉龍八門』之列了。」

東首一人搶步而上，說道：「小人周隆，願意會一會『千里獨行俠』歐陽老師。」這人滿臉肌肉虬起，身材矮壯，便如一頭牯牛相似。

胡斐對一干武林人物都不相識，全仗旁聽鄰座的老者對人解說。好在那老者頗以見多識廣自喜，他不等那四品武官通名，便搶先說道：「這位周老師是『金剛拳』的掌門人，又是山西大同府興隆鏢局的總鏢頭。聽說歐陽公政劫過他的鏢，他二人很有過節。我看這位周老師下場，其意倒不一定是在玉龍杯。」

胡斐心想：「武林中恩恩怨怨，牽纏糾葛，就像我自己，這一趟全是爲鳳天南那惡賊而來。各門各派之間，只怕累世成仇數百年的也有不少。難道都能在今日會中了斷麼？」想到這裏，不自禁的望了鳳天南一眼，只見他右手不住手的轉動兩枚鐵膽，卻不發出半點聲息，神色寧定。

周隆這麼一挑戰，歐陽公政笑嘻嘻的走下座位，笑道：「周總鏢頭，近來發財？生意興隆？」周隆年前所保的十萬兩銀子一枝鏢給他劫了，始終追不回來，賠得傾家蕩產，數十年的積蓄一旦而盡，如何不恨得牙癢癢的？更不打話，一招「雙劈雙撞」直擊出去。歐陽公政還了一招燕青拳的「脫靴轉身」，兩人便即激鬥。

周隆勝在力大招沉，下盤穩固，歐陽公政卻以拳招靈動、身法輕捷見長。周隆一身橫練功夫，對敵人來招竟不大閃避，肩頭胸口接連中了三拳，竟哼也沒哼一聲，突然呼的一拳打出，是「金剛拳」中的「迎風打」。歐陽公政一笑閃開，飛腳踹出，踢在他腿上。周隆「搶背大三拍」就地翻滾，摔了一交，卻又站起。

兩人拆到四五十招，周隆身上已中了十餘下拳腳，冷不防鼻上又中了一拳，登時鼻血長流，衣襟上全是鮮血。歐陽公政笑道：「周老師，我只不過搶了你鏢銀，又沒搶你老婆，說不上殺父之仇、奪妻之恨。這就算了吧！」周隆一言不發，撲上發招。歐陽公政仗著輕功了得，側身避開，嘴裏輕薄言語不斷，意圖激怒對方。

酣戰中周隆小腹上又給踢中了一腳，他左手按腹，滿臉痛苦之色，突然之間，右手「金鉤掛玉」，搶進一步，一招「沒遮攔」，結結實實的錘中在敵人胸口。但聽得喀喇一響，歐陽公政斷了幾根肋骨，搖搖晃晃，一口鮮血噴出。

他知周隆恨己入骨，一招得勝，跟著勢必再下毒手，這時自己已無力抵禦，強忍疼痛，閃身退下，苦笑道：「是你勝了……」周隆待要追擊，湯沛說道：「周老師，勝負已分，不能再動手了。你請坐吧。」周隆聽得是湯沛出言，不敢違逆，抱拳道：「小人武藝平常，不敢爭這玉龍杯！」轉身回入原座。

衆武師大都瞧不起歐陽公政的爲人，見周隆苦戰獲勝，紛紛過來慰問道賀。歐陽公政滿臉慚色，卻不敢離座出府，他自知冤家太多，這時身受重傷，只要一出福大帥府，立時便有人跟出來下手，周隆第一個便要出來，只得取出傷藥和酒吞服，強忍疼痛，坐著不動，對旁人的冷嘲熱諷，只作不聞。

胡斐心道：「這周隆看似戇直，其實甚爲聰明，憑他功夫，那玉龍杯是決計奪不到的，一戰得勝，全名而退。『金剛拳』雖不能列名爲『玉龍八門』，在江湖上卻誰也不能小看了。」

只聽湯沛道：「周老師既然志不在杯，有那一位老師上來坐這椅子？」

這一隻空椅是不戰而得，倒省了一番力氣，早有人瞧出便宜，兩條漢子分從左右搶了過去。眼看兩人和太師椅相距的遠近都是一般，誰的腳下快一步，誰便可以搶到。那知兩人來勢都急，奔到椅前，雙肩一撞，各自退了兩步。便在此時，呼的一聲，一人從人叢中竄了出來，雙臂一振，如大鳥般飛起，輕輕巧巧的落入椅中。他後發而先至，竟搶在那兩條漢子之前，這一份輕功耍得漂亮。人叢中轟雷價響起采聲。

那互相碰撞的兩個漢子見有人搶先坐入椅中，向他一看，齊聲叫道：「啊，是你！」

不約而同的向他攻去。那人坐在椅中，卻不起身，左足砰的一下踢出，將左邊那漢子踢了個觔斗，右手一長，扭住右邊漢子的後領，一轉一甩，將他摔了一交。他身不離椅，隨手打倒兩人。衆人都是一驚：「這人武功恁地了得！」

安提督不識此人，走上兩步，問道：「閣下尊姓大名？是何門何派的掌門人？」

那人尚未回答，地下摔倒的兩個漢子已爬起身來，一個哇哇大叫，一個破口亂罵，掄拳又向他打去。從二人大叫大嚷的言語中聽來，似乎這人一路上侮弄戲耍，二人已很吃了他的苦頭。那人借力引力，左掌在左邊漢子的背心上一推，右足彎轉，啪的一聲，在右邊漢子的屁股上踢了一腳。兩人身不由主的向前疾衝。幸好兩人變勢也快，不等相互撞頭，四隻手已伸出互扭，只去勢急了，站不住腳，同時摔倒。

左邊那漢子叫道：「齊老二，咱們自己的帳日後再算，今日併肩子上，先料理了這廝再說。」右邊的漢子道：「不錯！」躍起身來，從腰間抽出一柄匕首。

胡斐聽得鄰座那老者自言自語：「『鴨形門』翻江鼂一死，傳下的兩個弟子挺不成器。」嘆息一聲，不再往下解釋。

胡斐見兩個漢子身法古怪，好奇心起，走過去拱一拱手，說道：「請問前輩，這兩位是『鴨形門』的麼？」那老者笑了笑，道：「閣下面生得緊啊。請教尊姓大名？」胡斐還未回答，蔡威已站起身來，說道：「我給兩位引見。這是敝門新任掌門人程靈胡程老師，這位是『先天拳』掌門人郭玉堂郭老師。你們兩位多親近親近。」

郭玉堂識得蔡威，知道華拳門人才輩出，是北方拳家的一大門派，不由得對胡斐肅然起敬，忙起立讓座，說道：「程老師，我這席上只有四人，要不要到這邊坐？」胡斐道：「甚好！」向大聖門的猴形老兒告了罪，和程靈素、姬曉峯、蔡威三人將杯筷挪到郭玉堂席上，坐了下來。

「先天拳」一派來歷甚古，創於唐代，歷代拳師傳技時各自留招，千餘年來又沒出甚麼出類拔萃的英傑，到得清代，已趨式微。郭玉堂自知武功不足以與別派的高手爭勝，也沒起爭奪御杯之意，心安理得的坐在一旁，飲酒觀鬥，這時聽胡斐問起，說道：「『鴨形拳』的模樣很不中瞧，但馬步低，下盤穩，水面上的功夫尤其了得。當年翻江鼇在世之日，河套一帶是由他稱霸了。翻江鼇一死，傳下了兩個弟子，這拿匕首的叫齊伯濤，那拿破甲錐的叫陳高波。兩人爭做掌門人已爭了十年，誰也不服誰。這次福大帥請各家各派的掌門人赴會，嘿，好傢伙，師兄弟倆老了臉皮，可一起來啦！」

只見齊伯濤和陳高波各持一柄短兵刃，左右分進，坐在椅中那人卻仍不站起，罵道：「沒出息的東西，我在蘭州叫你們別上北京，卻偏偏要來。」這人頭尖臉小，拿著一根小小旱煙管，呼嚕呼嚕的吸著，留著兩撇黃黃的鼠鬚，約莫五十來歲年紀。

安提督接連問他姓名門派，他始終不理。胡斐見他手腳甚長，隨隨便便的東劈一掌，西踢一腿，便將齊陳二人的招數化解了去，武功似乎並不甚高，招數卻甚怪異，問郭玉堂道：「郭老師，這位前輩是誰啊？」郭玉堂皺眉道：「這個……這個……」他可也不認識，不由得臉上有些訕訕的，旁人以武功落敗自慚，他卻以識不出旁人的來歷為羞。

只聽那吸旱煙的老者罵道：「下流胚子，若不是瞧在我那過世的兄弟翻江鳧臉上，我才不來理你們的事呢。翻江鳧一世英雄，收的徒弟卻貪圖功名利祿，來趕這趟混水。你們到底回不回去？」陳高波挺錐直戳，喝道：「我師父幾時有你這個臭朋友了？我在師父門下七八年，從來沒見過你這糟老頭子！」那老者罵道：「翻江鳧是我小時玩泥沙、捉蟲蟻的朋友，你這娃娃知道甚麼？」突然左手伸出，啪的一下，打了他個耳括子。這時齊伯濤已攻到他的右側，那老者抬腿一踹，正好踹中他面門，喝道：「你師父死了，我來代他教訓。」

大廳上羣雄見三人鬥得滑稽，無不失笑。但齊伯濤和陳高波當眞是大渾人兩個，誰都早瞧出來他們決不是老者的對手，二人還是苦苦糾纏。那老者說道：「福大帥叫你們來，難道當眞安著好心麼？他是要挑得你們自相殘殺，爲了幾隻喝酒嫌小、裝尿不夠的杯子，大家拚個你死我活！」這句話明著是教訓齊陳二人，但聲音響朗，大廳上人人都聽到了。胡斐暗暗點頭，心想：「這位前輩倒頗有見識，也虧得他有這副膽子，說出這幾句話來。」

果然安提督聽了他這話，怒聲喝道：「你到底是誰？在這裏胡說八道的搗亂？」總算他還礙著羣雄的面子，尊重他是邀來的賓客，否則早就一巴掌打過去了。

那老者裂嘴一笑，說道：「我自管教我的兩個後輩，又礙著你甚麼了？」旱煙管伸出，叮叮兩響，將齊陳手中的匕首和破甲錐打落，旱煙管往腰帶中一插，右手扭住齊伯濤的左耳，左手扭住陳高波的右耳，揚長而出。說也奇怪，兩人竟服服貼貼的一聲不作，只是歪嘴閉眼，忍著疼痛，神情極是可笑。原來那老者兩隻手大拇指和食指扭住耳朵，另外三指卻分扣兩人腦後的「強間」「風府」兩穴，令他們手足俱軟，反抗不得。

胡斐心道：「這位前輩見事明白，武功高強，他日江湖上相逢，倒可和他交個朋友。齊陳二人若能得他調教，將來也不會如此沒出息了。」

安提督罵道：「混帳王八羔子，到大帥府來胡鬧，當眞活得不耐煩了……」忽然波的一聲，人叢中飛出一個肉丸，正好送入他嘴裏。安提督一驚，骨碌一下吞入了肚中，登時目瞪口呆，說不出話來，雖然牙齒間沾到一些肉味，卻不清楚到底吞了甚麼怪東西下肚，又不知這物事之中是否有毒，自更不知這肉丸是何人所擲。這一下誰也沒瞧明白，只見他張大了口，滿臉驚惶之色，一句話沒罵完，卻沒再罵下去。

湯沛向著安提督的背心，沒見到他口吞肉丸，說道：「江湖上山林隱逸之士，所在多有，原也不足爲奇。這位前輩很清高，不願跟咱們俗人爲伍，那也罷了。這裏有一張椅子空著，卻有那一位老師上來坐一坐？」

這時天色漸暗，府中侍僕紛紛端出點著的燈燭，照耀得大廳上一片光亮。

人叢中一人叫道：「我來！」衆人只聞其聲，不見其人，過了好一會，才見人叢中擠出一個矮子來。這人不過三尺六七寸高，滿臉虬髯，模樣兇橫。有些年輕武師見他矮得古怪，不禁笑出聲來。那矮子回過頭來，怒目而視，眼光炯炯，自有一股威嚴，那些人便不敢笑了。

那矮子走到二郎拳掌門人黃希節身前，向著他從頭至腳的打量。黃希節身形魁梧，坐在椅上，猶似一座鐵塔，比那矮子站著還高出半個頭。那矮子對他自上看到下，又自下看到上，卻不說話。黃希節道：「看甚麼？要跟我較量一下麼！」那矮子哼了一聲，繞到椅子背後，又去打量他後腦。黃希節恐他在身後突施暗算，跟著轉過頭去，那矮子卻又繞到他正面，仍側了頭，瞪眼而視。那四品武官說道：「這位老師是陝西地堂拳掌門人，宗雄宗老師！」

黃希節給他瞧得發毛，霍地站起，說道：「宗老師，在下領教領教你的地堂拳絕招。」那知宗雄雙足一登，坐進了他身旁空著的椅中。黃希節哈哈一笑，說道：「你不願跟我過招，那也好！」坐回原座。宗雄卻又縱身離座，走到他跟前，將一顆冬瓜般的腦袋轉到左邊，又轉到右邊，只是瞧他。

黃希節怒喝道：「你瞧甚麼？」宗雄道：「適才飲酒之時，你幹麼瞧了我一眼，又笑了起來？你笑我身裁矮小，是不是？」黃希節笑道：「你身裁矮小，跟我有甚麼相干？」宗雄大怒，喝道：「你還討我便宜！」黃希節奇道：「咦，我怎地討你便宜了？」宗雄道：「你說我身裁矮小，跟你有甚麼相干？嘿嘿，我生得矮小，只跟我老子相干，你不是來混充我老子嗎？」此言一出，大廳中登時鬨堂大笑。

福康安正喝了一口茶，忍不住噴了出來。程靈素伏在桌上，笑得揉著肚子。胡斐卻怕大笑之下，黏著的鬍子落了下來，只得強自忍住。

黃希節笑道：「不對！我兒子比宗老師的模樣兒俊得多了。」宗雄一言不發，呼的一拳便往他小腹上擊去。黃希節早有提防，他身材雖大，行動卻頗敏捷，躍起跳在一旁。只聽喀喇一響，宗雄已將一張紫檀木的椅子打得碎裂。這一拳打出，大廳上笑聲立止，眾人見他雖模樣醜陋，言語可笑，但神力驚人，倒不可小覷了。

宗雄一拳不中，身子後仰，反腳踢出。黃希節左腳縮起，「英雄獨立」，跟著還了一招「打八式跺子腳」。宗雄就地滾倒，使了地堂拳出來，手足齊施，專攻對方下三路。黃希節連使「掃堂腿」、「退步跨虎勢」、「跳箭步」數招，攻守兼備。但他「二郎拳」的長處是在拳掌而非腿法，若與常人搏擊，給他使出「二郎擔山掌」、「蓋馬三拳」等絕招來，憑著他拳快力沉，原不易抵擋，而他所練腿法，也是窩心腿、撩陰腿等用以踢人上盤中盤，這時遇到宗雄在地下滾來滾去，生平所練的功夫盡數變了無用武之地，不但拳頭打人不著，踢腿也無用處，只得跳躍閃避。過不多時，膝彎裏已給宗雄接連踢中數腿，又痛又酸之際，宗雄雙腿盤絞，黃希節站立不住，摔倒在地。

宗雄縱身撲上，那知黃希節身子跌倒，反有施展之機，右拳擊出，正中對方肩頭，將宗雄擊出丈餘。宗雄一個打滾，又攻了回來。黃希節跪在地下，瞧準來勢，左掌右拳，同時擊出，宗雄斜身滾開。兩人著地而鬥，只聽得砰砰之聲不絕，身上各自不斷中招。但兩人都皮粗肉厚，很挨得起打擊，你打我一拳，我還你一腳，一時竟分不出勝負，這般搏擊，宗雄已佔不到多大便宜，驀地裏黃希節賣個破綻，讓宗雄滾過身來，拚著胸口重重挨上一拳，雙手齊出，抓住他脖子，一翻身，將他壓在身下，雙手使力收緊。宗雄伸拳猛擊黃希節脅下，但黃希節好容易抓住敵人要害，如何肯放？宗雄透不過氣來，滿臉脹成紫醬，擊出去的拳頭也漸漸無力了。

羣雄見二人蠻打爛拚，宛如市井之徒打架一般，那還有絲毫掌門人的身分，都搖頭竊笑。

眼見宗雄漸漸不支，人叢中忽然跳出一個漢子，擂拳往黃希節背上擊去。安提督喝道：「退下，不得兩個打一個。」但那人拳頭已打到了黃希節背心。黃希節吃痛，手一鬆，宗雄翻身跳起。人叢中又有一人跳出，長臂掄拳，沒頭沒腦的向那漢子打去。這兩人一個是宗雄的大弟子，一個是黃希節的兒子，各自出來助拳，大廳上登時變成兩對兒相毆。

旁觀衆人吶喊助威，拍手叫好。一場武林中掌門人的比武較藝，竟變成了耍把戲一般，莊嚴之意，蕩然無存。

宗雄吃了一次虧，不再僥倖求勝，嚴守門戶，和黃希節鬥了個旗鼓相當。黃希節的兒子臨敵經驗不足，接連給對方踢了幾個觔斗。他狂怒之下，從靴筒中拔出一柄短刀，向對手剁去。宗雄的弟子沒攜兵刃，搶過湯沛身旁空著的太師椅，舞動招架。

這場比武越來越不成模樣。安提督喝道：「這成甚麼樣子？四個人通統給我退下。」但宗雄等四人打得興起，全沒聽到他說話。

海蘭弼站起身來，喝道：「提督大人的話，你們沒聽到麼？」黃希節的兒子挺刀向對手剁去，卻剁了個空。海蘭弼一伸手，抓住他胸口，順手向外擲出，跟著回手抓住宗雄弟子，也擲入了天井。衆人一呆，但見海蘭弼一手一個，又已抓住宗雄和黃希節，同時擲出。四人跌成一團，頭暈腦脹之下，亂扭亂打，直到幾名衛士奔過去拆開，方才罷手。但四人均已目腫鼻青，兀自互相叫罵不休。

海蘭弼這一顯身手，旁觀羣雄無不惕然心驚，均想：「這人身列四大掌門，果然有極高的武功，這麼隨手一抓一擲，就將宗黃二人如稻草般拋了出去。」宗雄和黃希節雖鬥得狼狽，但兩人確有眞實本領，在江湖上也都頗有聲望，實非等閒之輩。

海蘭弼擲出四人後，回歸座位。湯沛讚道：「海大人好身手，令人好生佩服。」海蘭弼笑道：「可叫湯大俠見笑了，這幾個傢伙可實在鬧得太不成話。」

這時侍僕搬開破椅，換了一張太師椅上來，鋪上緞墊。「崑崙刀」掌門人西靈道人本來一直臉含微笑，待見海蘭弼露了這手功夫，自覺難以和他並列，不由得有些局促不安。那一旁「醉八仙」掌門人千杯居士文醉翁卻仍自斟自飲，醉眼模糊，對眼前之事恍若不聞不見。

安提督說道：「福大帥請各位來此，是爲較量武功，以定技藝高下，可千萬別像適才這幾位這般亂打一氣，不免貽笑大方。」只聽宗雄在廊下喝道：「甚麼貽笑大方？貽哭小方？你懂武功不懂？咱們來較量較量。」安提督只作沒聽見，不去睬他，說道：「這裏還有兩個座位，那一位眞英雄、眞好漢上來乘坐？」

宗雄大怒，叫道：「你這麼說，是罵我不是眞英雄了？難道我是狗熊？」他不理會適才曾遭海蘭弼擲跌，從廊下縱了出來，向安提督奔去，突然腳步踉蹌，跌了個觔斗。原來一名衛士伸足一絆，摔了他一交。宗雄大怒，轉過身來找尋暗算之人時，那衛士早已躲開。宗雄喃喃咒罵，不知是誰暗中絆他。

這時衆人都望著中間的兩張太師椅，沒誰再去理會宗雄。原來一張空椅上坐著一個穿月白僧袍的和尚，唱名武官報稱是蒙古哈赤大師，另一張空椅上卻擠著坐了兩人。

這兩人相貌全然一模一樣，倒掛眉，鬥雞眼，一對眼珠擁擠在鼻樑之旁，約莫四十來歲年紀，服飾打扮沒半絲分別，顯然是一對孿生兄弟。這兩人容貌也沒甚麼特異，但這雙鬥雞眼卻襯得形相甚是詭奇。唱名武官說道：「這兩位是貴州『雙子門』的掌門人倪不大、倪不小倪氏雙雄。」

衆人一聽他倆的名字，登時都樂了，再瞧二人容貌身形，眞的再也沒半分差異，也不知倪不大是哥哥呢，還是倪不小是哥哥。如果一個叫倪大，一個倪小，那自是分了長幼，但「不大」似乎是小，「不小」似乎是大，卻又未必盡然。只見兩人雙手都攏在衣袖之中，好像怕冷一般。衆人指指點點的議論，有的更打起賭來，有的說倪不大居長，有的說倪不小爲大，到底那一個是倪不大，那一個是倪不小，卻又誰也弄不清楚。兩兄弟神色木然，四目向前直視，二人都非瘦削，但並排坐在一張椅中，絲毫不見擠迫，想來自幼便這麼坐慣了的。福康安凝目瞧著二人，臉含微笑，也大感興味。

衆人正議論間，忽地眼前一亮，人叢中走出一個女子來。這女子身穿淡黃羅衫，下身繫著蔥綠裙子，二十一二歲年紀，膚色白嫩，頗有風韻。唱名武官報道：「鳳陽府『五湖門』掌門人桑飛虹姑娘。」衆武師突然見到一個美貌姑娘出場，都精神一振。

郭玉堂對胡斐道：「五湖門的弟子都是做江湖賣解的營生，世代相傳，掌門人一定是女子。便有武藝甚高、本領頗大的男弟子，也不能當掌門人。只這位桑姑娘年紀這麼輕，恐怕不見得有甚麼眞實功夫吧？」

桑飛虹走到倪氏昆仲面前，雙手叉腰，笑道：「請問兩位倪爺，那一位是老大？」兩人搖了搖頭，並不回答，桑飛虹笑道：「便是雙生兄弟，也有個早生遲生，老大老二。」倪氏昆仲仍搖了搖頭。桑飛虹道：「咦，這可奇啦！」指著左首那人道：「你是老大？」那人搖了搖頭。她又指著右首那人道：「那麼你是老大了？」那人也搖了搖頭。桑飛虹皺眉道：「咱們武林中人，講究說話不打誑語。」右首那人道：「誰打誑了？我不是他哥哥，他也不是我哥哥。」桑飛虹道：「你二位可總是雙生兄弟吧？」兩人同時搖了搖頭。

這幾下搖頭，大廳上登時羣情聳動，他二人面貌如此相似，決不能不是雙生兄弟。

桑飛虹哼了一聲道：「這還不是打誑？你們若不是雙生兄弟，殺了我頭也不信。那麼誰是倪不大？」左首那人道：「我是倪不大。」桑飛虹道：「好，是你先出世呢，還是他先出世？」倪不大皺眉道：「你這位姑娘纏夾不清，你又不是跟咱兄弟攀親，問這個幹麼！」桑飛虹走慣江湖，對他這句意含輕薄之言也不在意，拍手笑道：「好啦，你自己招認是兄弟啦！」倪不大道：「咱們是兄弟，可不是雙生兄弟。」桑飛虹伸食指點住腮邊，搖頭：「我不信。」倪不大道：「你不信就算了。誰要你相信？」

桑飛虹甚是固執，說道：「你們是雙生兄弟，有甚麼不好？爲甚麼不肯認？」倪不小道：「你一定要知道其中緣由，跟你說了，那也不妨。但咱兄弟有個規矩，知道了我們出身的秘密之後，須得挨咱兄弟三掌，倘若自知挨不起，便得向咱兄弟磕三個響頭。」

桑飛虹實在好奇心起，暗想：「他們要打我三掌，未必便打得到了，我先聽聽這秘密再說。」點頭道：「好，你們說罷！」

倪氏兄弟忽地站起，兩人這一站，竟沒分毫先後遲速之差，眞如是一個人一般。桑飛虹得意洋洋的道：「這還不是雙生兄弟？當眞騙鬼也不相信！」只見他二人雙手伸出袖筒，眼前金光閃了幾閃，兩人的二十根手指上都套著又尖又長的金套。倪氏兄弟身形晃動，伸出手指，便向桑飛虹抓去。

桑飛虹吃了一驚，急忙縱身躍開，喝道：「幹甚麼？」

倪不大站在東南角，倪不小站在西北角，兩人手臂伸開，每根手指上加了尖利的金套，都有七八寸長，登時將桑飛虹圍在中間。

安提督忙道：「今日會中規矩，只能單打獨鬥，不得倚多爲勝。」

倪不小那雙鬥雞眼的兩顆眼珠本來聚在鼻樑之旁，忽然橫向左右一分，朝安提督白了一眼，冷冷的道：「安大人，你可知咱哥兒倆是那一門那一派啊？」安提督道：「你兩位是貴州『雙子門』吧？」倪不大的眼珠也倏地分開，說道：「咱『雙子門』自來相傳，所收的弟子不是雙生兄弟，便是雙生姊妹，跟人動手，從來就沒單打獨鬥的。」

安提督尙未答話，桑飛虹搶著道：「照啊，你們剛才說不是雙生兄弟，這會兒自己又承認了。」倪不小道：「我們不是雙生兄弟！」

眾人聽了他二人反反覆覆的說話，都覺得這對寶貝兒兄弟有些兒痴呆。桑飛虹格格一笑，說道：「不跟你們歪纏啦，反正我又不配要這玉龍杯！」說著便要退開。倪不小雙手一攔，說道：「你已問過我們的身世了，是受我們三掌呢，還是向咱兄弟磕三個頭？」桑飛虹秀眉微蹙，說道：「你們始終說不明白，又說是兄弟，又說不是雙生兄弟。天下英雄都在此，倒請大家評評這個理看。」

倪不大道：「好，你既一定要聽，便跟你說了。」倪不小道：「我們兩個一母同胞。」倪不大道：「一母同胞共有三人。」倪不小道：「我兩人是三胞胎中的兩個。」倪不大道：「所以說雖是兄弟，卻不是雙生兄弟。」倪不小道：「大哥哥生下娘胎就一命嗚呼。」倪不大道：「我們二人同時生下，不分先後。」倪不小道：「雙頭並肩，身子相連。」倪不大道：「一位名醫巧施神術，將我兄弟二人用刀剖開。」倪不小道：「因此上我二人分不出誰是哥哥，誰是弟弟。」倪不大道：「我既不大，他也不小。」

他二人你一句，我一句，一口氣的說將下來，中間沒分毫停頓，語氣連貫，音調相同，若有人在隔壁聽到，決計不信這是出於二人之口。大廳上眾人只聽得又詫異，又好笑，均想這事雖然奇妙，卻也非事理所無，不由得盡皆驚歎。

桑飛虹笑道：「原來如此，這種天下奇聞，我今日還是第一次聽到。」倪不小道：「你磕不磕頭？」桑飛虹道：「頭是不磕的。你們要打，便動手吧，我可沒答允你們不還手。」

倪不大、倪不小兩兄弟互不招呼，突然金光晃動，二十根套著尖利金套的手指疾抓而至。桑飛虹身法靈便，從二十根長長的手爪之間閃避開去。倪氏兄弟自出娘胎，從未分開過一個時辰，所學武功也純是分進合擊之術，兩個人和一個人絕無分別，便如是一個四手四足二十根手指的單人一般。兩人出手配合得絲絲入扣，倪不大左手甫伸，倪不小的右手已自側方包抄了過來。桑飛虹身法雖滑溜之極，但十餘招內，竟還不得一招，眼見情勢危急，沒法長久撐持，只要稍有疏神，終須傷在他兩兄弟爪下。

廳上旁觀羣雄之中，許多人忍不住呼喝：「兩個打一個，算是英雄呢還是狗熊？」「兩個大男人合鬥一個年輕姑娘，可真是要臉得緊！」「人家姑娘是空手，這兩位爺們手指上可帶著兵刃呀！」「小兄弟，你上去相助一臂之力，說不定人家大姑娘對你由感生情呢，哈哈！」

正嘈鬧間，倪不大和倪不小突然同時「咦」的一聲呼叫，並肩躍在左首，凝目望向福康安，臉上充滿驚喜的神色。衆人一齊順著他二人目光瞧去，但見福康安笑吟吟的坐在椅中，一手拉著一個孩兒，低聲跟兩人說話。這兩個孩兒生得玉雪可愛，相貌全然相同，顯然也是一對雙生兄弟，但與倪不大、倪不小兄弟相比，一俊一醜，襯托得加倍分明。衆人看了，又都樂了。

胡斐和程靈素卻同時心頭大震，這兩個孩兒正是馬春花的兒子，不知如何又給福康安奪了回來？胡程二人跟著便想：「孩兒既給他奪回，那麼我們的行藏也早便給他識破了。」程靈素向胡斐使個眼色，示意須當及早溜走。胡斐點了點頭，心想：「對方若已識破，自然暗中早有布置，此時已走不脫了。只能隨機應變，再作道理。」

倪不大、倪不小兄弟仔細打量那兩個孩兒，如痴如狂，直似神不守舍。桑飛虹笑道：「這兩個孩兒很好，你們可要收他們做弟子麼？」這兩句話，正說中了倪氏兄弟的心事。

武林之中，徒固擇師，師亦擇徒。要遇上一位武學深湛的明師固是不易，但要收一個聰明穎悟、勤勉好學的徒弟，也非有極好的機緣不可。「雙子門」的技藝武功必須兩人同練同使，雖然可收兩個年齡身材、性情資質都差不多的徒兒共學，但總是以雙生兄弟最爲佳妙。因雙生兄弟往往神智身體一模一樣，同時心意隱隱相通，臨敵之時，自然而然能發出令人出乎意料之外的威力。因此「雙子門」的武師要收一對得意弟子，可比常人要難上百倍。這時倪氏兄弟見到福康安這對雙生兒子，看來資質根骨，無一不是上上之選，當眞心癢難搔，說不出的又歡喜，又難過。

福康安笑嘻嘻的低聲道：「看這兩位師父，他們也是雙生的同胞兄弟。他兩位的相貌，不是完全相同麼？你們猜，這二人之中，那一位是哥哥？」原來福康安奪回這對孩子後，心下甚喜，忽然見到倪氏兄弟的模樣，忍不住便叫了孩子倆出來瞧瞧。

兩個孩兒凝視著倪氏兄弟，他二人本身是雙生兄弟，另具一種旁人所無的特異感覺，本來極易分辨倪氏兄弟誰大誰小，但這二人同時出世，連體而分，兩個孩兒卻也無法辨別。羣雄瞧瞧大的一對，又瞧瞧小的一對，都笑嘻嘻的低聲談論。

突然之間，倪氏兄弟大喝一聲，猛地裏分從左右向福康安迎面抓來。福康安大吃一驚，尚未想到閃避，站在身旁的兩名衛士早撲了上去迎敵。那知倪氏兄弟的身法極為怪異，奔到中途，本在左首的倪不大轉而向右，右首的倪不小轉而向左，交叉易位，霎眼間便將兩名衛士拋在身後。他二人襲擊福康安只是虛招，一人伸出左腳，一人伸出右腳，雙足齊飛，砰的一響，踢在福康安座椅的椅腳上，座椅向後仰跌，福康安便摔了出去。衆衛士驚叱之下，有的搶上攔截，有的奔過來擋在福康安身前，更有的伸手過去相扶。倪氏兄弟卻一手一個，已將兩個孩子挾在脅下，返身躍出。

大廳上登時大亂，只聽得砰砰砰砰，啊喲啊喲數聲，四名搶過來攔截的衛士已給倪氏兄弟踢翻。眼見他二人挾著一對孩兒正要奔到廳口，忽然間人影晃動，兩個人快步搶到，伸手襲向二人後心。

這二人所出招數迥不相同。海蘭弼一手抓向倪不小的後頸，又快又準，湯沛卻是向倪不大的後腰拍出一掌綿掌。這兩招剛柔有別，卻均是十分厲害的招數，正是攻敵之不得不救。倪氏兄弟聽得背後風聲勁急，急忙回掌招架，啪啪兩聲，倪不小身子一晃，倪不大腳下一個踉蹌，嘴裏噴出一口鮮血，兩人同時放下了手中孩兒。

便這麼緩得一緩，王劍英和周鐵鷦雙雙搶到，抱起孩兒。王周二人的武功遠在倪氏兄弟之上，這對孩兒一入二人之手，倪氏兄弟再也沒法搶去了。

福康安驚魂略定，怒喝：「大膽狂徒，抓下了。」海蘭弼和湯沛同時搶上兩步，一出擒拿手，一使鎖骨法，分別將倪氏兄弟扣住。倪氏兄弟適才跟他們一交拳掌，均已受了內傷，此時已無法抗拒。

海湯二人拿住倪氏兄弟，正要轉身，忽見簷頭人影一晃，飄下兩個人來。大廳中蠟燭點得明晃晃地，無異白晝，但衆人一見這兩人，無不背上感到一陣寒意，宛似黑夜獨行，在深山夜墓之中撞到了活鬼一般。

這二人身材極瘦極高，雙眉斜斜垂下，臉頰又瘦又長，正似傳說中勾魂拘魄的無常鬼一般，說也奇怪，二人相貌也是一模一樣，竟然又出現了一對雙生兄弟。

他二人出手快極，一個揮掌擊向海蘭弼，另一個擊向湯沛。海湯二人各自出掌相迎。但聽得波波兩聲輕響過去，海蘭弼全身骨節格格亂響，湯沛卻晃了幾晃。

羣雄正自萬分錯愕，一直穩坐太師椅中的「醉八仙」掌門人文醉翁猛地躍起，尖聲驚叫：「黑無常，白無常！」

那雙瘦子手掌和海湯二人相接，目光如電，射到文醉翁臉上，狠狠的瞪了他一眼，文醉翁登時全身顫抖，牙齒互擊，格格作響。那雙瘦子猛地裏掌力急吐，海湯二人各退一步，這對瘦子已搶起倪氏兄弟。右首那人說道：「這二人跟咱兄弟無親無故，瞧在大家都是雙生兄弟份上，救了他們性命。」左首那人抱拳團團一拱手，朗聲道：「紅花會常赫志、常伯志兄弟，向衆位英雄問好！」

海蘭弼和湯沛跟二人對了一掌，均感胸口氣血翻湧，暗自駭異，微一調息，正欲上前再戰，忽聽到「常赫志、常伯志」的姓名，都不禁「咦」的一聲，停了腳步。

常氏兄弟頭一點，抓起倪氏兄弟，上了屋簷，但聽得「啊喲！」「哼！」「哎！」之聲，一路響將過去，漸去漸遠，終於隱沒無聲，那自是守在屋頂的衆衛士一路上給他兄弟驅退，或摔下屋來。

海蘭弼和湯沛都覺掌上有麻辣之感，提起看時，忍不住又都「啊」的一聲，低低驚呼。原來兩人手掌均已紫黑，這才想起西川雙俠「黑無常、白無常」常氏兄弟的黑沙掌天下馳名，知聞已久，今日一會，果然非同小可。

福康安召開這次天下掌門人大會，用意之一，本是在對付紅花會羣雄，豈知衆目睽睽之下，常氏兄弟倏來倏去，如入無人之境。他極是惱怒，沉著臉一言不發，目光向居中的幾隻太師椅瞥去，只見少林寺大智禪師垂眉低目，不改平時神態；武當派無青子臉帶惶惑，似有懼色。那文醉翁直挺挺的站著，一動也不動，雙目向前瞪視，常氏兄弟早已去遠，他兀自嚇得魂不附體，卻已不再發抖。

這一幕胡斐瞧得清清楚楚，他聽到「紅花會」三字，已心中怦怦而跳，待見常氏兄弟說來便來，說去便去，將滿廳武師視如無物，更是心神俱醉，心中只有一句話：「這才是英雄豪傑！」

桑飛虹一直在旁瞧著熱鬧，見到這當口文醉翁還嚇成這般模樣，她少年好事，伸手在他臂上輕輕一推，笑道：「坐下吧，一對無常鬼早去啦！」那知她這麼一推，文醉翁應手而倒，再不起來。桑飛虹大驚，俯身看時，但見他滿臉青紫之色，已膽裂而死，忙叫道：「死啦，死啦，這人嚇死啦！」

大廳上羣雄一陣騷動，這文醉翁先前坐在太師椅中自斟自飲，將誰都不瞧在眼裏，大有「老子天下第一」之概，想不到常氏兄弟一到，只瞪了他一眼，便活生生的將他嚇死。

郭玉堂嘆道：「死有餘辜，死有餘辜！」胡斐問道：「郭前輩，這姓文的生平品行不佳麼？」郭玉堂搖頭道：「豈但是品行不佳而已，奸淫擄掠，無惡不作。我本不該說死人的壞話，但事實俱在，那也難以諱言。我早料到他決不得善終，只是竟會給黑白無常一下子嚇死，可眞意想不到。」另一人插口道：「想是常氏兄弟曾尋他多時，今日冤家狹路，卻在這裏撞見。」郭玉堂道：「這姓文的以前一定曾給常氏兄弟逮住過，說不定還發下過甚麼重誓。」那人搖頭道：「自作孽，不可活。」郭玉堂道：「這叫作是非只為多開口，煩惱皆因強出頭。他只消稍有自知之明，不去想得甚麼玉龍御杯，躲在人羣之中，西川雙俠也不會見到他啊。」

說話之際，人叢中走出一個老者來，腰間插著一根黑黝黝的大煙袋，走到文醉翁屍身之旁，哭道：「文二弟，想不到你今日命喪鼠輩之手。」

胡斐聽得他罵「西川雙俠」為鼠輩，心下大怒，低聲道：「郭前輩，這老兒是誰？」郭玉堂道：「這是涼州府『玄指門』掌門人，叫作上官鐵生，自己封了個外號，叫甚麼『煙霞散人』。他和文醉翁一鼻孔出氣，自稱『煙酒二仙』！」胡斐見他一件大褂光滑晶亮，滿是煙油，腰間的煙筒甚是奇特，裝煙的窩兒幾乎有拳頭大小，想是他煙癮奇重，哼了一聲道：「這種煙鬼，還稱得上是個『仙』字？」

上官鐵生抱著文醉翁的屍身乾號了幾聲，站起身來，瞪著桑飛虹怒道：「你幹麼毛手毛腳，將我文二弟推死了？」桑飛虹大出意外，道：「他明明是嚇死的，怎地是我推死的？」上官鐵生道：「嘿嘿，好端端一個人，怎會嚇死？定是你暗下陰毒手段，害了我文二弟性命。」

他見文醉翁一嚇而死，江湖上傳揚開來，聲名不好，「醉八仙」這一門，只怕從此再無抬頭之日。但武林人物爲人害死，便事屬尋常，不致於聲名有礙，因此硬栽是桑飛虹暗下毒手。桑飛虹年歲尚輕，不懂對方嫁禍於己的用意，驚怒之下，辯道：「我跟他素不相識，何必害他？這裏千百對眼睛都瞧見了，他明明是嚇死的。」

坐在太師椅中的蒙古哈赤大師一直楞頭楞腦的默不作聲，這時突然插口：「這位姑娘沒下毒手，我瞧得清清楚楚。那兩個惡鬼一來，這位文爺便嚇死了。我聽得他叫道：『黑無常，白無常！』」他聲音宏大，說到「黑無常、白無常」這六字時，學著文醉翁的語調，更十分古怪。衆人一楞之下，鬨堂大笑。

哈赤卻不知衆人因何而笑，大聲道：「難道我說錯了麼？這兩個無常鬼生得這般醜惡，怪模怪樣的，嚇死人也不希奇。你可別錯怪了這位姑娘。」

桑飛虹道：「是麼？這位大師也這麼說。他是自己嚇死的，關我甚麼事了？」

上官鐵生從腰間拔出旱煙筒，裝上一大袋煙絲，打火點著了，吸了兩口，斗然間一股白煙迎面向她噴去，喝道：「賤婢，你明明是殺人兇手，卻還要賴？」

桑飛虹見白煙噴到，急忙閃避，但爲時不及，鼻中已吸了一些白煙進去，頭腦中微微發暈，聽他出口傷人，再也忍耐不住，回罵道：「老鬼纏夾不清，你硬要說是我殺的，胡亂賴人，不講道理！」左掌虛拍，右足便往他腰裏踢去。

哈赤和尚大聲道：「老頭兒，你別冤枉好人，我親眼目睹，這文爺明明是給那兩個惡鬼嚇死的……」

胡斐見這和尚傻裏傻氣，性子倒也正直，只是他開口「惡鬼」，閉口「惡鬼」，聽來極不順耳，不由得心中有氣，要待想個法兒，給他一點小小苦頭吃吃，忽見西首廳中走出一個青年書生來，筆直向哈赤和尚走去。這人二十五六歲年紀，身材瘦小，打扮得頗爲俊雅，右手搖著一柄摺扇，走到哈赤跟前，說道：「大和尚，你有一句話說錯了，得改一改口。」哈赤瞪目道：「甚麼話說錯了？」

那書生道：「那兩位不是『惡鬼』，是赫赫有名的『西川雙俠』常氏昆仲，相貌雖然特異，但武功高強，行俠仗義，江湖之上，人人欽仰。」胡斐聽得大悅，心道：「這位書生相公能說得出這樣幾句來，人品大是不凡，倒要跟他結交結交。」

哈赤道：「那文爺不是叫他們『黑無常、白無常』嗎？黑無常、白無常又怎麼不是惡鬼？」那書生道：「他二位姓常，名字之中，又是一位有個『赫』字，一位有個『伯』字，因此前輩的朋友們，開玩笑叫他二位爲黑無常、白無常。這外號兒若非有身分的前輩名宿，卻也不是隨便稱呼得的。」

他二人一個瞪著眼睛大呼小叫，一個斯斯文文的給他解說，那一邊上官鐵生和桑飛虹卻已動上了手。莫看桑飛虹適才給倪氏兄弟逼得只有招架閃避，全無還手之力，只因「雙子門」武功兩人合使，太過怪異，這時她一對一的和上官鐵生過招，便絲毫不落下風。上官鐵生看似空手，其實手中那支旱煙管乃鑌鐵打就，竟當作了點穴橛使。他「玄指門」原擅打人身三十六大穴，但桑飛虹身法過於滑溜，始終打不到她穴道，有幾次過於托大，險些還讓她飛足踢中。

但聽得他嗤溜溜的不停吸煙，吞煙吐霧，那根煙管竟給他吸得漸漸的由黑轉紅，原來那大煙斗之中藏著精炭，他一吸一吹，將鑌鐵煙斗漸漸燒紅。這麼一來，一根尋常煙管變成了一件極厲害的利器，離得稍近，桑飛虹便感手燙面熱，衣帶裙角更給煙斗炙焦了。她心中一慌，手腳稍慢，驀地裏上官鐵生一口白煙直噴到她臉上，桑飛虹只感頭腦一陣暈眩，登時天旋地轉，站立不定，晃身摔倒。

那書生站在一旁跟哈赤和尚說話，沒理會身旁的打鬥，忽然聞到一股異香，其中竟混有黑道中所使的迷香在內，不禁大怒。一瞥眼間，見上官鐵生的煙管已點向桑飛虹膝彎穴道，嗤的一聲響，煙燄飛揚，焦氣觸鼻，她裙子已燒穿了一個洞。桑飛虹受傷，大叫一聲，上官鐵生第二下又打向她腰間。

那書生怒喝：「住手！」上官鐵生一怔之間，那書生一彎腰，已除下哈赤和尚的一對鞋子，返身向上官鐵生燒紅了的煙斗上挾去。那書生這幾下出手迅捷異常，哈赤和尚一怔，大叫：「你……你脫了我鞋子幹麼？」喊叫聲中，那書生已用兩隻鞋子的鞋底挾住了那燒得通紅的鑌鐵煙斗，快步繞到上官鐵生身後，將燒紅了的煙斗往他後心燙去。

嗤嗤幾聲響，上官鐵生背後衣袖燒焦，他右臂吃痛，只得撤手。那書生連鞋帶煙管往外摔出，搶步去看桑飛虹時，只見她雙目緊閉，昏迷不醒。

啪啪兩響，哈赤的一對鞋子跌在酒席之上，湯水四濺，那煙管卻對準了郭玉堂飛去，力勁勢急。郭玉堂叫聲：「啊喲！」急欲閃避，但煙管來得太快，又出其不意，一時不及躲讓，眼見那通紅炙熱的鐵煙斗便要撞上他面門。胡斐伸手抓起一雙筷子，半空中將煙管挾住了。

這幾下兔起鶻落，變化莫測，大廳上羣豪一呆，這才齊聲喝采。那書生向胡斐點頭一笑，謝他相助，免致無意傷人，轉過頭來，皺眉望著桑飛虹，不知如何解救，一頓之下，向上官鐵生喝道：「這裏大夥兒比武較藝，你怎地使起迷藥來啦？快取解藥出來！」

上官鐵生給他奪去煙管，知這書生出手敏捷，自己又沒了兵刃，不敢再硬，只陰陰的道：「誰用迷藥啦？這丫頭定力太差，轉了幾個圈子便暈倒了，又怪得誰來？」旁觀眾人不明眞相，倒也難以編派誰的不是。

卻見西廳席上走出一個腰彎弓背的中年婦人，手中拿著一隻酒杯，含了一口酒，便往桑飛虹臉上噴去。那書生道：「啊，這……這是解藥麼？」那婦人不答，又噴了一口酒，噴到第三口時，桑飛虹睜開眼來，一時不明所以。

上官鐵生道：「哈，這丫頭可不是自己醒了？怎地胡說八道，說我使迷藥？堂堂福大帥府中，說話可得檢點些。」那書生反手一記耳光，喝道：「先打你這下三濫的奸徒。」上官鐵生疾忙低頭，這掌居然沒打中。那書生打得巧妙，這「煙霞散人」卻也躲得靈動。

桑飛虹伸手揉了揉眼睛，已然醒悟，躍起身子，左掌探出，拍向上官鐵生胸口，罵道：「你使迷藥噴人！」上官鐵生斜身閃開，向那中年婦人瞪了一眼，又驚又怒：「此人怎能解我的獨門迷藥？我跟你無冤無仇，何以來多管閒事？」

桑飛虹向那書生點了點頭，道：「多謝相公援手。」那書生指著那婦人道：「是這位女俠救醒你的。」那婦人冷冷的道：「我不會救人。」轉身接過胡斐手中筷子，挾著那根鐵煙管，交在上官鐵生手裏，仍嘶啞著嗓子道：「這次可得拿穩了。」

這一來，那書生、桑飛虹、上官鐵生全都胡塗了，不知這婦人是甚麼路道，她救醒了桑飛虹，卻又將煙管還給上官鐵生，難道她是個濫好人，不分是非的專做好事麼？只見她頭髮花白，臉色蠟黃，體質衰弱，不似身有武功模樣，待要仔細打量，那婦人已轉過身子，回歸席上。這婦人正是程靈素所喬裝改扮。若不是毒手藥王的高徒，也決不能在頃刻之間，便解了上官鐵生所使的獨門迷藥。

哈赤一直不停口的大叫：「還我鞋子來，還我鞋子來！」但各人心有旁騖，誰也沒有理他。哈赤大惱，伸手往那書生背心扭去，喝道：「還我鞋子不還？」那書生身子一側，讓了開去，笑道：「大和尙，鞋子燒焦啦？」哈赤足下無鞋，甚是狼狽，奔到酒席上去撿起，但一對鞋子洒水淋漓，裏裏外外都是油膩，怎能再穿？可是不穿又不成，只得勉強套在腳上，轉頭去找那書生的晦氣時，卻已尋不到他蹤影。

但見上官鐵生和桑飛虹又已鬥在一起。哈赤轉了幾個圈子，不見書生，只得回去坐入太師椅中，喃喃道：「直娘賊，今日也眞晦氣，撞見一對無常鬼，又遇上個秀才鬼。」他千賊萬賊的罵了一陣，見上官鐵生和桑飛虹越鬥越快，一時也分不出高下，無聊起來，便住了口，卻覺腳上油膩膩的十分難受，忍不住又罵了出來。

突然間只聽得衆人哈哈大笑，哈赤瞪目而視，不見有何可笑之處，卻見衆人的目光一齊望著自己，哈赤摸了摸臉，低頭瞧瞧身上衣服，除一雙鞋子之外，並沒甚麼特異，怒道：「笑甚麼？有甚麼好笑？」衆人卻笑得更加厲害了。哈赤心道：「好吧，龜兒子，你們笑你們的，老子可不來理會。」一本正經的坐在椅中，豈知大廳中笑聲越來越響。桑飛虹雖在惡鬥，偶一回頭，也忍不住抿嘴嫣然。

哈赤目瞪口呆，心慌意亂，實不知衆人笑些甚麼，東張西望，情狀更加滑稽。桑飛虹終於耐不得了，笑道：「大和尙，你背後是甚麼啊？」哈赤急躍離椅，回過頭來，只見那書生穩穩的坐在他椅背之上，指手劃腳，做著啞劇，逗引衆人發笑。原來他在椅背上已坐了甚久，默不作聲的做出各種怪模怪樣。

哈赤怒喝：「秀才鬼，你幹麼作弄我？」那書生聳聳肩做個手勢，意謂：「我沒作弄你啊。」哈赤喝問：「那你幹麼坐在這裏？」那書生指指茶几上的八隻玉龍杯，做個取而藏之懷內的手勢，意思說：「我想取這玉龍杯。」哈赤又道：「你要爭奪御杯？」那書生點了點頭。哈赤道：「這裏還有空著的座位，幹麼不坐？」那書生指指廳上的羣豪，左手連搖，右手握拳虛擊己頭，跟著縮肩抱頭，作極度害怕狀。衆人轟笑聲中，哈赤道：「你怕人打，不敢坐，又爲甚麼坐在我椅背上？」那書生虛踢一腳，雙手虛擊拍掌，身子滑下，坐入椅中，意思說：「我將你一腳踢開，佔了你的椅子。」他一滑下，登時笑聲鬨堂。

福康安、安提督等見這場比武鬧得怪態百出，與原意大相逕庭，都感不快，但見這書生刁鑽古怪，哈赤和尚偏又忠厚老實，兩人竟似事先串通了來演一齣雙簧戲一般，也禁不住微笑。這時那對雙生孩兒已由王劍英、王劍傑兄弟護送到了後院，倘若尚在大廳，孩子們喜歡熱鬧，更要哈哈大笑了。

程靈素低聲對胡斐道：「這人的輕功巧妙之極。」胡斐道：「是啊，他身法奇靈，另成一派，倒似乎……」程靈素道：「似乎存心搗蛋來著。」胡斐緩緩點頭。

這時會中有識之士也都已看出，這書生明著是跟哈赤玩鬧，實則是在攪擾福康安這天下掌門人大會，要令他一個莊嚴肅穆的英豪聚會，變成百戲雜陳的胡鬧之場。

只見那書生從懷中取出一柄摺扇指著哈赤，說道：「哈赤和尚，你不可對我無禮。此扇之中，藏著你的老祖宗。」哈赤側過了頭，瞧瞧摺扇，不見其中有何異狀，搖頭道：「不信你瞎說！」那書生突然打開摺扇，向著他一揚，一本正經的道：「你不信？那就清清楚楚瞧一瞧。」眾人一看他的摺扇，無不笑得打跌，原來白紙扇面上畫著一隻極大的烏龜。這隻烏龜肚皮朝天，伸出長長的頭頸，努力要翻轉身來，但看樣子偏又翻不轉，神情十分滑稽。

胡斐忍笑望程靈素一眼，兩人更加確定無疑，這書生乃有備而來，存心搗亂。不由得對他都暗自佩服，在這龍潭虎穴之中，天下英豪之前，這般攪局，實具過人膽識。

哈赤大怒，吼聲如雷，喝道：「你罵我是烏龜？臭秀才當眞活得不耐煩了！」那書生不動聲色，說道：「做烏龜有甚麼不好？龜鶴延齡，我說你長命百歲啊。」哈赤道：

呸，烏龜是罵人的話。老婆偷漢子，便是做烏龜了。」那書生道：「哈哈！原來大和尚還娶得有老婆！不知娶了幾個？」

湯沛見福康安的臉色越來越不善，正要出來干預，突見哈赤怒吼一聲，伸手便往那書生背心抓去。這一次那書生竟然沒能避開，給他提起身子，重重的往地下一摔。原來哈赤是蒙古的摔跤高手，蒙古摔跤之技，共分大抓、中抓、小抓三門，各有厲害絕技。哈赤是中抓門的掌門人，最擅長腰腿之勁，抓人胸背，百發百中。

那書生為他一抓一摔，眼看要吃個小虧，不料明明見到他是背脊向下，落地時卻雙腳先著。他腿上如同裝上機括，一著地立刻彈起，笑嘻嘻的站著，說道：「你摔我不倒。」哈赤道：「再來！」那書生道：「好，再來！」走近身去，突然伸出雙手，扭住他胸口。衆人都大為奇怪，哈赤魁梧奇偉，那書生卻瘦瘦小小，何況哈赤擅於摔跤，人人親見，那書生和他相鬥，若不施展輕功，便當以巧妙拳招取勝，怎地竟是以己之短，攻敵之長？

哈赤當即伸手抓書生肩頭，出腳橫掃。那書生向前一跌，摟住了哈赤粗大的脖子，雙足足尖同時往哈赤膝蓋裏踢去。哈赤雙腿一軟，向前跪倒。但他雖敗不亂，反手抓住那書生背心，將他扭過來壓在身下。那書生大叫：「不得了，不得了！」從他腋窩底下探頭出來，伸伸舌頭，裝個鬼臉。

此時大智禪師、胡斐、湯沛、海蘭弼等高手心下都已雪亮，這書生精於點穴打穴，哈赤絕非對手，而且這書生於摔跤之術也甚嫻熟，雖膂力不及哈赤，可是手腳滑溜，扭鬥時每每能脫困而出。他所以不打倒哈赤，顯是對他不存敵意，只是藉著他玩鬧笑樂，要令福康安和四大掌門人臉上無光。

另一邊桑飛虹展開小巧功夫，和上官鐵生遊鬥不休。她鳳陽府五湖門最擅長的武功乃是「鐵蓮功」，鞋尖上包以尖鐵，只要踢中要害，立可取人性命。上官鐵生浪蕩江湖數十年，如何不省得厲害？每見她鞋尖踢來，便即引身閃避。他是江湖上的成名人物，和這年輕姑娘鬥了近百招，竟絲毫不佔上風，眼見她鴛鴦腿、拐子腿、圈彈腿、鉤掃腿、穿心腿、撞心腿、單飛腿、雙飛腿，層出不窮，越來越快，心下焦躁，看來若要取勝，須得重施故技，老氣橫秋的哈哈一笑，說道：「橫踢豎踢，有甚麼用？」裝作漫不在乎，湊口到煙管上去深深吸了一下。

桑飛虹見他吸煙，已自提防，忙搶到上風，防他噴煙。

上官鐵生吸了這口煙後，又拆得數招，漸漸雙目圓瞪，向前直視，眼中露出瘋狗般的兇光，突然「胡胡」大叫，向桑飛虹撲了過去。桑飛虹見了這般神情，心裏怕了，不敢正面與鬥，閃身避開。上官鐵生足不停步的直衝，「胡」的一聲大叫，卻向福康安撲了過去。站在福康安身邊最近的衛士是鷹爪雁行門的曾鐵鷗，忽見上官鐵生犯上，急忙搶上勾住他手腕，向外猛甩。上官鐵生一個踉蹌，跌了出去，眼睛發直，向東首席上衝了過去，亂抓亂打，竟似瘋了。

胡斐斜眼瞧著程靈素，見她似笑非笑，方始明白她適才交還煙管的用意，原來她於頃刻之間，在煙斗之中裝上了另一種厲害迷藥，即以其人之道，還治其人之身，令這一生以迷藥害人的上官鐵生，在自己的煙管中吸進迷藥。這迷藥入腦，登時神智迷亂，如顛如狂，他口中本來所含的解藥全不管用。

東首席上的好手見他衝到，自即出手將他趕開。上官鐵生在地下打了個滾，忽然抱住一張桌子的桌腿，張口亂啃亂咬。眾人見了這等情景，都暗暗驚怖，誰也笑不出來，不知他何以會突然如此。

眾人一時默不作聲，大廳之上，只聽得哈赤在「小畜生、賊秀才」的罵不絕口。那書生道：「我勸你別罵了吧。」哈赤怒道：「我罵你便怎樣？賊秀才！」那書生道：「諒你也不敢罵福大帥，你有種的，便罵一聲賊大帥。」

哈赤氣惱頭上，不加考慮，隨口便大聲罵道：「賊大帥！」話一出口，才知不妙，但已經收不回轉，急得只道：「我……我不是罵他，是……是……罵你！」那書生笑道：「我又不是大帥，你罵我賊大帥幹麼？」哈赤上了這個當，生怕福康安見責，只急得額頭青筋暴現，滿臉通紅，和身撲落。那書生乘他心神恍惚，側身讓過，揪著他右臂借力外送，哈赤一個肥大的身軀飛了出去。

上官鐵生正抱住桌腿狂咬，哈赤摔將下來，騰的一響，恰好壓在他背上。上官鐵生「胡胡」大叫，抱牢他雙臂，一口往他的光頭大腦袋上咬落。哈赤吃痛，振臂欲將他摔開。那知一個人神智胡塗之後，竟會生出平素所無的巨力出來，哈赤的膂力本比他強得多，這時卻脫不出他摟抱，只給他咬得滿頭鮮血淋漓，痛得哇哇急叫。

那書生哈哈大笑，叫道：「妙極，妙極！」他一面鼓掌，一面慢慢退向放著八隻玉龍杯的茶几，突然間衣袖一拂，抓起兩隻玉龍杯，對桑飛虹道：「御杯已得，咱們走吧！」桑飛虹一怔，她和這書生素不相識，但見他對自己一直甚是親切，不自禁的點了點頭，隨著他飛奔出外。福康安身旁的六七名衛士大呼：「捉奸細！捉奸細！」「拿住了！」「拿住偷御杯的賊！」一齊蜂擁著追了出來。

羣豪見這少年書生在衆目睽睽之下，竟爾大膽搶杯欲逃，無不驚駭，早有人跟著衆衛士喝了起來：「放下玉杯！」「甚麼人，這般胡鬧？」「是那一門那一派的混帳東西？」

適才常赫志、常伯志兄弟從屋頂上衝入，救去了貴州雙子門倪氏兄弟，福康安府中衛士在大門外又增添人員，這時聽見大廳中一片吆喝之聲，門外的衛士立時將門堵住。安提督一聲令下，數十名衛士將那少年書生和桑飛虹前後圍住。

那書生笑道：「誰敢上來，我就將玉杯一摔，瞧它碎是不碎。」衆衛士倒也不敢貿然上前，生怕他當眞豁出了性命胡來，將御賜的玉杯摔破了。各人手執兵刃，將二人包圍了個密不通風。桑飛虹受邀來參與這掌門人大會，只是來趕個熱鬧，並無別意，突然間闖出這個大禍來，只嚇得臉色慘白，一顆心幾乎要跳出了腔子。

胡斐與程靈素對望一眼，程靈素緩緩的搖了搖頭。兩人雖對那少年書生甚有好感，但這時身陷重圍之中，如出手相救，只不過白饒上兩條性命，於事無補。眼見這局勢沒法長久僵持，海蘭弼正大踏步走將過去，他一出手，那書生和桑飛虹定然抵擋不住。

那書生高舉玉杯，笑吟吟的道：「桑姑娘，這一次咱們可得改個主意啦，你倘若將玉杯往地下摔去，說不定還沒碰到地上，已有快手快腳的傢伙搶著接了去。咱們不如這樣吧，你聽我叫一二三，叫到『三』字，喀喇一響，就在手中捏碎了。」桑飛虹不由自主的點了點頭，心中卻在暗罵自己，爲甚麼跟他素不相識，卻事事聽他指使。

海蘭弼走上前去，原是打算在他摔出玉杯時快手接過，聽他這幾句話一說，登時停住了腳步。

湯沛哈哈一笑，走到書生跟前，說道：「小兄弟，你貴姓大名啊？今日在天下英雄之前大大的露了一下臉，當眞是聳動武林。你不留下個名兒，那怎麼成？」那書生笑道：「在下一不爲名，二不爲利，只覺這玉杯兒好玩，想拿回家去玩玩，玩得厭了，便即奉還。」

湯沛笑道：「小兄弟，你的武功很特異，老哥哥用心瞧了半天，也瞧不出一個門道來。尊師是那一位啊？說起來或許大家都有交情。年輕人開個小玩笑，也沒甚麼大不了，衝著老哥哥這點小面子，福大帥也不能怪罪，還是入席再喝酒吧。」說著側頭向衆衛士道：「大夥兒退開些！這位兄弟是好朋友，他開個玩笑，卻來這麼興師動衆的，不讓人家笑話咱們太過小氣麼？」衆衛士聽他這麼說，都退開了兩步。

那書生笑道：「姓湯的，我可不上你這笑面老虎的圈套。你再走近一步，我便把玉杯捏碎了。你要是眞有擔當，便讓我把玉杯借回家去，把玩三天。三日之後，一準奉還。」衆人心想：「你拿了玉杯一出大門，卻到那裏再去找你？甚麼三日之後一定奉還，誰來信你？」各人一齊望著湯沛，瞧他如何回答。

只見他又是哈哈一笑，說道：「那又有甚麼打緊？小兄弟，你手裏這隻玉杯嘛，主兒的名份還沒定。老哥哥卻蒙福大帥的恩典先賞了一隻。這樣吧，我自己的那隻借給你，你愛玩到幾時便幾時，甚麼時候玩得厭了，帶個信來，我再來取回就是了。」說著走到放玉杯的几前，先取過一塊鋪在桌上的大錦緞，兜在左手之上，然後取過一隻玉龍杯，放在錦緞上，鄭而重之的走到那書生跟前，說道：「你拿去吧！」

這一著大出人人的意料之外。衆人只道他嘴裏說得漂亮，實則是在想乘機奪回書生手中的玉杯，那知他借杯之言並非虛話，反而又送一隻玉杯過去。

那書生也頗爲詫異，笑道：「你外號兒叫做『甘霖惠七省』，果然慷慨得緊。兩隻玉杯一模一樣，也不用掉了。桑姑娘的玉杯，就算是向這位海大人借的。湯大俠，煩你作個中保。海大人，請你放心，三日之後桑姑娘倘若不交還玉杯，你唯湯大俠是問。」湯沛笑道：「好吧！把事兒都攬在我身上，姓湯的一力承當。桑姑娘，你總不該叫我爲難罷？」說著向桑飛虹走近了一步。

桑飛虹囁嚅著道：「我……我……」眼望那少年書生，不知如何回答才是。

湯沛左肘突然一抖，一個肘錐，撞在她右腕腕底。桑飛虹「啊」的一聲驚呼，玉杯脫手向上飛出，便在此時，湯沛右手抓起錦緞上玉杯，左手錦緞揮出，已將那少年上身裹住。右手食指連動，隔著錦緞點中了他「雲門」、「曲池」、「合谷」三處穴道，跟著伸手接住空中落下的玉杯，左足飛出，踢倒了桑飛虹，足尖順勢在她膝彎裏一點。那「雲門穴」是在肩頭，「曲池穴」在肘彎，「合谷穴」在大拇指與食指之間，三穴遭點，那書生自肩至指，一條肩膀軟癱無力，再也不能捏碎玉杯了。

這幾下兔起鶻落，直如變戲法一般，衆人還沒有看清楚怎地，湯沛已打倒二人，手捧三隻玉龍杯，放回几上。待他笑吟吟的坐回太師椅中，大廳上這才采聲雷動。

郭玉堂摸著鬍鬚，不住價連聲讚歎：「這一瞬之間打倒兩人，已極爲不易，更難的是三個人手裏都有一隻玉杯，只要分寸拿捏差了厘毫，任誰一隻玉杯都會損傷，那麼這一次大會便不免美中不足，更難得的是這一副膽識。程老弟，你說是不是？」

胡斐點頭道：「難得，難得。」他見了適才猶如雷轟電閃般的一幕，不由得雄心頓起，暗想：「這姓湯的果然藝業不凡，如有機緣，倒要跟他較量較量。」又想：「那少年書生和桑姑娘失手被擒，就算保得性命，也要受盡折磨，怎生想個法兒相救才好。」

這時衆衛士已取過繩索，將那書生和桑飛虹綁了，推到福康安跟前，聽由發落。福康安將手一揮，說道：「押在一旁，慢慢再問，休得阻了各位英雄的興頭。安提督，你讓大家比下去吧！」安提督道：「是！」當即傳下號令，請羣豪繼續比試。

胡斐見這些人鬥來鬥去，沒人有傑出的本領，心中栗六，念著馬春花的兩個兒子不知如何又遭奪回，馬春花不知是否又遭危難，更有那九家半掌門人來是不來？也無心緒去看各人爭鬥。

來來去去又比試了十多人，忽聽得門外衛士大聲叫道：「聖旨到！」

福康安識得當先那人是乾清宮的太監劉之餘，見他走到廳門口，卻不進廳，便在門前站定，展開聖旨宣讀，規矩不對，登時便起了疑心。

第十八章 寶刀銀針

羣豪聽了，均是一愕。福康安府中上下人等卻知皇上心血來潮，便半夜三更也有聖旨，因此不以爲奇，當即擺下香案。福康安站起身來，跪在滴水簷前接旨。自安提督以下，人人一齊跪倒，胡斐當此情景，只得跟著跪下，心中暗暗咒罵。

只聽得靴聲橐橐，院子中走進五個人來，當先一人是個老太監。福康安識得他是乾清宮的太監劉之餘，身後跟著四名內班宿衛。

那劉之餘走到廳門口，卻不進廳，便在門前站定，展開聖旨，宣讀道：「當今萬歲爺乾隆皇帝聖旨：兵部尚書福康安聽旨，適才擒到男女賊人各一，著即帶來宮中，不可有誤便了。欽此！」

福康安登時呆了，心想：「皇上的信息竟如此之快。他要帶兩名賊人去幹甚麼？」又想：「這聖旨不倫不類，甚麼『當今萬歲爺乾隆皇帝聖旨』，甚麼『不可有誤便了』？」一抬頭，見劉之餘擠眉弄眼，神氣古怪，再想平素太監傳旨，定是往大廳正中向外一站，朝南宣讀，這一次卻是朝裏宣旨。這劉之餘是宮中老年太監，決不能錯了規矩，其中必有緣故，站起身來，說道：「劉公公，請坐下喝茶，瞧一瞧這裏英雄好漢們獻演身手。」劉之餘欣然道：「好極，好極！」突然眉頭一皺，道：「多謝福大帥啦，茶是不喝了，皇上等著要人。」

福康安一瞧這情景，恍然而悟，知他受了身後那幾名衛士的挾制，假傳聖旨，這四名衛士不是反叛，便是假扮的，當下不動聲色，笑問：「陪著你的幾位大哥是誰啊？怎地面生得緊。」劉之餘苦笑道：「這個……那個……嘿嘿，他們是外省新來的。」

福康安更加心中雪亮，內班宿衛日夜在皇帝之側，若非親貴，便是有功勳的世臣子弟，外省來的武人那裏能當？心想：「只有調開這四人，劉太監方不受他們挾持。」說道：「既是如此，四位侍衛大哥便把賊人帶走吧！」說著向綁在一旁的少年書生和桑飛虹一指。

四名侍衛中便有一人走上前來，去牽那書生。福康安道：「且慢！這位侍衛大哥貴姓？」按照常情，福康安對宮中侍衛客氣，稱一聲「侍衛大哥」，但當侍衛的官階比他低得多，必定上前請安。這侍衛卻大剌剌的不理，只說：「俺姓張！」福康安道：「張大哥到宮中幾時了？怎地沒會過？」

那侍衛尚未回答，劉之餘身後一個身材肥胖的侍衛突然右手一揚，銀光閃閃，一件梭子般的暗器射了出來，飛向放置玉龍杯的茶几。這暗器去勢峻急，眼見八隻玉杯要一齊打碎。眾衛士紛紛呼喝，善於發射暗器的便各自出手，只見袖箭、飛鏢、鐵蓮子、鐵蒺藜，七八件暗器齊向銀梭射去。那肥胖的侍衛雙手連揚，也是七八件暗器一齊射去。只聽得叮叮之聲不絕，眾衛士的暗器紛紛碰落。那銀梭飛到茶几，鉤住了一隻玉龍杯。說也奇怪，這梭子在半空中竟會自行轉彎，鉤住玉龍杯後斜斜飛回，又回到那侍衛手中。眾人眼見這般怪異情景，無不愕然。

胡斐見了那胖侍衛這等發射暗器的神技，大喜之下，忍不住叫道：「趙三哥！」

那胖侍衛正是千臂如來趙半山所喬裝改扮。那個去救書生的侍衛，則是紅花會中的鬼見愁石雙英。這干人早便在福康安府外接應，見那少年書生失手受擒，正好太監劉之餘在府門外經過，便擒了來假傳聖旨。但這些江湖上的豪傑之士終究不懂宮廷和官場規矩，一進福康安府便露出馬腳。趙半山見福康安神色和言語間已然起疑，不待他下令拿人，先下手爲強，發出一枚飛燕銀梭，搶了一隻玉杯。這飛燕銀梭是他別出心裁的一門暗器，梭作弧形，擲出後能飛回手來。

他一搶到玉杯，猛聽得有人叫了聲：「趙三哥！」這叫聲中眞情流露，似乎乍逢親人一般，舉目向叫聲來處瞧去，卻不見有熟識之人。胡斐和他睽別多年，身形容貌均已大變，別說他已喬裝收扮，就算沒改裝，異地乍逢，也未必認得出來。

處身在這龍潭虎穴之中，一瞥間沒瞧見熟人，決無餘裕再瞧第二眼，他雙臂連揚，但聽得嗤嗤之聲不絕，每響一下，便有一枝紅燭爲暗器打熄，頃刻間大廳中黑漆一團。只聽得他大聲叫道：「福康安看鏢！」跟著有兩人大聲慘叫，顯已中了他暗器。但聽得乒乒乓乓，響起一片兵刃之聲，已有兩名衞士搶上將石雙英截住。

趙半山叫道：「走吧，不可戀戰！」他知身處險地，大廳之上高手如雲，一擊不中便當飄然遠引，救人之事，只得徐圖後計，眼下藉著黑暗中一片混亂，尚可脫身，倘若時機一過，連自已也會陷身其中。但這時石雙英已給絆住，跟著又有兩人攻到，再有遷延，別說救人，連他自已也走不脫了。

胡斐當那少年書生爲湯沛擒獲之時，即擬出手相救，只聽上強敵環伺，單是正中太師椅上所坐的那四大掌門，自已對每一個都沒制勝把握，突見趙半山打滅滿廳燈火，毫不猶豫，立即縱身搶到那少年書生身旁。湯沛出手點穴，胡斐看得分明，所點的是「雲門」、「曲池」、「合谷」三穴，這時一俯身間，便往那書生肩後「天宗穴」上一拍，登時解開了他「雲門穴」，待要再去推拿他「天池穴」時，頭頂突然襲來一陣輕微掌風。

胡斐左手翻過，迎著掌風來處還了一掌，只覺敵人掌勢來得快極，啪一聲輕響，雙掌相交。胡斐身子一震，不由得倒退半步，大吃一驚：「此人掌力恁地渾厚！」只得拚全力相抗，但覺對方內力無窮無盡的源源而來。胡斐暗暗叫苦，心想：「比拚掌力，非片刻間可決勝敗，燈燭少時便會點起，看來我脫身不易了。」對掌比拚，心中動念，只電光石火般的一霎間之事，忽聽得那少年書生低聲道：「多謝援手！」竟已躍起。

他這一躍起，胡斐立時醒悟：「我只解了他雲門穴，他的曲池、合谷兩穴，原來是跟我對掌之人解了。那麼此人是友非敵。」他一想到此節，對方也同時想到：「我只解了他曲池、合谷兩穴，尚有雲門穴未解，原來是跟我對掌之人解了。那麼此人是友非敵。」兩人心念相同，當即各撤掌力。

那少年書生抓起躺在身旁的桑飛虹，急步奔出，大聲叫道：「福康安已讓我宰了！少林派眾位好漢攻東邊，武當派眾位好漢攻西邊！大夥兒殺啊！殺啊！」

黑暗中但聽得兵刃亂響，廳上亂成一團，人人心中也亂成一團。

眾衛士聽到福大帥遭害，無不嚇出一身冷汗，又聽得「少林派眾位好漢攻東邊，武當派眾位好漢攻西邊」的喊聲，這兩大門派門人眾多，難道當真反叛了？

忽聽得周鐵鷦的聲音叫道：「福大帥平安無事，別上賊子的當！」待得眾衛士點亮四周燈燭，趙半山、石雙英，以及少年書生和桑飛虹都已不知去向。

只見福康安端坐椅中，湯沛和海蘭弼擋在身前，前後左右，六十多名衛士如肉屏風般團團保護。在這等嚴密防守之下，便有千百名高手同時攻到，一時三刻之間也傷他不到半根寒毛，何況只是三數個刺客？但也因他手下衛士人人只想到保護大帥，趙半山和那少年書生等才得乘黑逃走。否則他數人武功再強，也決不能這般輕易全身而退。

衆人見福康安臉帶微笑，神色鎭定，大廳上登時安靜；又見少林派掌門人大智禪師和武當派掌門人無青子安坐椅中，神色寧謐，都知那書生這番喊叫，只不過擾亂人心而已。

福康安笑道：「賊子胡言亂語，禪師和道長不必介意。」安提督走到福康安面前請安，說道：「卑職無能，竟讓賊子逃走，請大帥降罪。」福康安將手一擺，笑道：「這都是我累事，算不得是你們沒本事。大家顧著保護我，也不去理會毛賊了。」他心中滿意，覺得衆衛士人人盡責，以他爲重，竭力保護，又道：「幾個小毛賊來搗亂一番，算得甚麼大事？丟了一隻玉龍杯，嗯，那也好，瞧是那一派的掌門人日後去奪回來，再擒獲了這劫杯毛賊，這隻玉龍杯便歸他所有。這一件事又鬥智、又鬥力，比之在這裏單只較量武功，豈不更有意思麼？」

羣豪大聲歡呼，都讚福大帥安排巧妙。胡斐和程靈素對望一眼，心下也不禁佩服福康安大有應變之才，失杯的醜事輕輕掩過，而且一翻手間，給紅花會伏下了一個心腹大患。武林中自有不少人貪圖出名，會千方百計的去設法奪回玉龍杯，不論成功與否，都讓紅花會樹下不少強敵。

福康安向安提督道：「讓他們接下去比試吧！」

安提督躬身道：「是！」轉過身來，朗聲說道：「福大帥有令，請各位英雄繼續比試武藝，且瞧餘下的三隻御賜玉杯，歸屬誰手。」他雖說「福大帥有令」，但還是用了一個「請」字，那是對羣豪甚表尊重，以客禮相待之意。

福康安吩咐道：「搬開一張椅子！」便有一名衛士上前，將空著的太師椅搬開了一張，這隻玉龍杯，算是給紅花會奪去了。廳心留下三張空椅。衆人這時方始發覺，「崑崙刀」掌門人西靈道人已不知何時離椅，想是他眼見各家各派武功高出自己之人甚多，與其讓人趕下座位，還不如自行退開，免得出醜露乖。

這時胡斐思潮起伏，心中存著許多疑團：「福康安的一對雙生兒子不知如何又讓他奪回？我冒充華拳門掌門人，是不是已遭發覺？對方遲遲不予揭破，是不是暗中已佈置下極厲害的陷阱？我適才爲那少年書生解穴，黑暗中與人對掌，此人內力渾厚，非同小可，他也出手助那書生，自是大廳上羣豪之一，卻不知是誰？」

他明知在此處多躭得一刻，便多增一分凶險，但一來心中存著這許多疑團未解；二來眼見鳳天南便在身旁，好容易知道了他的下落，豈能又讓他走了？三來也要瞧一瞧餘下的三隻玉龍杯由那派的掌門人所得。

其實，這些都只是他心裏所計較的原因，眞正的原因，卻是在心中隱隱約約覺得的：袁紫衣一定會來。既知她要來，他就決計不走。便有天大危險，也嚇他不走。

這時廳上又有兩對人在比拚武功。四人都使兵刃。胡斐一看，見四人的武功比之以前出手的都高。不久一個使三節棍的敗了下去，另一個使流星鎚的上來。聽那唱名武官報名，是太原府的「流星趕月」童懷道。胡斐想起數月前與鍾氏三雄交手，曾聽他們提過「流星趕月童老師」的名頭。這童懷道在雙鎚上的造詣果然甚爲深厚，只十餘合便將對手打敗了，接著上來的兩人也都不是他敵手。

高手比武，若非比拚內力，往往幾個照面便分勝敗，而動到兵刃，生死決於俄頃，比之較量拳腳更加凶險得多。雙方比試者並無深仇大怨，大都是聞名不相識，功夫上一分高低，稍遜一籌者便即知難而退，誰都不願干冒性命之險而死拚到底。因之在福康安這些只識武學皮毛的人眼中，比試的雙方都自惜羽毛，數合間便有人退下，反不及黃希節、桑飛虹、歐陽公政、哈赤和尚等一干人猛打狠毆的好看。但武功高明之人卻看得明白，出賽者的武功越來越高，要取勝越來越不容易，許多掌門人原本躍躍欲試的，這時都改變了主意，決定袖手旁觀。有時兩個人鬥得似乎沒精打采、平淡無奇，而湯沛、海蘭弼這些高手卻喝起采來。一般不明其理的後輩，不是瞠目結舌，呆若木雞，便隨聲附和，假充內行。

饒是出賽者個個小心翼翼，但一入場子，總是力求取勝，兵刃無眼，還是有三個掌門人斃於當場，七人身受重傷。總算福康安威勢懾人，死傷者門下的弟子即時不敢發作，但武林中冤冤相報的無數腥風血雨，都已在這一日中伏下了因子。

清朝順治、康熙、雍正三朝，武林中反清義舉此伏彼起，百餘年來始終不息，但自乾隆中葉以後，武林人士自相殘殺之風大盛，顧不到再來反清，讓清廷去了一大隱憂。雖原因多般，這次天下掌門人大會實是一大主因。後來武林中有識之士出力調解彌縫，仍難令各門各派仇怨盡泯。不明白福康安這大陰謀之人，還道滿清氣運方盛，草莽英雄自相攻殺，乃天數使然。

流星趕月童懷道以一對流星雙鎚，在不到半個時辰之內連敗五派掌門高手，其餘的掌門人憚於他雙鎚此來彼往、迅捷循環的攻勢，一時無人再上前挑戰。

便在此時，廳外匆匆走進一名武官，到福康安面前低聲稟告了幾句。福康安點了點頭，那武官走到廳口，大聲道：「福大帥有請天龍門北宗掌門人田老師進見。」廳外又有武官傳呼出去：「福大帥有請天龍門北宗掌門人田老師進見。」

胡斐和程靈素對望一眼，心頭都微微一震：「他也來了！」

過不多時，只見田歸農身穿長袍馬褂，微笑著緩步進來，身後跟著八人。他走到福康安身前，躬身請安。福康安欠欠身，拱手還禮，微笑道：「田老師好，請坐！」

羣豪一見，都想：「天龍門名聞天下，已歷百年，自明末以來，胡苗范田四家齊名，代代均有好手。這姓田的氣派不凡，福大帥對他也優禮有加，與對別派的掌門人不同。卻不知他是否眞有驚人藝業？」每一派與會的均限四人，他卻帶了八名隨從，何況這般大模大樣的遲遲而至，羣豪雖震於他的威名，心中卻均有不平之意。

田歸農和少林、武當兩派掌門人點頭爲禮，看來相互間均不熟識，但他和甘霖惠七省湯沛卻極熟絡。湯沛拍著他肩膀笑道：「賢弟，做哥哥的一直牽記著你，心想怎麼到這當兒還不到來？如果你竟到得遲了，拿不到一隻玉龍杯，做哥哥的這一隻如何好意思捧回家去？你天龍門倘若不得玉杯，那一天你高興起來，找老哥哥來比劃比劃，我除了雙手奉上玉杯，再沒第二句話好說，豈不糟糕？」跟著將福大帥囑令各派比試武功以取御杯的事，向他說了一遍。

田歸農笑道：「兄弟如何敢跟大哥相比？我天龍門倘得福大帥恩典，蒙大哥照拂，能在天下英雄之前不太出醜丟臉，也已喜出望外了。」說著兩人同聲大笑。他話雖說得謙虛，但神色之間，顯是將玉龍杯看作了囊中之物。湯沛和人人都很親熱，但對待田歸農的神情卻又與眾不同。聽他二人稱呼語氣，似乎還是拜把子的兄弟。

胡斐心想：「這姓田的和我交過手，武功雖比這些人都高，卻未必能及得上湯沛和海蘭弼，要說一定奪到玉龍杯，未免是將天下英雄都瞧得小了。」想起他暗算苗人鳳的無恥卑鄙行逕，已自打定了主意：「他不得玉龍杯便罷，倘若僥倖奪得，好歹要他在天下羣雄之前，大大的出個醜。」他和田歸農在苗人鳳家中交過手，以祖傳刀法，打得他口吐鮮血，大敗而走，何況其時胡斐未得苗人鳳的指點，未悟胡家刀法的精義要訣。此刻他單以刀法而論，天下幾乎已無人勝得過他，即是與苗人鳳、趙半山這等一流高手相比，也已不遑多讓，田歸農自然遠非其敵。

當田歸農進來之時，大廳的比試稍停片刻，這時兵刃相擊之聲又作。田歸農坐在椅中，手持酒杯觀鬥，神色極是閒雅，眼看有人勝，有人敗，他只臉帶微笑，無動於中，有時便跟湯沛說幾句閒話。衆人都已看出，他面子上似是裝作高人一等，不屑和人爭勝，實則是以逸待勞，要到最後的當口方才出手，在旁人精疲力竭之餘，再施全力一擊。

流星趕月童懷道坐在太師椅中，見良久無人上來挑戰，突然躍起，走到田歸農身前，說道：「田老師，姓童的領教你高招。」衆人都是一楞。自比試開始以來，總是得勝者坐在太師椅中，由人上前挑戰，豈知童懷道卻走下座來，反去向田歸農求鬥。

田歸農笑道：「不忙吧？」手中仍持著酒杯。童懷道說道：「反正遲早都是一鬥，乘著我這時還有力氣，向田老師領教領教。也免得你養精蓄銳，到最後來撿現成便宜。」他心直口快，想到甚麼，便說了出口，再無顧忌。

羣豪中便有二三十人喝起采來。這些人見著田歸農這等大剌剌的模樣，早感不忿。

田歸農哈哈一笑，眼見無法推托，向湯沛笑道：「大哥，兄弟要獻醜了。」湯沛道：「恭祝賢弟馬到成功！」

童懷道轉過頭來，直瞪著湯沛，粗聲道：「湯老師，福大帥算你是四大掌門之一，請你作公證來著，這一個『公』字，未免有點兒不對頭吧？」湯沛給他直言頂撞，不免尷尬，強笑道：「在下那裏不公了？請童老師指教。」童懷道說道：「我跟田老師還沒比試，你就先偏了心啦，說甚麼『恭祝賢弟馬到成功。』天下英雄在此，這可是人人聽見的。」

湯沛心中大怒，近二三十年來，人人見了他都是湯大俠前、湯大俠後，從沒一人敢對他如此挺撞，更何況是在大庭廣衆之間這般的直斥其非，但他城府甚深，仍微微一笑，說道：「我也恭祝童老師旗開得勝。」

童懷道一怔，心想兩人比試，一個旗開得勝，一個馬到成功，天下決無是理，但他既這般說，卻也無從辯駁，便大聲道：「湯老師，祝你更加旗開得勝，馬到成功！」

羣豪一聽，一齊轟笑。田歸農向湯沛使個眼色，意思說：「大哥放心，這無禮莽撞之徒，兄弟一定好好的教訓教訓他。」緩步走到廳心，道：「童老師請上吧！」

童懷道見他不卸長袍，手中又無兵刃，愈加憤怒，說道：「田老師要以空手接在下這對流星鎚麼？」

田歸農極工心計，行事便即持重，自忖如能在三招兩式之內空手將他打倒，在天下羣雄之前大顯威風，自是再妙不過，但看對方身軀雄偉，肌肉似鐵，實非易與之輩，笑道：「童老師名滿晉陜，江湖上好漢那一個不知流星趕月的絕技，在下便使兵刃，也未必是童老師對手。」右手一招，他大弟子曹雲奇雙手捧著一柄長劍，呈了上來。

田歸農接過了劍，左手一擺，笑道：「請吧！」童懷道見他劍未出鞘，心想你已兵刃在手，你愛甚麼時候拔劍，那是你自己的事，當下手指搭住鎚鍊中心向下一轉，一對流星鎚直豎上來，那鎚鏈竟如是兩根鐵棒一般。羣豪齊聲稱讚：「好功夫！」

喝采聲中，他左鎚仍豎在半空，右鎚已平胸直擊出去，這一鎚飛到離田歸農胸口約有尺半之處，倏地停留不進，左鎚迅捷異常的自後趕上，直擊田歸農小腹。前鎚虛招誘敵，後一鎚才全力出擊，他一上來便使出「流星趕月」的成名絕技。

田歸農微微一驚，斜退一步，長劍指出，竟連著劍鞘刺了過去。童懷道大怒，心道：「你劍不出鞘，分明瞧我不起。」手上加勁，將一對鐵鎚舞成一團黑光。他這對雙鎚一快一慢，一虛一實，而快者未必真快，慢者也未必真慢，虛虛實實，變化多端。田歸農長劍始終不出鞘，但一招一式，仍依著「天龍劍」的劍法使動。

拆得三十餘招，田歸農已摸清楚對方鎚法路子，陡然間長劍探出，疾點童懷道左腿膝彎「曲泉穴」。這一招並非劍法，長劍連鞘，竟變作判官筆用。童懷道吃了一驚，退後兩步。田歸農長劍橫砸，擊他大腿，這一下卻是將劍鞘當鐵鐗使，這一招「柳林換鐗」，原是鐗法。他在兩招之間，自劍法變為筆法，又自筆法變為鐗法。

童懷道心中微慌，左手流星鎚倒捲上來，左手在鎚鍊上一推，鐵鎚向田歸農眉心直撞過去。這是一招兩敗俱傷的打法，拚著大腿受劍鞘一砸，鐵鎚卻也要擊中了他。田歸農沒料到對方竟不閃避攻著，劍鞘距他大腿不過數寸，卻覺勁風撲面，鐵鎚已飛了過來，若是兩下齊中，對方最多廢了一條腿，自己卻不免腦漿迸裂，百忙中倒轉長劍，往他鎚鍊中搭去。這一下轉攻為守，登居劣勢。童懷道流星鎚回收，鎚鍊已捲住長劍，往裏一奪，跟著右鎚橫擊過去。

眼見田歸農兵刃受制，若要逃得性命，長劍非撒手不可，只聽得唰的一聲，青光閃動，長劍竟已出鞘，劍尖顫處，童懷道右腕中劍。原來他以鎚鍊捲住長劍，一拉一奪之下，恰好將劍鞘拔脫。田歸農乘機揮劍傷敵，跟著搶上兩步，左手食指連動，點中他胸口三處要穴。

童懷道全身酸麻，兩枚流星鎚砸將下來，打得地下磚屑紛飛。田歸農還劍入鞘，笑吟吟的道：「承讓！承讓！」坐入了童懷道先前坐過的太師椅中。他雖得勝，但廳上羣豪都覺這一仗贏得僥倖，頗有狡詐之意，並非以眞實本領取勝，因此除了湯沛等人寥寥幾下采聲，誰都沒喝采叫好。

童懷道穴道受點後站著不動，擺著個揮鎚擊人的姿式，橫眉怒目，模樣可笑。田歸農卻不給他解穴，坐在椅中自行跟湯沛說笑，任由童懷道出醜露乖，竟視若無睹。廳上自有不少點穴打穴名家，均感不忿，但誰都知道，只要出去給童懷道解了穴，便是跟田歸農和湯沛過不去。田歸農還不怎樣，那甘霖惠七省湯沛卻名頭太大，那些點穴打穴名家十九是老成持重之輩，都不願爲此而得罪湯沛。但眼見童懷道傻不楞登的擺在那裏，許多人都不禁爲他難受。

西首席上一條大漢霍地站起，手中拖了一根又粗又長的鑌鐵棍，邁步出來，那鐵棍拖過磚地，嗆啷啷直響。他走到田歸農面前，大聲喝道：「姓田的，你給人解開穴道啊，讓他僵在這裏幹甚麼？」田歸農微笑道：「閣下是誰？」那大漢道：「我叫李廷豹，你聽見過沒有？」

他這一下自報姓名，聲如霹靂，震得衆人耳中都嗡嗡作響。羣豪聽得此人便是李廷豹，都微感詫異。李廷豹是五台派掌門大弟子，在山西大同府開設鏢局，以五郎棍法馳名天下，他的「五郎鏢局」在北方諸省頗有聲名。衆人心想他既是出名的鏢頭，自是精明強幹，老於世故，不料竟是這樣的一個莽夫。

田歸農坐在椅中，並不抬身，五台派李廷豹的名字，他自是聽見過的，但他假作訝色，搖頭道：「沒聽見過。閣下是那一家那一派的啊？」李廷豹大怒，喝道：「五台派你聽見過沒有？」田歸農仍然搖頭，臉上卻顯得又抱歉，又惶恐，說道：「是五台？不是七台、八台麼？」他將「八台」兩字，故意唸得跟「王八蛋」的「八蛋」相似，廳上一些年輕人忍不住便笑出聲來。

好在李廷豹倒沒覺察，說道：「是五台派！大家武林一脈，你快解開童老師的穴道。」田歸農道：「你跟童老師是好朋友麼？」李廷豹道：「不是！我跟他素不相識。但你這般作弄人，太不成話。我瞧不過眼。」田歸農皺眉道：「我只會點穴，當年師父沒教我解穴。」李廷豹道：「我不信！」

福康安、安提督等一干人聽著他二人對答，很覺有趣，均知田歸農在作弄這渾人。這些親貴大官看著眾武師比武，原是當作一樁賞心樂事，便如看戲聽曲、瞧變戲法一般，一連串不停手的激烈打鬥之後，有個小丑來插科打諢，倒也令人覺得興味盎然。

田歸農一眼瞥見福康安笑嘻嘻的神氣，更欲湊趣，便道：「這樣吧！你在他膝彎裏用力踢一腳，便解開了他穴道。」李廷豹道：「當眞？」田歸農道：「師父以前這樣教我，不過我自己也沒試過。」

李廷豹提起右足，在童懷道膝彎裏一踢。他這一腳力道用得不大，但童懷道還是應腳而倒，滾在地下，翻了幾個轉身，手足姿式絲毫不變，只是直立變爲橫躺。卻是李廷豹上了當，要救人反而將人踢倒。福康安哈哈大笑，衆貴官跟著笑了起來。羣豪本來有人想斥責田歸農的，見福康安一笑，都不敢出聲了。

笑聲未絕，忽聽得呼呼呼三響，三隻酒杯飛到半空，衆人一齊抬頭瞧去，卻見三杯互相碰撞，乒乒兩聲，撞得粉碎。衆人目光順著酒杯的碎片望下地來，卻見童懷道已然站起，手中握著一隻酒杯，說道：「那一位英雄暗中相助，童懷道終身不忘大德。」說著將酒杯揣在懷中，狠狠瞧了田歸農一眼，急奔出廳。

原來有人擲杯飛空互撞，是要引開各人的目光，當衆人一齊瞧著空中的三隻酒杯之時，他又以一隻酒杯擲去，打在童懷道背心的「筋縮穴」上，解開了他受點的穴道。這一下廳上許多高手都給瞞過，大家均知這一下功夫甚是高明，卻不知是何人出手。

湯沛遊目四顧，隨即拿過兩隻酒杯，斟滿了酒，走到胡斐席前，說道：「這位兄台面生得很哪！請教尊姓大名，閣下飛杯解穴的功夫，在下欽佩得緊。」

胡斐適才念著童懷道是鍾氏三雄的朋友，又見田歸農辱人太甚，動了俠義心腸，雖知身在險地，卻忍不住出手為他解開穴道，那知湯沛目光銳利，竟然瞧破。胡斐說道：「在下是華拳門的，敝姓程，草字靈胡。湯大俠說甚麼飛杯解穴，在下可不懂了。」

湯沛呵呵笑道：「閣下何必隱瞞？這一席上不是少了四隻酒杯麼？」胡斐心想：「看來他也不是瞧見我飛擲酒杯，只不過查到我席上少了四隻酒杯而已。」轉頭向郭玉堂道：「郭老師，原來你身懷絕技，飛擲酒杯，解了那姓童的穴道。佩服，佩服！」

郭玉堂最為膽小怕事，唯恐惹禍，忙道：「我沒擲杯，我沒擲杯。」

湯沛識得他已久，知他沒這個能耐，一看他同席諸人，只華拳門的蔡威成名已久，但素知他暗器功夫甚是平常，將右手的一杯酒遞給胡斐，笑道：「程兄，今日幸會！兄弟敬你一杯。」說著舉杯和他的酒杯輕輕一碰。

只聽得乒的一響，胡斐手中的酒杯忽地碎裂，熱酒和瓷片齊飛，都打在胡斐胸口。原來湯沛在這一碰之中，暗運潛力，胡斐的武功如何，這只一碰便可試了出來。不料兩杯相碰，華拳門掌門人程靈胡的內功卻平庸之極，酒杯粉碎之下，酒漿瓷片都濺向他一邊。湯沛手中酒杯固完好無損，衣上也不濺到半點酒水。湯沛微笑道：「對不起！」自行回歸入座，心想：「這小老兒稀鬆平常，那麼飛杯解穴的卻又是誰？」

只見田歸農和李廷豹已在廳心交起手來。田歸農手持長劍，青光閃閃，這次劍已出鞘，不敢再行托大。李廷豹使開五郎棍法，一招招「推窗望月」、「背棍撞鐘」、「白猿問路」、「橫攔天門」，只見他圈、點、劈、軋、挑、撞、撒、殺，招熟力猛，極有威勢。羣豪瞧得暗暗心服，才知五郎鏢局近年來聲名甚響，李總鏢頭果有過人的技藝。田歸農的天龍劍自也是武林中一絕，激鬥中漸佔上風，但要迅即取勝，看來卻還不易。

酣鬥之中，田歸農忽地衣襟一翻，唰的一聲，左手從長衣下拔出一柄刀來。這刀比常刀短了尺許，光芒閃爍不定，遠遠瞧去，如寶石，如琉璃，如清水，如寒冰。

李廷豹使一招「倒反乾坤」，反棍劈落，田歸農以右手長劍一撥。李廷豹鐵棍向前直送，正是一招「青龍出洞」，這一招從鎖喉槍法中變來，乃奇險之著。但他使得純熟，時刻分寸，無不拿捏恰到好處，正是從奇險中見功力。田歸農卻不退閃，左手短刀上撩，嗆的一響，鑌鐵棍斷為兩截。田歸農乘他心中慌亂，右手劍急刺而至，在他手腕上一劃，筋脈已斷。

李廷豹大叫一聲，拋下鐵棍。他腕筋既斷，一隻右手從此便廢了。他一生只練五郎棍，棍棒功夫必須雙手齊使，右手一廢，等如武功全失。霎時之間，想起半生苦苦掙來的威名毀於一旦，鏢局只好關門，自己錢財來得容易，素無積蓄，一家老小立時便陷入凍餒之境；又想起自己生性暴躁，生平結下冤家對頭不少，別說仇人尋上門來無法對付，便平日受過自己氣的同行後輩、市井小人，冷嘲熱諷起來又怎能受得了？他是個直肚直腸之人，只覺再多活一刻，這口氣也嚥不下去，左手拾起半截鐵棍，蓼的一聲，擊在自己腦蓋之上，登時斃命。

大廳上衆人齊聲驚呼，站立起來，大家見他提起半截鐵棍，都道必是跟田歸農拚命，那料到竟會自戕而死。這一個變故，驚得人人都說不出話來。

安提督搖頭道：「掃興，掃興！」命人將屍身抬了下去。

李廷豹如是在激鬥中給田歸農一劍刺死，那也罷了，如此這般逼得他自殺，衆人均感氣憤。西南角上一人站了起來，大聲說道：「田老師，你用寶刀削斷鐵棍，勝局已定，何必又再斷他手筋？」田歸農道：「兵器無眼，倘若在下學藝不精，給他掃上一棍，那也是沒命的了。」那人冷笑道：「如此說來，你是學藝很精的了？」田歸農道：「不敢！老兄要是不服，儘可下場指教。」那人道：「很好！」

這人使的也是長劍，下場後竟不通姓名，唰唰兩劍，向田歸農當胸直刺。田歸農仍右劍左刀，拆不七八合，噹的一聲，寶刀又削斷了他長劍，跟著一劍刺傷了他左胸。

羣豪見他出手狠辣，接二連三的有人上來挑戰，這些人大半不是為了爭奪玉龍杯，只覺李廷豹死得甚慘，要挫折一下田歸農的威風。可是他左手寶刀實在太過厲害，不論甚麼兵刃，碰上了便即斷折，到後來連五行輪、獨腳銅人這些怪異兵刃也都出場，仍然無一能當他寶刀的鋒銳。

有人出言相激，說道：「田老師，你武功也只平平，單靠了一柄寶刀，那算的是甚麼英雄？你有種的，便跟我拳腳上見高下。」田歸農笑道：「這寶刀是我天龍門世代相傳的鎮門之寶。今日福大帥要各家各派較量高下。我是天龍門的掌門人，不用本門之寶，卻用甚麼？」

他出手之際，也真不留情面，寶刀一斷人兵刃，右手長劍便毀人手足，連敗十餘人後，旁人眼見上去的不是斷手，便是折足，無不身受重傷，雖有自恃武功能勝於他的，但想不出抵擋他寶刀的法門，個個畏懼束手。

湯沛見無人再上來挑戰，呵呵笑道：「賢弟，今日一戰，你天龍門威震天下，我做哥哥的臉上也有光采。來來來，我敬你一杯慶功酒！」

胡斐向程靈素瞧了一眼，程靈素緩緩搖頭。胡斐自也十分惱恨田歸農的強橫，但一來不敢洩露身分，適才飛杯擲解童懷道穴道，幾乎已讓湯沛看破；二來這柄寶刀如此厲害，實是生平從所未見的利器，倘若上去相鬥，先已輸了七成。又想：「當日他率眾去苗人鳳家中之時，何以不攜這柄寶刀？那時如他寶刀在手，說不定我已活不到今日了。」

他不知天龍門這把寶刀由南北二宗輪值執掌，當時尚在南宗掌門人手中。

只見田歸農得意揚揚的舉起酒杯，正要湊到唇邊，忽聽得嗤的一聲，一粒鐵菩提向他酒杯飛了過去，有人發暗器要打破他酒杯。

田歸農視若不見，仍舉杯喝酒。曹雲奇叫道：「師父，小心！」田歸農待那鐵菩提飛到身前，伸出手指，嗒的一聲輕響，將鐵菩提彈出廳門。衆人見他露了這手，雖不屑他的為人，卻也有人禁不住叫了聲：「好！」

那粒鐵菩提疾飛而出，廳門中正好走進一個人來。那人見暗器飛向自己胸口，也伸指一彈，說道：「便這般迎接客人麼？」那鐵菩提經他一彈，立時發出尖銳的破空之聲，向田歸農飛回。從聲音聽來，這一彈的指力著實驚人，比田歸農厲害多了。

田歸農一驚，不敢伸手去接，閃身避開。他身後站著一名衛士，聽得風聲，鐵菩提已到身前，不及閃讓，忙伸手抄住，但聽喀的一響，中指骨已然折斷，只疼得「啊」的一聲大叫。衆人見小小一枚鐵菩提，竟能在一彈之下將人指骨折斷，此人指力的凌厲，委實罕見罕聞，一齊注目向他瞧去。

只見此人極瘦極高，左手拿著隻虎撐，肩頭斜掛藥囊，一件青布長袍洗得褪盡了顏色，拖著雙破爛泥濘的布鞋，裝束打扮，便是鄉鎮間常見的走方郎中，但目光炯炯，顧盼似電，五官奇大，粗眉、大眼、大鼻、大口、雙耳招風、顴骨高聳，頭髮已然花白，至少已有五十來歲，臉上生滿了黑斑。他身後跟著二人，似是他弟子或廝僕，神態恭謹。

胡斐和程靈素見了當先那人還不怎樣，一看到他身後二人，卻都吃了一驚，原來一個老書生，正是程靈素的大師兄慕容景岳；另一個駝背跛足的女子，便是她三師姊薛鵲。胡斐和程靈素對瞧一眼，都大爲詫異：「怎麼他們兩個死對頭走到了一起？薛鵲的丈夫姜鐵山卻又不在？」程靈素見胡斐眼光中露出疑問之色，知他是問那個走方郎中是誰，便緩緩的搖了搖頭，她可也不認識。

忽聽得「啊喲」一聲慘叫，那指頭折斷的衛士跌倒在地，不住打滾，將一隻手掌高高舉起。衆人初時均感奇怪：「既然身爲福大帥的衛士，自有相當武功，怎地斷了一根指頭也抵受不起？」待見到他那隻手掌其黑如墨，才知是中了劇毒。

這次天下各家各派掌門人大聚會，福府衆衛士雄心勃勃，頗有和各派好手一爭雄長之意，要顯得在京中居官的好漢確有眞才實學，決不輸於各地的草莽豪傑。這手指折斷的衛士歸周鐵鷦該管，他見此人如此出醜，眉頭一皺，上前喝道：「起來，起來！這一點兒苦頭也挨不起，太不成話啦！」那人對周鐵鷦很懼怕，忙道：「是，是！」掙扎著待要站起，突然身子一晃，暈了過去。

周鐵鷦從酒席上取過一雙筷子，挾起那顆鐵菩提一看，見上面刻著個「柯」字，臉色微變，朗聲說道：「蘭州柯子容柯三爺，你越來越長進啦。這鐵菩提上餵的毒藥，可厲害得緊哪！」

人叢中站起一個滿臉麻子的大漢，說道：「周老爺你可別血口噴人。這枚鐵菩提是我所發，那是不錯，我只是瞧不過人家狂妄自大，要打碎人家手中酒杯。我柯家暗器上決計不許餵毒，世代相傳，向爲禁例，柯子容再不肖，也不敢壞了祖宗家規。」

周鐵鷦見聞廣博，也知柯家擅使七般暗器，但向來嚴禁餵毒，當下沉吟不語，只道：「這可奇了！」

柯子容道：「讓我瞧瞧！」走過來拿起那枚鐵菩提一看，道：「這是我的鐵菩提啊，這上面怎會有毒……啊喲！」突然間大叫一聲，將鐵菩提投在地下，右手連揮，似乎受到烈火燒炙一般。只見他臉色慘白，要將受傷的手指送到口中吮吸，周鐵鷦疾出一掌，斫中他的小臂，叫道：「吸不得！」擋住他手指入口，看他大拇指和食指兩根手指時，都已腫了起來，色如淡墨。柯子容全身發顫，額角上黃豆大的汗珠一滴滴的滲了出來。

那走方郎中向著慕容景岳道：「給這兩人治一治。」慕容景岳道：「是！」從懷中取出一盒藥膏，走過去在柯子容和那衛士手上塗了一些。柯子容顫抖漸止，那衛士也醒了轉來。

羣豪這才醒悟，柯子容發鐵菩提打田歸農的酒杯，田歸農隨手彈出，又給那走方郎中彈回。但走方郎中就這麼一彈，已在鐵菩提上餵了極厲害的毒藥。這等下毒的本領，江湖上恐怕只有一人。廳上不少人已在竊竊私語：「莫非是毒手藥王？」

周鐵鷦走近前去，向那走方郎中一抱拳，說道：「閣下尊姓大名？」那人微微一笑，並不回答。慕容景岳道：「在下慕容景岳，這是拙荊薛鵲。」頓了一頓，才道：

「這位是咱夫婦的師父，石先生，江湖上送他老人家一個外號，叫作『毒手藥王』！」

這「毒手藥王」四字一出，旁人還都罷了，與會衆人大都知道「毒手藥王」乃當世使毒的第一高手，就算慕容景岳不說，也早猜到是他。但這四個字聽在程靈素和胡斐耳中，實詫異無比。程靈素更爲氣惱，不但這人假冒先師名頭，而這句話出諸大師兄之口，尤令她悲憤難平。另一件事也讓她甚是奇怪：三師姊薛鵲原是二師兄姜鐵山之妻，兩人所生的兒子也已長大成人，何以這時大師兄卻公然稱她爲「拙荊」？她料知這中間必已發生極重大變故，眼下難以查究，唯有靜觀其變。

周鐵鷦雖然勇悍，但聽到「毒手藥王」的名頭，還是不禁變色，抱拳說了句：「久仰！久仰！」石先生伸出手去，笑道：「閣下尊姓大名，咱倆親近親近。」周鐵鷦霍地退開一步，抱拳道：「在下周鐵鷦，石前輩好！」他膽子再大，也決不敢去跟毒手藥王拉手。

石先生呵呵大笑，走到福康安面前，躬身一揖，說道：「山野閒人，參見大帥！」這時福康安身旁的衛士已將毒手藥王的來歷稟告了他，福康安眼見他只手指輕彈鐵菩提，便即傷了兩人，知道此人極是了得，微微欠身，說道：「先生請坐！」

石先生帶同慕容景岳、薛鵲夫婦在一旁坐了。附近羣豪紛紛避讓，誰也不敢跟他三人挨近，霎時之間，他師徒三人身旁空蕩蕩地清出了一大片地方。

一名武官走了過去，離石先生五尺便即站定，將爭奪御杯以定門派高下的規矩說了，話一說完，立即退開，唯恐沾染到他身上的一絲毒氣。

石先生微笑道：「尊駕貴姓？」那武官道：「敝姓巴。」石先生道：「巴老爺，你何必見我如此害怕？老夫的外號叫作『毒手藥王』，雖會使毒，也會用藥治病啊。巴老爺臉上隱佈青氣，腹中似有蜈蚣蟄伏，若不速治，十天後只怕性命難保。」那武官大吃一驚，將信將疑，道：「肚子裏怎會有蜈蚣？」石先生道：「巴老爺最近可曾和人爭吵？」

北京城裏做武官的，跟人爭吵乃家常便飯，那自然是有的，那姓巴的武官驚道：「有啊！難道……難道那狗賊向我下了毒手？」石先生從藥囊中取出兩粒青色藥丸，說道：「巴老爺倘若信得過，不妨用酒吞服了這兩粒藥。」那武官給他說得心中發毛，更不多想，接過藥丸丟在嘴裏，拿起一碗酒，骨嘟嘟的喝了下去，過不多時，便覺肚痛，胸口煩惡欲嘔，「哇」的一聲，嘔了許多食物出來。

石先生搶上三步，伸手在他胸口按摩，喝道：「吐乾淨了！別留下了毒物！」那武官拚命嘔吐，一低頭，只見嘔出來的穢物之中有三條兩寸長的蟲子蠕蠕而動，紅頭黑身，正是蜈蚣。那武官大叫：「三條……三條蜈蚣！」一驚之下，險些暈去，忙向石先生拜倒，謝他救命之恩。廊下僕役上來清掃穢物。羣豪無不嘆服。

胡斐不信人腹中會有蜈蚣，但親眼目睹，卻不由得不信。程靈素在他耳邊低聲道：「別說三條小蜈蚣，我叫你肚裏嘔出三條青蛇出來也成。」胡斐道：「怎麼？」程靈素道：「給你服兩粒嘔吐藥丸，我袖中早就暗藏毒蟲。」胡斐低聲道：「是了，乘我嘔吐大作、肚痛難當之際，將毒蟲丟在穢物之中，有誰知道？」程靈素微微一笑，道：「他搶過去給那武官按摩胸口，倘若沒這一著，戲法就不靈。」

胡斐低聲道：「其實這人武功很了得，大可不必玩這等玄虛。」程靈素語聲放到極低，說道：「大哥，這大廳之上，我最懼怕此人。你千萬得小心在意。」胡斐自跟她相識以來，見她事事胸有成竹，從未說過「懼怕」兩字，此刻竟說得這般鄭重，可見這石先生確實非同小可，又想此人冒了她先師之名出來招搖，敗壞她先師名頭，她終究不能袖手不理。

只聽得石先生笑道：「我雖收了幾個弟子，可是向來不立甚麼門派。今日就跟各位前輩學學，也來開宗立派，僥倖捧得一隻銀鯉杯回家，也好讓弟子們風光風光。」緩步走將過去，大模大樣的在田歸農身旁太師椅中一坐，卻那裏是得一隻銀鯉杯爲已足，顯是要在八大門派中佔一席地。

他這麼一坐，憑了「毒手藥王」數十年來的名聲，手彈鐵菩提的功力，傷人於指顧間的下毒手法，這隻玉龍杯就算拿定了，誰也不會動念去跟他挑戰，可也沒誰動念去跟他說話。

一時之間，大廳靜了一片。少林派的掌門方丈大智禪師忽道：「石先生，無嗔和尙跟你怎麼稱呼？」石先生道：「無嗔？不知道，我不認得。」臉上絲毫不動聲色。大智禪師雙手合什，說道：「阿彌陀佛！」石先生道：「怎麼？」大智禪師又宣了一聲佛號：「阿彌陀佛！」石先生便不再問。

自他師徒三人進了大廳，程靈素的目光從沒離開過他三人，只見石先生慢慢轉過頭去，和田歸農對望一眼。兩人神色木然，目光中全無示意，程靈素心念一動，已然明白：「他兩人早已相識。田歸農知道我師父名字，知道『無嗔大師』才是眞正的『毒手藥王』。這位少林高僧卻也知道。」忽又想到：「田歸農用來毒瞎苗人鳳的斷腸草，是這人給的。」

田歸農寶刀鋒利，石先生毒藥厲害，坐穩了兩張太師椅，八隻玉龍杯之中，只一隻還沒主人。

羣豪均想：「是否能列入八大門派，全瞧這最後一隻玉龍杯由誰搶得。」眞所謂人同此心，頃刻之間，人叢中躍出七八人來，一齊想去坐那張空椅，三言兩語，便分成四對鬥了起來。少時敗者退下，勝者或接續互鬥，或和新來者應戰。此來彼往的激鬥良久，只聽得門外更鼓打了四更，相鬥的四人敗下了兩人，只賸下兩個勝者互鬥。

這兩人此時均以渾厚掌力比拚內力，久久相持不決，比的是高深武功，外形看來卻平淡無奇。福康安很不耐煩，接連打了幾個呵欠，自言自語：「瞧得悶死人了！」這句話聲音甚輕，但正在比拚內功的兩人卻都清清楚楚的聽入耳中。兩人臉色齊變，各自撤掌，退後三步。一個道：「咱們又不是耍猴兒戲的，到這裏賣弄花拳繡腿，叫官老爺們喝采！」另一個道：「不錯！回家抱娃娃去吧！」兩人說著呵呵而笑，攜手出了大廳。

胡斐暗暗點頭：「這二人武功甚高，識見果然也高人一等。只可惜亂哄哄之中沒聽到他們的名字。」轉頭問郭玉堂時，他也不識這兩個鄉下土老兒一般的人物。

郭玉堂說道：「他們上來之時，安提督問他們姓名門派，兩人都笑了笑沒說。」胡斐心想：「這兩位高手猶如神龍見首不見尾，連姓名也沒留下。」
他正低了頭和郭玉堂悄聲說話，程靈素忽然輕輕碰了碰他手肘，胡斐抬起頭來，只聽得一名武官唱名道：「這位是五虎門掌門人鳳天南鳳老爺！」但見鳳天南手持鍍金鋼棍，走上去在空著的太師椅中一坐，說道：「那一位前來指教。」
胡斐大喜，心想：「這廝的武功未達一流高手之境，居然也想來奪玉龍杯，先讓他出一番醜，再來收拾他。」只見鳳天南接連打敗兩人，正自得意洋洋，一個手持單刀的人上去挑戰。這人的武藝可就高了，只三招一過，胡斐心道：「這惡賊決不是對手！」
果然鳳天南吼叫連連，迭遇險招。那使單刀的似乎不爲已甚，只盼他知難而退，並不施展殺手，因此雖有幾次可乘之機，卻都使了緩招。但鳳天南只不住倒退，並不認輸，突然間橫棍疾掃，那使單刀的身形一矮，金棍從他頭頂掠過。他正欲乘勢進招，忽地叫聲：「啊喲！」就地一滾，跟著躍起，但落下時右足一個踉蹌，站立不定，又摔倒在地，怒喝：「你使暗器，不要臉！」
鳳天南拄棍微笑，說道：「福大帥又沒規定不得使暗器。上得場來，兵刃拳腳，毒藥暗器，悉聽尊便。」
那使單刀的捲起褲腳，只見膝頭下「犢鼻穴」中赫然插著一枚兩寸來長的銀針。這「犢鼻穴」正當膝頭之下，俗名膝眼，兩旁空陷，狀似牛鼻，因以爲名，乃大腿和小腿之交的要緊穴道，此穴中針，這條腿便不管用了。羣豪都好生奇怪，適才兩人鬥得甚緊，鳳天南絕無餘暇發射暗器，又沒見他抬臂揚手，這枚銀針不知如何發出？

那使單刀的拔下銀針，恨恨退下。又有一個使鞭的上來，這人的鐵鞭使得猶如暴風驟雨一般，二十餘招之內，一招緊似一招，竟不讓鳳天南有絲毫喘息之機。他見鳳天南棍法並不如何了得，但那無影無蹤的銀針甚是難當，因此上殺招不絕，決不讓他緩手來發射暗器，那知鬥到將近三十招時，鳳天南棍法漸亂，那使鞭的卻又「啊喲」一聲大叫，倒退開去，從自己小腹上拔出一枚銀針，傷口血流如注，傷得竟是極重。

廳上羣豪無不驚詫，似鳳天南這等發射暗器，實生平從所未聞。若說是旁人暗中相助，衆目睽睽之下，總會有人發見。眼下這兩場相鬥，都是鳳天南勢將不支之時，突然之間對手中了暗器。難道鳳天南竟會行使邪法，心念一動，銀針便從天外飛到？偏有幾個不服氣的，接連上去跟他相鬥。一人全神貫注的防備銀針，不提防給他金棍擊中肩頭，身負重傷，另外三人卻也都爲他無影銀針所傷。一時大廳上羣情聳動。

胡斐和程靈素眼見鳳天南接二連三以無影銀針傷人，凝神觀看，竟瞧不出絲毫破綻。胡斐本想當鳳天南興高采烈之時，突然上前將他殺死，一來爲佛山鎮上鍾阿四全家報仇，二來好顯揚華拳門的名頭，但瞧不透這銀針暗器的來路，只有暫且袖手，倘若貿然上前爭鋒，一個措手不及，非但自取其辱，且有性命之憂。

程靈素猜到他心意，緩緩搖了搖頭，說道：「這隻玉龍杯，咱們不要了吧？」胡斐向蔡威和姬曉峯道：「這位鳳老師的武功，還不怎樣，只是……」姬曉峯點頭道：「是啊，他放射的銀針可實在邪門，無聲無息，無影無蹤，竟沒半點先兆，直至對方一聲慘叫，才知是中了他暗器。」蔡威道：「除非是頭戴鋼盔，身穿鐵甲，才能跟他鬥上一鬥。」

蔡威這句話不過是講笑，那知廳上衆武官之中，當眞有人心懷不服，命人去取了上陣用的鐵甲，全身披掛，手執開山大斧，上前挑戰。

這武官名叫木文察，官居總兵，當年隨福康安遠征青海，搴旗斬將，立過不少汗馬功勞，乃清軍中的一員出名的滿洲猛將，這時手執大斧走到廳中，威風凜凜，殺氣騰騰，同僚袍澤齊聲喝采。福康安賜酒一杯，先行慰勞。

兩人一接上手，棍斧相交，噹噹之聲，震耳欲聾，兩般沉重的長兵器攻守抵拒，捲起陣陣疾風，燭光也給吹得忽明忽暗。木文察身穿鐵甲，轉動究屬極不靈便，但仗著膂力極大，開山巨斧舞將開來，威不可當。鳳天南的純鋼粗棍上鍍了黃金，使開來時一片金光，極具威勢。周鐵鷦、曾鐵鷗和王劍英、王劍傑四人站在福康安身前，手中各執兵刃，生怕巨斧或是金棍脫手甩出，傷及大帥。

鬥到二十餘合，鳳天南攔頭一棍掃去，木文察頭一低，順勢揮斧去砍對方右腿，忽聽得啪的一聲輕響，旁觀羣豪「哦」的一下，齊聲呼叫。兩人各自躍開幾步，但見地下墮著一個紅色絨球，正是從木文察頭盔上落下，絨球上插著一枚銀針，閃閃發亮。

想是木文察低頭揮斧之時，鳳天南發出無影銀針，只因顧念他是福大帥愛將，不敢傷他身子。那絨球以鉛絲繫在頭盔之上，須得射斷鉛絲，絨球方能落下，兩人相距雖近，但倉卒間竟能射得如此之準，不差毫厘，實是了不起的暗器功夫。

木文察一呆之下，已知對方手下容情，這一針倘若偏低數寸，從眉心間貫腦而入，這時焉有命在？縱然全身鐵甲，又有何用？他心悅誠服，雙手抱拳，說道：「多承鳳老師手下留情。」鳳天南恭恭敬敬的請了個安，說道：「小人武藝跟木大人相差甚遠，這些發射暗器的微末功夫，在疆場之上可絕無用處。倘若咱倆騎馬比試，小人早給大人一斧劈下馬來了。」木總兵笑道：「好說，好說。」

福康安聽鳳天南說話得體，不敢恃藝驕其部屬，心下甚喜，說道：「這位鳳老師的玩藝兒很不錯。」將手中的碧玉鼻煙壺遞給周鐵鷦，道：「賞了他吧！」鳳天南忙上前謝賞。木文察貫甲負斧，叮叮噹噹的退了下去。羣豪紛紛議論。

人叢中忽然站起一人，朗聲道：「鳳老師的暗器功夫果然了得，在下來領教領教。」眾人回頭一看，只見他滿臉麻皮，正是適才發射鐵菩提而中毒的柯子容。他手上塗了藥膏後，毒性已解。

他蘭州柯家以七般暗器開派，叫做「柯氏七青門」。那七種暗青子？便是袖箭、飛蝗石、鐵菩提、鐵蒺藜、飛刀、鋼鏢、喪門釘，號稱「箭、蝗、菩、藜、刀、鏢、釘」七絕。雖七種暗器都是常見之物，但他家傳的發射手法與眾不同，刀中夾石，釘中夾鏢，而且數種暗器能在空中自行碰撞，射出時或正或斜，令人極難擋避。若在空曠之處相鬥，還能竄開數丈，然後看準暗器來路，或加格擊，或行躲閃，但在這大廳之上，地位窄小，卻極難對付了。

鳳天南將鼻煙壺鄭而重之的用手帕包好，放入懷中，顯得對福康安尊敬之極，這才朗聲說道：「這位柯老師要跟在下比試暗器，大廳之上，暗器飛擲來去，倘若誤傷了各位大人，可吃罪不起。」

周鐵鷦笑道：「鳳老師不必多慮，儘管施展便是。咱們做衛士的，難道儘吃飯不管事麼？」鳳天南含笑抱拳，說道：「得罪，得罪！」胡斐心想：「無怪這惡賊獨霸一方，歷久不敗。他交結官府，確然手段高明。」

柯子容除下長袍，露出全身黑色緊身衣靠。他這套衣褲甚是奇特，到處都是口袋和帶子，這裏盛一袋鋼鏢，那裏插三把飛刀，自頭頸以至小腿，沒一處不裝暗器，胸前固然有袋，背上也有許多小袋，衣袖、褲腳上，更全是暗器。

福康安哈哈大笑，說道：「虧他想得出這套古怪裝束，周身倒如刺蝟一般。」

柯子容左手一翻，從腰間取出一隻形似水杓的兵器，杓口鋒利，有如利刃。那是他家傳的獨門兵器，有個特別名稱，叫作「石沉大海」。這「石沉大海」一物二用，本身有三十六路招數，用法介乎單刀和板斧之間，但另有一般妙用，可以抄接暗器。敵人不論何種暗器發射過來，他這鐵杓一兜一抄，便接了過去，宛似石沉大海般無影無蹤，他反可從杓中取過敵人暗器，隨即還擊。這「石沉大海」不屬於十八般兵器之列，乃旁門兵刃，江湖上也有稱之為「借箭杓」的，意謂可借敵人之箭而用。

他這兵器一取出，廳上羣豪倒有一大半不識得。鳳天南笑道：「柯老師今日可讓我們大開眼界。」胡斐卻想：「同是暗器名家，趙三哥瀟洒大方，身上不見一枚暗器，卻是取之不盡，用之不竭，這姓柯的未免顯得小家氣了。」

柯子容鐵杓斜翻，劈向鳳天南肩頭。鳳天南側身讓開，還了一棍，兩人便鬥將起來。那柯子容口說是跟他比試暗器，但杓法精妙，步步進逼，竟不放射暗器。

鬥了一陣，柯子容叫道：「看鏢！」颼的一響，一枚鋼鏢飛擲而出。鳳天南年紀已然不輕，多年來養尊處優，身材也極肥胖，但少年時的功夫竟沒絲毫擱下，縱躍靈活，輕輕一閃，便讓開了鋼鏢。柯子容又叫：「飛蝗石，袖箭！」這次是兩枚暗器同時射出。鳳天南低頭避開一枚，以金棍格開一枚。柯子容又叫：「鐵蒺藜，打你左肩！飛刀，削你右腿！」果然一枚鐵蒺藜擲向他左肩，一柄飛刀削向他的右腿。鳳天南先行得他提示，輕輕易易的便避過了。

衆人心想，這柯子容忒也老實，怎地將暗器的種類去路，一一先跟對手說了？那知他擲出八九枚暗器後，口中呼喝越來越快，暗器也越放越多，呼喝卻非每次都對了。有時呼喝用袖箭射左眼，其實卻是飛蝗石打右胸。衆人這才明白，他口中呼喝乃擾敵心神，接連多次呼喝不錯，突然夾一次騙人的叫喚，對方極易上當。若暗器去路和呼喝全然不同，對方便可根本置之不理，惡在對的多而錯的少，偶爾在六七次正確的呼喝中夾上一次使詐，那就甚爲難防。

郭玉堂道：「柯家七青門的暗器功夫，果是另有一功，看來他口中的呼喝，也是從小練起，其厲害之處，實不輸於鋼鏢飛刀。他這『七青門』之名，要改爲『八青門』才合。」姬曉峯道：「但這般詭計多端，不是名門大派的手段。」

程靈素拿著一根旱煙袋，顫巍巍的假裝從煙袋中抽吸幾下，噴了股淡淡的煙霧出來，說道：「那鳳老師怎地還不發射銀針？這般搞下去，終於要上了這姓柯的大當爲止。」姬曉峯道：「我瞧這姓鳳的似乎成竹在胸，他發射暗器貴精不貴多，一擊而中，便足制勝。」程靈素「嗯」的一聲，道：「比暗器便比暗器，這柯子容囉裏囉唆的纏夾不清。」

這時大廳上空，十餘枚暗器飛舞來去，好看煞人。周鐵鷦等嚴加戒備，保護大帥。安提督等大官身側，也各有高手衞士防衞。衆衞士不但防柯子容發射的鏢箭飛來誤傷，還恐羣豪之中混有刺客，乘亂發射暗器，竟向大帥下手。

程靈素忽道：「這姓柯的太過討厭，我來開他個玩笑。」只聽得柯子容叫道：「鐵蒺藜，打你左臂！」程靈素學著他的聲調語氣，也叫道：「肉饅頭，打你嘴巴！」右手在煙斗上湊了一下，隨手一揚，一枚小小暗器果然射向他嘴巴。這暗器飛去時並無破空之聲，看來份量甚輕，只是上面帶有一絲火星。

俗語道：「肉饅頭打狗，有去無回。」衆人聽到「肉饅頭，打你嘴巴」七字，已覺好笑，何況她學的聲調語氣，跟柯子容的呼喝一般無二，早有數十人笑了起來。

柯子容見暗器來得奇怪，提起「借箭杓」一抄，兜在杓中，左手便伸入杓中撿起，欲待還敬，突然間「嘭」的一聲巨響，那暗器炸了開來。衆人大吃一驚，柯子容更全身跳起。但見紙屑紛飛，鼻中聞到一陣硝磺氣息，卻那裏是暗器，竟是一枚孩童逢年過節玩耍的小爆竹。衆人一呆之下，隨即全堂哄笑。柯子容全神貫注在鳳天南身上，生恐他偷發無影銀針，雖遭此侮弄，卻目不斜視，不敢搜尋投擲這枚爆竹之人，只罵：「有種的便來比劃比劃，誰跟你鬧這些頑童行逕？」

程靈素站起身來，笑嘻嘻的走到東首，又取出一枚爆竹，在煙斗中點燃了，叫道：「大石頭，打你七寸。」常言道：「打蛇打七寸」，蛇頭離首七寸，乃毒蛇致命之處，這一次竟是將他比作了毒蛇。衆人哄笑聲中，那爆竹飛擲過去。這一會他再不上當。程靈素這爆竹又擲得似乎太早，柯子容彈出一枚喪門釘，將爆竹打回，嘭的一響，爆竹在空中炸了。

程靈素又擲一枚，叫道：「青石板，打你硬殼。」那是將他比作烏龜了。柯子容心想：「你是要激怒我，好讓那姓鳳的乘機下手，我不上你當。」彈出一枚喪門釘，將爆竹彈開，仍在半空炸了。

安提督笑著叫道：「兩人比試，旁人不得滋擾。」又見柯子容這兩枚喪門釘跌落時和安放玉龍杯的長几相距太近，對身旁的兩名衞士道：「過去護著御杯，別讓暗器打碎了。」兩名衞士應道：「是！」走過去擋在御杯之前。

程靈素笑嘻嘻的回歸座位，笑道：「這傢伙機伶得緊，上了一會當，第二次不肯伸手去接爆竹。」胡斐暗自奇怪：「二妹明知鳳天南是我對頭，卻偏去作弄那姓柯的，不知是甚麼用意？」

柯子容見人人臉上均含笑意，急欲挽回顏面，暗器越射越多。鳳天南手忙腳亂，已難支持，突然伸手在金棍頭上一抽。柯子容只道他要發射銀針，忙縱身躍開，卻見他從金棍中抽出一條東西，順勢一揮，那物如雨傘般張了開來，成爲一面輕盾。這輕盾極軟極薄，似是一隻紙鷂，盾面黑黝黝地，不知是用人髮還是用甚麼特異質料編織而成，盾上繪著五個虎頭，張口露牙，神態威猛。衆人一見，都想：「他是五虎門掌門人，這盾牌上便繪了『五虎門』的名稱。」

只見他一手揮棍，一手持盾，將柯子容源源射來的暗器盡數擋開。那些鏢箭刀石雖來勢強勁，竟打不穿這面輕軟盾牌，看來輕盾的質地堅韌之極。

胡斐一見到他從棍中抽出輕盾，登時醒悟，自罵愚不可及：「他在金棍中暗藏機關，這等明白的事，先前如何猜想不透？他這銀針自然也是裝在金棍之中，激鬥時只須一按棍上機括，銀針激射而出，誰能躲閃得了？人人只道發射暗器定須伸臂揚手，他卻只須在棍上一捏，銀針射出，自是神不知鬼不覺了。」

想明此節，精神一振，忌敵之心盡去，但見鳳天南邊打邊退，漸漸退向一列八張太師椅之前。猛聽得柯子容大聲慘叫，鳳天南縱聲長笑。柯子容倒退數步，手按胯下，慢慢蹲下身去，再也站不起來。鳳天南卻笑吟吟的坐入太師椅中。兩名衛士上前去，扶起柯子容，只見他咬緊牙關，伸手從胯下拔出一枚銀針，針上染滿鮮血。銀針雖細，因是打中下陰要穴，受傷不輕。他已不能行走，在兩名衛士攙扶下踉蹌而退。

湯沛忽然鼻中一哼，冷笑道：「暗箭傷人，非爲好漢！」鳳天南轉過頭去，說道：「湯大俠可是說我麼？」湯沛道：「我說的是暗箭傷人，非爲好漢。大丈夫光明磊落，何以要幹這等勾當？」鳳天南霍地站起喝道：「咱們講明了是比劃暗器，暗器暗器，難道還有明的麼？」

湯沛道：「鳳老師要跟我比劃比劃，是不是？」鳳天南道：「湯大俠名震天下，小人豈敢冒犯？這姓柯的想是湯大俠的至交好友了？」湯沛沉著臉道：「不錯，蘭州柯家跟在下有點兒交情。」鳳天南道：「既是如此，小人捨命陪君子，湯大俠劃下道兒來吧！」兩人越說越僵，眼見便要動手。

胡斐心道：「這湯沛雖然交結官府，卻還有是非善惡之分。」

安提督走了過來，笑道：「湯大俠是比試的公證，今日是不能大顯身手的。過幾日小弟作東，那時請湯大俠露一手，讓大夥兒開開眼界。」湯沛笑道：「那先多謝提督大人賞酒了。」轉頭向鳳天南橫了一眼，提起自己的太師椅往地下一蹬，再提起來移在一旁，和鳳天南遠離數尺，這才坐下，似不屑與他靠近。

這一移椅，只見青磚上露出了四個深深的椅腳腳印，廳上燭光明亮如同白晝，站得較近的都瞧得清清楚楚，這一手功夫看似不難，其實是蘊蓄著數十年修為的內力。霎時之間，廳上采聲雷動。站在後面的人沒瞧見，急忙查問，等得問明白了，又擠上前來觀看。

鳳天南冷笑道：「湯大俠這手功夫帥極了！在下再練三十年也練不成。可是天外有天，人上有人，在眞正武學高手看來，那也平平無奇。」湯沛笑道：「鳳老師說得半點也不錯，在武學高手瞧來，眞一文錢也不值。不過只要能勝得過鳳老師，我也心滿意足了。」

安提督笑道：「你們兩位儘鬥甚麼口？天快亮啦！七隻玉龍杯，六隻已有了主兒。咱們今晚定了玉龍杯的名分，明晚再來爭金鳳杯和銀鯉杯。還有那一位英雄，要上來跟鳳老師比劃？」他提起嗓子連叫三遍，大廳上靜悄悄地沒人答腔。
安提督向鳳天南道：「恭喜鳳老師，這隻玉龍杯歸了你啦！」

胡斐自在福康安府中見到袁紫衣成了尼姑圓性，心中一直鬱鬱，此刻眼淚一流，觸動心事，再也忍耐不住，嗚嗚咽咽的哭了起來。

程靈素和圓性如何不明白他因何傷心？圓性給他這麼一哭，眼圈也早紅了。

第十九章 相見歡

忽聽得一人叫道：「且慢，我來鬥一鬥鳳天南。」只見一個形貌委瑣的黃鬍子中年人空手躍出，唱名的武官唱道：「西嶽華拳門掌門人程靈胡程老師！」

鳳天南站起身來，雙手橫持金棍，說道：「程老師使甚麼兵刃？」

胡斐森然道：「那難說得很。」突然猱身直上，欺到端坐在太師椅中的田歸農身前，左手食中兩根手指「雙龍搶珠」，戳向田歸農雙目。

這一著人人都大出意料之外。田歸農雖大吃一驚，應變仍是奇速，揮出長劍，擋在面前。胡斐抽出單刀，展開胡家刀法，頃刻間連砍三十六刀，田歸農奮力抵擋，只聽得噹噹噹噹連響，他劍招也頗爲迅捷，架開來刀，便想去抽腰間寶刀來削斷對方兵刃。

胡斐刀交左手，使開左手刀法，招招奇變橫生，盡從對方意想不到的方位砍削出去。田歸農緩不出手來去拔寶刀，心下暗驚，饒是他身經百戰，這門左手刀法也只聽父親說過，未曾在對戰之時臨敵，當下打醒十二分精神迎戰。胡斐右手戳、挖、點、刺，盡是攻擊對手左眼，田歸農不住倒退，嚓的一聲，左肩中刀。胡斐攻他左眼，目的便是令他左邊露出空隙，這一刀砍中他左肩，單刀拖回時故意放緩。田歸農一喜，忙伸左手入長衣之下，拔出天龍寶刀，向胡斐單刀削來。

胡斐等待的正是這一削，單刀凝立，右手疾如電閃，已搭上他左臂，順手一勒，碰到他握住寶刀的手指，展開小擒拿手中的「九曲折骨法」，一扭一扳，喀喇一聲響，田歸農左肩中刀後失了勁力，給他迅速絞扭，無力拗脫，五根手指中登時斷了三根，天龍寶刀已給胡斐夾手奪去。胡斐乘著他痛得尖聲大叫之際，左掌重重擊出，正中對方胸口，田歸農仰天後翻，口噴鮮血。

廳上羣雄多半忿恨田歸農氣盛，見他敗得如此狼狽，四周采聲大起。胡斐乘勢轉身，青光閃處，手中天龍寶刀砍向鳳天南手中的金棍。

刀是寶刀，招是快招，只聽得嚓嚓嚓三聲輕響，跟著噹啷啷兩聲，鳳天南的鍍金鋼棍中間斷下兩截，掉在地下。胡斐在瞬息之間連砍三刀，鳳天南未及變招，手中兵刃已變成四段，雙手各握著短短的一截金棍，鞭不像鞭，筆不像筆，尷尬異常。

鳳天南驚惶之下，急忙向旁躍開三步。便在此時，站在廳門口的汪鐵鶚朗聲說道：「九家半總掌門到。」

胡斐心頭一凜，抬頭向廳門看去，登時驚得呆了。只見門中進來一個妙齡尼姑，緇衣芒鞋，手執雲帚，正是袁紫衣。只是她頭上已無一根青絲，腦門處戒疤鮮明。

胡斐雙眼一花，還怕是看錯了人，迎上一步，看得清清楚楚，鳳眼櫻唇，卻不是袁紫衣是誰？

霎時間胡斐只覺天旋地轉，心中亂成一片，說道：「你……你是袁……」

袁紫衣雙手合什，黯然道：「小尼圓性。」

胡斐兀自沒會過意來，突然間背心「懸樞穴」「命門穴」兩處穴道疼痛入骨，腳步一晃，摔倒在地。袁紫衣怒喝：「住手！」急忙搶上，攔在胡斐身後。

自胡斐奪刀斷棍、九家半總掌門現身，以至胡斐受傷倒地，只頃刻之間的事。廳上衆人盡皆錯愕之際，已奇變橫生。

程靈素見胡斐受傷，心下大急，急忙搶出。袁紫衣俯身正要扶起胡斐，見程靈素縱到，當即縮手，低聲道：「快扶他到旁邊！」右手雲帚在身後一揮，似是擋架甚麼暗器，護在胡程二人身後。

程靈素半扶半抱的攙著胡斐，快步走回席位，淚眼盈盈，說道：「大哥，你怎樣了？」胡斐苦笑道：「背上中了暗器，是懸樞和命門。」程靈素忙捋起他長袍和裏衣，見他懸樞和命門兩穴上果然各有一個小孔，鮮血滲出，暗器已深入肌骨，

袁紫衣道：「那是鍍銀的鐵針，沒毒，你放心。」舉起雲帚，先從帚絲叢中拔出一枚銀針，然後將雲帚之端抵在胡斐懸樞穴上，輕輕向外一拉，起了一枚銀針出來，跟著又起出了他命門穴中的銀針。原來雲帚絲叢之中裝著一塊極大磁鐵。

胡斐道：「袁姑娘……你……你……」袁紫衣低聲道：「我一直瞞著你，是我不好。請你別見怪！」頓了一頓，又道：「我自幼出家，法名叫做『圓性』。我說『姓袁』，一則是我娘的姓，二則是將『圓性』兩字顛倒過來。『紫衣』，那便是緇衣芒鞋的『緇衣』！」胡斐怔怔的望著她，欲待不信此事，但眼前的袁紫衣明明是個妙尼，隔了半晌，才道：「你……你爲甚麼要騙我？」

圓性低垂了頭，雙眼瞧著地下，輕輕的道：「我奉師父之命，從回疆到中原來，單身一個尼姑，長途投宿打尖甚是不便，因此改作俗家打扮。我頭上裝的是假髮，飲食不沾葷腥，想是你沒瞧出來。」胡斐不知說甚麼好，終於輕輕嘆了口氣。

安提督朗聲說道：「還有那一位來跟五虎門鳳老師比試？」胡斐這時心神恍惚，黯

然魂銷，對安提督的話竟聽而不聞。安提督連問了三遍，見無人上前跟鳳天南挑戰，向福康安道：「回大帥：這七隻玉龍御杯，便賞給七位老師？」福康安道：「很好，很好！」

其時天已黎明，窗格中射進朦朧微光，經過一夜劇爭，七隻玉龍杯的歸屬才算定局。廳上羣豪紛紛議論：「紅花會搶去的那隻玉龍杯，不知誰有本事去奪了來？」「任他本領再強，也不能跟紅花會鬥啊。」「紅花會陳總舵主武功絕頂，還有無塵道人、趙半山、文泰來、常氏兄弟，那一個不是響噹噹的腳色？誰想去奪杯，那不是老壽星上吊，嫌命長麼？」

又有人瞧著圓性竊竊私議：「怎麼這個俏尼姑竟是九家半總掌門？眞是邪門。」「是那九家半？怎麼還有半個掌門人的？」「她如當眞武功高強，怎地又不去奪一隻玉龍杯？」「嘿，人家鳳老師的銀針，她惹得起麼？他手中金棍給砍成了四段，還能施放銀針，敗中取勝，了不起。」另一個不服氣，說道：「那也不見得！華拳門那黃鬍子聽到九家半總掌門進來，吃了一驚，這才中了暗器。否則的話，鳳天南一定不是他對手。你瞧他打敗田歸農，身手何等了得！華拳門這等厲害！」

這時兩名侍衛聽了湯沛吩咐，已扶起田歸農，坐入一張太師椅中。田歸農胸前鮮血淋漓，甚是狼狽。

安提督走到長几之旁，捧起了托盤，往中間一站，朗聲說道：「萬歲爺恩典，欽賜玉龍御杯，著少林派掌門人大智禪師、武當派掌門人無青子道長、三才劍掌門人湯沛、黑龍門掌門人海蘭弼……嗯，是華拳門掌門人程老師呢，還是天龍門……」說到這裏，俯首到湯沛耳邊請問。湯沛道：「是田歸農！」安提督點點頭，道：「公證人說，是天龍門掌門人田歸農……」又低聲向石先生問道：「石老師，貴門派和大名怎麼稱呼？」石先生微微一笑，說道：「草字萬嗔，至於門派嘛，就叫作藥王門吧。」安提督續道：「……藥王門掌門人石萬嗔、五虎門掌門人鳳天南收執。謝恩！」

聽到「謝恩」兩字，福康安等官員一齊站起。武林羣豪中有些懂禮數的便站了起來，有些卻坐著不動，直到衆衛士喝道：「都站起來！」這才紛紛起立。大智禪師和無青子各以僧道門中規矩行禮。湯沛、海蘭弼等跪下磕頭。

羣豪中有人叫道：「田歸農也算贏家嗎？」但安提督不予理睬，待各人跪拜已畢，笑道：「恭喜，恭喜！」將托盤遞了過去。

大智禪師等七人每人伸手取了一隻玉龍杯。

突然之間，七人手上猶似碰到了燒得通紅的烙鐵，實在拿捏不住，一齊鬆手。乒乒乓乓一陣清脆的響聲過去，七隻玉杯同時在青磚地上砸得粉碎。

這一下變故，不但七人大驚失色，自福康安以下，無不羣情聳動，齊問：「怎樣？怎樣？」頃刻之間，七人握過玉杯的手掌都又焦又腫，炙痛難當，不住的在衣服上拂擦。海蘭弼伸指到口中吮吸止痛，突然間大聲怪叫，舌頭上也劇痛起來。

胡斐向程靈素望了一眼，微微點頭。他此時方才明白，原來程靈素在擲打柯子容的第二枚和第三枚爆竹之中，裝上了赤蠍粉之類的毒藥，爆竹在七隻玉龍杯上空炸開，毒粉便散在杯上。這個布置意謀深遠，絲毫不露痕跡，此刻才見功效。

程靈素呑煙吐霧，不住的吸著旱煙管，吸了一筒，又裝一筒，半點也沒得意之色。她左掌中暗藏藥丸，遞了兩顆給胡斐，兩顆給圓性，低聲道：「吞下！」兩人知她必有深意，依言服了。

這時人人的目光都瞧著那七人和地下玉杯的碎片，驚愕之下，大廳上寂靜無聲。

圓性忽地走到廳心，雲帚指著湯沛，朗聲說道：「湯沛，這是皇上御賜的玉杯，你如此膽大妄為，竟敢暗施詭計，盡數砸碎。你心存不軌，和紅花會暗中勾結，要搗亂福大帥的天下掌門人大會。你這般大逆不道，目無君上，天下英雄都容你不得！」

她一字一句，說得清脆響朗。一番話辭意嚴峻，頭頭是道，又說他跟紅花會暗中勾結。衆人正茫無頭緒，忽聽她斬釘截鐵的說了出來，正所謂先入為主，無不以為實是湯沛所為。福康安心中怒極，手一揮，王劍英、周鐵鷦等高手衛士都圍到了湯沛身旁。

饒是湯沛一生經歷過不少大風大浪，此刻也臉色慘白，既驚且怒，身子發顫，喝道：「小妖尼，你血口噴人，胡說八道！你……你不想活了？」圓性冷笑道：「我是胡說八道之人麼？」她向著王劍英說道：「八卦門的掌門人王老師。」轉頭向周鐵鷦道：「鷹爪雁行門的掌門人周老師，你們都認得我是誰。這九家半的總掌門我是不當的了。可是我是胡說八道之人呢，還是有擔當、有身分之人？請你們兩位且說一句。」

王劍英和周鐵鷦自圓性一進大廳，心中便惴惴不安，深恐她將奪得自己掌門之位的眞情抖露出來。他二人是福康安身前最有臉面的衛士首領，又是北京城中武師的頂兒尖兒人物，倘若衆人知悉他二人連掌門之位也讓人奪了去，今後怎生做人？這時聽得圓性稱呼自己爲本門掌門人，又說「這九家半的總掌門我是不當的了」，那顯是點明，給她奪去的掌門之位重行歸還原主，當眞是如同臨刑的斬犯遇到皇恩大赦一般，心中如何不喜？圓性這麼相詢，又怎敢不順著她意思回答？何況他二人聽了她這番斥責湯沛的言語之後，原也疑心八成是湯沛暗中搗鬼，否則好端端地七隻玉杯，怎會陡然間一齊摔下跌碎。

王劍英當即恭恭敬敬的說道：「您武藝超羣，在下甚爲敬服，爲人又寬宏大量，實是當世武林中的傑出人才。」周鐵鷦日前給她打敗，心下雖十分記恨，但確實怕她當衆抖露醜事，也道：「在下相信您言而有信，顧全大體，尊重武林同道的顏面，若非萬不得已，決不揭露成名人物的陰私。」他這幾句話其實說的都是自己之事，求她顧住自己面子，但在旁人聽來，自然都以爲句句說的是湯沛。

衆人聽得福康安最親信的兩個衛士首領這般說，他二人又都對這少年尼姑這般恭謹，口口聲聲的以「您」相稱，那裏還有懷疑？

福康安喝道：「拿下了！」王劍英、周鐵鷦和海蘭弼一齊伸手，便要擒拿湯沛。湯沛使招「大圈手」，內勁吞吐，逼開了三人，叫道：「且慢！」向福康安道：「福大帥，小人要跟她對質幾句，只消她能拿得出眞憑實據，小人甘領大帥罪責，死而無怨。否則這等血口噴人，小人實是不服。」

福康安素知湯沛的名望，說道：「好，你便和她對質。」

湯沛瞪視圓性，怒道：「我和你素不相識，何故這等妄賴於我？你究是何人？」

圓性道：「不錯，我和你素不相識，何苦平白無端的冤枉你？只是我跟紅花會有深仇大恨。你既加盟入了紅花會，混進掌門人大會中來搗鬼，我便非揭穿你的陰謀詭計不可。你交友廣闊，相識遍天下，交結旁的朋友，也不關我事，你交結紅花會匪徒，我卻容你不得。」

胡斐在一旁聽著，心下存著老大疑團，他明知圓性和紅花會眾英雄淵源甚深，這砸碎玉杯之事，又明明是程靈素所做的手腳，卻不知她何以要這般誣陷湯沛？他轉了幾個念頭，猛然想起，圓性曾說她母親遭鳳天南逼迫離開廣東之後，曾得湯沛收留，後來又死在湯沛府上。難道她母親之死，竟和湯沛有關？

他自從驀地裏見到那念念不忘的俊俏姑娘竟是個尼姑，便即神魂不定，始終無法靜下來思索，腦海中諸般念頭此去彼來，猶似亂潮怒湧，連背上的傷痛也忘記了。

福康安十年前曾爲紅花會羣雄所擒，大受折辱，心中恨極了紅花會人物，這一次招集各派掌門人聚會，主旨之一便是爲了對付紅花會，這時聽了圓性一番言語，心想這姓湯的愛交江湖豪客，紅花會的匪首個個是武林中的厲害腳色，如跟他私通款曲，結交來往，那是半點不奇，若無交往，反倒希奇了。

湯沛說道：「你說我結交紅花會匪首，是誰見來？有何憑證？」

圓性向安提督道：「提督大人，這奸人湯沛，有跟紅花會匪首來往的書信。你能設法查對筆跡眞假麼？」安提督道：「可以！」轉頭向身旁的武官吩咐了幾句。那武官走向一旁方桌，翻開卷宗，取出幾封信來，乃是湯沛寫給安提督的書信，信中答應來京赴會，並作會中比武公證。

湯沛暗忖自己結交雖廣，但行事向來謹細，並不識得紅花會人物，這尼姑就算揑造書信，筆跡一對便知眞僞，當下只微微冷笑。

圓性冷冷的道：「甘霖惠七省湯沛湯大俠，你帽子之中，藏的是甚麼？」

湯沛一愕，說道：「有甚麼了？帽子便是帽子。」他取下帽子，裏裏外外一看，絕無異狀，爲示清白，便交給了海蘭弼。海蘭弼看了看，交給安提督。安提督也仔細看了看，道：「沒甚麼啊。」圓性道：「請提督大人割開來瞧瞧。」

滿洲風俗，遇有盛宴，例有大塊白煮豬肉，各人以自備解手刀片割而食，因此安提督身邊亦攜有解手刀。他聽圓性這般說，便取出刀子，割開湯沛小帽的線縫，只見帽內所襯棉絮之中，果然藏有一信。安提督「哦」的一聲，抽了出來。

湯沛臉如土色，道：「這……這……」忍不住想過去瞧瞧，只聽唰唰兩聲，王劍英和周鐵鷦抽刀攔住。安提督展開信箋，朗聲讀道：

「下走湯沛，謹拜上陳總舵主麾下：所囑之事，自當盡心竭力，死而後已，蓋非此不足以報知遇之大恩也。唯彼傖既大舉集眾，會天下諸門派掌門人於一堂，自必戒備森嚴。下走若不幸有負所託，便當血濺京華，以此書此帽拜見明公耳。下走在京，探得……」

他讀到這裏，臉色微變，便不再讀下去，將書信呈給了福康安。

福康安接過來看下去，只見信中續道：

「……探得彼傖身世隱事甚夥，如能相見，一一面陳。舉首西眺，想望風采。何日重囚彼酋於六和塔頂，再擄彼傖於紫禁城中，不亦快哉！」

福康安愈讀愈怒，幾欲氣破胸膛。

十年前乾隆皇帝在杭州微服出遊，曾爲紅花會羣雄設計擒獲，囚於六和塔頂，後來福康安又在北京禁城中爲紅花會所俘。這兩件事乾隆和福康安都引爲畢生奇恥大辱，凡是當年預聞此事的官員侍衛，都已給乾隆逐年來藉故斥逐誅戮。此兩事又因關涉到紅花會總舵主陳家洛的身世隱事，是以紅花會亦秘而不宣，江湖上知者極少。事隔十年，福康安創痛漸淡，豈知湯沛竟在信中又揭開了這個大瘡疤。福康安又想：信內「探得彼傖身世隱事甚夥」云云，又不知包含著多少醜聞陰私？福康安是乾隆的私生子，單是這一件事，膽敢提到一句的人便足以滅門殺身。

福康安雖向來鎮靜，這時也已氣得臉色焦黃，雙手顫抖，隨手接過安提督遞上來湯沛的另一封書信，一看之下，兩封信上的字跡並不十分相似，但盛怒之際，已無心緒去細加核對。

湯沛見自己小帽之中竟會藏著一封書信，驚惶之後微一凝思，便即恍然，知是圓性暗中做下的手腳；自是她處心積慮，買了頂一模一樣的小帽，僞造書信，縫在帽中，然後在自己睡覺或洗澡之際換了一頂。

他聽安提督讀信讀了一半，不禁滿背冷汗，心想今日大禍臨頭，再見他竟爾不敢再讀書信的後半，卻呈給了福康安親閱，可想而知，後面是更加大逆不道的言語。他心想：「今日要辯明這不白之冤，惟有查明這小尼姑的來歷。」側頭細看圓性，驀地一驚：「這尼姑好生面熟，從前見過的。」陡然想起，叫道：「你……你是銀姑，銀姑的女兒！」圓性冷笑道：「你終於認出來了。」

湯沛大叫：「福大帥，這尼姑是小人的仇家。她設下圈套，陷害於我。大帥，你千萬信她不得。」圓性道：「不錯，我是你的仇家。我母親當年走投無路，來到你家投靠。你這人面獸心的湯大俠，見我母親美貌，竟使暴力侵犯於她，害得我母親懸樑自盡。這事可是有的？」

湯沛心知若在天下英雄之前承認了這件醜行，自然從此聲名掃地，再也無顏見人，但權衡輕重，寧可直認此事，好令福康安相信這小尼姑是挾仇誣陷，便點頭道：「不錯，確有此事。」

羣豪對湯沛本來都甚是敬重，當他是位扶危解困、急人之難的大俠，雖聽他和紅花會勾結，但紅花會羣雄聲名極好，武林中衆所仰慕，湯沛即使入了紅花會，也絲毫無損於其「大俠」兩字令譽，這時卻聽得他親口直認逼姦難女，害人自盡，不由得大譁。許多直性子的登時便大聲斥責，有的罵他「僞君子」，有的罵他「衣冠禽獸」，有的說他自居「大俠」，欺世盜名，不識羞恥。

圓性待人聲稍靜，冷冷的道：「我一直想殺了你這禽獸，爲我母親報仇，可是你武功太強，我鬥你不過，只有日夜在你屋頂窗下窺伺。嘿嘿，天假其便，給我聽到你跟紅花會趙半山、常氏兄弟、石雙英這些匪首陰謀私議。適才搶奪玉龍杯的那個少年書生，便是紅花會總舵主陳家洛的書僮心硯，是也不是？」衆人一聽，又一陣嘈亂。

福康安也即想起：「此人正是心硯。他好大的膽子，竟不怕我認他出來！」

湯沛道：「我怎認得他？倘若我跟紅花會勾結，何以又出手擒住他？」

圓性嘿嘿冷笑，說道：「你手腳做得如此乾淨利落，要是我事先沒聽到你們暗中密議，也決計想不到這陰謀。我問你，你湯大俠的點穴手法另具一功，你下手點了人家穴道之後，本來旁人再也無法解得開。可是適才你點了那紅花會匪徒的穴道，何以大廳上燈火齊熄？那匪徒身上的穴道又何以忽然解了，得以逃去？」

湯沛張口結舌，顫聲道：「這個……這個……想是暗中有人解救。」

圓性厲聲道：「暗中解救之人，除了湯沛湯大俠，天下再無第二個。當時除你之外，還有誰站在那人的身邊？」胡斐心想：「她言辭鋒利，湯沛委實百口難辯。那少年書生的穴道，明明是我解的。但我只解了一半，另一半不知是何人所解，但想來決不會是湯沛。」

圓性又朗聲道：「福大帥，我偷聽到這湯沛和紅花會匪徒計議定當，假裝將那匪徒心硯擒獲，放在你身旁，再由另一批匪徒打滅燭火，那心硯便乘亂就近向你行刺。這批匪徒意料之中，衆衛士見那書生已給點了穴道，動彈不得，自不會防他行刺。天幸福大帥洪福齊天，逢凶化吉。衆衛士又忠心耿耿，防衛周密，燭火滅熄之後，明知危險，仍立即不顧自身，一齊擋在大帥身前保護，賊人的奸計才不得逞。」

湯沛大叫：「你胡說八道，那有此事？」

福康安回想適才的情景，對圓性之言不由得信了個十足十，暗叫：「好險！」向王劍英和周鐵鷦道：「你們很好，待會重重有賞。」

圓性乘機又道：「王大人，周大人，適才賊人的奸計是不是這樣？」王劍英和周鐵鷦均想：「這小尼姑是得罪不得的。何況我們越說得凶險，保護大帥之功越高，回頭封賞越大。」於是一個說：「那書生確是曾撲到大帥身前來，幸好未能成功。」另一個說：「黑暗之中，的確有人過來，功夫厲害得很，我們只好拚了命抵擋……卻沒想到竟是湯沛，當眞凶險得緊。」

湯沛暗暗叫苦，只是不認，福康安不住冷笑，暗自慶幸。圓性回頭向著鳳天南上上下下的打量。

鳳天南是她親生之父，可是曾逼得她母親顛沛流離，受盡了苦楚，最後不得善終。她從胡斐手中救過他三次，本已下定決心，要想取他性命，爲苦命的亡母報仇，但想到他是自己親生之父，終究下不了手。她既誣陷了湯沛，原可再將鳳天南扳陷在內，但向他瞧了兩眼，終是不忍，一時拿不定主意。

湯沛狡獪多智，瞧出她心懷猶疑，又見她眼光不住溜向鳳天南，兩下裏一湊合，登即料定這事全是鳳天南暗中布下的計謀，叫道：「鳳天南，原來是你從中搗鬼！你要我暗中助你，令你五虎門在掌門人大會中壓倒羣雄，這時卻又叫你女兒來陷害於我。」

鳳天南驚道：「我女兒？她……她是我女兒？」羣豪聽了兩人之言，無不驚奇。

湯沛冷笑道：「你還在這裏假痴假呆，裝作不知。你瞧瞧這小尼姑，跟當年的銀姑有甚麼分別？」鳳天南雙眼瞪著圓性，怔怔的說不出話來，但見她雖作尼姑裝束，但瓜子臉蛋，秀眉美目，宛然便是昔日的漁家女銀姑。

原來當年銀姑帶了女兒從廣東佛山逃到江西南昌，投身湯沛府中為傭。湯沛外表道貌岸然，一副善長仁人的模樣，實則行止甚是不端，見銀姑美貌，便對她強暴。銀姑無力反抗，羞憤之下，懸樑自盡。

圓性卻蒙峨嵋派中一位輩份甚高的尼姑救去，帶到天山，自幼便給她落髮，授以武藝。那位尼姑的住處和天池怪俠袁士霄及紅花會羣雄相去不遠，平日切磋武學，時相過從。圓性天資極佳，她師父的武功原已極為高深繁複，但她貪多不厭，每次見到袁士霄，總纏著他要傳授幾招，而從陳家洛、霍青桐直至心硯，紅花會羣雄無人不是多多少少的傳過她一些功夫。天池怪俠袁士霄老來寂寞，對她傳授尤多。袁士霄於天下武學，幾乎說得上無所不知，何況再加上十幾位明師，是以圓性藝兼各派之所長，她人又聰明機警，以智巧補功力不足，若不是年紀太輕，內功修為尚淺，直已可躋一流高手之境。

這一年圓性稟明師父，回中土為母報仇，鴛鴦刀駱冰便託她帶來白馬，遇到胡斐時贈送於他。只趙半山將胡斐誇得太好，圓性少年性情，心下不服，這才有途中和胡斐數度較量之事。不料兩人見面後惺惺相惜，心中情苗暗茁。圓性待得驚覺，已柔腸百轉，難以自遣了。她自行制約，不敢多和胡斐見面，只暗中跟隨。後來見他結識了程靈素，她既自傷，亦復寬慰，自己是方外之人，終身注定以青燈古佛爲伴，她自幼蒙師父教養長大，十六歲上曾立下重誓，要作師父的衣缽傳人，師恩深重，決計不敢有背。見程靈素聰明智慧，猶勝於己，對胡斐更一往情深，胡斐得以爲侶，原亦大佳。因此上留贈玉鳳，微通消息，但暗地裏卻已不知偷彈了多少珠淚，自傷身世，傷痛不禁……

她此番東來報仇，大仇人是甘霖惠七省湯沛，心想若暗中行刺下毒，原亦不難，但此人一生假仁假義，沽名釣譽，須得在天下好漢之前揭破他的假面具，那比將他一劍穿心更加痛快。

適逢福康安正要召開天下掌門人大會，分遣人手前往各地，邀請各家各派的掌門人赴京與會。圓性查知福康安此舉的用意，一來是收羅江湖豪傑，以功名財帛相羈縻，用以對付紅花會羣雄；二來是挑撥離間，使各派武師相互爭鬥，不致共同反抗滿清。她細細籌劃，要在掌門人大會之中先揭露湯沛的眞相，再殺他爲母報仇，如能在會中大鬧一場，使福康安奸計不逞，那不但幫了紅花會諸伯叔一個大忙，亦不枉他們平日的辛苦教導，抑且造福天下武林，消弭一場無窮大禍。

在南昌湯沛老家，他門人子姪固然不少，便養在家中的閒漢門客也有數十人之多，要混進他府中極爲不易，但到了北京，湯沛住的不過是一家上等客店，圓性改作男裝，進出客店，誰也不在意下。她偷聽了湯沛幾次談話，知他熱中功名，亟盼乘機巴結上福康安，就此平步青雲，暗中又與鳳天南勾結，於是設下計謀，僞造書信，偷換小帽。再加上程靈素碎玉龍杯、胡斐救心硯等幾件事一湊合，湯沛便有蘇張之舌也已辯解不來。

湯沛此刻病急亂投醫，便如行將溺死之人，就碰到一根稻草，也必緊抓不放，叫道：「鳳天南，你說，她是不是你的女兒？」鳳天南緩緩點了點頭。

湯沛大聲道：「福大帥，他父女倆設下圈套，陷害於我。」鳳天南怒道：「我爲甚麼要害你？」湯沛道：「只因我逼死了你妻子。」鳳天南冷笑道：「你逼死的那個女子，誰說是我妻子？鳳某到了手便丟，這種女子……」說到這裏，忽見圓性冷森森的目光凝視著自己，不禁打個寒戰，當即住口。

圓性冷冷的道：「鳳老爺，你在廣東佛山鎮上，逼得我娘走投無路，逃到江西南昌這位湯大俠府上，給他橫施強暴，終於懸樑自盡。我娘的一條性命，是你們兩個合力害死的，是不是？」鳳天南囁嚅道：「我們身處江湖之人，身上有幾條人命，誰都免不了……」

突然間圓性「啊」的一聲痛呼，彎下身去，她立即轉身，揮出雲帚，向身後的湯沛拂去。湯沛從身邊抽出青鋼劍，揮劍還刺。圓性腳下踉蹌，退了幾步。胡斐忙搶上一步，問道：「怎麼？」圓性道：「我背心中了暗器！」

胡斐大怒，揮動天龍寶刀，一刀向湯沛砍去。湯沛知他刀利，不敢招架，閃身避開。兩人一交上手，出的全是狠辣招數。程靈素搶上扶開圓性，用她雲帚上的磁石起出她背上所中銀針。程靈素在旁早瞧得仔細，叫道：「大哥，無影銀針是湯沛腳尖上放的！留心他腳尖！」原來這無影銀針，正是湯沛裝在靴中的巧妙暗器。

胡斐左手刀著著進擊，提防湯沛腳下發射銀針。湯沛功力較胡斐爲深，但胡斐刀法精奇，手中的寶刀又無堅不摧，湯沛也甚爲忌憚。再鬥數合，湯沛見福府衛士慢慢圍將上來，雙腳足跟在地下連登數下，十餘枚銀針接連射出，胡斐右躍閃開，只聽得「啊唷」連聲，已有七八名衛士給銀針射中。

湯沛轉身衝向窗口，一劍「野馬回頭」向後斬出，阻擋敵人攻來。胡斐揮刀上削，噹的一聲，青鋼劍斷爲兩截。胡斐背上傷處刺痛，但想捨命也要給圓性報此大仇，奮力揮掌拍出，重重一拳擊在湯沛背心。湯沛身子一晃，哇的一聲，噴出一口鮮血。他知這一下受傷不輕，不敢停留，乘著胡斐一拍的外推之勢，破窗逃出。只聽得「啊喲！哎唷！」砰砰砰數響，屋頂跌下三名衛士，都是企圖阻攔湯沛而遭他擊落。周鐵鷦、曾鐵鷗躍上屋頂追趕，曙光初露中已不見湯沛去向。兩人追了數條街道，忌憚湯沛了得，不敢遠追，廢然而回。

先前胡斐背上中針，略一定神之後，已知那銀針決非鳳天南所發，當時他刀斷金棍，正面對著鳳天南，圓性進來時他心神恍惚，背心便中銀針，那定是在他身後之人偷襲。他見湯沛初時和鳳天南爭吵，說他「暗箭傷人，不是好漢」，始終沒疑心到湯沛身上，料想若不是海蘭弼所爲，便是那個委委瑣瑣的武當掌門無青子作了手腳，那料得到湯鳳二人先前假意爭吵，其實是故意布下疑陣，掩人耳目。

原來鳳天南當年在佛山鎮稱霸之時，結交官府，又廣交各路土霸雄豪，與湯沛也向有交情，平時頗有交往。鳳天南曾在湯沛家中住過幾天，無意中聽到兩個僕人談到廣東佛山的風土人情，不由得關心，賞了那兩僕十幾兩銀子，細問情由，竟探聽到了銀姑之事。鳳天南對銀姑猶如過眼雲煙，自不將這事放在心上，一笑了之，也不跟湯沛提起。

後來發生鍾阿四一事，鳳天南遭胡斐苦苦追逼，不得已毀家北逃，在義堂鎮以大宅田地贈送胡斐，到了北京後又使了不少銀子，請了周鐵鷦出面，只想化解仇怨，但胡斐不肯罷休。鳳天南心想，此人不除，自己這一生寢食難安，便去跟湯沛商量，如湯沛能設法除了胡斐，他回到佛山重整基業，每年送他一萬兩銀子，且隱隱約約提到銀姑之事，暗示湯沛若不相助，說不得要將此事抖露出來。湯沛交結朋友，花費極大。他為了博仁義之名，又不能像鳳天南這般開賭場、霸碼頭，公然的巧取豪奪，聽鳳天南答應每年相送一萬兩銀子，自不免心動，再加上顧忌銀姑之事敗露，於是答允相助。

湯沛甚工心計，靴底之中，裝有極為精巧的銀針暗器，他行路足跟並不著地，足跟若在地下一碰，足尖上便有銀針射出，當眞是無影無蹤，人所難測。他想既然相助鳳天南，索性大助一番，讓他捧一隻玉龍杯回到佛山，聲威大振之下，每年的酬金自也不止是一萬兩銀子了。鳳天南在會中連敗高手，全是湯沛暗放銀針。銀針既細，他踏足發針之技又巧妙異常，雖衆目睽睽，竟沒一人發覺。

不料變生不測，平空闖了一個小尼姑進來，一番言語，將湯沛緊緊的纏在網裏，竟絲毫抗辯不得。他危急之中，突然發覺這尼姑是鳳天南的女兒，不管三七二十一，便將這事說出來。他想逼死弱女、比武作弊事小，勾結紅花會、圖謀叛變的罪名卻極大，兩害相權取其輕，當下便向鳳天南父女反擊，並乘著圓性轉身對鳳天南說話時，發針向她背心偷襲。

鳳天南見衆衛士與胡斐都專注於擒拿湯沛，圓性又身中銀針，此時不走，更待何時？一轉身便欲溜出，卻見一人縱身而上，張開一隻鋼杓，攔在面前，正是柯子容。只聽他大聲喝道：「鳳天南，湯沛暗發銀針傷我，算是你贏了我嗎？」鳳天南更不打話，將雙手所持的兩根斷棍同時擲出，一擊柯子容面門，一擊他手中鋼杓。這兩根斷棍是他鍍金鋼棍的一截，適才爲胡斐以寶刀斬斷，雖只尺許來長，但棍身厚實，沉重異常，他用力擲出，勢道淩厲。柯子容舉箭杓一擋，噹的一聲，杓柄早斷，忙低頭急躍，閃避另一斷棍。鳳天南奪路急奔，推開幾名阻在身前的武師和衛士，發足向側門奔去。

眼見再奔得幾步，鳳天南便可逃出福府，圓性遙遙望見，急叫：「胡大哥……這惡人要逃走了！快殺了他！」胡斐見湯沛逃走，正自沮喪，聽得圓性叫喚，見鳳天南已奔近側門，自己背上有傷，如發足急趕，未必追他得上，緊急中不及多思，吸一口氣，右臂運力，將天龍寶刀出力擲出，呼呼風響，一道白光星馳電擊般向鳳天南後心飛去。鳳天南只顧逃生，聽得腦後風聲勁急，忙向前竄出，嗤的一聲，天龍刀正中其背，刀刃鋒銳無倫，將他一條右臂連著半片胸背一齊削了下來。

衆人驚呼聲中，只見鳳天南俯身在地，不住顫抖，背心鮮血狂湧，連肺葉也翻了出來，眼見是不活了。

胡斐這些日來一直想的就是要手刃鳳天南，爲佛山鎮上鍾阿四一家報仇。此刻見到他終於遭到報應，死得慘不堪言，心中驀地感到一陣淒涼：「鍾阿四全家早就都給這惡霸殺了，我此刻雖殺了這大惡人，鍾小二他們也活不轉了。我爲鍾家報了大仇，他們也未必知道，我這般殺人，到底該是不該？」只聽得背後圓性的聲音說道：「胡大哥，多謝你爲我娘報了大仇！」

這時廳上早已亂成一團，衆衛士傳令呼喝，要擒拿叛逆，人人在大帥面前要顯得忠心爲主，奮不顧身。

福康安心想：「這湯沛必定另有同謀之人，那小尼姑多半也知他信內之言，雖說奸謀由她揭露，卻也不能留下活口，任她宣洩於外。」低聲向安提督道：「關上了大門，誰都不許出去，拿下了逐個兒審問。」

胡斐見勢不對，縱身搶到圓性和程靈素身邊，低聲道：「快走！遲了便脫不了身啦！」圓性突然伸指在蔡威脅下一戳，跟著又在他肩頭和背心重穴上連點兩指。蔡威登時跌倒。

姬曉峯一怔，道：「你……」圓性道：「胡大哥，是此人洩露機密，暗中將福康安的兩個兒子送了回去。」胡斐「啊」的一聲，怒道：「此人如此可惡！」伸足在蔡威背心上重重踢了一腳，這一腳雖不取了他性命，但蔡威自此筋脈大損，已與廢人無異。胡斐俯身在他耳邊問道：「你有沒說那兩個孩子是我搶來的？福大帥剛才怎麼不派人拿我？」蔡威怕他再下毒手傷害自己，只得實說：「我叫人把孩子送交福府，說是少林派送去的！」胡斐料想他不敢自承華拳門，推在少林派頭上，一時倒無可查究。混亂之中，他二人對付蔡威，旁人也未知覺。

胡斐對姬曉峯道：「姬兄快走。一切多謝。華拳門掌門人便請你當了。」姬曉峯見情勢不對，拱了拱手，搶步出門。胡斐以華拳門掌門人身份，空手奪了田歸農手中寶刀，飛刀殺了鳳天南，又擊傷湯沛，令華拳門在武林中聲譽鵲起，實則算得上已爲華拳門奪得一隻、甚至兩隻玉龍杯了。姬曉峯心下暗暗感激。

只聽安提督叫道：「大家各歸原座，不可嘈吵！」

程靈素裝了一筒煙，狂噴了幾口，跟著又走到廳左廳右，一面噴煙，一面掂起了腳在人叢中東張西望。忽然有人叫道：「啊喲，肚子好痛！」叫聲甫歇，四周都有人叫了起來：「啊喲，啊喲！肚痛，肚痛。」程靈素回到胡斐和圓性身邊，使個眼色，彎了腰大叫：「啊唷，肚子好痛，好痛，中了毒啦！」

那自稱「毒手藥王」的石萬嗔肚中也劇烈疼痛，忙取出一束藥草，打火點燃了。他點燃藥草，原是意欲解毒，程靈素早料到了此著，躲在人叢中叫道：「毒手藥王放毒，毒手藥王放毒！」胡斐跟著叫道：「快，快制住他，毒手藥王要毒死福大帥。」

一片混亂之中，衆人那裏還能分辨到底毒從何來，心中震於「毒手藥王」的威名，認定他一出手便是下毒，何況自己肚中正痛不可當，眼見他手中藥草已經點燃，燒出白煙，料想這煙自然劇毒無比，中者立斃，誰也不敢走近制止。只聽颼颼颼響聲不絕，四面八方的暗器都向石萬嗔射了過去。

那石萬嗔的武功也真了得，雖在霎時之間成爲衆矢之的，竟臨危不亂，一矮身，掀翻一張方桌，橫過來擋在身前，只聽噼噼啪啪，猶似下了一層密密的冰雹，數十枚暗器盡數打上桌面。他大聲叫道：「有人在茶酒之中下了毒藥，與我何干？」

此番前來赴會的江湖豪客之中，原有許多人想到福康安召集天下掌門人聚會，只怕暗中安排下陰謀毒計，要將武林中好手一網打盡。須知「儒以文亂法，俠以武犯禁」，歷來人主大臣，若不能網羅文武才士以爲己用，便欲加之斧鉞而誅滅，以免爲患民間，扇動天下，自來便是如此。這時聽到石萬嗔大叫：「有人在茶酒之中下了毒藥。」一個個心驚肉跳，至於福康安自己和衆衛士其實也肚中疼痛，旁人自然不知。

片刻間廳上更加大亂，許多人低聲互相招呼：「快走，快走，福大帥要毒死咱們！」「要命的快逃！」「快回寓所去服解毒藥物。」

程靈素自福康安的二子在大廳上現身，她便在思索何人洩漏了秘密，又尋思如何和胡斐逃離險地，待見袁紫衣點倒蔡威，聲稱是他通風報訊，當即在煙管中裝了藥物，噴出毒煙，大廳上人人吸進，無一倖免。她來到福府之前，早就攜帶了毒煙藥物，以作脫身之用。這毒煙不是致命之物，但吸進者少不免頭疼腹痛，痛上大半個時辰方罷。石萬嗔在會中現身，非她事前所知，但這一湊合，她的巧計更易見效，不但衆衛士疑心石萬嗔下毒，更使羣豪以爲福康安有意暗害，紛紛奪門而走。

胡斐料知馬春花經此變故，已難痊可，只想殺了福康安爲馬春花報仇，但這時王劍英、周鐵鷦等早已保護福康安退入後堂。福康安傳下號令，緊閉府門，誰都不許出去，一面急召太醫，服食解毒藥物。

羣豪見府中衛士要關閉府門，更加相信福康安存心加害，此時面臨生死關頭，也顧不得背負一個「犯上作亂」的罪名，當即蜂擁而出。衆衛士舉兵刃攔阻，羣豪便即還手衝門。自大廳以至府門須經三道門戶，每一道門邊都乒乒乓乓的鬥得甚爲激烈。這次大會聚集了武林各家各派的高手，雖眞正第一流的清高之士並不赴會，但到來的卻也均非尋常，衆人齊心外衝，衆衛士如何阻攔得住？

安提督按住了肚子，向大智禪師、無青子等一干高手說道：「奸人搗亂會場，各位但請安坐勿動。福大帥愛才下士，求賢若渴，對各位極是禮敬。各位千萬不可起疑。」

程靈素縱聲大叫：「毒死福大帥的兇手，你們怎地不捉？」衆衛士大驚，都問：「福大帥給毒死了嗎？」程靈素一扯圓性和胡斐的衣袖，低聲道：「快走！」三人衝向廳門。

出門之際，胡斐和圓性不自禁都回過頭來，向屍橫就地、給人踐踏了一陣的鳳天南看去。胡斐心想：「你一生作惡，今日終遭此報。」圓性的心情卻亂得多：「你害得我可憐的媽媽好苦。可是你……你終究是我親生的爹爹。」胡斐見那柄鋒利的天龍寶刀上染滿了鮮血，拋在鳳天南的屍身之旁，便想去俯身拾起，一瞥眼見圓性神色淒苦，便不忍過去拾刀。

三人奔出大門，幾名衛士上來攔阻。圓性揮軟鞭捲倒一人，胡斐左掌拍在一人肩頭，掌力一吐，將那衛士震出數丈，跟著右腳反踢，又踢飛了一名衛士。

此刻天已大明，府門外援兵陸續趕到。三人避入了一條小胡同中。胡斐道：「馬姑娘失了愛子，不知如何？」圓性道：「那姓蔡的老頭派人將馬姑娘和兩個孩兒送去給福康安，我途中攔截，一人難以分身，只救了馬姑娘出來。」胡斐道：「那好極了。多謝你啦！」

圓性道：「我將馬姑娘安置在城西郊外一座破廟裏，往返轉折，因此到得遲了。」胡斐沉吟道：「蔡威這賊不知如何得悉馬姑娘的眞相，難道我們露了破綻麼？」程靈素道：「定是他偷偷去查問馬姑娘。馬姑娘昏昏沉沉之中，便說了出來。」

胡斐道：「必是如此。」圓性道：「若不是程家妹子施這巧計，只怕你我難以平安出此府門。」胡斐點了點頭道：「咱們今日搞散福康安的大會，教他圖謀成空，只可惜讓湯沛逃了。」轉頭對圓性道：「這惡賊已身敗名裂，袁姑娘……你的大仇已報了一半，咱們合力找他，終不成他能逃到天邊。」

圓性黯然不語，心想我是出家人，現下身分已顯，豈能再長時跟你在一起。

程靈素道：「少時城門一閉，到處盤查，再要出城便難了。咱們還是趕緊出城。」

當下三人回到下處取了隨身物品，胡程二人除去臉上喬裝，牽了駱冰所贈的白馬。程靈素笑道：「胡大爺，你贏來的這所大宅，只好還給那位周大人啦。」胡斐笑道：「他幫了咱們不少忙，且讓他升官之後，再發筆財。」他雖強作笑語，但目光始終不敢和圓性相接。

三人料想追兵不久便到，忙趕到城門，幸好閉城令尚未傳到。出得城來，由圓性帶路，來到馬春花安身的破廟。那座廟宇遠離大路，殘瓦頽垣，十分破敗，大殿上神像青面凹首，腰圍樹葉，手裏拿著一束青草在口中作咀嚼之狀，卻是嘗百草的神農氏。圓性道：「程家妹子，到了你老家來啦，這是座藥王廟。」

三人走進廂房，見馬春花臥在炕上的稻草之中，氣息奄奄，見了三人也不相識，只不住口的低聲叫喚：「我的孩兒呢，我的孩兒呢？」

程靈素搭了搭她脈搏，翻開她眼皮瞧了瞧。三人悄悄退出，回到殿上。程靈素低聲道：「不成啦！她受了震盪，又吃驚嚇，再加失了孩子，三件事夾攻，已活不到明日此刻。便我師父復生，只怕也已救她不得。」

胡斐瞧了馬春花的情狀，便程靈素不說，也知已命在頃刻，想起商家堡中昔日之情，不禁怔怔的掉下淚來。他自在福康安府中見到袁紫衣成了尼姑圓性，心中一直鬱鬱，此刻眼淚一流，觸動心事，再也忍耐不住，嗚嗚咽咽的哭了起來。

程靈素和圓性如何不明白他因何傷心？程靈素道：「我再去瞧瞧馬姑娘。」緩步走進廂房。圓性給他這麼一哭，眼圈也早紅了，強自忍住便欲奪眶而出的眼淚，顫聲道：「胡大哥，多謝你待我的一片……一片……」說到這裏，淚水再也難忍。

胡斐淚眼模糊的抬起頭來，道：「你……你難道不能……不能還俗嗎？待殺了那姓湯的，報了父母大仇，求求你，不要再做尼姑了。」

圓性搖頭道：「千萬別說這樣褻瀆我佛的話。我當年對師父立下重誓，皈依佛祖。

身入空門之人，再起他念，已是犯戒，何況……何況其他？」自從她在粵湘道上與胡斐相遇伸量、湘妃廟中良夜共處之後，這些日來柔腸百轉，甚麼「他念」都想過了，結果只歸結到自己生來命苦，痛哭良久，此時眼淚也幾乎已流乾了，伸袖抹了抹眼，長長嘆了口氣。

兩人呆對半晌，心中均有千言萬語，卻不知從何說起。

圓性低聲道：「程姑娘人很好，你要好好待她。你以後別再想著我，我也永遠不會再記得你。」胡斐心如刀割，嗚咽道：「程姑娘只是我義妹，我永遠永遠心裏要記著你，想著你。」圓性道：「徒然自苦，復有何益？」一咬牙，轉身走出廟門。

胡斐追了出去，顫聲問道：「你……你去那裏？」圓性道：「你何必管我？此後便如一年之前，你不知世上有我，我不知世上有你，豈不乾淨？」胡斐道：「我不要乾淨！我只要跟你在一起！」話聲甚是固執。圓性柔聲道：「我們命裏沒這福氣……」話沒說完，拂袖出門。

胡斐一呆，見她飄然遠去，竟始終沒轉頭回顧。胡斐身子搖晃，站立不定，坐倒在廟門外的一塊大石上，凝望著圓性所去之處，唯見一條荒草小路，黃沙上印著她淺淺的足印。他心中一片空白，似乎在想千百種物事，卻又似甚麼也沒想。

也不知過了多少時候，忽聽得前面小路上隱隱傳來一陣馬蹄聲。胡斐一躍而起，第一個念頭便是：「她又回來了！」但立即知道是空想，圓性去時並未騎馬，何況來的又非一乘一騎。但聽蹄聲並非奔馳甚急，似乎也不是追兵。

過了片時，蹄聲漸近，九騎馬自西而來。胡斐凝目看去，見馬上一人相貌俊秀，四十歲不到年紀，卻不是福康安是誰？

胡斐登時狂怒不可抑止，暗想：「此人執掌天下兵馬大權。清廷欺壓百姓，除了當今皇帝乾隆之外，罪魁禍首，便要數到此人了。他對馬姑娘負情薄義，害得她家破人亡，命在頃刻。他以兵部尚書之尊，忽然來到郊外，隨身侍從自必都是一等一的高手，我雖只二妹相助，也要挫挫他的威風。縱使殺他不了，便嚇他一嚇，也是好的。」昂首走到路心，雙手在腰間一叉，怒目向著福康安斜視。那九人忽見有人攔路，一齊勒馬。

福康安不動聲色，顯是有恃無恐，只說聲：「勞駕！」胡斐戟指罵道：「你做的好事！你還記得馬春花麼？」

福康安臉色憂鬱，似有滿懷心事，淡淡的道：「馬春花？我不記得了，那是誰啊？」

胡斐更加憤怒，冷笑道：「嘿嘿，你跟馬春花生下兩個兒子，不記得了麼？你派人殺死她的丈夫徐錚，不記得了麼？你母子兩人串通，下毒害死了她，也不記得了麼？」

福康安緩緩搖了搖頭，說道：「尊駕認錯人了。」他身旁一個獨臂道人笑道：「這是個瘋子，在這裏胡說八道，甚麼馬春花、牛秋花。」

胡斐更不打話，縱身躍起，左拳便向福康安面門打去。這一拳乃是虛勢，不待福康安伸臂擋架，右手五指成虎爪之形，拿向他胸口。他知如一擊不中，福康安左右衛士立時便會出手，因此這一拿既快且準，有如星馳電掣，實是他生平武學的力作，料想福康安身旁的衛士本事再高，也決計不及搶上來化解這一招迅雷不及掩耳的虎爪擒拿。

福康安「噫」的一聲，逕不理會他左拳，右手食指和中指陡然伸出，成剪刀之形，點向他右腕的「會宗穴」和「陽池穴」，出手之快，指法之奇，胡斐生平從所未見。

在這電光石火般的一瞬之間，胡斐心頭猛地一震，立即變招，五指勾攏，便去抓他兩根點穴的手指，只消抓住了一扭，非教他指骨折斷不可。豈知福康安武功俊極，竟不縮手，其餘三根手指一伸，翻成掌形，手臂不動，掌力已吐。

凡伸拳發掌，必先後縮，才行出擊，但福康安這一掌手臂已伸在外，竟不彎臂，掌力便即送出，招數固奇幻之極，內力亦雄渾無比。

胡斐大駭，這時身當虛空，無法借力，危急中左掌疾拍，砰的一響，和福康安雙掌相交，剎那間只感胸口氣血翻騰，借勢向後飄出兩丈有餘。他吸一口氣，吐一口氣，便在半空之中，氣息已然調勻，身子挺直，神清氣爽，輕飄飄的落在地下，穩穩站定。

只聽得八九個聲音齊聲喝采：「好！」

看那福康安時，但見他身子微微一晃，隨即坐穩，臉上閃過一絲驚訝，立時又回復了先前鬱鬱寡歡的神氣。

胡斐自縱身出擊至飄身落地，當眞只一霎眼間，可是這中間兩人虛招、擒拿、點穴、扭指、吐掌、拚力、躍退、調息，實已交換了七八式最精深的武學變化。相較之下雖似平手，但一個出盡全力搏擊，一個隨手揮送，瀟洒自如，胡斐顯已輸了一籌。然一個身在半空，一個穩坐馬背，難易有別，其間輸贏又不如何明顯了。

胡斐萬料不到福康安竟有這等精湛超妙的武功，怔怔的站著，又驚奇，又佩服，臉上卻又掩不住憤怒之色。

那獨臂道人笑道：「傻小子，知道認錯人了嗎？還不磕頭賠罪？」

胡斐側頭細看，這人明明是福康安，只裝得滿臉風塵之色，又換上了一身敝舊衣衫，但始終掩不住那股發號施令、統率豪雄的尊貴氣象，如這人相貌跟福康安極像，那也罷了，難道連大元帥的氣度風華也能學得如此神似？心想：「這一干人如此打扮，必是另有陰謀，我可不上這個當。」縱聲叫道：「福康安，你武功很好，我比你不上。可是你做下這許多傷天害理之事，我明知不是你敵手，也終究放你不過。」

福康安淡淡的道：「小兄弟，你武功很俊啊。我不是福康安。請問你尊姓大名？」

胡斐怒道：「你還裝模作樣，戲耍於我，難道你不知道我名字麼？」

福康安身後一個四十來歲的高大漢子朗聲說道：「小兄弟，你氣概很好，當眞是少年英雄，佩服，佩服。」胡斐向他望了一眼，但見他雙目中神光閃爍，威風凜凜，顯是一位武功極強的高手，油然而生欽服之心，說道：「閣下如此英雄豪傑，當世罕有，在下拜服之至，卻何苦爲滿洲韃子作鷹犬？」那大漢微微一笑，說道：「北京城邊，天子腳下，你膽敢說這樣的話，不怕殺頭麼？」胡斐昂然道：「今日事已至此，殺頭便殺，又怕怎地？」

胡斐本來生性謹細，絕非莽撞之徒，只是他究屬少年，血氣方剛，眼看馬春花爲福康安害得這等慘法，激動了俠義之心，一切全豁了出去，甚麼也不理會了。

也說不定由於他念念不忘的美麗姑娘忽然之間變成了個尼姑，令他覺得世情慘酷，人生悲苦，要大鬧便大鬧一場，最多也不過殺頭喪命，又有甚麼大不了？

他手按刀柄，怒目橫視著這馬上九人。那獨臂道人一縱下馬，也沒見他伸手動臂，眼前青光一閃，他手中已多了一柄長劍，拔劍手法之快，實是生平從所未見。

胡斐暗暗吃驚：「怎地福康安手下竟收羅了這許多高手人物？昨日掌門人大會之中，如有這些人在場鎮壓，說不定便鬧不成亂子。」他生怕獨臂道人挺劍刺來，斜身略閃，拔刀在手。那道人笑道：「看劍！」但見青光閃動，在一瞬之間，竟已連刺八劍。

這八劍迅捷無比，胡斐那裏瞧得清劍勢來路，只得順勢揮刀招架。他家傳的胡家刀法非同小可，那獨臂道人八劍雖快，仍一一讓他擋住。八劍刺，八刀擋，噹噹噹噹噹噹噹噹，連響八下，清晰繁密，乾淨利落，胡斐雖略感手忙腳亂，但第九刀立即自守轉攻，迴刀斜削出去。那獨臂道人長劍一掠，刀劍粘住，卻半點聲音也不發出來。

馬上諸人又齊聲喝采：「好劍法，好刀法！」

福康安道：「道長，走吧，別多生事端了。」那道人不敢違拗主子之言，應道：「是！」可是他見胡斐刀法精奇，鬥得興起，頗為戀戀不捨，翻身上馬，說道：「好小子，刀法不錯啊！」胡斐心中欽佩，道：「好道長，你的劍法更好！」跟著冷笑道：「可惜，可惜！」

那道人瞪眼道：「可惜甚麼？我劍法中有甚麼破綻？」胡斐道：「可惜你劍法中毫無破綻，為人卻有大大的破綻。一位武林高手，卻去做滿洲權貴的奴才。」

那道人仰天大笑，說道：「罵得好，罵得好！小兄弟，你有膽子再跟我比比劍麼？」胡斐道：「有甚麼不敢？最多是比你不過，給你殺了。」那道人道：「好，今晚三更，我在陶然亭畔等你。你要是怕了，便不用來。」

胡斐昂然道：「大丈夫只怕英雄俠士，豈怕鷹犬奴才！」

那些人都大拇指一翹，喝道：「說得好！」縱馬而去，有幾人還不住的回頭相顧。

當胡斐和那獨臂道人刀劍相交之時，程靈素已從廟中出來，她先前怕胡斐和圓性有話要說，故意不出來打擾。待見到福康安時也大為吃驚，見九人遠去，說道：「大哥，怎地福康安到了這裏？今晚你去不去陶然亭赴約？」

胡斐沉吟道：「難道他真的不是福康安？那決計不會。我罵他那些衛士侍從是鷹犬奴才，他們怎地並不生氣，反讚我說得好？」程靈素又問：「今晚去不去赴約？」胡斐道：「自然去啊。二妹，你在這裏照料馬姑娘吧。」程靈素搖頭道：「馬姑娘是沒甚麼可照料的了。她神智已失，支撐不到明天早晨。你約鬥強敵，我怎能不去？」

胡斐道：「你拆散了福康安苦心經營的掌門人大會，此刻他必已查知原委。你和我同去，豈不凶險？」程靈素道：「你孤身赴敵，我怎能放心？有我在旁，總是多個幫手。」胡斐知她決定了的事無法違拗，這義妹年紀雖小，心志實比自己堅強得多，也只得由她。

程靈素輕聲問道：「袁……袁姑娘，她走了嗎？」胡斐點點頭，心中一酸，轉過身來，走入廟內，進了廂房，只聽馬春花微弱的聲音不住在叫：「孩子，孩子！福公子，

福公子，我要死了，我只想再見你一面。」胡斐又是一陣心酸：「情之爲物，竟如此不可理喻。福康安這般待她，可是她在臨死之時，還這樣的念念不忘於他。」

兩人走出數里，找到一家農家，買了些白米蔬菜，做了飯飽餐一頓，回來在神農廟中陪著馬春花，等到初更天時，便即動身。胡斐和程靈素商量，福康安手下的武士邀約比武，定然不懷善意，不如早些前往，暗中瞧瞧他們有何陰謀佈置。

那陶然亭地處荒僻，其名雖曰陶然，實則是一尼庵，名叫「慈悲庵」，庵中供奉觀音大士。胡斐和程靈素到得當地，但見四下裏白茫茫的一片，都是蘆葦，西風一吹，蘆絮飛舞，有如下雪，滿目盡是肅殺蒼涼之氣。

忽聽「啊」的一聲，一隻鴻雁飛過天空。程靈素道：「這是一隻失羣的孤雁了，找尋同伴不著，半夜裏還在匆匆忙忙的趕路。」忽聽蘆葦叢中有人接口說道：「不錯。地匝萬蘆吹絮亂，天空一雁比人輕。兩位眞是信人，這麼早便來赴約了。」

胡程二人吃了一驚，均想：「我們還想來查察對方的陰謀佈置，豈知他們一早便已伏下了暗樁，這人出口成詩，當非泛泛之輩。」胡斐朗聲道：「奉召赴約，敢不早來？」

只見蘆葦叢中長身站起一個滿臉傷疤、身穿文士打扮的秀才相公，拱手說道：「幸會，幸會。還是請兩位稍待，敝上和衆兄弟正在上祭。」胡斐隨口答應，心下好生奇怪：「福康安半夜三更的，到這荒野之地來祭甚麼人？」

驀地裏聽得一人長聲吟道：

「浩浩愁，茫茫劫。短歌終，明月缺。鬱鬱佳城，中有碧血。碧亦有時盡，血亦有時滅，一縷香魂無斷絕。是耶？非耶？化為蝴蝶。」

吟到後來，聲轉嗚咽，跟著有十餘人的聲音，或長嘆，或低泣，中間還夾雜著幾個女子的哭聲。

胡斐聽了那首短詞，只覺詞意情深纏綿，所祭的墓中人顯是一個女子，而且「碧血」云云，又當是殉難而死，靜夜之中，聽著那淒切的傷痛之音，觸動心境，竟也不禁悲從中來，便想大哭一場。

過了一會，悲聲漸止，只見十餘人陸續走上一個土丘。

胡斐身旁的那秀才相公叫道：「道長，你約的朋友到啦。」那獨臂道人說道：「妙極，妙極！小兄弟，咱們來拚鬥三百合。」說著縱身奔下土丘。胡斐便迎了上去。

那道人奔到離胡斐尚有數丈之處，忽地縱身躍起，半空拔劍，藉著這一躍之勢，疾刺過來。這一刺出手之快，勢道之疾，當眞威不可當。胡斐見他如此凶悍，激起了少年人的剛強之氣，也立即縱身躍起，半空拔刀。那道人尚未落地，兩人在空中一湊合，噹噹噹噹四響，刀劍撞擊四下，兩人同時落下地來。

這中間那道人攻了兩劍，胡斐還了兩刀。兩人四腳一著地，立時又是噹噹噹噹噹噹六響。土丘之上，采聲大作。

那道人劍法凌厲，迅捷無倫，在常人刺出一劍的時刻之中，往往刺出了四五劍。胡斐心想：「你會快，難道我便不會？」展開「胡家快刀」，也是在常人砍出一刀的時刻之中砍出了四五刀。相較之下，那道人的劍刺還是快了半分，但劍招輕靈，刀勢沉猛，胡斐的刀力，卻又比他重了半分。

兩人以快打快，甚麼騰挪閃避，攻守變化，到後來全說不上了，直是閉了眼睛狠鬥，只聽得叮叮噹噹刀劍碰撞，如冰雹亂落，如衆馬奔騰，又如數面羯鼓同時擊打，繁音密點，快速難言。

那獨臂道人快攻狠鬥，大呼：「痛快，痛快！」劍招越來越凌厲。胡斐暗暗心驚，陡逢強敵，將生平所學盡數施展出來，刀法之得心應手實為從所未有，自己獨個兒練習之時，那有這等快法？他這胡家刀法精微奇奧之處甚多，不逢強敵，數招間即足取勝，其妙處不顯，這時給那獨臂道人一逼，才現出刀法中的綿密精巧來。

那獨臂道人一生不知經歷過多少大陣大仗，當此快鬥之際，竭力要尋這少年刀法中的破綻，只見他刀刀攻守並備，不求守而自守，不務攻卻暗藏攻著，每一招之後，均伏下精妙後招，那裏有絲毫破綻可尋？

這獨臂道人的功力經驗實比胡斐深厚得多，倘若並非快鬥，胡斐和他見招拆招，自求變化，獨臂道人此時已然得勝。但越打越快之後，胡斐來不及思索，只將平素練熟了一套「快刀」使將出來應付。這路「快刀」乃明末大俠「飛天狐狸」所創，傳到胡斐之父胡一刀手上，又加了許多變化妙著。胡斐學刀時心存強敵，練得精熟，此刻持之臨敵，與胡一刀親自出陣已無多大分別，所差者只火候而已。

不到一盞茶時分，兩人已拆解了五百餘招，其快可知。時刻雖短，但那道人已額頭見汗，胡斐全力以赴，亦汗流浹背，兩人都可聽到對方粗重的呼吸。

劇鬥正酣，胡斐和那獨臂道人都起了惺惺相惜之意，只是劍刺刀劈，招數綿綿不絕，誰也不能先行罷手，亦不能稍有容讓。

刀劍相交，叮噹聲中，忽聽得一人長聲唿哨，跟著遠處傳來兵刃碰撞和吆喝之聲。那獨臂道人一聲長笑，托地跳出圈子，叫道：「且住！小兄弟，你刀法很高，這當口有敵人來啦！」

胡斐一怔之間，只見東北角和東南角上影影綽綽，有六七人奔了過來。黑夜中刀光一閃一爍，這些人手中都持著兵刃。又聽得背後傳來吆喝之聲，胡斐回過頭來，見西北方和西南方也均有人奔到，約略一計，少說也有二十人之譜。

獨臂道人叫道：「十四弟，你回來，讓二哥來打發。」那指引胡斐過來的書生手持一根黃澄澄的短棒模樣兵刃，本在攔截西北方過來的對手，聽到獨臂道人的叫喚，答應了一聲，手中兵刃一揮，竟發出嗚嗚聲響，反身奔上小丘，和眾人並肩站立。

月光下胡斐瞧得分明，福康安正站在小丘上，他身旁的十餘人中，還有三四個是女子。胡斐大喜：「四面八方來的這些人都和福康安為敵，不知是那一家的英雄好漢？瞧這些人的輕身功夫，武功都非尋常。我和他們齊心協力，將福康安這奸賊擒住，豈不是好？」但轉念又想：「福康安這惡賊想不到武功竟然奇高，我及不上他，手下那些人又均是硬手，瞧他們這般肆無忌憚的模樣，莫非另行安排下陰謀？」

正自思疑不定，只見四方來人均已奔近，眼看之下，更加大惑不解，奔來的二十餘人之中，半數是身穿血紅僧袍的藏僧，餘人穿的均是清宮衛士服色。他縱身靠近程靈素，低聲道：「二妹，咱們果然陷入了惡賊的圈套，敵人裏外夾攻，難以抵擋。咱們向正西方衝！」

程靈素尚未回答，清宮衛士中一個黑鬚大漢越眾而出，手持長劍，大聲說道：「是無塵道人麼？久仰你七十二路追魂奪命劍天下無雙，今日正好領教。」那獨臂道人冷冷的道：「你既知無塵之名，尚來挑戰，可算得大膽。你是誰？」

胡斐聽了那黑鬚衛士的話，禁不住脫口叫道：「是無塵道長？」無塵笑道：「正是！趙三弟誇你少年英雄，果然不錯。」胡斐驚喜交集，道：「可是……可是，那福康安……我趙三哥呢？」

那黑鬚大漢回答無塵的話道：「在下德布。」無塵道：「啊，你便是德布。我在回疆聽人言道：最近皇帝老兒找到了一隻牙尖爪利的鷹犬，叫作甚麼德布，稱做甚麼『滿洲第一勇士』，是個甚麼御前侍衛的頭兒。便是你了？」他連說三個「甚麼」，只把德布聽得心頭火起，喝道：「不錯！你既知我名，還敢到天子腳下來撒野，當眞活得不耐煩了……」

他「不耐煩了」四字剛脫口，寒光一閃，無塵長劍已刺向身前。德布橫劍擋架，噹的一響，雙劍相交，嗡嗡之聲不絕，顯是兩人劍上勁力均甚渾厚。無塵讚了聲：「也還可以！」劍招源源遞出。德布的劍招遠沒無塵快捷，但門戶守得極是嚴密，偶而還刺一劍，卻也十分狠辣，那『滿洲第一勇士』的稱號，果然並非倖致。

胡斐曾聽圓性說過，紅花會二當家無塵道人劍術之精，算得天下第一，想不到自己竟能跟他拆到數百招不敗，不由得心頭暗喜，自忖：「幸虧我不知他便是無塵道長，否則震於他的威名，心中一怯，只怕支持不到一百招便敗下來了。」又想：「他是紅花會英雄，趙三哥的朋友，然則那福康安，難道我當眞認錯了人？」

正自凝神觀看無塵和德布相鬥，兩名清宮侍衛欺近身來，喝道：「拋下兵器！」胡斐道：「幹甚麼？」一名侍衛道：「你膽敢拒捕麼？」胡斐道：「拒捕便怎樣？」那侍衛道：「小賊大膽！」舉刀砍來。胡斐閃身避開，還了一刀。不料另一名侍衛手中一柄鐵鎚驀地裏斜刺打到，擊在胡斐的刀口上，此人膂力甚大，兵器又是奇重。胡斐和無塵力戰之餘，手臂隱隱酸麻，拿揑不住，單刀脫手，直飛起來。那人一鎚迴轉，便向他背心橫擊。

胡斐兵刃離手，卻不慌亂，身形一閃，避開了他鐵鎚，順勢一個肘槌，撞正他腰眼。那人大聲叫道：「啊喲，好小子！」痛得手中鐵鎚險些跌落。跟著又有兩名侍衛上來夾攻，一個持鞭，一個挺著一枝短槍。

程靈素叫道：「大哥，我來幫你。」抽出柳葉刀，欲待上前相助。胡斐道：「不用，且瞧瞧你大哥空手入白刃的手段。」程靈素見他在四個敵人之間遊走閃避，情勢似乎甚險，但聽他說得悠閒自在，又知他武功了得，便站在一旁，挺刀戒備。

胡斐展開從小便學會的「四象步法」，東跨一步，西退半步，在四名高手侍衛之間穿來插去。他這「四象步」按著東青龍、西白虎、北玄武、南朱雀四象而變，每象七宿，又按二十八宿之形再生變化。敵人的四件兵刃有輕有重，左攻右擊，可是他步法奇妙，往往在間不容髮之際避過敵人兵刃，有時相差不過數寸之微，可就是差著這麼幾寸，便即夷然無損。程靈素初時還擔著老大心事，但越瞧越放心，到後來瞧著他精妙絕倫的步法，竟感心曠神怡。

這四名侍衛都是滿洲人，未入清宮之時，號稱「關東四傑」，實是一流高手。胡斐憑著「四象步」自保，可是幾次乘隙反擊，卻也未曾得手，一轉念間，已明其理，適才和無塵道人劇鬥，耗力太多，這時元氣未復，一到動用眞力，不免差之厘毫。他一經想通，當即平心靜氣，只避不攻，在四名侍衛夾擊之下緩緩調息。

那邊無塵急攻數十招，都給德布一一擋開，不禁焦躁，暗道：「十年不來中原，今日首次出手便即不利。難道當眞老了，不中用了？」其實無塵適才與胡斐快招比拼，時刻雖短，耗勁甚大，而這德布的武功亦確大有過人之處。何況無塵不過心下焦躁，德布卻已背上冷汗淋漓，越打越怕，但覺對手招數神出鬼沒，出劍之快，實非人力之所能及，暗想自己縱橫天下，從未遇到過這般勁敵，待要認輸敗退，卻想今日一敗，這「賜穿黃馬掛、御前侍衛班領、滿洲第一勇士、統領大內十八高手」一長串的銜頭卻往那裏擱去？把心一橫，豁出了性命奮力抵擋。

無塵見胡斐赤手空拳，以一敵四，自己手中有劍，卻連一個敵人也拾奪不下，他生性最是好勝，愈老彌甚，當下一劍快似一劍，著著搶攻。德布見敵人攻勢大盛，劍鋒織成了一張光幕，自己週身要害盡在他劍光籠罩之下，自知不敵，數度想要招呼下屬上來相助，但一想到「大夥兒齊上」這五個字一出口，一生英名便付於流水，硬是強行忍住，心想自己方當壯年，這獨臂道人年事已高，劍招雖狠，自己只要久戰不屈，拖得久了，對方氣力稍衰，便有可乘之機。

無塵高呼酣戰，精神愈長。衆侍衛瞧得心下駭然，但見兩人劍光如虹，使的是甚麼招數早已分辨不清。小丘上衆人靜觀兩人劇鬥，見無塵漸佔上風，都想：「道長英風如昔，神威不減當年，可喜可賀！」

猛聽得無塵大叫一聲：「著！」噹的一響，一劍刺在德布胸口，跟著又是喀喇一聲，手中長劍折斷。原來德布衣內穿著護胸鋼甲，這一劍雖然刺中，他卻毫無損傷，反而折了對方長劍。無塵一怔之下，德布已挺劍刺中他右肩。

小丘上衆人大驚，兩人疾奔衝下救援。只聽得無塵喝道：「牛頭擲叉！」手中半截斷劍飛出，刺入了德布咽喉。德布大叫一聲，往後便倒。

無塵哈哈大笑，叫道：「是你贏，還是我贏？」德布頸上中了斷劍，雖不致命，卻已鬥志全失，顫聲道：「是你贏！」無塵笑道：「你接得我這許多劍招，又能傷我肩頭，大是不易！好，瞧在你刺傷我一劍的份上，饒了你性命！」

兩名侍衛搶上扶起德布，退在一旁。無塵得意洋洋，肩傷雖然不輕，卻漫不在乎，緩緩走上土丘，讓人爲他包紮傷口，兀自指指點點，評論胡斐的步法。

胡斐內息綿綿，只覺精力已復，深吸一口氣，猛地搶攻，霎息間拳打足踢，但聽得「啊喲！」「哎呀！」四聲呼叫，單刀、鐵鎚、鋼鞭、花槍，四般兵刃先後飛出。胡斐飛足踢倒兩人，拳頭打暈一人，跟著左掌掌力猛吐，將最後一名衞士打得口噴鮮血，十幾個觔斗滾了出去。

但聽得小丘上衆人采聲大作。無塵的聲音最是響亮：「小胡斐，打得妙啊！」

土丘上采聲未歇，又有五名侍衞欺近胡斐身邊，卻都空手不持兵刃。左邊一人道：「大家空手鬥空手！」胡斐道：「好！」剛說得一個「好」字，突覺雙足已讓人緊緊抱住，跟著背上又有一人撲上，手臂如鐵，扼住了他頭頸，同時又有一人抱住了他腰，另外兩人便來拉他雙手。

原來這一次德布所率領的「大內十八高手」傾巢而出。那「大內十八高手」，乃是「四滿、五蒙、九藏僧」。乾隆皇帝自與紅花會打了一番交道後，從此不信漢人，近身侍衞一個漢人也不用，都是選用滿洲、蒙古、西藏的勇士充任。這四滿、五蒙、九藏僧，尤爲大內侍衞中的精選。這五個蒙古侍衞擅於摔跤相撲之技，胡斐一個沒提防，已給纏住。

他一驚之下，隨即大喜：「這擒拿手法，正是我家傳武功之所長。」雙手既給拉住，身子向後仰跌，雙手順勢用勁，自外朝內一合，砰的一聲，拉住他雙手的兩名侍衞腦門碰腦門，同時昏暈。胡斐雙手脫縛，反過來抓住扼在自己頸中的那隻手，一扭之下，喀的一聲，那人腕骨早斷，跟著喀喀兩響，又扭斷了抱住他腰那侍衞的臂骨。

這五名蒙古侍衞摔跤之技熟練精湛，漢滿蒙回藏各族武士中極少敵手。摔跤講究的是將對手摔倒壓住，胡斐這般小巧陰損的斷骨擒拿，卻是摔跤的規矩所不許。兩名侍衞骨節折斷，大是不忿，雖已無力再鬥，卻齊聲怒叫：「犯規，犯規！」倒也叫得理直氣壯。胡斐笑道：「你們五個打我一個，犯不犯規？」

兩名蒙古侍衛一想不錯，五個打一個確是先壞了規矩，「犯規」兩字便喊不出口了。餘下那人兀自死命抱住胡斐雙腿，一再運勁，要將他摔倒。胡斐喝道：「你放不放手？」那人叫道：「自然不放。」胡斐左手抓下，揑住了他背心上「大椎穴」。那人登時全身麻軟，雙手只得鬆開。胡斐提起他身子，右手跟著抓住他腰，雙手使勁，「嘿」的一聲，將他擲出數丈之外。但聽得撲通一響，水花飛濺，他落下之處，卻是生長蘆葦的一個爛泥水塘。那人摔得頭昏腦脹，陷身污泥，哇哇大叫。

胡斐與四名滿洲侍衛遊鬥甚久，打發這五名蒙古侍衛卻兔起鶻落，乾淨利落。衆人但見五名侍衛一擁而上，拖手拉足，將他擒住，跟著便砰嘭、喀喇、啊喲、「犯規，犯規！」、撲通、「哇哇！」諸般怪聲不絕。四名侍衛委頓在地，一名侍衛飛越數丈，投身水塘。這一次小丘上衆人不再喝采，卻轟然大笑。

鬨笑聲中，紅雲閃處，九名藏僧已各挺兵刃將胡斐團團圍住。這九人兵刃各不相同，或使戒刀，或使錫杖，更有金色粗杵，奇形怪狀，胡斐從未見過。眼見這九名藏僧氣度凝重，人人一言不發，瞧著這合圍之勢，步履間既輕且穩，實是勁敵。九僧錯錯落落，東站一個，西站一個，似是布成了陣勢。

胡斐手中沒有兵刃，不禁心驚，急速轉念：「向二妹要刀呢，還是奪敵人的戒刀？」忽聽得小丘上一人喝道：「小兄弟，接刀！」一柄鋼刀自小丘上擲了下來，破空之聲，嗚嗚大作，足見這一擲的勁道大得驚人。胡斐心想：「趙三哥的朋友果然個個武藝精強。要這麼一擲，我便辦不到。」

這一刀飛來，首當其衝的兩名藏僧竟不敢用兵刃去砸，分向左右急躍閃開。胡斐心念快如電光般的一閃：「這陣法不知如何破得？他二人閃避飛刀，正好乘機擾亂。」

他念頭轉得極快，那單刀也來得極快。他心念甫動，白光閃處，一柄背厚刃薄的鋼刀挾著威猛異常的破空之聲已飛到面前。胡斐卻不接刀，手指在刀柄上一搭，輕輕撥動。那鋼刀飛來之勢猛極，到他面前兀自力道強勁，給他撥得掉過方向，激射而上，呼呼聲響，直衝上天。

九名藏僧均感奇怪，情不自禁的抬頭而望。胡斐所爭的便在這稍縱即逝的良機，欺身搶到手持戒刀的藏僧身畔，一伸手已將他戒刀奪過，霎時間展開「胡家快刀」，手起刀落，一陣猛砍快剁，迅捷如風。這時下手竟不容情，九名藏僧無一得免，不是斷臂，便是折足。九僧各負絕藝，只因一時失察，中了誘敵分心之計，頃刻之間，盡皆身受重傷，慘呼倒地。這一場胡斐可說勝得極巧，也勝得極險。

一輪快刀砍完，頭頂那刀剛好落下，他擲開戒刀，伸手接住，刀一入手，只覺甚是沉重，比尋常單刀重了兩倍有餘，想見刀主膂力奇大，月光下映照一看，只見刀柄上刻著三字：「奔雷手」。胡斐大喜，縱聲叫道：「多謝文四爺擲刀相助！」

驀地背後一個蒼老的聲音叫道：「看劍！」話聲未絕，風聲颯然，劍頭已至背心。

胡斐一驚：「此人劍法如此凌厲！」急忙迴刀擋架，豈知敵劍已然撤回，跟著又是一劍刺到。胡斐反手再擋，又擋了個空。

他急欲轉身迎敵，但背後敵人的劍招來得好不迅捷，竟逼得他無暇轉身。他心中大駭，急縱而前，躍出半丈，左足一落地，待要轉身，不料敵人如影隨形，劍招又已遞到。這人在背後連刺五劍，胡斐接連擋了五次空，始終沒法回身見敵之面。

胡斐惡鬥半宵，和快劍無雙的無塵道人戰成平手，接著連傷四滿、五蒙、九藏僧大內十八高手，不料到後來竟給人一加偷襲，逼得難以轉身。

這是已處必敗之勢，他惶急之下，行險僥倖，但聽得背後敵劍又至，這一次竟不招架，向前一撲，俯臥向地，跟著一個翻身，臉已向天，揮刀橫砍，盪開敵劍。

只聽敵人讚道：「好！」左掌拍向他胸口。胡斐也左掌拍出，雙掌相交，只覺敵人掌力柔和渾厚，但柔和之中，隱藏著一股辛辣的煞氣。胡斐猛然想起一事，脫口叫道：「原來是你！」那人也叫道：「原來是你！」

兩人手掌相交，均即察覺對方便是在福康安府暗中相救少年書生心硯之人，各自向後躍開數步。胡斐凝神看時，見那人白鬚飄動，相貌古雅，手中長劍如水，卻是武當派掌門人無青子，不由得一怔，一時不知他是友是敵。

只聽無塵道人笑道：「菲青兄，你說我這小兄弟武功如何？」無青子笑道：「能跟追魂奪命劍鬥得上幾百招，天下能有幾人？老道當眞孤陋寡聞，竟不知武林中出了這等少年英雄。」說著長劍入鞘，上前拉著胡斐的手，好生親熱。胡斐見他英氣勃勃，那裏還是掌門人大會中所見那個昏昏欲睡的老道，甚以爲奇。

無塵從小丘上走了下來，笑道：「小兄弟，這個牛鼻子，出家以前叫做綿裏針陸菲青。你叫他一聲大哥吧。」胡斐一驚，心道：「『綿裏針陸菲青』當年威震天下，成名已垂數十年，想不到今日有幸和他交手。」急忙拜倒，說道：「晚輩胡斐，叩見兩位道長。」他身子稍偏，連無塵也拜在其內，忽聽身後一個聲音道：「按理說，你原是晚輩，可是，好兄弟，他們兩位都是我的拜把子老哥啊。」

胡斐一躍而起，只見身後一人長袍馬掛，肥肥胖胖，正是千臂如來趙半山。胡斐對這位義兄別來常自思念，伸臂緊緊抱住，叫道：「三哥，你可想煞小弟了。」

趙半山拉著他轉過身來，讓月光照在他臉上，凝目瞧了半晌，喜道：「兄弟，你終於長大成人了。做哥哥的今日親眼見你連敗大內十八高手，實在歡喜得緊。」

胡斐心中也歡喜不盡。這時清宮衆侍衛早已逃得乾乾淨淨。他拉了程靈素過來，和無塵、趙半山等引見。

趙半山道：「兄弟，程家妹子，我帶你們去見我們總舵主。」胡斐吃了一驚，道：「陳總舵主……他……他老人家也來了麼？」無塵笑道：「他早挨過你一頓痛罵啦，甚麼傷天害理，甚麼負心薄倖，只罵得他狗血淋頭。哈哈！我們總舵主一生之中，只怕從未挨過這般厲害的臭罵。」胡斐這一驚更是非同小可，顫聲道：「那……那福康安……」

陸菲青微笑道：「陳總舵主的相貌和福康安果然很像，別說小兄弟和他二人都不相熟，便是日常見面之人，也會認錯。」無塵笑道：「想當年在杭州城外，總舵主便曾假扮了福康安，擒住那個甚麼威震河朔王維揚……」

胡斐十分惶恐，道：「三哥，你快帶我去跟陳總舵主磕頭賠罪。」趙半山笑道：「不知者不罪。總舵主跟你交了一掌，很稱讚你武功了得，又說你氣節凜然，背地裏說了你許多好話呢。」

兩人還未上丘，陳家洛已率羣雄從土丘上迎了下來。胡斐拜倒在地，說道：「小人瞎了眼珠，冒犯總舵主，實是罪該……」

陳家洛不等他說完，忙伸手扶起，笑道：「『大丈夫只怕英雄俠士，那怕鷹犬奴才？』我今日一到北京，便聽到這兩句痛快淋漓之言。小兄弟，便憑你這兩句話，我們便不枉了萬里迢迢的走這一遭。」

當下趙半山拉著胡斐一一給羣雄引見。胡斐對這干人心儀已久，今晚親眼得見，喜慰無已，對文泰來擲刀相助、駱冰贈送寶馬，更連連稱謝，恭恭敬敬的交還了文泰來的鋼刀，從地下拾起清宮侍衛遺下的一柄單刀，插入腰間刀鞘。他自己的單刀為鐵鎚所擊，刀口捲邊，已然無用。跟著心硯過來向他道謝在福康安府中解穴相救之德。無塵逸興橫飛，指手劃腳，談論適才和胡斐及德布兩人的鬥劍，說今晚這兩場架打得酣暢過癮，生平少有。

陸菲青笑道：「道長，說到武功，咱們這位小兄弟確十分了得。可是還有一位少年英雄，比他更厲害十倍，你是決計鬥他不過的。」無塵又高興，又不服，忙問：「是誰？是誰？這人在那裏？」陸菲青搖頭道：「你決非對手，我勸你還是別找他的好。」

無塵道：「呸！咱老哥兒倆分手多年，一見面你就來胡吹。我不信有這等厲害人物。」

陸菲青道：「昨晚福康安府中，天下各門各派掌門人大聚會，會中高手如雲，各有各的能耐，各有各的絕技。這話不錯吧？」無塵道：「不錯便怎樣？」陸菲青道：「心硯老弟去搗亂大會，失手受擒。趙三弟這等本事，也只搶得一隻玉龍杯。西川雙俠常氏兄弟駕臨，只救了兩個人出來。可是那位少年英雄哪，只不過眼睛一霎，便從七位高手的手中搶下了七隻玉龍杯，摔在地下砸得粉碎。他只噴得幾口氣，便叫福康安的掌門人大會煙飛灰滅，風消雲散。道長，你鬥不鬥得過這位少年英雄？」

程靈素知他在說自己，臉兒飛紅，躲到了胡斐身後。黑夜之中，人人都在傾聽陸菲青說話，誰也沒對她留心。

一個少年美婦道：「師父，我們只聽說那掌門人大會給人攪散了局，到底是怎麼回事？請你快說吧！」這美婦是金笛秀才余魚同之妻李沅芷。

陸菲青於是將一位「少年英雄」如何施巧計砸碎七隻玉龍杯、如何噴煙下毒、使得人人肚痛、因而疑心福康安毒害天下英雄，如何眾人在混亂中一鬨而散，諸般情由，一一說了。羣雄聽了，無不讚歎。

無塵道：「陸兄，你說了半天，這位少年英雄到底是誰，卻始終沒說。」陸菲青笑道：「遠在天邊，近在眼前，這位程姑娘便是。」拉著胡斐的手，將他輕輕一拉，露出了程靈素的身子。

羣雄「啊」的一聲，一齊望著她，誰都不信這樣一個瘦弱文秀的小姑娘，竟會將福康安這籌劃經年的天下掌門人大會毀於指掌之間，可是陸菲青望重武林，豈能信口胡言？卻又不由得人不信。

陸菲青於十年前因同門禍變，師兄馬眞、師弟張召重先後慘死，武當派眼見式微，於是他出來接掌門戶，著意整頓。因恐清廷疑忌，索性便出了家，道號無青子，十年來深居簡出，朝廷也就沒加注目。

這次福康安召開掌門人大會，一來武當派自來與少林派齊名，是武林中最大門派之一；二來念著武當名手火手判官張召重昔年爲朝廷出力之功，又不知無青子便是當年的叛逆陸菲青，便敦請武當派掌門人下山。陸菲青年紀雖老，雄心猶在，知福康安此舉必將不利於江湖同道，若推辭不去，多惹痲煩，便即孤身赴會，要探明這次大會眞相，俟機行事，及至心硯爲湯沛所擒，他便暗中出手相救。

陳家洛、霍青桐等紅花會羣雄自回疆來到北京，卻爲這日是香香公主逝世十年的忌辰，各人要到她墓前一祭。

福康安的掌門人大會爲人攪散，又和武林各門派都結上了仇，自是惱怒異常，便派德布率隊在城外各處巡查，見有可疑之人立即擒拿格殺。不意陶然亭畔一戰，文泰來、趙半山等尚未出手，大內十八高手已盡數鎩羽。

陳家洛等深知清廷官場習氣。德布等敗得如此狼狽，紅花會人物既未驚動皇親大官，他們回去定然極力隱瞞，無人肯說在陶然亭畔遇敵，決不致調動軍馬前來復仇。此處雖離京城不遠，卻儘可放心逗留。

羣雄和陸菲青故友重逢，和胡斐、程靈素新知初會，自各有許多話說。

言談之間，忽聽得遠遠傳來兩下掌聲，稍停一下，又連拍三下。那書生打扮的「金笛秀才」余魚同拍掌三下相應，一停之後，連拍兩下。無塵道：「五弟、六弟來啦。」

只見掌聲傳來處飛馳過來兩人，身形高瘦。胡斐在福康安府中見過，知是西川雙俠常伯志、常赫志到了。他兄弟身後又跟著兩人，手中各抱著一個孩子，奔到近處，見是雙子門倪不大、倪不小兄弟。他二人手中抱的，竟然是馬春花的一對雙生兒子。

原來倪不大、倪不小看中了這對孩子，寧可性命不要，也非要去奪來不可。常氏兄弟原是雙生兄弟，聽了倪氏兄弟之言，激動心意，乘著掌門人大會一鬨而散的大亂，混入福府內院。其時福康安和眾衛士腹中正自大痛，均道身中劇毒，人人忙於服藥解毒，常氏兄弟又是一等一的高手，毫不費力的打倒了七八名衛士，便又將這對孩子搶了出來。

胡斐見了這對孩子，想起馬春花命在頃刻，不由得又喜又悲，猛地想起一事，對陳家洛道：「總舵主，晚輩有個極荒唐的念頭，想求你一件事。」陳家洛道：「胡兄弟但說不妨。你我今日雖是初會，但神交已久，但教力之所及，無不依從。」

胡斐只覺這番話極不好意思出口，不禁頗為忸怩，紅了臉道：「晚輩這個念頭，實在異想天開，說出來只怕各位見笑。」陳家洛微笑道：「我輩所作所為，在旁人看來，那一件不荒唐之極？那一件不異想天開？」

胡斐道：「總舵主既不見怪，我便說了。」指著那兩個孩童說道：「這兩個孩童是福康安的兒子，他們的母親卻已命在垂危。」於是從當年在商家堡中如何和馬春花相遇一段事說起，直說到馬春花中毒不治。只聽得羣雄血脈賁張，無不大為憤怒。依無塵之見，立時便要趕進北京城中，將這無情無義的福康安一劍刺死。

紅花會七當家武諸葛徐天宏道：「昨晚北京鬧了這等大事出來，咱們若再貿然進城，福康安定然刺不到，說不定大夥還難全身而退。」

陳家洛點頭道：「此刻福康安府門前後，不知有多少軍馬把守，如何下得了手？單是要混進城門，便大大不易。我此番和各位兄弟同來，志在一祭，不可為了洩一時之憤，使眾兄弟有所損折。胡兄弟，你要我做甚麼事？」

胡斐道：「我見總舵主萬里迢迢，從回疆來到北京，只為了一祭墓中這位姑娘，情深義重，世所罕見。在下昔日曾受這位馬姑娘一言之恩，無以為報，心中不安。她臨死之際掛念兩事，死難瞑目。一件是想念她兩個愛子，天幸常氏雙俠兩位前輩已救了出來，另一件卻是她想念福康安那奸賊，仍盼和他一敘。雖說她至死不悟，可笑亦復可憐，但情之所鍾……」說到這裏，心下黯然，已不知如何措詞，想到的卻是自己「情之所鍾」的那個變了尼姑的美麗姑娘。

陳家洛道：「我明白啦！你要我假冒那個傷天害理、負心薄倖的福康安，去安慰一下這位多情多義的馬姑娘？」胡斐低聲道：「正是！」

羣雄均覺胡斐這個荒唐的念頭果然異想天開之至，可是誰也笑不出來。

陳家洛眼望遠處，黯然出神，說道：「墓中這位姑娘臨死之際，如能見我一面，那是多麼的快活！可惜終難如願……」轉頭向胡斐道：「好，我便去見見這位馬姑娘。」

胡斐好生感激，暗想陳家洛叱吒風雲，天下英雄豪傑無不推服，自己只是個無名晚輩，今日初會，便求他去做這樣一件荒誕不經之事，話一出口，心中便已後悔，可是他竟一口答允，以後這位總舵主便要自己赴湯蹈火，也是萬死不辭了。

羣雄上了馬，由胡斐在前帶路，天將黎明時到了藥王廟外。

胡斐雙手抱了兩個孩子，伴同陳家洛走進廟去。只見一間陰森森的小房之中，一燈如豆，油已點乾，燈火欲熄未熄。馬春花躺在炕上，氣息未斷。

兩個孩子撲向榻上，大叫：「媽媽，媽媽！」馬春花睜開眼來，見是愛子，陡然間精神一振，也不知那裏來的力氣，將兩個孩子緊緊摟在懷裏，叫道：「孩子，孩子，媽想得你們好苦！」三個人相擁良久，她轉眼見到胡斐，對兩個孩子道：「以後你們跟著胡叔叔，好好聽他的說話……你們……拜了他作義……義……」

胡斐知她心意，說道：「好，我收了他們作義兒，馬姑娘，你放心吧！」馬春花臉露微笑，道：「快……快磕頭，我好……好放心……」兩個孩子跪在胡斐面前，磕下頭去。

胡斐讓他們磕了四個頭，伸手抱起兩人，低聲道：「馬姑娘，你還有甚麼吩咐麼？」馬春花道：「我死了之後，求你……求你將我葬……葬在我丈夫徐……師哥的墳旁……他很可憐……從小便喜歡我……可是我不喜歡……不喜歡他。」

胡斐突然之間，想起了那日石屋拒敵、商寶震在屋外林中擊死徐錚的情景來，心中又是一酸，說道：「好，我一定辦到。」沒料到她臨死之際竟會記得丈夫，傷心之中倒也微微有些喜歡，他深恨福康安，聽馬春花記得丈夫，不記得那個沒良心的情郎，那是再好不過，那知馬春花幽幽嘆了口氣，輕輕的道：「福公子，我再也見不到你了！」

陳家洛進房後一直站在門邊暗處，馬春花沒瞧見他。胡斐搖了搖頭，抱著兩個孩兒悄悄出房。陳家洛緩步走到她床前。

胡斐跨到院子中時，忽聽得馬春花「啊」的一聲叫。這聲叫喚之中充滿了幸福、喜悅、深厚無比的愛戀。

她終於見到了她的「心上人」……

胡斐惘然走出廟門，忽聽得笛聲幽然響起，是金笛秀才余魚同在樹下橫笛而吹。胡斐心頭一震，在很久以前，在山東商家堡，依稀曾聽人這樣纏綿溫柔的吹過。

這纏綿溫柔的樂曲，當年在福康安的洞簫中吹出來，挑動了馬春花的情懷，終於釀成了這一場冤孽。

金笛秀才的笛子聲中，似乎在說一個美麗的愛情故事，卻也在抒寫這場情愛之中所包含的苦澀、傷心和不幸。廟門外每個人都怔怔地沉默無言，想到了自己一生之中甜蜜的淒涼的往事。胡斐想到了那個騎在白馬上的紫衫姑娘，恨不得撲在地上大哭一場。即使是豪氣逼人的無塵道長，也想到了很久很久以前，在很遠很遠的地方，那個美麗而又狠心的官家小姐，騙得他斬斷了自己的一條臂膀……

笛聲悠緩地淒涼地響著。

過了好一會兒，陳家洛從廟門裏慢慢踱了出來。他向胡斐點了點頭。胡斐知道馬春花離開這世界了。她臨死之前見到了心愛的兩個兒子，也見到了「情郎」。胡斐不知道她跟陳家洛說了些甚麼，是責備他的無情薄倖呢，還是訴說自己終生不渝的熱情？除了陳家洛之外，這世上是誰也不知道了。

胡斐拜託常氏雙俠和倪氏昆仲，將馬春花的兩個孩子先行帶到回疆，他料理了馬春花的喪事之後，便去回疆和衆人聚會。

陳家洛率領羣雄，舉手和胡斐、程靈素作別，上馬西去。

胡斐始終沒跟他們提到圓性。奇怪的是，趙半山、駱冰他們也沒提起。是不是圓性已經會到了他們，要他們永遠別向他提起她的名字？

胡斐牽過駱冰所贈的白馬，快步追將上去，說道：「你騎了這馬去吧，你身上有傷，還是……還是……」

圓性搖搖頭，縱馬便行。

第二十章
恨無常

忙亂了半晚，胡斐和程靈素到廟後數十丈的小溪中洗了手臉。程靈素從背後包裹中取出燒餅，兩人和著溪中清水吃了。胡斐連番劇鬥，又兼大喜大悲，這時只覺手酸腳軟，神困力倦，躺在溪畔休息了大半個時辰，這才精力稍復，又回去藥王廟。

兩人回進僧舍，輕輕推開房門，只見馬春花死在床上，臉含微笑，神情甚是愉悅。胡斐垂淚道：「她要我將她葬在丈夫墓旁。眼下風聲緊急，到處追拿你我二人。這當兒又那裏找棺木去？不如將她火化了，送她骨灰前去安葬。」程靈素道：「是。」

胡斐彎下腰去，伸手正要將馬春花的屍身抱起，程靈素突然抓住他手臂，叫道：「且慢！」胡斐聽她語音嚴重緊迫，便即縮手，問道：「怎麼？」程靈素尚未回答，胡斐已聽到身後極細微的緩緩呼吸之聲，回過頭來，只見板門之後赫然躲著兩人，卻是程靈素的大師兄慕容景岳和三師姊薛鵲。

便在此時，程靈素左手揚動，一股紫褐色的粉末飛出，打向馬春花所躺的床板底下。胡斐心念一動：「床板底下，一定藏著極厲害的敵人。」

但見薛鵲伸手推開房門，正要縱身出來，胡斐行動快極，右手彎處，抱住了程靈素的纖腰，倒縱出門，竄入房外的廳中，經過房門時飛起一腿，踢在門板之上。那門板砰的一聲向後猛撞，將慕容景岳和薛鵲二人夾在門板和牆壁之間。慕容景岳倒也罷了，薛鵲高高的一個駝背給磚牆擠得痛極，忍不住高聲大叫。

胡斐和程靈素剛在門口站定，只見床底下紫霧瀰漫，那股紫蝎粉已讓人用掌力震了出來，跟著人影閃動，一人長身竄出門外。嗆啷啷、嗆啷啷一陣急響，那人提起手中虎撐，當頭往胡斐頭頂砸下。

胡斐一瞥之下，已看清那人面目，正是自稱「毒手藥王」的石萬嗔。

程靈素叫道：「別碰他身子兵刃！」胡斐對這人早具戒心，知他周身是毒，沾上了一絲半忽便後患無窮，向左滑開三步，避開石萬嗔的虎撐，唰的一聲，單刀出手，一招「諫果回甘」，回頭反擊。這一招迴刀砍得快極，石萬嗔不及躲閃，危急中虎撐挺舉，硬架這一刀，噹的一聲大響，兩人各向後躍開。石萬嗔虎撐中的鐵珠只震得嗆啷啷、嗆啷啷的亂響。

這時慕容景岳和薛鵲已自房中出來，站在石萬嗔身後。石萬嗔和胡斐硬交了這一招，但覺他刀法精奇，膂力強勁，自己右臂震得隱隱酸麻，不再進擊。

胡斐也暗自稱異：「這人擅於用毒，武功竟也這般了得。我這一招『諫果回甘』如此出其不意的反劈，他竟接得下來。」

慕容景岳道：「程師妹，見了師叔怎不快磕頭？」程靈素站在胡斐身旁，冷冷的道：「咱們那裏鑽出個師叔來啦？沒聽見過。」

石萬嗔道：「『毒手神梟』的名字聽見過沒有？你師父難道從來不敢提我嗎？」程靈素道：「『毒手神梟』？這名字倒聽見過的。我師父說他從前確是有過一個師弟，只是他濫用毒藥害人，不守門規，早給師祖逐出門牆了。石前輩，那便是你麼？」石萬嗔微微一笑，淡然道：「咱們這一門講究使用毒藥，既然有了這個『毒』字，又何必假惺惺的硬充好人？姓石的寧可做眞小人，不如你師父這般假裝君子。」

程靈素怒道：「我師父幾時害過一條無辜人命？」石萬嗔道：「你師父害死的人難道少了？他自己自然說他下手毒死之人，個個罪大惡極，死有餘辜，可是在旁人看來，卻也未必如此。至於死者的家人子女，更決不這麼想。」胡斐心中一凜，暗想：「此人這話倒也有幾分道理。」

程靈素道：「不錯。我師父也深悔一生傷人太多，後來便出家做了和尚，禮佛贖罪。他老人家諄諄告誡我們師兄妹四人，除非萬不得已，決不可輕易傷人。晚輩一生，就從沒害過一條人命。」石萬嗔冷笑道：「我瞧你聰明伶俐，倒是我門的傑出人材。掌門人大會中那幾招，耍得可漂亮啊，連你師叔也險些著了道兒。」

程靈素淡淡的道：「你自稱是我師叔，冒用我師父『毒手藥王』的名頭。要是眞正的『毒手藥王』在世，伸手去拿玉龍杯之時，豈能瞧不出杯上已沾了赤蠍粉？我在大廳上噴那『三蜈五蟆煙』，我師父他老人家怎會懵然不覺？」

這兩句話只問得石萬嗔臉頰微赤，難以回答。他少年時和無嗔大師同門學藝，因使毒無節，多傷好人，給師父逐出了門牆。此後數十年中曾和無嗔爭鬥過好幾次。兩人都是使毒的大行家，雙方所使藥物之烈，毒物之奇，可想而知。數次鬥法，石萬嗔每一回均屈居下風，若不是無嗔大師始終念著同門之誼，手下留情，早取了他性命。在最後一次鬥毒之時，石萬嗔終於爲「斷腸草」薰瞎了雙目。

他逃往緬甸野人山中，以銀蛛絲逐步拔去「斷腸草」毒性，雙眼方得復明，雖重見天日，目力卻已大損。玉龍杯上沾了赤蠍粉，旱煙管中噴出來的煙霧顏色稍有不同，這些細微之處，他便無法分辨。何況程靈素栽培成了「萬毒之王」的七心海棠後，赤蠍粉中混上了七心海棠葉子的粉末，三蜈五蟆煙中加入了七心海棠的花蕊，兩種毒藥的異味全失，毒性卻更加厲害。

石萬嗔在野人山中花了十年功夫，才勉強治愈雙目，回到中原時聽到無嗔大師的死訊，只道斯人一死，自己便可稱雄天下，那料師兄一個年紀輕輕的關門弟子，竟有如此厲害功夫？那晚程靈素化裝成一個龍鍾乾枯的老太婆，當世擅於用毒的高手，石萬嗔無不知曉，他當眞做夢也想不到，這個小老太婆在旁噴幾口煙，便令他栽上個大觔斗。

程靈素這兩句話只問得他啞口無言。慕容景岳卻道：「師妹，你得罪了師叔，還不磕頭謝罪，當眞狂妄大膽。他老人家一怒，立時叫你死無葬身之地。我和薛師妹都已投入了他老人家門下，你乖乖獻出《藥王神篇》，他老人家一喜歡，也收了你這弟子，豈不是好？」

程靈素心中怒極，暗想這師兄師姊背叛師門，投入本派棄徒門下，那是武林中是令人不齒的「欺師滅祖」大罪，不論那一門那一派都必嚴加懲處。她臉上不動聲色，說道：「原來兩位已改投石前輩門下，那麼小妹不能再稱你們為師兄師姊了。姜師哥呢？他也投入石前輩門下了麼？」慕容景岳道：「姜師弟不識時務，不聽教誨，已為吾師處死。」

程靈素心裏一酸，姜鐵山為人梗直，雖行事橫蠻，在她三個師兄姊中卻最為正派，不料竟死於石萬嗔之手，又問：「薛姊姊，小鐵呢？他很好吧？」薛鵲冷冷的道：「他也死了。」程靈素道：「不知生的是甚麼病？」薛鵲怒道：「是我兒子，要你多管甚麼閒事？」程靈素道：「是，小妹原不該多管閒事。我還沒恭喜兩位呢，慕容大哥和薛三姊幾時成的親啊？咱們同門學藝一場，連喜酒也不請小妹喝一杯。」

慕容景岳、姜鐵山、薛鵲三人一生恩怨糾葛，悽慘可怖。程靈素知道這中間原委曲折，尋思：「二師哥死在石萬嗔手下，想是他不肯背叛先師，改投他門下，但也未必不是出於大師哥從中挑撥。三師姊竟會改嫁大師哥，說不定也有一份謀殺親夫之罪。」嘆道：「小鐵那日中毒，小妹設法相救，也算花過一番心血。想不到他還是死在『桃花瘴』之下，那也算命該如此罷。」

慕容景岳臉色大變，道：「你怎麼知桃……」說到「桃」字，突然住口，和薛鵲對望一眼。程靈素道：「小妹也只瞎猜罷了。」原來慕容景岳有一項獨門下毒功夫，是在雲貴交界之處，收集了「桃花瘴」的瘴毒，製成一種毒彈。姜鐵山、薛鵲夫婦和他交手多年，後來也研出了解毒之法。程靈素深知三人底細，出言試探，慕容景岳一來此事屬實，二來出其不意，便隨口承認了。

程靈素心下更怒，道：「三師姊你好不狠毒，二師哥如此待你，你竟跟大師哥同謀，害死了親夫、親兒。」姜小鐵中了慕容景岳的桃花瘴毒彈，姜鐵山本來能救，他既不救，多半是已先遭毒手，薛鵲又既忍心不救，那麼姜鐵山、姜小鐵父子之死，她雖非親自下手，卻也是同謀。程靈素從慕容景岳衝口而出的幾個字中，便猜知了這場人倫慘變的內情。

薛鵲急欲岔開話頭，說道：「小師妹，我師有意垂顧，那是你運氣。你還不快磕頭拜師？」程靈素道：「我若不拜師，便要和二師哥一樣了，是不是？」慕容景岳道：「那也未必盡然。你有福不享，別人又何苦勉強於你？只那部《藥王神篇》，你該交了出來。我師寬大為懷，你在掌門人大會中冒犯他老人家的過處，也可不加追究了。」

程靈素點頭道：「這話是不錯，但《藥王神篇》乃我師無嗔大師親手所撰，我師謙虛，將該書署名為『無嗔醫藥錄』，咱師兄妹三人既都改投石前輩門下，自當盡棄先師所授功夫，從頭學起。石前輩和先師門戶不同，必定各有所長，否則兩位也不會另拜明師，又有甚麼『有福不會享』、『是我的運氣』這些話了。那《藥王神篇》既已沒甚麼用處，小妹便燒了它吧！」說著從衣包中取出一本黃紙的手抄本來，晃亮火摺，往冊子上點去。

石萬嗔初時聽她說要燒《藥王神篇》，心下暗笑：「這《藥王神篇》是無嗔賊禿畢生心血之所聚，你豈捨得燒了它？」待見她取出抄本和火摺，又想：「你這狡獪的小丫頭，明知你師兄、師姊定要搶奪《藥王神篇》，豈有不假造一本偽書來騙人的？在我面前裝模作樣，那不是班門弄斧麼？」因此雖見她點火燒書，只微笑不語，理也不理。待那抄本為熱氣所薰，翻揚開來，見紙質陳舊，抄本中的字跡宛然是無嗔的手跡，不由得吃了一驚，轉念便想：「啊喲不好！這丫頭多半已將書中文字記得爛熟，此書已於她無用，那可萬萬燒不得！」忙道：「住手！」呼的一掌劈去，一股疾風，登時將火摺撲熄了。

程靈素道：「咦，這個我可不懂了。石前輩的醫藥之術如勝過先師，此書要來何用？如不能勝過先師，又怎能收晚輩爲弟子？」

慕容景岳道：「我們這位師父的使毒用藥，比之先師可高得太多了。但大海不擇細流，他山之石，可以攻玉。這部《藥王神篇》既花了先師畢生心血，吾師拿來翻閱翻閱，也可指出其中過誤與不足之處啊。」他是秀才出身，自有一番文謅謅的強辭奪理。

程靈素點頭道：「你學問越來越長進了。哼！兩個躲在門角落裏，一個鑽在床板底下，想要暗算胡大哥和我。石前輩，有一件事晚輩想要請教，若蒙指明迷津，晚輩雙手將《藥王神篇》獻上，並求前輩開恩，收錄晚輩爲徒。」

石萬嗔知她問的必是一個刁鑽古怪的題目，自己未必能答，但見《藥王神篇》抓在她的手裏，她一舉手便能毀去，不願就此和她破臉，便道：「你要問我甚麼事？」

程靈素道：「貴州苗人有種『碧蠶毒蠱』……」石萬嗔聽到「碧蠶毒蠱」四字，臉色登時一變，只聽她續道：「將碧蠶毒蠱的蟲卵碾爲粉末，置在衣服器皿之上，旁人不知而誤觸了，便中了蠱毒。這是苗人的三大蠱毒之一，是麼？」

石萬嗔點頭道：「不錯。小丫頭知道的事倒也不少。」

他從野人山來到中原，得知無嗔大師已死，無法報仇，便遷怒於他門人，要盡殺之而後快。不料慕容景岳爲人極無骨氣，一給石萬嗔制住便即哀求饒命，並說師父遺下一部《藥王神篇》，落入小師妹之手，願意拜他爲師，引他去奪取。石萬嗔雖恨無嗔大師切骨，但心中對他實大爲敬畏，聽說他有遺著，料想其中於使毒的功夫學問，必有無數寶貴之極的法門，當下便收了慕容景岳為徒。其後又聽從他的挑撥，殺了姜鐵山父子，收錄薛鵲。石萬嗔和慕容景岳、姜鐵山、薛鵲三人都動過手，見他三人武功固屬平平，使毒的本領也跟他們師父相差極遠，聽說程靈素不過是個十七八歲的姑娘，更毫沒放在心上，料想只要見到了，那還不手到擒來？

在掌門人大會中著了她道兒，石萬嗔仍未服輸，只恨雙目受了「斷腸草」的損傷，眼力不濟，因而沒瞧出赤蠍粉和三蜈五蟆煙。但胡斐在會中所顯露的武功，卻令他頗為忌憚。他暗暗跟隨在後，當胡斐和程靈素赴陶然亭之約時，師徒三人便躲入藥王廟後院。他三人的主旨是在奪取《藥王神篇》，見紅花會羣雄人多勢眾，一直隱藏在後院，不敢現身。直至胡程二人送別羣雄，又在溪畔飲食休息，他三人才藏身在馬春花房中，只待胡程二人進房，準擬一擊得手。那知程靈素極是精乖，在千鈞一髮之際及時警覺。

這時聽程靈素提到「碧蠶毒蠱」，他才大為吃驚：「想不到這小丫頭如此了得，她同門的師兄師姊，可遠遠不及了。」便即全神戒備，已無絲毫輕敵之念。

程靈素又道：「碧蠶毒蠱的蟲卵粉末放在任何物件器皿之上，都無色無臭，旁人決計不易察覺。只不過毒粉不經血肉之軀，毒性不烈，有法可解，須經血肉沾傳，方得致命。世上事難兩全，人體一著毒粉，便有一層隱隱的碧綠之色。石前輩在馬姑娘的屍身置毒，倘若只放上她衣衫，倒不易瞧得出來，但為了做到盡善盡美，卻連她臉上和手上都放置了。」

胡斐聽到這裏，才明白這走方郎中如此險毒，竟在馬春花的屍身上放置劇毒，自己和程靈素勢必搬動她屍體，自必中毒，罵道：「好惡賊，只怕你害人反而害己。」

石萬嗔搖動虎撐，嗆啷啷一陣響聲過去，說道：「小丫頭倒真有點眼力，識得我的碧蠶毒蠱。漢人之中，除我之外，你是絕無僅有的第二人了，很好，有見識，有本事。你師兄師姊又怎及得上你？」程靈素道：「前輩謬讚。晚輩所不明白的是，先師遺著《藥王神篇》中說道，碧蠶毒蠱放在人體之上，若要不顯碧綠顏色，原不為難，卻不知石前輩何以捨此法而不用？」

石萬嗔雙眉一揚，說道：「當真胡說八道。苗人中便是放蠱的祖師，也無此法。你師父從未去過苗疆，知道甚麼？」程靈素道：「前輩既如此說，晚輩本來非信不可，但先師遺著之中，確是傳下一法。卻不知是前輩對呢，還是先師對。」石萬嗔道：「是甚麼法子，你倒說來聽聽。」程靈素道：「晚輩說了，前輩定然不信。是對是錯，一試便知。」石萬嗔道：「如何試法？」

程靈素道：「前輩取出碧蠶毒蠱，下在人手之上，晚輩以先師之法取藥混入，且瞧有無碧綠顏色。」石萬嗔一生鑽研毒藥，聽說有此妙法，將信將疑之餘，確是亟欲一知真偽，便道：「放在誰的手上作試？」程靈素道：「自是由前輩指定。」

石萬嗔心想：「要放在你的手上，你當然不肯。下在那氣勢虎虎的少年手上，那也不用提起。」微一沉吟，向慕容景岳道：「伸左手出來！」慕容景岳跳起身來，叫道：「這……這……師父，別上這丫頭的當！」石萬嗔沉著臉道：「伸左手出來！」

慕容景岳見師父神色嚴峻，原不敢抗拒，但想那碧蠶毒蠱何等厲害，稍一沾身，便算師父給解藥治愈，不致送命，可是這番受罪，卻定然難當無比。他一隻左手只伸出尺許，立即又顫抖著縮了回去。石萬嗔冷笑道：「好吧，你不從師命，那也由你。」慕容景岳聽到「不從師命」四字，臉色更加蒼白，他拜師時曾立下重誓，倘若違背師命，甘受懲處。他們這種人每日裏和毒藥毒物爲伍，「懲處」兩字說來輕描淡寫，其實中間所包含的慘酷殘忍之處，令人一想到便不寒而慄。

他正待伸手出去，薛鵲忽道：「師父，我來試好了。」坦然伸出了左手。石萬嗔道：「偏不要你！瞧他男子漢大丈夫，有沒這膽子。」

慕容景岳道：「我又不是害怕。我只想這小師妹詭計多端，定然不安好心，犯不著上她的當。」程靈素點頭道：「大師哥果然厲害得緊。從前跟著先師的時候，先師每件事都要受你的氣，眼下拜了位新師父，仍是徒兒強過了師父。」

石萬嗔明知她這番話是挑撥離間，還是冷冷的向慕容景岳橫了一眼。慕容景岳給他這一眼瞧得心中發毛，只得伸出左手。

石萬嗔從懷中取出一隻黃金小盒，輕輕揭開，盒中有三條通體碧綠的小蠶，蠕蠕而動。他用一隻黃金小匙在盒中挑了些綠粉，放在慕容景岳掌心。慕容景岳一條左臂顫抖得更加厲害，臉上盡是又怕又怒、又驚又恨的神色，面頰肌肉不住跳動，眼光中流露出野獸般的光芒，似要擇人而噬。

胡斐心想：「二妹這一著棋，不管如何，總是在他們師徒之間伏了深仇大恨。這慕容景岳日後一有機會，定要向他師父報復今日之仇。」

只見綠粉一放上掌心，片刻間便透入肌膚，無影無蹤，但掌心中隱隱留著一層青氣，似乎揉捏過青草、樹葉一般。

石萬嗔道：「小妞兒，且瞧你的，有甚麼法子叫他掌心不顯青綠之色。」

程靈素不去理他，卻轉頭向胡斐道：「大哥，那日在洞庭湖畔白馬寺我和你初次相見，曾和你約法三章，你可還記得麼？」胡斐道：「記得。」心想：「那日她叫我不可說話，不可跟人動武，不可離開她三步之外，可是這三件事，我一件也沒做到。」程靈素道：「記得就好了，今日你仍當依著這三件事做，千萬不能再忘了。」胡斐點了點頭。

程靈素道：「石前輩，你身邊定有鶴頂紅和孔雀膽吧？這兩項藥物和碧蠶毒蠱既相剋而又相輔。你若不信，請看先師的遺著。」說著翻開那本黃紙小冊，送到石萬嗔眼前。石萬嗔看去，果見有一行字寫著：「鶴頂紅、孔雀膽二物，和碧蠶卵混用，無色無臭，唯見效較緩。」他想再看下去，程靈素卻將書合上了。

石萬嗔心想：「無嗔賊禿果是博學，這可須得一試眞僞，倘若所言不錯，那麼這本《藥王神篇》也非假書了。」他畢生鑽研毒藥。近二十年來更加廢寢忘食的用功，以求勝過師兄，實已跡近瘋狂，此時見到這本殘舊的黃紙抄本，只覺便天下所有珍寶聚在一起，亦無如此貴重。他天性殘忍涼薄，和慕容景岳相互利用，本來就無絲毫師徒之情，又想這番在他掌心試置碧蠶毒蠱之後，他日後一有機會，定會反噬，當下全不計及三種劇毒藥物放在一起，事後如何化解，右手食指的指甲一彈，一陣殷紅色的薄霧散入慕容景岳掌心，跟著中指的指甲一彈，又有一片紫黑色薄霧散入他掌心。

程靈素見他不必從懷中探取藥瓶，指甲輕彈，隨手便能將所需毒藥放出，手腳之靈便快捷，尚在自己之上，不禁暗暗驚佩，凝神看他身上，瞧出了其中玄妙。原來他一條腰帶縫成一格格的小格，匝腰一周，不下七八十格，每一格中各藏藥粉。他練得熟了，手掌一伸，指甲中已挑了所需的藥粉。練到這般神不知鬼不覺的地步，眞不知花了多少功夫，如此一舉手便彈出毒粉，對方怎能防備躱避？

那鶴頂紅和孔雀膽兩種藥粉這般散入慕容景岳掌心，當眞如迅雷不及掩耳，那容他有縮手餘地？慕容景岳本已立下心意，決不容這兩種劇毒的毒物再沾自己肌膚，拚著和石萬嗔破臉，也要抗拒，眼見他對自己如此狠毒，寧可向小師妹屈服，師兄妹三人聯手，也勝於此後受他無窮無盡的折磨。那知石萬嗔下毒的手法快如電閃，慕容景岳念頭尚未轉完，兩般劇毒已沾掌心。

但見一紅一紫的薄霧片刻間便即滲入肌膚，手掌心原有那層隱隱的青綠之色，果然登時不見，已跟平常的肌膚毫無分別。

石萬嗔歡叫一聲：「好！」伸手往程靈素手中的《藥王神篇》抓來。程靈素竟不退縮，只微微一笑。石萬嗔手指將和書皮相碰，突然想起：「這丫頭是那賊禿的關門弟子，書上怎能不藏機關？」急忙縮手，心中暗罵：「老石啊老石！你如膽敢小覷了這丫頭，便有十條性命，也要送在她手裏了。」

慕容景岳掌心一陣痲一陣癢，這陣痲癢直傳入心裏，便似有千萬隻螞蟻同時在咬嚙心臟一般，顫聲叫道：「小師妹，快取解藥給我。」程靈素奇道：「咦，慕容先生，你怎會忘了先師的叮囑？本門中人不能放蠱，又有九種沒解藥的毒藥決不能用。」

慕容景岳背上登時出了一陣冷汗，說道：「鶴頂紅，孔……孔……雀膽屬於九大禁藥，你……你怎地用在我身上？這……這不是違背先師的訓誨麼？」

程靈素冷冷的道：「慕容先生居然還記得先師，居然還記得不可違背先師的訓誨，當眞大出小妹的意料之外。碧蠶毒蠱是我放在你身上的麼？鶴頂紅和孔雀膽，是我放在你身上的麼？先師諄諄囑咐咱們，即令遇上生死關頭，也決不可使用不能解救的毒藥，這是本門的第一大戒。石前輩和慕容先生、薛姊姊都已脫離本門，這些戒條，自然不必遵守了。小妹可萬萬不敢忘記啊。」

慕容景岳伸右手抓緊左手脈門，阻止毒氣上行，滿頭冷汗，已說不出話來。薛鵲右手一翻，伸短刀在慕容景岳左手心中割了兩個交差的十字，圖使毒性隨血外流，明知這法子解救不得，卻也可使毒性稍減，忙問：「小師妹，師父的遺著上怎麼說？他老人家既傳下了這三種毒物共使的法子，定然也有解救之道。」

程靈素道：「薛姊姊所說的『師父』，是指那一位？是小妹的師父無嗔大師呢，還是你們賢夫婦的師父石前輩？」薛鵲聽她辭鋒咄咄逼人，心中怒極毒罵，但丈夫的性命危在頃刻，此時有求於她，口頭只得屈服，說道：「是愚夫婦該死，還望小師妹念在昔日同門之情，瞧在先師無嗔大師的面上，高抬貴手，救他一命。」

程靈素翻開《藥王神篇》，指著兩行字道：「薛姊姊請看，此事須怪不得我。」

薛鵲順著她手指看去，只見冊上寫道：「碧蠶毒蠱和鶴頂紅、孔雀膽混用，劇毒入心，無藥可治，戒之戒之。」薛鵲大怒，轉頭向石萬嗔道：「師父，書上明明寫著，這三種毒藥混用，無藥可治，你卻如何在景岳身上試用？」她雖口稱「師父」，說話的神情卻已聲色俱厲。

《藥王神篇》上這兩行字，石萬嗔其實並沒瞧見，但即使看到了，他也決不致因此而稍有顧忌，這時聽薛鵲厲聲責問，如何肯自承不知，丟這個大臉？只道：「將那書給我瞧瞧，看其中還有甚麼古怪？」

薛鵲怒極，心知再有猶豫，丈夫性命不保，短刀一揮，將慕容景岳的左臂齊肩斬斷。她知那三種毒藥厲害無比，雖自掌心滲入，但這時毒性上行，單是割去手掌已然無用，幸好三藥混用，發作較慢，同時他掌心並無傷口，毒藥並非流入血脈，割去一條手臂，暫時保住了性命，否則必已毒發身亡。薛鵲是無嗔大師之徒，自有她一套止血療傷的本領，片刻間在慕容景岳的傷口上敷藥止血，包紮妥善，手法乾淨利落。

程靈素道：「慕容先生，薛姊姊，非是我有意陷害於你。你兩位背叛師門，改拜師父的仇人為師，本已罪無可恕，加之害死二師哥父子二人，當真天人共憤。眼下本門傳人，只小妹一人，兩位叛師的罪行，若不是小妹手加懲戒，難道任由師父一世英名，身後反而栽在他仇人和徒兒的手中？二師哥父子慘遭橫死，若不是小妹出來主持公道，難道任由他二人永遠含冤九泉？」

她身形瘦弱，年紀幼小，但這番話侃侃而言，說來凜然生威。

胡斐聽得暗暗點頭，心想：「這兩人卑鄙狠毒，早該殺了。」只聽她又道：「慕容先生一臂雖去，毒氣已然攻心，一月之內，仍當毒發不治。兩位已叛出本門，遭人毒手，本與小妹無關，只是瞧在先師的份上，這裏有三粒『生生造化丹』，是師父以數年心血製煉而成，小妹代先師賜你，每一粒可延你三年壽命。你服食之後，盼你記著先師的恩德，還請捫心自問：到底是你原來的師父待你好，還是新拜的師父待你好？」說著從懷中取出三粒紅色藥丸，托在手裏。

薛鵲正要伸手接過，石萬嗔冷笑道：「手臂都已砍斷，還怕甚麼毒氣攻心？這三粒『死死索命丹』一服下肚，那才是毒氣攻心呢。」

程靈素道：「兩位倘若相信新師父的話，那麼這三粒丹藥原也用不著了。」說罷便要收入懷中。慕容景岳急道：「不！小師妹，請你給我。」薛鵲道：「多謝小師妹，從今而後，我二人改過自新，重新做人。」低頭走到程靈素身前，取過三枚丹藥，突然身形一晃，怒喝：「石萬嗔，你好毒的……」一句話未說完，俯身摔倒在地。

程靈素和胡斐都大吃一驚，沒見石萬嗔有何動彈，怎地已下了毒手？程靈素彎下腰來，翻過薛鵲身子，要看她如何受害，是否有救，剛將她身子扳轉，突然右手手腕一緊，已給她左手抓住。程靈素立知不妙，左手待要往她頭頂拍落，但右手脈門為她抓住，全身酸麻，已使不出力氣。薛鵲右手握著短刀，刀尖抵在程靈素胸口，喝道：「將《藥王神篇》放下！」程靈素一念之仁，竟致受制，只得將《藥王神篇》摔在地下。

胡斐待要上前相救，但見薛鵲的刀尖抵正了程靈素心口，只要輕輕向前一送，立時沒命，心中雖急，卻不敢動手。薛鵲緊緊抓著程靈素手腕，說道：「師父，弟子助你奪到《藥王神篇》，請你將碧蠶毒蠱、鶴頂紅、孔雀膽三種藥物，放在這小賤人的掌心，瞧她是不是也救不了自己性命。」

石萬嗔笑道：「好徒兒，好徒兒，這法子當眞高明。」取出金盒，用金匙挑了碧蠶毒蠱，兩枚指甲中藏了鶴頂紅和孔雀膽的毒粉，便要往程靈素掌心放落。

慕容景岳重傷之後，雖搖搖欲倒，卻知這是千鈞一髮的機會，只要程靈素掌心也受了這三種毒藥，她若有解藥，勢須取出自療，自己便可奪而先用，就算眞的沒有解藥，也是報了適才之仇，叫她作法自斃，當下奮力攔在胡斐身前，防他阻撓石萬嗔下毒。

胡斐正當無法可施之際，突見慕容景岳搶在身前，左手呼的一拳，便往他面門擊去。慕容景岳抬右手招架，胡斐此時情急拚命，那容他有還招餘地，左手拳尚未打實，右手掌出如風，無聲息的推在他胸口。這一掌雖無聲響，力道卻是奇重，慕容景岳噴出一大口鮮血，身子直向薛鵲撞去。薛鵲遭這股大力急撞，登時摔倒，但左手仍牢牢抓住程靈素的手腕不放。

胡斐縱身上前，在薛鵲的駝背上重重一腳，薛鵲口噴鮮血，手上無力，只得鬆開程靈素手腕。薛鵲手掌剛給震開，石萬嗔的手爪已然抓到。胡斐怕他手中毒藥碰到程靈素身子，右手急掠，往他肩頭力推。石萬嗔反掌擒拿，向他右手抓來。

程靈素急叫：「快退！」胡斐若施展小擒拿手中的「九曲折骨法」，原可將石萬嗔五根指頭立時扭斷，但他指上帶有劇毒，如何敢碰？急忙後躍而避，石萬嗔一抓不中，順手將金匙擲出，跟著手指連彈，毒粉化作煙霧，噴上了胡斐手背。

胡斐不知自己已然中毒，但想這三人奸險狠毒無比，立心斃之於當場，單刀揮出，白光閃閃，全是進手招數。石萬嗔虎撐未及招架，只覺左手上一涼，三根手指已給削斷。他又驚又怕，右手又彈出一陣煙霧。程靈素驚叫：「大哥，退後！」胡斐不退反進，生怕程靈素遭難，搶過擋在她身前。眼見石萬嗔等三人一齊逃出廟外。

程靈素握著胡斐的手，心如刀割，自己雖得脫大難，可是胡斐爲了相救自己，手背上已沾上了碧蠶毒蠱、鶴頂紅、孔雀膽三項劇毒。《藥王神篇》上說得明明白白：「劇毒入心，無藥可治。」

難道揮刀立刻將他右手砍斷，再讓他服食「生生造化丹」，延續九年性命？過得這九年後，再服「生生造化丹」便也無效了。

他是自己在這世界上唯一親人，和他相處了這些日子之後，在她心底，早已將他的一切瞧得比自己重要得多。這樣好的人，難道便只再活九年？

程靈素念頭一轉，便打定了主意，取出一顆白色藥丸，放入胡斐口中，顫聲道：「快呑下！」胡斐依言嚥落，心神甫定，想起適才的驚險，猶是心有餘怖，說道：「好險，好險！」見那《藥王神篇》掉在地下，一陣秋風過去，吹得書頁不住翻轉，說道：「可惜沒殺了這三個惡賊！幸好他們也沒將你的書搶去。二妹，倘若你手上沾了這三種毒藥，那可怎麼辦？」

程靈素柔腸寸斷，眞想放聲痛哭，卻哭不出來。

胡斐見她臉色蒼白，柔聲道：「二妹，你累啦，快歇一歇吧！」程靈素聽到他溫柔體貼的說話，更說不出的傷心，哽咽道：「我……我……」

胡斐忽覺右手手背略感麻癢，正要伸左手去搔，程靈素一把抓住了他左手手腕，顫聲道：「別動！」胡斐覺她手掌冰涼，奇道：「怎麼？」突然間眼前一黑，仰天摔倒。

胡斐這一交倒在地下，再也動彈不得，可是神智卻極清明，只覺右手手背上一陣麻，一陣癢，越來越厲害，驚問：「我也中了那三大劇毒麼？」

程靈素撲在他身上，淚水如珍珠斷線般順著面頰流下，撲簌簌的滴在胡斐衣上，緩緩點了點頭。胡斐見此情景，不禁涼了半截，暗想：「她這般難過，我身上所中劇毒，定然無法救治了。」刹時之間，心頭湧上了許多往事：商家堡和趙半山結拜、佛山鎮北帝廟的慘劇、瀟湘道上結識袁紫衣、洞庭湖畔相遇程靈素，以及掌門人大會、紅花會羣雄、石萬嗔……這一切都過去了，過去了……

他只覺全身漸漸僵硬，手指和腳趾都寒冷徹骨，說道：「二妹，生死有命，你不必難過。只可惜你一個人孤苦伶仃，大哥再也不能照料你了。那金面佛苗人鳳雖是我的殺父之仇，但他慷慨豪邁，實是個鐵錚錚的好漢子。我……我死之後，你去投奔他吧，要不然……」說到這裏，舌頭大了起來，言語模糊不清，終於再也說不出來了。

程靈素跪在他身旁，低聲道：「大哥，你別害怕，你雖中三種劇毒，但我有解救之法。你不會動彈，不會說話，那是服了那顆麻藥藥丸的緣故。」胡斐聽了大喜，眼睛登時發亮。

程靈素取出一枚金針，刺破他右手手背上的血管，將口就上，用力吮吸。胡斐大吃一驚，心想：「毒血吸入你口，不是連你也沾上了劇毒麼？」可是四肢寒氣逐步上移，全身再也不聽使喚，那裏掙扎得了。

程靈素吸一口毒血，便吐在地下，若是尋常毒藥，她可以用手指按捺，從空心金針中吸出毒質，便如替苗人鳳治眼一般，但碧蠶毒蟲、鶴頂紅、孔雀膽三大劇毒入體，又豈是此法所能奏效？她直吸了四十多口，眼見吸出來的血液已全呈鮮紅之色，這才放心，吁了一口長氣，柔聲道：「大哥，你和我都很可憐。你心裏喜歡袁姑娘，那知道她卻出家做了尼姑……我……我心裏……」

她慢慢站起身來，柔情無限的瞧著胡斐，從藥囊中取出兩種藥粉，替他敷在手背，又取出一粒黃色藥丸，塞在他口中，低低的道：「我師父說中了這三種劇毒，無藥可治，因爲他只道世上沒一個醫生，肯不要自己的性命來救活病人。大哥，他決計想不到我……我會待你這樣……」

胡斐只想張口大叫：「我不要你這樣，不要你這樣！」但除了眼光中流露出反對的神色之外，委實無法示意。

程靈素打開包裹，取出圓性送給她的那隻玉鳳，淒然瞧了一會，用一塊手帕包了，放入胡斐懷裏。再取出一枝蠟燭，插在神像前的燭台上，一轉念間，從包中另取一枝燭身較細的蠟燭，拗去半截，晃火摺點燃了，放在後院天井中，讓蠟燭燒了一會，再取回來放在燭台旁，另取一枝新燭插上燭台。她又從懷裏取出一顆黃色藥丸，餵在胡斐嘴裏。

胡斐瞧著她這般細心佈置，不知是何用意，只聽她道：「大哥，有一件事我本來不想跟你說，以免惹起你傷心。現下咱們要分手了，不得不說。在掌門人大會之中，我那狠毒的師叔和田歸農相遇之時，你可瞧出蹊蹺來麼？他二人是早就相識的。田歸農用來毒瞎苗大俠眼睛的斷腸草，定是石萬嗔給的。你爹爹所以中毒，刀上毒藥多半也是石萬嗔配製的。」胡斐登時心中雪亮，只想大叫：「不錯！」

程靈素道：「你爹爹媽媽去世之時，我尚未出生，我那幾個師兄、師姊，也年紀尚小，未曾投師學藝。那時候當世擅於用毒之人，只先師和石萬嗔二人。苗大俠疑心毒藥是我師父給的，因之跟他失和動手，我師父既然說不是，當然不是了。我雖疑心這個師叔，可是並無佐證，本來想慢慢查明白了，如果是他，再設法為你報仇。今日事已如此，不管怎樣，總之是要殺了他……」說到這裏，體內毒性發作，身子搖晃了幾下，摔在胡斐身邊。

胡斐見她慢慢合上眼睛，口角邊流出一條血絲，眞如是萬把鋼錐在心中攢刺一般，只想緊緊抱住她，張口大叫：「二妹，二妹！」但便如深夜夢魘，不論如何大呼大號，總是喊不出半點聲息，心裏雖然明白，卻連一根小指頭兒也轉動不得。

便是這樣，胡斐並肩和程靈素的屍身躺在地下，從上午挨到下午，又從下午挨到黃昏。那碧蠶毒蠱、鶴頂紅、孔雀膽三大劇毒的毒性何等厲害，雖然程靈素為他吸出了毒血，但毒藥已侵入過身體，全身肌肉僵硬，非等到一日一夜之後，不能動彈。這幾個時辰中他心中之苦，眞不是常人所能想像。

眼見天色漸漸黑了下來，他身子兀自不能轉動，只知程靈素躺在自己身旁，可是想轉頭去瞧她一眼，卻也不能。

又過了兩個多時辰，只聽得遠處樹林中傳來一聲聲梟鳴，突然之間，幾個人的腳步聲悄悄到了廟外。只聽得一人低聲道：「薛鵲，你進去瞧瞧。」正是石萬嗔的聲音。

胡斐暗叫：「罷了，罷了！我一動也不能動，只有靜待宰割的份兒。二妹啊二妹，你爲了救我性命，給我服下麻藥，可是藥性太烈，不知何時方消，此刻敵人轉頭又來，我還是要跟你同赴黃泉。雖死不足惜，但這番大仇，卻再難得報了。」其實此時麻藥的藥性早退，他所以肌肉僵硬如屍，全因三大劇毒之故。

只聽得薛鵲輕輕閃身進來，躲在門後，向內張望。她不敢晃亮火摺，黑暗中卻又瞧不見甚麼，側耳傾聽，寂無聲息，便回出廟門，向石萬嗔說了。

石萬嗔點頭道：「那小子手背上給我彈上了三大劇毒，這當兒不是命赴陰曹，便是一條手臂齊肩切了下來。賸下那小丫頭一人，何足道哉！就怕兩個小鬼早逃得遠了。」他話是這麼說，仍不敢托大，取出虎撐嗆啷啷的搖動，護住前胸，這才緩步走進廟門。

走到殿上，黑暗中只見兩個人躺在地下，他不敢便此走近，拾起一粒石子向兩人投去，只見兩人仍一動不動，晃亮火摺看時，見地下那兩人正是胡斐和程靈素。眼見兩人全身僵直，顯已死去多時。石萬嗔大喜，一探程靈素鼻息，早已顏面冰冷，沒了氣息，再伸手去探胡斐鼻息時，胡斐雙目緊閉，凝住呼吸。

石萬嗔不敢有絲毫大意，只覺他顏面微溫，並未死透，取出一根金針，在程胡兩人手心中各自刺了一下，他們如喬裝假死，這麼一刺，手掌非顫動不可。程靈素眞的已死，胡斐肌肉尚僵，金針雖刺入他掌心知覺最銳敏之處，仍全無反應。

慕容景岳恨恨的道：「這丫頭吮吸情郎手背的毒藥，豈不知情郎沒救活，連帶送了自己性命。」

石萬嗔急於找那冊《藥王神篇》，見火摺將要燒盡，便湊到燭台上去點蠟燭。火燄剛和燭芯相碰，心念一動：「這枝蠟燭沒點過，說不定有甚麼古怪。」見燭台下放著半截點過的蠟燭，心想：「這半截蠟燭是點過的，定然無妨。」拔下燭台上那枝沒點過的蠟燭，換上半截殘燭，用火摺點燃了。

燭光一亮，三人同時看到了地下的《藥王神篇》，齊聲喜呼。石萬嗔撕下一塊衣襟，墊在手上，這才隔著布料將冊子拾起。湊到燭火旁翻動書頁，只見密密寫著一行行蠅頭小楷，果然是諸般醫術和藥性，但略一檢視，其中治病救傷的醫道佔了九成以上。說到毒藥之時，也多為闡述解毒救治，至於如何煉毒施毒，以及諸般種植毒草、培養毒蟲之法，卻說得極為簡略。原來無嗔大師晚年深悔一生用毒太多，以致在江湖上得了個「毒手藥王」的名號，是以傳給弟子的遺書，名為《無嗔醫藥錄》，乃是一部濟世救人的醫書藥書。

石萬嗔、慕容景岳、薛鵲三人處心積慮想要劫奪到手的，原想是一部包羅萬有、神奇奧妙的「毒經」，此時一看，竟是一部醫書，縱然其中所載醫術精深，於他卻全無用處，石萬嗔自大失所望。

他凝思片刻，對薛鵲道：「你搜搜那死丫頭的身邊，是否另有別的書冊。這一部只是醫書，沒甚麼用。」說著隨手扔在神枱之上。薛鵲細搜程靈素的衣衫和包裹，說道：「沒有。」

慕容景岳猛地想起一事，道：「我那師父善寫隱形字體，莫非……」這句話一出口，登時好生後悔，暗想：「該死！該死！我何必說了出來？任他以為此書無用，我撿回去細細探索，豈不是好？」但石萬嗔何等機伶，立時醒悟，說道：「不錯！」又揀起那部《藥王神篇》。

一轉身間，只見慕容景岳和薛鵲雙膝漸漸彎曲，身子軟了下來，臉上似笑非笑，神情詭異。石萬嗔大吃一驚，叫道：「怎麼啦？七心海棠，七心海棠？難道死丫頭種成了七心海棠？景岳與薛鵲怎不向我稟告？這兩個傢伙，唉！這……這蠟燭……」

腦海中猶如電光一閃，想起了少年時和無嗔同門學藝時的情景：

一天晚上，師父講到天下的毒物之王，他說鶴頂紅、孔雀膽、墨蛛汁、腐肉膏、彩虹菌、碧蠶卵、蝮蛇涎、番木鱉、白薯芽等等，都還不是最厲害的毒物，最可怕的是七心海棠。這毒物無色無臭，無影無蹤，再精明細心的人也防備不了，不知不覺之間，已中毒而死。死者臉上始終帶著微笑，似乎十分平安喜樂。師父曾從海外得了這七心海棠的種子，可是不論用甚麼方法，都種它不活。那天晚上，師兄和他自己都向師父討了九粒七心海棠的種子。師父微笑道：「幸好這七心海棠難以培植，否則世上還有誰得能平安。」

瞧慕容景岳和薛鵲的情狀，正是中了七心海棠之毒，他立即屏住呼吸，伸手按住口鼻，正想細察毒從何來，突然間眼前漆黑一片，再也瞧不見甚麼了。一瞬之間，他還道是蠟燭熄滅，但隨即發覺，卻是自己雙眼陡然間再度失明。驚惶之中，失手將《藥王神篇》拋落在地。

「七心海棠！七心海棠！」他知道幸虧在進廟之前，口中先含了化解百毒的丹藥，七心海棠的毒性一時才不致侵入臟腑，但雙目曾經受損，已先抵受不住，竟然又盲了。

胡斐事先卻曾得程靈素餵了抵禦七心海棠毒性的黃丸解藥，雙目無恙，一切看得清清楚楚，眼見慕容景岳和薛鵲慢慢軟倒，眼見石萬嗔雙手在空中亂抓亂撲，大叫：「七心海棠，七心海棠！」衝出廟去。只聽他淒厲的叫聲漸漸遠去，靜夜之中，雖然隔了良久，還聽得他的叫聲隱隱從曠野間傳來，有如發狂的野獸嗥叫：「七心海棠！七心海棠！」

胡斐身旁躺著三具屍首，一個是他義結金蘭的小妹子程靈素，兩個是他義妹的對頭、背叛師門的師兄師姐。破廟中一枝黯淡的蠟燭，隨風搖曳，忽明忽暗，他身上說不出的寒冷，心中說不出的淒涼。

終於蠟燭點到了盡頭，忽地一亮，火燄吐紅，一聲輕響，破廟中漆黑一團。

胡斐心想：「我二妹便如這蠟燭一樣，點到了盡頭，再也不能發出光亮了。她一切全算到了，料得石萬嗔他們一定還要再來，料到他小心謹愼不敢點新蠟燭，便將那枚混有七心海棠花粉的蠟燭先行拗去半截，誘他上鉤。她早死了，在死後還是殺了兩個仇人。她一生沒害過一個人的性命，她雖是毒手藥王的弟子，生平卻從未殺過人。她是在自己死了之後，再來清理師父門戶，再來殺死這兩個狼心狗肺的師兄師姊。

「她沒跟我說自己的身世，我不知她父親母親是怎樣的人，不知她爲甚麼要跟無嗔大師學這一身可驚可怖的本事。我常向她說我自己的事，她總是關切的聽著。我多想聽她說說她自己的事，可是從今以後，再也聽不到了。

「二妹總是處處想到我，處處爲我打算。我有甚麼好，値得她對我這樣？値得她用自己的性命，來換我的性命？其實，她根本不必這樣，只須割了我的手臂，用他師父的丹藥，讓我在這世界上再活九年。九年的時光，那已足夠了！我們一起快快樂樂的渡過九年，就算她要陪著我死，那時候再死不好麼？」

忽然想起：「我說『快快樂樂』，這九年之中，我是不是眞的會快快樂樂？二妹知道我一直喜歡袁姑娘，雖然發覺她是個尼姑，但思念之情，並不稍減。那麼她今日寧可一死，是不是爲此呢？」

在那無邊無際的黑暗之中，心中思潮起伏，想起了許許多多事情。程靈素的一言一語，一顰一笑，當時漫不在意，此刻追憶起來，其中所含的柔情密意，才清清楚楚的顯現出來。

小妹子對情郎——恩情深，
你莫負了妹子——一段情，
你見了她面時——要待她好，
你不見她面時——天天要十七八遍掛在心！

王鐵匠那首情歌，似乎又在耳邊纏繞，「我要待她好，可是……可是……她已經死了。她活著的時候，我沒待她好，我天天十七八遍掛在心上的，是另一個姑娘。」

天漸漸亮了，陽光從窗中射進來照在身上，胡斐卻只感到寒冷，寒冷……

終於，他覺到身上的肌肉柔軟起來，手臂可以微微抬一下了，大腿可以動一下了。他雙手撐地，慢慢站起，深情無限的望著程靈素。突然之間，胸中熱血沸騰。「我活在這世上還有甚麼意思？二妹對我這麼多情，我卻如此薄倖的待她！不如跟她一齊死了！」

但一瞥眼看到慕容景岳和薛鵲的屍身，立時想起：「爹娘的大仇還沒報，害死二妹的石萬嗔還活在世上。我這麼輕生一死，甚麼都撒手不管，豈是大丈夫的行徑？」

卻原來，程靈素在臨死之時，這件事也料到了。她將七心海棠蠟燭換了一枝細身的，毒藥份量較輕的，她不要石萬嗔當場便死，要胡斐慢慢的去找他報仇。石萬嗔眼睛瞎了，胡斐便永遠不會再吃他虧。她臨死時對胡斐說道，害死他父母的毒藥，多半是石萬嗔配製的。那或許是實情，或許只是猜測，但這足夠叫他記著父母之仇，使他不致於一時衝動，自殺殉情。

她甚麼都料到了，只是，她有一件事沒料到。胡斐還是沒遵照她的約法三章，在她危急之際，仍出手和敵人動武，終致身中劇毒。

又或許，這也是在她意料之中。她知道胡斐並沒愛她，更沒有像自己愛他一般深切的愛著自己，但他仁厚俠義，眞心待自己好，自己遭到危難之時，他必不顧性命的來救。不如就這樣了結。用情郎身上的毒血，毒死了自己，救了情郎的性命。

很淒涼，很傷心，可是乾淨利落，一了百了，那正不愧爲「毒手藥王」的弟子，不愧爲天下第一毒物「七心海棠」的主人。

少女的心事本來是極難捉摸的，像程靈素那樣的少女，更加永遠沒人能猜得透到底她心中在想些甚麼。

突然之間，胡斐明白了一件事：「爲甚麼前天晚上在陶然亭畔，陳總舵主祭奠墓中那個姑娘時，竟哭得那麼傷心？」原來，當你想到最親愛的人永遠不能再見面時，不由得你不哭，不由得你不哭得這麼傷心。

他將程靈素和馬春花的屍身搬到破廟後院。心想：「兩人的屍身上都沾著劇毒，須得小心，別沾上了。我還沒報仇，可死不得！」生起柴火，分別將兩人火化了。他心中空空洞洞，似乎自己的身子也隨著火燄成煙成灰，隨手在地下掘了個大坑，把慕容景岳和薛鵲夫婦葬了。

眼見日光西斜，程靈素和馬春花屍骨成灰，在廟中找了兩個小小瓦罈，將兩人的骨灰分別收入罈內，心想：「我去將二妹的骨灰葬在我爹娘墳旁，她雖不是我親妹子，但她如此待我，豈不比親骨肉還親麼？馬姑娘的骨灰，要帶去湖北廣水，葬在徐大哥墓旁。」

回到廂房，見程靈素的衣服包裹兀自放在桌上，凝目良久，忍不住又掉下淚來。

隔了半晌，這才伸手收拾，見到包中有幾件易容改裝的用具，膠水假鬚，一概具備，心想：「我若坦然以本來面目示人，走不上一天，便會遇上福康安派出來追捕的鷹爪，雖然不怕，但一路鬥將過去，如何了局？」於是臉上搽了易容藥水，黏上三絡長鬚，將兩隻骨灰罈連同那本《藥王神篇》包入包裹，負在背上，揚長出廟。

他一路向南追蹤石萬嗔。

這日中午，在陳官屯一家飯鋪中打尖，剛坐定不久，只聽得靴聲橐橐，走進四名武官。領先一人瘦長身材，正是鷹爪雁行門的曾鐵鷗。胡斐微微一驚，側過了頭，自己雖已喬裝改扮，他未必認得出來，但此人甚為精明，說不定會給他瞧出破綻。

飯鋪中的店小二手忙腳亂，張羅著侍候四位武官。

胡斐心想：「這四人出京南下，多半和我的事有關，倒要聽他們說些甚麼。」可是曾鐵鷗等四人風花雪月，儘說些沒要緊之事，只聽得他好生納悶。

便在此時，忽聽得店外青石板上篤篤聲響，有個盲人以杖探地，慢慢進來。

那人一進飯鋪，胡斐心中怦怦亂跳，這幾日來他一路打探石萬嗔的蹤跡，追尋而來，心知和他相距已經不遠，此人盲了雙眼，行走不快，遲早終須追上，不料竟在這小鎮上的飯店中狹路相逢。只見他衣衫襤褸，面目憔悴，左手兀自搖著那隻走方郎中所用的虎撐。

他摸索到一張方桌，再摸到桌邊的板櫈，慢慢坐下，說道：「店家，先打一角酒來。」店小二見他是個乞兒模樣，沒好氣的問道：「你要喝酒，有錢沒有？」石萬嗔從懷中取出一錠銀子，放在桌上。店小二道：「好，我去打酒給你。」

石萬嗔一走進飯鋪，曾鐵鷗便向三個同伴大打手勢，示意要上前捉拿。那日掌門人大會之中，程靈素口噴毒煙，使得人人肚痛，羣豪疑心福康安在酒水中下毒，福康安等卻認定是這「毒手藥王」做了手腳。因此福康安派遣大批武官衞士南下，交代了三件要務：第一是追捕紅花會羣雄和胡斐、程靈素、馬春花一行人，奪回福康安的兩個兒子，這是第一件要事；第二是捉拿得悉重大陰私隱秘的湯沛及尼姑圓性；第三是捉拿拆散掌門人大會的「罪魁禍首」石萬嗔。

這時曾鐵鷗見石萬嗔雙目已盲，好生歡喜，但猶恐他是假裝，慢慢站起，說道：「店家，怎地你店裏桌椅這麼少？要找個座頭也沒有？」一面說，一面向店小二作手勢，命他不可作聲。另一名武官接口道：「張掌櫃的，今兒做甚麼生意到陳官屯來啊？」曾鐵鷗道：「還不是運米來麼？李掌櫃，你生意好？」那武官道：「好甚麼？左右混口飯吃罷啦。」兩人東拉西扯的說了幾句。曾鐵鷗道：「沒座位啦，咱們跟這位大夫搭個座頭。」說著便打橫坐在石萬嗔桌旁。

其實飯店中空位甚多，但石萬嗔並不起疑，對兩人也不加理睬。曾鐵鷗才知他是眞盲，膽子更加大了，向另外兩名武官招手道：「趙掌櫃，王掌櫃，一起過來喝兩盅吧，小弟作東。」那兩名武官道：「叨擾，叨擾！」也過來坐在石萬嗔身旁。

石萬嗔眼睛雖盲，耳音仍是極好，聽著曾鐵鷗等四人滿嘴北京官腔，並非本地口音，說的是做生意，但沒講得幾句，便露出了馬腳。他微一琢磨，已猜到了八九分，站起身來，說道：「店家，我今兒鬧肚子，不想吃喝啦，咱們回頭見。」曾鐵鷗按住他肩頭，笑道：「大夫你不忙，咱們喝幾杯再走。」石萬嗔知脫身不得，微微冷笑，便又坐下。一會兒酒菜端上來，曾鐵鷗斟了一杯酒，道：「大夫，我敬你一杯。」

石萬嗔道：「好好！」舉杯喝乾，道：「我也敬各位一杯。」右手提著酒壺，左手摸索四人的酒杯，給每人斟上一杯，斟酒之時，指甲輕彈，在各人酒杯中彈上了毒藥，手法便捷，誰也沒瞧出來。可是他號稱「毒手藥王」，曾鐵鷗雖沒見下毒，如何敢喝他所斟之酒，輕輕巧巧的，便將自己一杯酒和石萬嗔面前的一杯酒換過了。

這一招誰都看得分明，便只石萬嗔沒能瞧見。

胡斐心中嘆息：「你雙眼已盲，還在下毒害人，當眞是自作孽，不可活。我又何必再出手殺你？」

他站起身來，付了店帳。只聽曾鐵鷗笑道：「請啊，請啊，大家乾了這杯！」四名武官臉露奸笑，手中甚麼也沒有，一齊說道：「乾杯！」石萬嗔拿著他下了毒藥的一杯酒，嘴角邊露出一絲狡猾微笑，舉杯喝了。胡斐知他料定這四名武官轉眼便要毒發身亡，是以兀自還在得意，見到石萬嗔這般情狀，心中忽生憐憫，大踏步走出了飯店。

數日之後，胡斐到了滄州鄉下父母的墳地。當他幼時，每逢清明，平四叔往往便帶他前來掃墓。兩年前他又曾伴同平四叔來過一次。每次到這地方，他總要在父母墓前呆呆坐上幾天，想著各種各樣事情：如果爹爹媽媽這時還活著……如果他們瞧見我長得這麼高大了……如果爹爹見我這麼使刀，不知會不會指點我幾下……

這日他來到墓地時，天色已經向晚，遠遠瞧見一個穿淡藍衫子的女人，一動不動的站在他父母墓旁。這塊墓地中沒別的墳墓，「難道這女子竟和我父母相識？」

他心中大奇，慢慢走近，只見那女子是個相貌極美的中年婦人，一張瓜子臉兒，秀麗出衆，只臉色過於蒼白，白得沒半點血色。

她見胡斐走來，也微感訝異，抬起了頭瞧著他。

這時胡斐離北京已遠，途中不遇追騎，喬裝麻煩，已回復了本來面目，但風塵僕僕，滿身都是泥灰。那女子見是個不相識的少年，也不在意，轉過了頭去。

這麼一轉頭，胡斐卻認了她出來——她是當年跟著田歸農私奔的苗人鳳之妻。當年在商家堡，苗人鳳的女兒大叫「媽媽」，張開了雙臂要她抱，她卻硬起心腸，轉過了頭去。她的相貌胡斐已記不起了。但這麼狠心一轉頭，他永遠都忘不了。

他忍不住冷冷的道：「苗夫人，你獨個兒在這裏幹甚麼？」

她陡然聽到「苗夫人」三字，全身一震，慢慢回過身來，臉色更加白了，顫聲問道：「你……你怎知道我……」緩緩低下了頭，下面的話再也說不出來了。

胡斐道：「我出世三天，父母便長眠於地下，終身不知父母之愛，但比起你的女兒來，我還是快活得多。那天商家堡中，你硬著心腸不肯抱女兒一抱……不錯，我比你的女兒快活得多了。」苗夫人南蘭身子搖搖欲倒，問道：「你……你是誰？」

胡斐指著墳墓，說道：「我是到這裏來叫一聲『爹爹、媽媽！』只因他們死了，這才不答應我，這才不抱我。」南蘭道：「你是胡大俠胡一刀……的……的令郎？」胡斐道：「不錯，我姓胡名斐。我見過金面佛苗大俠，也見過他的女兒。」

南蘭低聲問道：「他們……他們很好吧？」胡斐斬釘截鐵的道：「不好！」南蘭走上一步，哀聲求懇：「他們怎麼啦？胡相公，求求你，求你跟我說。」

胡斐道：「苗大俠爲奸人所害，瞎了雙目。苗姑娘孤苦伶仃，沒媽媽照顧。」南蘭驚道：「他……他武功蓋世，怎能……」

胡斐大怒，厲聲道：「在我面前，你何必假惺惺裝模作樣？田歸農行此毒計，難道不是出於你的奸謀？此處若不是我父母的墳墓所在，我一刀便將你殺了。你快快走開吧！」南蘭顫聲道：「我……我確是不知。胡相公，他眼睛已經好了嗎？」

胡斐見她臉色極是誠懇，不似作僞，但想這女子水性楊花、奸滑涼薄，甚麼樣子都裝得出，不願跟她多說，哼了一聲，轉身便走。南蘭喃喃的道：「他……他竟給人弄瞎了眼睛，蘭兒，我苦命的蘭兒……」突然間翻身摔倒，暈了過去。

胡斐聽得聲響，回頭一看，倒吃了一驚，微一躊躇，過去一探她鼻息，竟是眞的氣厥，脈息微弱，越跳越慢，若不加施救，多半便要身亡。他萬不料到這無情無義的女子竟會如此，便捏了她的人中，在她脅下推拿。

過了良久，南蘭才悠悠醒轉，低聲道：「胡相公，我死不足惜，只求你告我實情，他和我蘭兒到底怎樣了？」胡斐道：「難道你還關懷他們？」

南蘭道：「說來你定然不信。這幾年來，我日日夜夜，想著的便是這兩個人。我自知已不久人世，只盼能再見他們一面，可是我那裏又有面目再去見他父女？今日我到這裏來，因爲苗大哥當年和我成婚不久，便帶著我到這裏，來祭奠令尊令堂，苗大哥說他一生之中，便只佩服胡大俠夫婦兩人。當年在這墓前，他跟我說了許多話……」

胡斐見她情辭眞摯，確非虛假，他人雖粗豪，心腸卻軟，便道：「好，我便跟你說一說苗大俠父女的近狀。」將苗人鳳如何雙目中毒、如何力敗強敵等情簡略說了，只是自己如何從旁援手，卻輕輕一言帶過。南蘭絮絮詢問苗人鳳和苗若蘭父女的起居飲食，對苗若蘭相貌如何、喜歡甚麼等等，問得更是仔細。但胡斐在苗家匆匆而來，匆匆而去，對這個小姑娘的情狀，實在說不上甚麼。

他一直說到夕陽西下，南蘭意猶未足，兀自問個不休。胡斐說到後來，實已無話可答，南蘭問他，她女兒穿甚麼樣的衣服，是綢的，還是布的？是她父親到店中買來的，還是託人縫製？穿了合不合身？好不好看？

胡斐嘆了口氣，說道：「我都不知道。你既這樣關心，當年又何必……」站起身來，說道：「我要投店去啦。本來今日我要來埋葬義妹的骨灰，此刻天色已晚，只好明天再來！」南蘭道：「好，明天我也來。」胡斐道：「不！我再也沒甚麼話跟你說了。」頓了一頓，終於問道：「苗夫人，我爹爹媽媽，是死在苗人鳳手下的，是不是？」

南蘭緩緩點了點頭，道：「他……他曾跟我說起此事……不過，這是……」

正說到這裏，忽聽得遠處有人叫道：「阿蘭，阿蘭！……阿蘭，阿蘭！你在那裏？」胡斐和南蘭一聽，同時臉色微變，那正是田歸農的叫聲。

南蘭道：「他找我來啦！明兒一早，請你再到這裏，我跟你說令尊令堂的事。」胡斐道：「好，明日一早，一準在此會面。」他不願跟田歸農朝相，隱身在墓後，心想：「明日問明爹爹媽媽身故的眞相，倘若當眞和田歸農這奸賊有關，須饒他不得。料想苗夫人定要替他遮掩隱瞞，但我只要細心查究，必能瞧出端倪。只不知田歸農到滄州來，卻爲了何事？」

只見南蘭快步走出墓地，卻不是朝著田歸農叫聲的方向走去，待走出數十丈遠，只聽得田歸農還在不住口的呼喚：「阿蘭，阿蘭，你在不在這兒？」南蘭才應道：「我在這裏。」田歸農「啊」了一聲，循聲奔去。南蘭道：「我隨便走走，你也不許，便管得我這麼緊。」隱隱約約聽得田歸農陪笑道：「誰敢管你啦？我記掛著你啊。這兒好生荒涼，可小心別嚇著了……」兩人並肩遠去，再說些甚麼，便聽不見了。

胡斐心想：「天色已晚，不如便在這裏陪著爹娘睡一夜。」從包裹裏取出些乾糧吃了，抱膝坐於墓旁，沉思良久，秋風吹來，微感涼意。墓地上黃葉隨風亂舞，一張張撲在他臉上身上，直到月上東山，這才臥倒。

睡到中夜，忽聽得馬蹄擊地之聲，遠遠傳來，胡斐一驚而醒，心道：「半夜三更，還有誰在荒郊馳馬？」只聽得蹄聲漸近，那馬奔得甚是迅捷。待得相距約有兩三里路時，蹄聲轉緩，跟著是一步一步而行，似乎馬上乘客已下了馬背，牽著馬在找尋甚麼。

胡斐聽得那馬正是向自己的方向而來，便縮在墓後的長草之中，要瞧來的是誰。

新月之下，只見一個身材苗條的人影牽著馬慢慢走近，待那人走到墓前十餘丈時，胡斐看得明白，那人緇衣圓帽，正是圓性。

他一顆心劇烈跳動，但覺唇乾舌燥，手心中都是冷汗，要想出聲呼喚，不知如何，竟叫不出聲來，霎時間思如潮湧：「她到這裏來做甚麼？她是知道我在這裏麼？是無意中到這兒呢，還是爲了尋我而來？」

只聽得圓性輕輕念著墓碑上的字道：「遼東大俠胡一刀之墓！」幽幽歎了口氣，說道：「是這裏。」在墓前仔細察看，自言自語道：「墓前並無紙灰，那麼他還沒來掃過墓……」突然間劇烈咳嗽起來，越咳越厲害，竟爾不能止歇。

胡斐聽著她的咳聲，暗暗吃驚：「她身上染了病，勢道不輕啊。」

只聽得她咳了好半晌，才漸漸止了，輕輕的道：「倘若當年我不是在師父跟前立下重誓，終身伴著你浪跡天涯，行俠仗義，豈不是好？胡大哥，你心中難過。但你知不知道，我可比你更傷心十倍啊？」撫著墓碑，低聲道：「在那湘妃廟裏，你抱住了我，怎麼又放開我？……你如不放開我，此刻我不是便在你身邊？那晚只要你不放開，便永遠不放開了……」

胡斐和她數度相遇，見她總是若有情若無情，那裏聽到過她吐露心中眞意？若不是她只道荒野之中定然無人聽見，也決不會洩漏心中的鬱積。

圓性說了這幾句話，心神激盪，倚著墓碑，又大咳起來。

胡斐再也忍耐不住，縱身而出，柔聲道：「怎地受了風寒？要保重才好。」

圓性大吃一驚，退開兩步，雙掌交錯，一前一後，護在胸前，待得看清楚竟是胡斐，不由得滿臉通紅。過了一會，圓性道：「你……你這輕薄小子，怎地……怎地躲在這裏，鬼鬼祟祟的偷聽人家說話？」

胡斐中心如沸，再也不顧忌甚麼，大聲道：「袁姑娘，我對你的一片真心，你也決非不知。你又何必枉然自苦？我跟你一同去稟告尊師，求她老人家准許你還俗，不做尼姑了。你我天長地久，永相廝守，豈不是好？早知如此，在那湘妃廟裏，我抱住了你，你便打死我，我也決不放開……」

圓性撫著墓碑，咳得彎下了腰，抬不起身來。胡斐甚是憐惜，走近兩步，柔聲道：「你不用煩惱啦……」忽見她一聲咳嗽，吐出一口血來，不禁一驚，道：「怎地受了傷？」圓性道：「是湯沛那奸賊傷的。」胡斐怒道：「他在那裏？我這便找他去。」圓性道：「我已殺了他。」

胡斐大喜，道：「恭喜你手刃大仇。」隨即又問：「傷在那裏，快坐下歇一歇。」扶著她慢慢坐下，說道：「你既受傷，就該好好休養，不可鞍馬勞頓，連夜奔波。」

圓性轉過頭來，向他看了一眼，心中在說：「我何嘗不知該當好好休養，若不是為了你，我何必鞍馬勞頓，連夜奔波？」問道：「程家妹子呢？怎麼不見她啊？」

胡斐淚盈於眶，顫聲道：「她……她已去世了。」圓性大驚，站了起來，道：「怎……怎麼……去世了？」胡斐道：「你坐下，慢慢聽我說。」將自己如何中了石萬嗔的劇毒、程靈素如何捨身相救等情一一說了。圓性黯然垂淚。良久良久，兩人相對無語，回思程靈素的俠骨柔腸，都是難以自已。

一陣秋風吹來，寒意侵襲，圓性輕輕打了個顫。胡斐脫下身上長袍，披在她的身上，低聲道：「你睡一忽兒吧。」圓性道：「不，我不睡。我是趕來跟你說一句話，這……這便要去。」胡斐驚道：「你到那裏去？」

圓性凝望著他，輕輕道：「借如生死別，安得長苦悲？」

胡斐聽了這兩句話，不由得痴了，跟著低聲唸道：「借如生死別，安得長苦悲？」

圓性道：「胡大哥，此地不可久留，你急速遠離為是。我在途中得到訊息，趕來跟你說知。」胡斐道：「甚麼訊息？」圓性道：「那日和你別後，我便去追尋湯沛。可是這賊子滑溜得緊，竟給他逃得不知去向。我想他老家是在江西南昌，既得罪了福康安，全家都有干係，他定要設法通知家中老小，急速逃命。」胡斐道：「你料得不錯。」

圓性道：「他外號叫作『甘霖惠七省』，江湖上交遊極其廣闊，但想他既是個如此奸猾之徒，未必能當眞結交到甚麼好朋友。此刻大禍臨頭，非自己趕回家中不可。於是我向南方疾追。三天之後，果然在清風店追上了他。幸虧你在北京曾打得他重傷吐血，他傷重未愈，高粱田裏一場惡戰，終於使計擊斃了這賊子，不過我受傷也是不輕。」胡斐嘆了口氣。

圓性又道：「我在客店養了幾天傷，見到福康安手下的武士接連兩批經過，第二批中有那鷹爪雁行門的周鐵鷦在內，便上前招呼，約他說話。」胡斐驚道：「你身上有傷，不怕他記仇麼？」

圓性微笑道：「我去送他一樁大大富貴。他就算本來恨我，也就不恨了。我將埋葬湯沛屍體的地方指了給他看，他只要割了首級回去北京，不是大功一件麼？他果然很感激我。我說：『周老爺，你如將我擒去，自然又加上一件大功，只不過胡斐胡大哥一定放你不過，從前的許多事情，都不免抖露出來。』那周鐵鷦倒很光棍，說道：『胡大哥的爲人，兄弟是很佩服的，決不敢得罪他的朋友。請你轉告胡大哥，田歸農率領了大批好手，要到滄州他祖墳之旁埋伏，捉拿胡大哥。』」

胡斐吃了一驚，道：「在這裏埋伏？」圓性道：「正是。我聽得周鐵鷦這麼說，知道不假，很是著急，生怕來遲了一步，唉，謝天謝地，沒出亂子……」胡斐瞧著她憔悴的容顏，心想：「你爲了救我，只怕有幾日幾夜沒睡覺了。」

圓性又道：「那田歸農何以知道你祖墳葬在此處？又怎知你定會前來掃墓？胡大哥，好漢敵不過人多，眼前且避過一步再說。」胡斐道：「今日我見到苗夫人，約她明日再來此處會晤。」圓性道：「苗夫人是誰？」胡斐約略說了。圓性急道：「這女人連丈夫女兒尚且不顧，能守甚麼信義？快乘早走吧。」

胡斐覺得苗夫人對他的神態卻不似作僞，又很想知道父母去世的眞相，極盼再和苗夫人一會。圓性道：「田歸農已在左近，那苗夫人豈有不跟他說知之理？你怎地不聽我的話？我連夜趕來叫你避禍，難道你竟半點也不把我放在心上麼？」

胡斐心中一凜，道：「你說的對，是我的不是。」圓性道：「我也不是要你認錯。」胡斐過去牽了馬韁，道：「好，你上馬吧。」圓性正要上馬，忽聽得四面八方唿哨聲此起彼伏，敵人四下裏攻到，竟已將墳地團團圍住了。

胡斐咬牙道：「這女人果然將我賣了。咱們往西闖。」聽著這唿哨之聲，暗自心驚，來攻之敵著實不少，倘若圓性並未受傷，兩人要突圍逃走原是不難，此刻卻殊無把握。圓性道：「你只管往西闖，不用顧我。我自有脫身之策。」

胡斐胸口熱血上湧，喝道：「咱倆今後死活都在一塊！你胡說些甚麼？跟著我來。」圓性讓他這麼粗聲暴氣的一喝，心中甜甜的反覺受用，重傷之餘不能使動軟鞭，便縱馬跟在胡斐身後。

胡斐拔刀在手，奔出數丈，便見五個人影並肩攔上，想：「今日要脫出重圍，須得刀刀殺手，可不能有半分容情。」大踏步直闖過去，雖以寡敵衆，仍並不先行出手，守著後發制人的要訣，左肩前引，左掌斜伸，右手提刀，垂在腿旁。

兩名福康安府中的武士一執鐵鞭，一挺鬼頭刀，齊聲吆喝，分從左右向他頭頂砸下。胡斐一見他二人出手，便知武功都甚了得，一接上手，便非頃刻間可以取勝，餘人一經合圍，要脫身便千難萬難，斜身高縱，呼的一刀，往五人中最左一人砍去。那武士舉劍擋架。胡斐身在半空，內勁運向刀上，啪啪兩腿，快如閃電般踢在第四名武士胸口，那武士直飛出去，口中狂噴鮮血。使劍的武士但覺兵刃上一股巨力傳到手臂，又壓上心口，立覺前胸後背數十根肋骨似已一齊折斷，一聲也沒出，便此暈死過去。

衆武士見他兩招內傷了兩個同伴，無不震駭。使鬼頭刀的武士喝道：「胡大爺，果然好功夫，在下司徒雷領教。」使鐵鞭的道：「在下謝不擋領教高招。」胡斐叫道：「好！」單刀環身一繞，颼颼颼刀光閃動，三下虛招，和身壓將過去。司徒雷和謝不擋急退兩步。第三名武士叫道：「在下東方……」只說到第四個字，胡斐的刀背已砰一聲，擊中他後腦，腦骨粉碎，立時斃命，竟不知他叫東方甚麼名字。

司徒雷和謝不擋又退了兩步，嚴守門戶，卻不容胡斐衝過。唿哨聲中，四名武士奔到司徒雷和謝不擋身後，並肩展開。

胡斐雖在瞬息間接連傷斃三名敵人，但那司徒雷和謝不擋頗有見識，竟不上前接戰，連退兩次，攔住他去路。胡斐暗暗叫苦，使招「夜戰八方藏刀式」，舞動單刀，以左足爲軸，轉了個圈子。

就這麼一轉，已數清了敵方人數，西邊六人，東邊八人，南北各是五人，傷斃的三人不算，對方尚有二十四人。

忽聽南面一人朗聲長笑，聲音清越，跟著說道：「胡兄弟，幸會，幸會。每見你一次，你武功便長進一層，當眞英雄出在少年，了不起啊，了不起！」正是田歸農的聲音。

胡斐不加理會，凝視著西方的六名敵人，只聽那四名沒報過名的武士分別說道：

「在下張寧！」「在下丁文沛領教。」「在下丁文深見過胡大爺！」「嘿嘿，老夫陳敬之！」

胡斐向西急衝，突然轉而向北，左手伸指向北方第二名武士胸口點去。那人手持一對判官筆，見對方伸指點來，右手判官筆倏地伸出，點向他右肩的「缺盆穴」。胡斐雖出手在先，但那人的判官筆長了二尺二寸，胡斐手指尚未碰到那人穴道，自己缺盆穴勢必先要遭點。不料胡斐左手掠出，已抓住了判官筆，用力向前送出，那人「嘿」的一聲悶哼，判官筆的筆桿已插入他咽喉。

便在此時，只聽得身後兩人叫道：「在下黃樵！」「在下伍公權！」金刃劈風之聲已掠到背心。胡斐向前撲出，兩柄單刀都砍了個空，他順勢迴過單刀，唰的一下，從下而上的斬向黃樵手腕。這一招是胡家刀法中的精妙之著，敵人本來極難避過。不料黃樵精於十八路大擒拿手，應變最快，見刀鋒削上手腕，危急中拋去兵刃，手腕翻時，伸指逕來抓胡斐單刀的刀背。別瞧他兩撇鼠鬚，頭小眼細，形貌頗爲猥葸，這一下變招竟比胡斐還要迅捷，五根雞爪般的手指一抖，已抓住了刀背。胡斐仗著力大，揮刀向前砍出，但黃樵膂力也是不小，抓住了刀背，胡斐這一刀居然沒能砍出。就這麼呆得一呆，身後又有三人同時攻到。

胡斐估計情勢，待得背後三人攻到，尚有一瞬餘暇，須當在這片刻間料理了黃樵，此時陷身重圍，眼前這人又實是勁敵，若能傷得了他，便減去一分威脅。當下突然撤手離刀，雙掌擊出，砰的一響，打在他胸口。黃樵一呆，竟然並不摔倒，但抓著單刀的手指卻終於放開了。胡斐一探手，又已抓住刀柄，回過身來，架住了三般兵器。

那三名武士一個伍公權，一個是老頭陳敬之，另一個身材魁梧，比胡斐幾乎高出一個半頭，手中使的是根熟銅棍，只怕足足有四十來斤，極是沉重。胡斐一擋之下，胸口劇震，待要躍開，左右又是兩人攻到。

圓性騎馬在後，衆武士都在圍攻胡斐，一時沒人理她。她雖傷重乏力，但胡斐力傷五人的經過，卻一招一式，全都看得清清楚楚。她全心關懷胡斐安危，胡斐的一閃一避，便如她自己躲讓一般，一刀一掌，便似她自己出手。眼見他身受五人圍攻，情勢危急，當即一提韁繩，縱馬衝了過去。

她馬鞭輕揮，使一招軟鞭鞭法中的「陽關折柳」，已圈住那魁梧大漢的頭頸。那大漢正在自報姓名：「在下高一力領教……」突然喉頭一緊，已說不出話來。他力氣雖大，但一來猛地裏呼吸閉塞，二來總是敵不住馬匹的一衝，登時立足不定，爲馬匹橫拖而去，連旁邊的張寧也一起帶倒。

胡斐身旁少了兩敵，唰唰兩刀，已將丁文沛、丁文深兄弟砍翻在地，突覺背後風聲颯然，有人欺到，不及轉身，反手「倒臥虎怪蟒翻身」，單刀迴斫，只聽得「叮」的一聲輕響，手上忽輕，單刀已給敵人的利刃削斷，敵刃跟著便順勢推到。

胡斐大驚，左足急點，向前直縱出丈餘，但已然慢了片刻，左肩背一陣劇痛，已看清楚偷襲的正是田歸農，不由得暗暗心驚。那日在福康安府中，胡斐從田歸農手中奪去天龍寶刀，以之飛擲斃了鳳天南，紛亂中未即攜走，卻給田歸農老了臉皮將刀拾回。田歸農事後細想對方的刀法拳招，這華拳門的黃鬍子必是胡斐化裝無疑。他知道要鬥胡斐，非仗這柄鋒銳無比的寶刀不可，索性棄劍不用，右手使動寶刀攻敵。他這口刀鋒銳絕倫，實所難當，胡斐後背登時受傷。

胡斐右足落地，左掌拍出，右手反勾，已從一名武士手中搶到一柄單刀，跟著反手一刀，這招空手奪白刃乾淨利落之極，反手迴攻又是淩厲狠辣無比，敵人手持利刃跟蹤而至，其間相差只是一線，只消慢得瞬息，便是以自己血肉之軀，去餵田歸農手中那天龍門鎮門之寶的寶刀了。胡斐不敢以單刀和敵人寶刀對碰，一味騰挪閃躍，展開輕身功夫和他遊鬥。但拆得七八招，十餘名敵人一齊圍上，另有三人去攻擊圓性。胡斐微一分心，噹的一響，單刀又遭寶刀削斷。這柄寶刀，確實是削鐵如泥。

田歸農有心要置胡斐死地，寒光閃閃，手中寶刀的招數一招緊似一招。他平時使劍，用刀並不順手，但這柄刀鋒利無比，只須隨手揮舞，胡斐已決計不敢攖其鋒芒。他使開寶刀，直逼而前。胡斐想再搶件兵刃招架，但刀槍叢中，竟緩不出手來，嗤的一聲，左肩又讓一名武士的花槍槍尖劃了長長一條口子。

衆武士大叫：「姓胡的投降吧！」「你是條好漢子，何苦在這裏枉自送了性命？」「我們人多，你寡不敵衆，認輸罷啦，不失面子。」

田歸農當日在福康安府中，給胡斐奪去寶刀，掌擊吐血倒地，當著天下英雄之前，如此出醜，實是奇恥大辱，此刻一言不發，刀刀狠辣的進攻。

胡斐肩背傷口奇痛，眼看便要命喪當地，忽聽得一個女子聲音叫道：「大哥，別傷這少年的性命。」胡斐雖在咬牙酣鬥，仍聽得出是苗夫人的聲音，喝道：「誰要你假仁假義？」忙亂之中，腰眼裏又給人踢中一腳。胡斐怒極，右手疾伸，抓住了那人足踝，提將起來，掃了個圈子。衆武士心有顧忌，一時倒也不敢過分逼近。胡斐手中所抓之人便是張寧，他兵刃脫手，給胡斐甩得頭暈腦脹，掙扎不脫。

胡斐見圓性在馬上東閃西避，坐騎也已中了幾刀，不住悲嘶，當下提起張寧，衝到圓性身前，叫道：「跟我來！」圓性躍下馬背，兩人奔到了胡一刀的墓旁。墓邊的柏樹已高，兩人倚樹而鬥，敵人圍攻較難。胡斐提起張寧，喝道：「你們要不要他性命？」

田歸農叫道：「殺得反賊胡斐，福大帥重重有賞！」言下之意，竟是說張寧是死是活，並無干係。他見衆人遲疑，便自行揮刀衝了上來。

胡斐心知抓住張寧，不足以要脅敵人退開，心想田歸農寶刀在手，武功又高，要抓他極不容易，最好能抓住苗夫人作爲人質，但她站得遠遠的，相距十餘丈之遙，無論如何衝不過去。見田歸農一步步的走近，當下在張寧身邊一摸，瞧他腰間是否帶得有短刀、匕首之類，也可用以抵擋一陣。一摸之下，觸手是個沉甸甸的鏢囊，胡斐左手點了他穴道，右手摘下鏢囊，摸出一枝鋼鏢，掂了掂份量，頗爲沉重，看準田歸農小腹，力運右臂，呼的一聲，擲了出去。

鏢重勁大，去勢極猛，田歸農待得驚覺，鋼鏢距小腹已不過半尺，忙揮刀斬落。鋼鏢雖斬爲兩截，但鏢尖餘勢不衰，撞上他右腿，還是劃破了皮肉。便在此時，只聽得「啊」的一聲慘呼，一名武士咽喉中鏢，向後直摔。田歸農罵道：「小賊，瞧你今日逃得到那裏去？」但一時倒也不敢冒進，指揮衆武士，團團將兩人圍住。

福康安府中這次來的武士，連田歸農在內共二十七人，爲胡斐刀砍掌擊、鏢打腿踢，已傷斃了九人，胡斐受傷卻也不輕。對方十八人四周圍住，已操必勝之算，有幾人愛惜胡斐，又叫他投降。

胡斐低聲道：「我向東衝出，引開衆人，你快往西去。那匹白馬繫在松樹上。」圓性道：「白馬是你的，不是我的。」胡斐道：「這當兒還分甚麼你的、我的！我的命也是你的。我不用照顧你，管教能夠突圍。」圓性聽他說「我的命也是你的」，心裏一甜，也想跟著說一句「我的命也是你的」，突然間想到剛逝世的程靈素，終於硬生生忍住，說道：「我不用你照顧，你這就去罷。」

倘若依了胡斐的計議，一個乘白馬奔馳如風，一個持勇力當者披靡，未始不能脫險。可是圓性不願意，其實在胡斐心中，也是不願意。也許，兩人決計不願在這生死關頭分開；也許，兩人早就心中悲苦，覺得還是死了乾淨。

胡斐拉住圓性的手，說道：「好！袁姑娘，咱倆便死在一起。我……我很歡喜！」圓性輕輕摔脫了他手，喘息道：「我……我是出家人，別叫我袁姑娘。我……我也不是姓袁。」胡斐心下黯然，暗想我二人死到臨頭，你還這般矜持，對我不肯吐露絲毫眞情。

只見一名武士將單刀舞成一團白光，一步步逼近。胡斐拾起一塊石頭，向白光圈摔了過去。那武士揮刀擊開石頭。胡斐抓住這個空隙，鋼鏢擲出，正中其胸，那武士撲倒在地，眼見不活了。

田歸農叫道：「這小賊兇橫得緊，咱們一擁而上，難道他當眞便有三頭六臂不成？」

胡斐抬頭望了一眼頭頂的星星，心想再來一場激戰，自己殺得三四名敵人，星星啊，月亮啊，花啊，田野啊，那便永別了。

田歸農毫無顧忌的大聲呼喝指揮，命十六名武士從四方進攻，同時砍落，亂刀分屍。衆武士齊聲答應。田歸農叫道：「他沒兵器，這一次非將他斬成肉醬不可！」

苗夫人早就在不斷走近，這時更上前幾步，說道：「大哥，且慢，我有幾句話跟這少年說。」田歸農皺起了眉頭，道：「阿蘭，你別到這兒來，小心這小賊發起瘋來，傷到了你。」苗夫人甚是固執，道：「他立時便要死了。我跟他說一句話，有甚麼干係？」田歸農無奈，只得道：「好，你說罷！」

苗夫人叫道：「胡相公，你的骨灰罈還沒埋，這便死了嗎？」胡斐昂然道：「關你甚麼事？我不願破口辱罵女人。你最好走得遠些。」苗夫人道：「我答應過你，要跟你說你爹爹的事。你雖轉眼便死，要不要聽？」

田歸農喝道：「阿蘭，你胡鬧甚麼？你又不知道。」

苗夫人不理田歸農，對胡斐道：「我這話很要緊的，此事只跟你爹爹和金面佛苗人鳳有關，你聽了之後，死而無憾。你要不要聽？」胡斐道：「不錯，我不能心中存著一個疑團而死。請你說吧！」

圓性見局勢緊急，突然往地下一撲，一個打滾，長鞭舞成一團銀光，衝了出去。田歸農揮刀攔截，圓性長鞭疾往他頭頸中圈去，田歸農揮刀格開，圓性已閃過他身旁，抱住了苗夫人在地下滾動。田歸農橫刀砍去，圓性縮身避過，乘勢雙手出勁，將苗夫人向胡斐拋去。胡斐搶上接住，跟著拉住圓性右手，用力回提，雙手抱住她身子，見她用力之餘，背上刀創裂開，鮮血猛湧，又驚又憐，忙按住她傷口。

田歸農見南蘭落入胡斐手中，生怕傷了她，不敢便即進攻，臉色陰沉，不知南蘭要跟胡斐說些甚麼話。

苗夫人站起身來，將嘴巴湊到胡斐耳邊，低聲道：「你將骨灰罈埋在墓碑之後的三尺處，向下挖掘，有柄寶刀。」

胡斐心中一片迷惘，不懂她這三句話的用意，看來又不像是故意作弄自己，心想：「不管如何，確先葬了二妹的骨灰再說。」看準墓碑後三尺之處，運勁於指，伸手挖土。十六名武士各執兵刃，每人都相距胡斐丈餘，目不轉睛的監視。

圓性見胡斐挖坑埋葬程靈素的骨灰，心想自己與他立時也便身歸黃土，當下悄悄跪倒，忍住背上疼痛，合什爲禮，輕輕誦經。胡斐左肩的傷痛越來越厲害，兩隻手漸漸挖深，一轉頭，瞥見圓性合什下跪，神態莊嚴肅穆，忽感喜慰：「她潛心皈佛，我何苦勉強要她還俗？幸虧她沒應允，否則她臨死之時，心中不得平安。」

突然之間，他雙手手指同時碰到一件冰冷堅硬之物，腦海中閃過苗夫人的那句話：「有柄寶刀！」他不動聲色，向兩旁摸索，果然是一柄帶鞘的單刀，抓住刀柄輕輕一抽，刀刃抽出寸許，毫沒生鏽，心想：「苗夫人說道：『此事只跟你爹爹和金面佛苗人鳳有關』，難道這把刀是苗大俠埋在這裏的？難道苗大俠爲了紀念我爹爹，將這柄刀埋在我爹爹墳裏？」

他這一下猜測，確沒猜錯。只是他並不知道，苗人鳳所以和苗夫人相識而成婚，正是由於這口「冷月寶刀」；而他夫婦良緣破裂，也是由這口寶刀而起，始於苗人鳳將這刀埋葬在胡一刀墳裏之時。當世除苗人鳳和苗夫人之外，沒第三人知道此事。

胡斐握住了刀柄，回頭向苗夫人瞧去，只聽得她幽幽說道：「要明白別人的心，那是多難啊！」她長長的嘆了口氣，緩步走開。圓性待要阻止，胡斐道：「讓她走好了！我們不怕田歸農。」

田歸農叫道：「阿蘭，你在客店裏等我。待我殺了這小賊，大夥兒喝酒慶功。」苗夫人不答，在荒野中越走越遠。

田歸農轉過頭來，喝道：「小賊，快埋！咱們不等了！」

胡斐道：「好，不等了！」抓起刀柄，只覺眼前青光一閃，寒氣逼人，手中已多了一柄青森森的長刀，刀光如水，在冷月下流轉不定。

田歸農和眾武士無不大驚。胡斐乘眾人心神未定，揮刀殺上。噹啷噹啷幾聲響處，三名武士兵刃削斷，兩人手臂斬落。

田歸農橫刀斫至，胡斐舉刀一格，錚聲清響，聲如擊磬，良久不絕。兩人躍開三步，就月光下看手中刀時，都絲毫無損。兩口寶刀，正堪匹敵。

胡斐見手中單刀不怕田歸農的寶刀，登時如虎添翼，展開胡家刀法，霎時間又傷了三名武士。田歸農的寶刀雖和他各不相下，刀法卻大大不如，他以擅使的長劍和胡斐相鬥，尚且不及，何況以己之短，攻敵之長？三四招一過，臂腿接連中刀，若非身旁武士相救退開，已命喪胡斐刀下。此時身上沒帶傷的武士已寥寥無幾，任何兵刃遇上胡斐手中寶刀，無不立斷，盡變空手。

胡斐也不趕盡殺絕，叫道：「我看各位也都是好漢子，何必枉自送了性命？」田歸農見情勢不對，拔足便逃。衆武士搭起地下的傷斃同伴，大敗而走。衆人直到數年之後，苦苦思索，紛紛議論，仍沒絲毫頭緒，不知胡斐這柄寶刀從何而來。總覺此人行事神出鬼沒，人所難測，「飛狐」這外號便由此而傳開了。

胡斐彈刀清嘯，心中感慨，還刀入鞘，將寶刀放回土坑之中，使它長伴父親於地下，再將程靈素的骨灰罈也輕輕放入土坑，撥土掩好。他取出金創藥爲圓性敷上傷口，給她包紮好，說道：「從今以後，你跟著我再也不離開了！」

圓性含淚道：「胡大哥，不成的……我見到你是我命苦，不見你，我仍然命苦……」她跪倒在地，雙手合什，輕唸佛偈：

一切恩愛會，無常難得久。
生世多畏懼，命危於晨露。
由愛故生憂，由愛故生怖。
若離於愛者，無憂亦無怖。

唸偈時淚如雨下，唸畢，悄然上馬，緩步西去。

胡斐牽過駱冰所贈的白馬，快步追將上去，說道：「你騎了這馬去吧。你身上有傷，還是……還是……」圓性搖搖頭，縱馬便行。

胡斐望著她背影，那八句佛偈，在耳際心頭不住盤旋。

他身旁那匹白馬望著圓性漸行漸遠，不由得縱聲悲嘶，不明白舊主人爲甚麼竟不轉過頭來。

胡斐見她背影漸小，即將隱沒，突然之間，耳畔似乎又響起了王鐵匠的情歌：

你不見她面時，天天要十七八遍掛在心！

「袁姑娘，二妹，連同我三個兒，我們又沒做壞事，爲甚麼都這樣苦惱？難道都是天生命苦嗎？」

回頭望望父親墳上程靈素骨灰的埋葬之處，一陣涼風吹來，吹得墳邊青草盡皆伏倒。「再過幾天，這些青草都變黃了，最後也都死了。它們倒可在這裏長伴二妹，我卻不能。二妹今年只十八歲。明年我再來看她，她仍是十八歲，我卻一年年大了、老了，到最後還不是同這些青草一般？『無憂亦無怖』有甚麼好？恩愛會也罷，不是恩愛會也罷，總都是『無常難得久』！」

（全書完）

後記

《飛狐外傳》寫於一九六〇、六一年間，原在我所創辦的《武俠與歷史》小說雜誌連載，每期刊載八千字。在報上連載的小說，每段約一千字至一千四百字。《飛狐外傳》則是每八千字成一個段落，所以寫作的方式略有不同。我每十天寫一段，一個通宵寫完，一般是半夜十二點鐘開始，到第二天早晨七八點鐘工作結束。一部長篇小說，每八千字成一段落的節奏是絕對不好的。這是我寫作生涯中唯一的一次。這次所作修改，主要是將節奏調整得流暢些，消去其中不必要的段落痕跡。

《飛狐外傳》是《雪山飛狐》的「前傳」，敘述胡斐過去的事蹟。然而這是兩部小說，互相有聯繫，卻並不全然的統一。在《飛狐外傳》中，胡斐不止一次和苗人鳳相會，胡斐有過別的意中人。這些情節，沒有在修改《雪山飛狐》時強求協調。

這部小說的文字風格，比較遠離中國舊小說的傳統，現在並沒改回來，但有兩種情形是改了的：第一，對話中刪除了含有過份現代氣息的字眼和觀念，人物的內心語言也是如此。第二，改寫了太新文藝腔的、類似外國語文法的句子。

《雪山飛狐》的眞正主角，其實是胡一刀。胡斐的性格在《雪山飛狐》中十分單薄，到了本書中才漸漸成形。我企圖在本書中寫一個急人之難、行俠仗義的俠士。武俠小說中眞正寫俠士的其實並不很多，大多數主角的所作所爲，主要是武而不是俠。

孟子說：「富貴不能淫，貧賤不能移，威武不能屈，此之謂大丈夫。」武俠人物對富貴貧賤並不放在心上，更加不屈於威武，這大丈夫的三條標準，他們都不難做到。在本書之中，我想給胡斐增加一些要求，要他「不爲美色所動，不爲哀懇所動，不爲面子所動。」英雄難過美人關，像袁紫衣那樣美貌的姑娘，又為胡斐所傾心，正在兩情相洽之際而軟語央求，不答允她是很難的。英雄好漢總是吃軟不吃硬，鳳天南贈送金銀華屋，胡斐自不重視，但這般誠心誠意的服輸求情，要再不饒他就更難了。江湖上最講究面子和義氣，周鐵鷦等人這樣給足了胡斐面子，低聲下氣的求他揭開了對鳳天南的過節，胡斐仍是不允。不給人面子恐怕是英雄好漢最難做到的事。

胡斐所以如此，只不過為了鍾阿四一家四口，而他跟鍾阿四素不相識，沒一點交情。

目的是寫這樣一個性格，不過沒能寫得有深度。只是在我所寫的這許多男性人物中，胡斐、喬峯、段譽、楊過、郭靖、令狐冲、趙半山、文泰來、張無忌這幾個是我比較特別喜歡的。立意寫一種性格，變成「主題先行」，這是小說寫作的大忌，本書在藝術上不太成功，這是原因之一。當然，如果作者有足夠才能，那仍然勉強可以辦到。

武俠小說中，反面人物為正面人物殺死，通常的處理方式是認為「該死」，不再多加理會。本書中寫商老太這個人物，企圖表示：反面人物被殺，他的親人卻不認為他該死，仍然崇拜他，深深的愛他，至老不減，至死不變，對他的死亡永遠感到悲傷，對害死他的人永遠強烈憎恨。

一九七五年一月

第二次修改，主要是個別字眼語句的改動。所改文字雖多，基本骨幹全然無變。

一九八五年四月

在修訂這部小說期間，中國文聯電視集監製張紀中兄到香港來，和我商討「神鵰俠侶」電視連續劇的劇本。我記得在內地報紙上的報導中見到，「射鵰」的編劇之一認爲《射鵰》原作寫得不完備，江南七怪遠赴大漠教導郭靖武藝，過程豐富而詳細，丘處機傳授楊康武藝卻一筆帶過，兩者不平衡，於是他加了一幕又一幕丘處機教楊康的場景，認爲這樣一來，就將原作發展而豐富了，在藝術上提高了。這位先生如眞的這樣會寫武俠小說，不知爲甚麼這樣惜墨如金，不顯一下身手絕藝？我生平最開心的享受，就是捧起一本好看的武俠小說來欣賞一番。現今我坐飛機長途旅行，無可奈何，手提包中仍常帶白羽、還珠、古龍、司馬翎的武俠舊作。很惋惜現今很少人寫新的武俠小說了。然而從這位編劇先生的宏論推想，他是完全不懂武俠小說的，他不懂中國小說，不懂小說，不懂戲劇，不懂藝術中必須省略的道理，所以長嘆一聲之餘，也只好不寄以任何期望了。正如有人批評齊白石的畫，說他只畫了畫紙的一部分，留下了大片空白，未免懶惰。幸好，張紀中兄說，這位編劇先生所添加的大量「豐富與發展」，都給他大筆一删，決不在電視中出現。

從這個經驗想到，如有人改編《飛狐外傳》小說爲電影或電視劇，最好不要「豐富與發展」，不要加上田歸農勾引南蘭的過程，不要加上胡斐與程靈素千里同行、含情脈脈的場面，不要加上無嗔大師與石萬嗔師兄弟鬥毒的情景，不要加上對商劍鳴和袁紫衣的描寫。香港近年來正大舉宣傳一種「無添加」化妝品，梁詠琪小姐以清秀的本來面目示人，表示這種化妝品的「無添加」——沒有添加任何玷污性的雜質。

廣東人有句俗語，極好的形容這種藝術上的愚蠢，叫做「畫公仔畫出腸」。畫一幅男人、女人的圖畫，比方說畫一位美人吧，爲了表達完善，畫了她美麗的面容和手足之外，要再畫出她的肝、大腸、小腸、心、胃、肺、膽，覺得非此則不完全。我已懂得「畫蛇添足」和「畫公仔畫出腸」，自古已然，因此也不爲此難過。

二〇〇三年四月

《飛狐外傳》所寫的是一個比較平實的故事，一些尋常的人物，其中出現的武功、武術，大都是實際而少加誇張的。少林拳、太極拳、八卦掌、無極拳、西嶽華拳、鷹爪雁行拳等等，不單有正式的書籍記載，而且我親自觀摩過，也曾向拳師們請教過，知道眞正的出手和打法，不像降龍十八掌、六脈神劍、獨孤九劍、乾坤大挪移那麼誇張。但現實主義並不是武俠小說必須遵依的文學原則。《飛狐外傳》的寫作相當現實主義，只程靈素的使毒誇張了些。這部小說比《天龍八部》多了一些現實主義，但決不能說是一部更好的小說。根據現實主義，可以寫成一部好的小說，不根據現實主義，仍可以寫成好的小說。雖然，我不論根據甚麼主義，都寫不成很好的小說。因爲小說寫得好不好，和是否依照甚麼正確的主義全不相干。

程靈素身上誇張的成份不多，她是一個可愛、可敬的姑娘，她雖然不太美麗，但我十分喜歡她。她的可愛，不在於她身上的現實主義，而在於她浪漫的、深厚的真情，每次寫到她，我都流眼淚的，像對郭襄、程英、阿碧、小昭一樣，我都愛她們，但願讀者也愛她們。

二〇〇三年九月

【金庸簡介】

本名查良鏞，浙江海寧人，一九二四年生。曾任報社記者、編譯、編輯，電影公司編劇、導演等；一九五九年在香港創辦明報機構，出版報紙、雜誌及書籍，一九九三年退休。先後撰寫武俠小說十五部，廣受當代讀者歡迎，至今已蔚爲全球華人的共同語言，並興起海內外金學研究風氣。曾獲頒衆多榮銜，包括英國政府O.B.E.勳銜、香港大學名譽博士、加拿大UBC大學名譽文學博士、法國「榮譽軍團騎士」勳銜、北京大學名譽教授、日本創價大學名譽教授、英國牛津大學、劍橋大學等校榮譽院士，台北清華大學、南開大學、蘇州大學、華東師大等校名譽教授。現任英國牛津大學中國學術研究所高級研究員、加拿大UBC大學文學院兼任教授、浙江大學人文學院院長、教授。其《金庸作品集》分由香港、廣州、臺灣、新加坡／馬來西亞四地出版，有英、日、韓、泰、越、印尼等多種譯文。

爲使全世界金庸迷能夠彼此分享閱讀心得，遠流特別架設「金庸茶館」網站，以整合、提供、聯結、傳播一切與金庸作品相關的資訊，站址是：http://jinyong.ylib.com

陳豫鍾「素情自處」。

清乾隆五十八年刻。程靈素的一生澹泊而有節制。胡斐是「熱腸人」，程靈素則能「素情自處」。

金庸作品集

全世界華人的共同語言　金庸新校新序・全十五部

從台北到紐約，從香港到倫敦，從東京到上海，中國人在不同的地方，可能說不同的方言，可能吃不同的菜式，也可能有不同的政治立場，但他們都讀——金庸作品集。

【新修版共三十六冊，每冊定價二八〇元】另有典藏版・平裝版・文庫版・大字版

1. 書劍恩仇錄（全二冊）
2. 碧血劍（全二冊）
3. 射鵰英雄傳（全四冊）
4. 神鵰俠侶（全四冊）
5. 雪山飛狐（含「白馬嘯西風」及「鴛鴦刀」，全一冊）
6. 飛狐外傳（全二冊）
7. 倚天屠龍記（全四冊）
8. 連城訣（全一冊）
9. 天龍八部（全五冊）
10. 俠客行（含「越女劍」，全二冊）
11. 笑傲江湖（全四冊）
12. 鹿鼎記（全五冊）

飛狐外傳 / 金庸作. -- 四版. -- 臺北市：
遠流, 2004 [民93]
冊；　公分. --（金庸作品集；14-15）
ISBN 957-32-5238-4（全套：精裝）
857.9　　　　93009073

金庸作品集⑮

飛狐外傳(二)〔公元2004年金庸新修版〕

The Young Flying Fox, Vol. 2

作者 金庸

執行主編 李佳穎
執行副主編 鄭祥琳
特約編輯 黃麗群
封面設計 霍榮齡
內頁插畫 王司馬
美術編輯 霍榮齡設計工作室
封面原圖 元 黃公望「富春山居圖」，國立故宮博物院（臺灣）藏品。

發 行 人 王榮文
出版・發行 遠流出版事業股份有限公司
臺北市南昌路二段81號6樓
電　話 886-2-23926899
傳　真 886-2-23926658
郵　撥 01894561

1987年2月1日 初版一刷
2004年7月1日 四版一刷
新修版 每冊280元（本作品全二冊，共560元）
〔另有典藏版共36冊（不分售），平裝版共36冊，文庫版共72冊，大字版共72冊（陸續出版中）〕

行政院新聞局局版臺業字第1295號

ISBN 957-32-5238-4（套：精裝）
ISBN 957-32-5240-6（第二冊：精裝）
Printed in Taiwan

金庸茶館網站
http://jinyong.ylib.com E-mail:jinyong@ylib.com
YLib 遠流博識網
http://www.ylib.com E-mail:ylib@ylib.com